文學大綱

鄭振鐸 編

（四）

民國滬上初版書·復制版

文學大綱 四

鄭振鐸 著

上海三联书店

文學大綱

鄭振鐸編

中華民國十六年四月初版

文学大纲

目錄

插圖目錄

三色版插圖目錄

第三十章　十九世紀的英國詩歌

第三十章　十九世紀的英國詩歌

一

當十九世紀之初葉，華茲華士（Wordsworth）柯爾律治（Coleridge）沙賽（Southey）三人，被稱爲湖上詩人（Lake Poets），拜倫（Byron），雪萊（Shelley），濟慈（Keats）繼之，開創了前所未有之詩壇的燦爛局面。到了維多利亞女皇的時代（Victorican Age），跟着英國的政治上的光明與國外侵略政策的成功，偉大的詩人們相繼的產生；正如繁花如錦，綠蔭滿佈的時光，好鳥各各的停在枝頭，任情囀唱一樣。丁尼生（Tennyson），白朗寧（Browing）夫婦，羅塞底（Rossetti）兄妹，亞諾爾特（Arnold），慕里士（Morris），史文葆（Swinburne）美萊狄斯(Meredith)，哈提(Hardy)諸人，便是這個光榮的時期內站在前頭的作家。

二

在一千七百九十八年的時候，柯爾律治與華茲華士二人共同出版了一部抒情詩集(The Lyrical Ballads)，在那部詩集裏面，柯爾律治只供獻了他的著名古舟子詠(Ancient Mariner)，其餘的都是華茲華士所作。這部抒情詩集的出現，許多人都以爲是英國詩史裏一件很重要的事實，是英國詩歌的一個轉變點，是英國浪漫主義文學的宣傳者；牠的前面的一篇著名序文，尤顯示着新的改革的精神。也許這些話是過分些，然至少這部抒情詩集是介紹了兩個新的詩人，兩個很偉大的詩人給當時的文壇。

華茲華士(William Wordsworth, 1770–1850)是一個律師的兒子，受教育於康橋大學(Cambridge)。當一七九〇年時，他到歐洲大陸去遊行。那時，正是法國革命的時代。他滿腔的表同情於革命者，第二年，便又到了法國，與吉倫特黨人(Girondists）爲友伴，與他們同住了十五個月．後來，他家裏的人不供給他的費用了，他才回到英國．不久，吉倫特黨亦淪滅．當他回時，很以他自己的生活爲憂慮．他的朋友們要他在禮拜堂裏做事，但這事卻與他的性情不合宜．他一心要成一個詩人，可惜詩人卻是不能得到什麼報酬的．於是他便決心要做一個律師，一個新聞記者．正在這時，他的一位少年朋友

華茲華士

死了，留給他九百鎊的遺產，懇切的要他專心去做個詩人，這個供獻正是恰得其候．於是他住到溫台美湖(Lake Windermere)邊的山上，與柯爾律治及沙賽兩個詩人，時時對着那秀美的湖山，互相詠吟；他們二人這時正住在華茲華士的鄰近．因此，時人便稱他們三個爲湖上詩人．後來，華茲華士的景況益益的好起來，得到了父親的遺產，得到了很好的位置．到了一八四二年，又得到政府所給

鴿巢 (Dove Cottage, Grasmere)

華茲華士居此有七年之久現爲國家所保存

的每年三百鎊的年俸．沙賽死後，他又得到『桂冠詩人』(Poet Laureate)的封號，直活到滿八十歲纔死．

華茲華士爲自然與人生的詩人；他愛自然的一切景色，他以溢充的同情心來觀察人生，他愛重自由，他喜悅真樸自然的生活．所以他所吟詠的多爲兒童時代與田家風物．前世紀的詩人考卜(Cowper)等也愛好自然，也讚頌自然的景色，但都只愛好牠的外面的美，讚頌牠的秀麗的山川與景物；華茲華士則以內

從紅岸(Red Bank)望格拉斯摩(Grasmere)

華茲華士居於此小湖之濱將近半世紀。他使這湖成了很有名的名勝。

心的同情，灑遍於自然的美景上，他所愛的，所讚頌的乃是自然中的生命，乃是與人生融合而爲一的自然。像他那樣的具有那麼廣大同情心的詩人是世界詩壇上所絕少見的。我們讀他的詩，所感到的是微笑，是寧靜，是一種說不出牠的美的淡甜而雋永的醴味。

華茲華士的大著是散步（The Excursion），一篇哲理的詩。在這詩裏，敍我們的詩人出去散步，起初遇見一個蘇格蘭的負販，他談到真理，美麗，愛情與希望；又說起一個可憐的女郎，因她丈夫常常遠出，憂鬱成病而死。二人向前走去，又遇到一位孤僻的人，這人因爲常遇失望之事，性情遂變爲怪特。於是三人同去訪問一位牧師，他對他們敍述出生死在那個地方而葬在近旁墓場中的人的有趣故事。最後，他們同到鄰近的一個湖邊去游覽，全書遂以告終。這詩沒有什麼故事的興趣；卻因散步的機會，而不絕的描寫着景物，同時並討論到各種重要的問題。

他的抒情短詩較之散步，更爲讀者所愛。他喜歡一切的樸實，他的題材是樸實的，他的思想是樸實的，而他用以表白他的思想與題材的文字也是樸實。他沒有驚人的奇思，他不寫詭異可怪的事物，他不用艷麗濃郁的辭采，他只是用最樸素的文句樸樸實實的寫出最平常的故事；小貓和落葉頑着孩子讀着寓言；一個頑童的故事；一個少女的天真的對話；這些都是他的好題材。而他卻從這些最平常的事物，最平常的日常生活中，引出感人無涯的思想來。如我們是七個一詩，寫不知死生之變的孩子，如何的眞摯呀，讀之眞是觸着人世的悽惋而柔和之情緒的極端了。

柯爾律治 (Samuel Taylor Coleridge) 生於一七七二年，死於一八三四年。他的父親是一個副牧師，但他當孩子時卽已成了孤兒，被送到倫敦的基督教醫院，在那里受教育。他在這時，已是一位勤懇異常的讀者，無論什麼書到來，他總是貪婪的捧讀着。後來，到了康橋大學，讀了二年書。他疏忽了正當的功課，卻遊心於宗教，哲學與政治的大書堆中，最後便離了大學，入伍爲騎兵。幸而不久便脫離了兵隊生活．以後，他與沙賽及別的青年們想在北美洲建立一個極樂園．因爲資本的缺乏，這個烏托邦的計劃終於沒有實現．這時，他娶了沙賽妻子的姊妹爲妻，寫了不少最好的詩．因爲友人的幫助，他到德國遊歷了一趟．一八〇四年他在麥爾泰(Malta)島住了九個月，爲島督的祕書．回到倫敦後，發表他著名的莎士比亞論．在這個時候，他吸起鴉片來，成了一個夢想者．一八一〇年，他把妻和子都寄在沙賽家裏，獨自到了倫敦，以後十九年中都過着

柯爾律治

惰性的夢想者的生活，卻也時時的寫些重要的東西．但他的詩才卻終於因他的懶惰，夢想，而未能充分的發展．他的大部分的詩都只是一個美麗的開始，如一朵一朵的未綻的玫瑰蓓蕾，始終沒有開放爲絢爛的花朵過．他不斷的計劃着要寫偉大的詩篇，卻往往一行也不曾寫下去．

他早年所作的古舟子詠是一篇最好的最完美的作品；這篇詩敘的是：一個老水

古舟子詠　　古舟子把三人中的一個止着了

手，對一個赴結婚宴的客人講述他的可怕的故事，客人想走開趕快去赴宴，卻爲老水手眼中的特殊表現所引住，不得不立在那里把這故事聽完了。老水手和同件們坐了一隻船出海去，一路上很平安。然後遇到了一陣暴風，暴風過後，這位水手卻射殺了一隻航海者所認爲好運的象徵的海鵝。因此，阨運又降臨了。船駛入靜海中，那里，沒有風也沒有浪；太陽如火球似的照耀着；海水綠綠的滿浮着腐物。船停在那里不動。殺海鵝的這位水手被視爲這次阨運的造因者。水手們都渴得要死去。彷彿有一隻船要駛近救他們，卻又消失不見了。那是一隻幻船。水手們一個個的都死於甲板上，每個死者的眼光都注定在這位殺海鵝者的水手臉上，全船的人，只有他不曾死。後來，他對於他所做的惡事覺得悔恨，於是天使們可憐他的悲苦，使死屍站了起來，仍去做水手們的職務。他們升上了帆。雖然沒有風，船卻漸漸的移動，到了有風的地方。於是這船便一直駛到了水手的故鄉。一個領港者離了海岸出來迎接；但在他到這船之前，牠卻突然的沈下了，留下這位水手在海波中與死神掙扎着．他爲領港者所救．後來，他一想起那時所受的言之不盡的痛苦，便不能忍，他的心在他身內燒着，一直到了把這可怕的故事告訴了出來，方纔覺得舒服．

「當我們向西看時見天空有些東西」

古舟子詠的插圖之一
(Willy Pogany 作)

在柯爾律治沒有完的詩篇中，克里斯泰白爾(Christabel)與忽必烈汗(Kubla Khan)二首是最著；克里斯泰白爾寫中古事，祇成一卷；忽必烈汗則爲他夢見忽必烈汗宮殿而作者.他的短詩,可諷誦者他不少.愛(Love)的一詩,論者以爲是英國文學中最可愛最和諧的小詩之一.

柯爾律治寫的是怪誕的故事,用的是濃郁的文句,他的想像是一位夢想的詩人心胸中所生的雜亂而豐偉絢麗的想像,與華茲華士的恬淡明潔的風格是不同的.

沙賽(Robert Southey)生於一七七四年,死於一八四三年,是一個布商的兒子,初進一個學校,因在校中出版物上反對鞭撻制度而被

二十二歲時之沙賽

(Robert Hancock作)

沙賽的名望,立在他的有力的散文上。他的納爾遜傳已成了不朽的名著。

斥退,後來進了牛津大學.他也與柯爾律治一樣,對於正式功課毫不注意.他要創立一個『烏托邦』(名"Pantisocracy"),因出版一部詩集以集款,卻失敗了.此後,他很窮苦的過了一時.他的文譽漸漸的大了.據說他出版過一百〇九冊的書.因爲用力過度,後來腦子便衰弱了.一八一三年,他成了『桂冠詩人』,一八三五年,他得到每年三百鎊的年俸.他的詩可分爲兩部,一部是他的史詩,如貞德(Joan of Arc)等,一部爲抒情詩.他的史詩很用力寫,批評者曾稱之爲『詩的陳列所』,故不大使人感動.抒情詩卻短而真樸,有華茲華士的風格.

史格得(Sir Walter Scott)於一七七一年生於蘇格蘭的愛丁堡,就在那里的大學讀書.他學法律,但他的志向不在於此.他自幼就喜故事,尤其喜『古昔的勇敢時代』.有一次,當他十三歲時,得了一部書,低頭的讀書,竟忘了吃飯.後來,他做着詩與小說,成了一個大詩人與大小說家.晚年,負了很重的債,且工作過苦,身體日弱,便到意大利去養病.不久,又回英國,於一八三二年死去.史格得的著名的詩有三篇，一爲古歌人詠(Lay of the Last Minstrel)，一爲馬美安(Mormion)，一爲湖上夫人(The Lady of the Lake)，都是以古韻文傳奇爲模範的．他們的思想之新鮮，描寫的活潑，使他們於當時大爲流行．有人說，卽使史格得只有這些詩，他已可成爲一個著名的人了，何況他又是一個寫了不少的偉大小說的小說家呢．

與他們同時的還有兩個很有名的詩人；一個是剛倍爾(Thomas Campbell, 1777–1844)，他生於格蘭斯哥(Glasgow)．在大學時，以譯臘丁詩得名，後來出了一部詩集希望之樂(Pleasures of Hope)，詩人之名，更以確立．死後，葬於威士敏斯禮拜堂(Westminster Abbey)．一個是慕爾(Thomas Moore, 1780–1852)，他生於杜白林一個很苦的家庭中，是當時一個最機警的詩人．他的短歌至今猶爲愛爾蘭人民所唱詠，人稱之爲愛爾蘭的葆痕士(Burns)．他還寫了好些諷刺詩，也以活潑，機警，整潔著，

三

拜倫，雪萊，與華茲華士，柯爾律治同樣的愛慕自由，反抗，壓迫，而他們二人卻始終維持着他們的反抗精神，與壓迫者宣戰，與舊社會宣戰，不似華茲華士之終於遁入恬淡，也不似柯爾律治之終於成了一個夢想者。

拜倫（George Gordon-Lord Byron, 1788-1822）生於倫敦，他父親是一個浪子。他早年與母親很窮苦的生活着。後來，他襲了爵位，受教育於康橋大學。他常破壞校規，忽於正當功課而喜讀遊記諸書。二十一歲時，他遊歷了西班牙，希臘，土耳其，產生了赫洛爾遊記（Childe Harold）頭二卷，立刻得了大名，成了當時諸詩人的一個王。他自己說：『我早晨醒來已聲名揚溢，成爲詩壇上的拿破崙了。』一八一五年，他結了婚，一年之後，他們便離婚了。社會上的人因此大指摘他。他大怒，離了英國，立誓不再回來。他到處遊歷着，做完了赫洛爾遊記及其他的詩。他的最後的著名作品是唐裘安（Don Juan）。後來，希臘獨立了，他所夢想的事，居然實現了，他所悲悼的沒落的古代的光榮，將由長睡中復蘇了。當然，如他那樣一個熱情人，一定是要跳起來幫助他們了。他盡他的力籌款，並親自去幫他們打仗。不幸在那個地方，他竟得了一場熱病，以三十六歲的青年而死去。他的著作，無處不顯出他的真切滂薄的熱情，他的獨立不羈的精神。他的唐裘安，海盜，曼弗雷特(Menfred)與該隱(Caine)反抗宗教的虛僞，絕叫個人的自由，尤足以震駭一世的耳目。所以英國的論者，每以他爲不道德的，爲危險的，而在歐洲大陸上，他的得名，卻遠過於當時一切作家；無論德，法，意大利，俄羅斯，都以他爲最偉大的詩人，從他那里得了極大的影響。他們一講起英國

拜倫

作家，莎士比亞與拜倫是先要屈指數到的。

他的赫洛特遊記計共四篇其首二篇與末二篇，著述之時，相距有八年之久。首二篇所述，係記載葡萄牙，西班牙，希臘，阿爾巴尼亞多島海等地；而末二篇則記述比利時，來因河，瑞士，威匿斯，拉凡那，弗洛倫司，羅馬等處。全詩實可以說喬皇典麗而含悲憤抑鬱之氣。其追懷西班牙古代的全盛紀述地中海的風景，瑞士的山色與乎歌詠繁星滿天夜色森然時的感慨，幾沒有一語不發自視

赫洛特遊記之原稿

拜倫寫了赫洛特遊記第二天醒來時他已成爲名人了

覺及心情之感動。

海盜(The Corsair)是一篇故事詩。其背景係在地中海中。因爲陸地上常有種種制度及支配者以壓抑人束縛人，若在海中，則海闊天空可以逍遙自由。主人公爲海盜康拉特(Conrad)係一個有高尚純潔的理想的人物，只以受社會的嫉遇，致憤而爲盜。他初時頗有意爲善，欲爲人謀福利，然而一般人的性質，多背恩忘義，對於善意反嫉妒而加以迫害。於是他從前善良的性情，遂變成冷淡了，憎厭人類，只求其自我的滿足。他憑藉他的船和劍，對神明，對人類開始戰鬬，他所愛的只是其妻梅陀拉(Medora)一人。後來，康拉特以襲擊太守齊特(Seyd Pacha)，致被捕獲，繫於獄中。齊特有一愛妾名古拉娜(Gulnare)，在獄中見康拉特英勇之貌，不禁傾慕備至，遂殺其夫以與他偕遁。當他被救時，愛妻梅陀拉業已逝世。康拉特悲傷之餘，雖有美麗的古拉娜，但卻毫不置意，心之所向，只在其已亡之妻。他從此便不知所終了，而全詩也於此終結。此詩初版於一八一四年一月二日，在當時反對派的誹謗嫉妒正達於頂點的時候，其所銷售，竟至一萬四千册之多。於此，當可見其價値之一班。

曼弗雷特係一種劇詩，實則不能表演。此詩成於一八一六年至一八一七年一月，拜倫自瑞士阿爾卑斯以抵意大利這時期間。背景爲阿爾卑斯山，主人公則爲厭世主義者曼弗雷特。拜倫由這詩劇一般人乃稱之爲世界大詩人，然而也因這篇作品，大爲社會所咒詛。那時，歌德的浮士德正出版不久，故人有以之比爲歐洲文學界的二兄弟者。歌德之評曼弗雷特謂『這是係倣我的浮士德而作的，但卻另有一種新事物了。』雖然，拜倫此作，與浮士德實則毫無關係，他的取材係自波斯，巴比侖之太古傳說與二元哲學而流傳於西歐的東西。且其主人公的性格，亦完全不同。法國文學家泰恩(Taine)評論道：『我們若將浮士德和曼雷特加以對比則浮士德實不過凡庸的，折衷妥協的人物。我們若從浮士德以觀察世界，啊，浮士德是什麽人？他果真當得起稱爲英雄麽？如其可以，也不過是一個可悲憫的英雄吧了，他只遂着自己的感覺之影，遍歷諸地；且其惡行，也只是誘惑年青女子，與損友在夜間跳舞飲酒吧了。這是德國學生的二椿大事。總之，浮士德實並無特殊的性質，如德國一般的事一樣。至於曼弗雷特則真不愧是「男子的」作品，他也是「男子的」除「男子的」以外殊無適當的評語。他雖立於鬼神之前，但仍能信其傲慢不遜的精神，確固不拔的意志，臨死而絲毫不屈。真可說是「男子的」英雄！歌德雖是普遍的，而拜倫則爲個人的——有最獨特的感情的。

曼弗雷特有一繼妹，名曰安絮泰蒂（Astarte）容顏狀貌都與曼弗雷特極相肖似。他因與她發生戀愛關係，把她殺卻。以後，他自己受良心的譴責，痛苦異常。但是他是一個極端的個人主義者，自我的觀念非常之强，因是無論如何，不肯去依賴宗教求脫罪過。他在居於阿爾卑斯山時，有七個精靈（Spirits）來問他所祈求是什麼，就是權力，他們也可用以給他。這時，他答說自己並無他望，只求能忘掉自己。這忘掉自己便是他所始終祈求的，因爲自己忘了，則一切苦悶也忘掉了。精靈們因問他忘掉自己可就是死。他答說，不，因爲死要是靈魂不滅的話，那末仍舊不能真正的忘記自己。一天，他從巖崖跳下想謀自殺，但爲一個獵戶所救。他這時，煩悶真是達到了極點。後來，他向安絜泰蒂的幽靈，請求寬恕，可是仍舊無用。這時，有一個惡魔，來要他服從，但是曼弗雷特是自我主義極强的人。儼然回答惡魔道：『你沒有比我以上的能力，也不能左右我，這是我明白的。我所要做的事都已做了。我對於自己所作的苦痛是甘心忍受的。心，本來就是自己的惡及苦痛的根源。你決不能誘惑我，使我滅亡。去吧！現在「死」在我的手上了，但並不是你的手。』曼弗雷特以爲「我」是絕對自足毫不假借他事物的，誰都不能賞罰我，左右我。我所爲的善惡，我自己能評判賞罰的，無勞他人。鬼神，人們，實絲毫不能加我。這便是拜倫精神的表現，是很本上不能妥協的，不若歌德的浮士德般可以由女子而得救，得到解決。這也便是現代特有的自我主義者的代表。因自我的極度擴大，不能妥協所以遂悲觀絕望，成爲十九世紀的一種厭世病及懷疑病。

該隱與曼弗雷特一樣，亦爲一種劇詩，不能表演。史各得評之爲『偉大的劇本』雪萊對於此劇，至稱拜倫爲『密爾頓後無敵的大詩人』。湯麥司摩爾對於此劇，作書於拜倫道：『該隱真可驚恐，令人不能忘情。倘我所見爲無誤者，這劇一方雖以不敬神而被排斥，但卻能永久存於世界人的心底，使人俱感佩其雄偉而拜到於該隱之前。』德國大詩人歌德稱此爲空前的大作，在英文學殊無可與比並者：甚至勸其友人愛克曼去讀英文，因爲該隱這部大作的原本是用英文寫的。劇中主人公名該隱，爲亞當與夏娃的兒子，亞當夏娃以竊食樂園中的禁果，致觸上帝之怒，被謫塵寰。二人墮世後，生二子，一名該隱，一名亞伯（Abel）。該隱從事耕種，亞伯牧畜羣羊。一日，奉祭耶和華，該隱以果物爲供，亞伯則特殺一初生之羊，鮮血淋漓，以爲犧牲。耶和華怒該隱之失禮，拒不之納；然於亞伯的供物，則竟安然承受。因是，該隱對之，不勝憤慨，遂舉火加以燒卻。又因爲人生無異受罪，遂併殺其弟亞伯，使一切罪惡，苦痛，都得一身負之。神爲懲其罪起見，烙印於該隱之額，放逐曠野，不許其再入樂園，永久受人的咒詛。該隱看見他自己的幼兒，正天眞爛漫地酣睡着，心裏想他也是和自己一樣爲受苦痛而生的麼？要是這樣，把這種小兒養育起來，這實是一種罪過。他於是把幼子擊殺，這實是爲其幸福而殺的。因爲生而受罪固不如此。且養育應死之兒至於成人，這也是一種罪過，然歸根結底，這罪係來自種智慧果樹於樂園的神明。所以在這劇開始時，家人們正對那永遠無限，全智的神舉行禱告，獨該隱則目視他處，不作禱告也不感謝。其父亞當因問他道，你難道不讚美神明麼？該隱默然。他對於不祈禱不感謝等事只報之以 No! 因爲這樣無理的神明，有什麼可以感謝可以讚美呢？拜倫藉着該隱，以這樣剛毅不屈的精神，反抗到底的態度，懷疑一切咒詛神明，無怪英國的頑固社會要目爲惡魔了。其結果，甚至出版的書肆亦大受人攻擊，別人翻印，政府亦不之禁。

唐裘安是拜倫最後而尚未完成的作品，計共十六篇。這本是一篇諷刺的詩篇，係取材於西班牙，所以攻擊英人的僞善的。其主人公唐裘安，本爲古時有名淫逸的男子。唐裘安美丰姿，在十六歲時，忽見愛於年已五十的亞爾豐瑣(Don Alphonso)之妻杜那裘麗亞(Donna Julia)，於是遂發生事變。他爲避免恥辱計，卽整裝遊歷海外。中途，所乘的船遇難，他以能泅水，得至一小島。哈伊提者，美貌若仙，爲海盜之女，時濟助唐裘安。二人恩好，亦殊篤。其後爲海盜所知，把唐裘安賣爲奴隸。他喬裝女子，入土耳其宮中，起居坐臥，與宮中婦女一樣。後以事發，潛遁入俄國軍中，大得女王加泰鄰

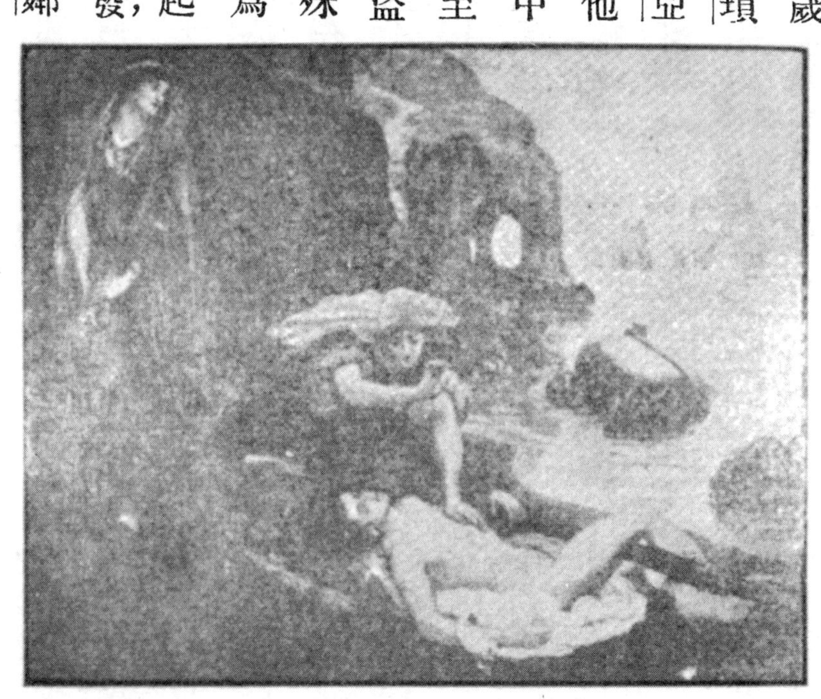

唐裘安破舟之後爲海盜之女所救

的寵任，受命爲使赴英視察。對於英國因襲的交際社會，真是罵得痛快淋漓。

雪萊(Percy Pysshe Shelley, 1792–1822)與拜倫一樣，也是一個古貴族之後。他有襲爵及承繼大財產的前途。在他二十一歲之前，因勇敢的宣布他的無神論，而被牛津大學所斥退；又因與一個非貴族的女郎結婚而被他家庭所棄逐。但這個結婚卻他沒有好結局，他們不久便離異了，他的夫人且自殺而死。他憎厭一切宗教，不顧一切的社會習慣，因此不容於英國，也與拜倫一樣，永久的離開了祖國而去。在瑞士，他

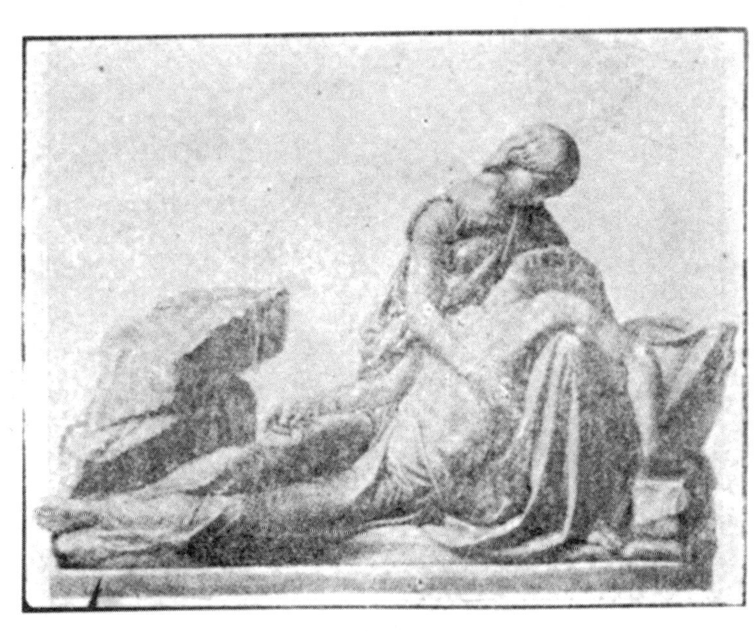

雪萊之紀念碑

遇見了拜倫。這兩個熱情詩人的會見，是如何的愉快，我們不難想見。以後他大都生活於羅馬。在一八二二年的夏天，他由里霍(Leghorn)到羅馬。他的船壞了，這位大詩人便被溺死。他的屍身在海岸上，當着他的兩個朋友，拜倫與韓特(Leight Hunt)之前而火化了。他的最好的長詩是阿拉斯托(Alastor)，最好的短詩是雲(The Cloud)西風歌，與雲雀歌(Ode to a Skylark)。以詩論詩，他的詩實較之拜倫爲高；其秀雅

雪萊

與諧和，都非拜倫所及。

與拜倫，雪萊同時而齊名者爲濟慈 (John Keats, 1795–1821)。他生於倫敦，十五歲時做了一個外科醫生的學徒。但詩歌與醫藥是不能並容的，所以濟慈便棄了醫藥而專心於詩歌。他完全以自修自學的力而進於詩壇。他的敍述古典的神話的詩篇安特美恩 (Endymion) 初出時，大爲批評家所斥責，他幾乎因此而憤怒得發狂起來。後來，他的名譽漸漸的大

雪萊的火葬

了。他的名字也與雪萊並列在一處了，而致命的肺症卻侵襲了他。他移到溫暖的氣候中養病，也不見瘥，便於二十六歲時死於羅馬。他的詩，與雪萊一樣，秀麗而富於想像，音節也極柔和，人稱之爲詩的花。但他的思想卻與拜倫，雪萊不同，他所讚頌的祗是美，對於世上的一切紛擾，他都不縈心。

四

自拜倫，雪萊，濟慈之後，至十九世紀之末便是維多利亞時代。這時代首出的詩人是丁尼生。

丁尼生（Alfred Tennyson, 1809–1892）的父親是一個牧師，他有三個兒子，丁尼生是最幼的

W. Hilton 作

一個。當丁尼生在康橋大學三一院時，曾因做了一首詩而得到獎牌。同時，他與一個哥哥共同出版了一個詩集，名爲兩個兄弟的詩集；一八三〇年時，丁尼生又獨自出版一個詩集；三年以後，他又出版了一册詩集，

綠令莎與依莎倍娰　(Millais作)

這幅圖的題材，是從濟慈的詩篇依莎倍娰(Isaballa)取來的。依莎倍娰的情人綠令莎(Lorenzo)爲她的兩個兄弟所謀殺，埋屍于森林中。她和她的奶娘，把屍身掘起，偷偷的將頭顱藏于一個羊皮鉢中。她對着這鉢哀痛的哭着。這圖寫着這一對情人正並坐在一個宴席上。

但都不能引起社會的注意，批評家且嚴刻的批評了他。自此九年之間，他都消聲匿影，不出什麼東西。到了一八四二年，他又出版了兩册詩集，這一次是成功的；名譽與幸福的門向他開了。他的詩續續的由他筆端湧出，他的名望益益的高了。華

濟慈的墓

（在羅馬的 The Old Protestant Cemetery）濟慈的墓銘爲「這裏躺的是一個姓名寫在水上的人」。這是詩人他自己撰定的。

茲華士死後，他被任爲『桂冠詩人』一八八四年，他得到了爵位。他的一生，沒有什麼驚波駭浪，他的生活都是平穩安靜的。他的長詩有公主，思念(In Memorian)，美特(Maud)，亞述王歌 (Idylls of the King)，亞定 (Enoch Arden) 聖格里爾(Holy Grail)及格勒士與麗尼特(Gareth and Lynette)。

公主(The Princess)是

濟慈之家

Lawn Bank, Hampstead

他于一八一七—一八二〇年間住于此屋，他的夜鶯歌卽作于此。

一篇用自由詩寫的幻想的故事．南方的王有一個美麗的公主名伊達．她在孩提時，便與北方的一個王子訂婚了．結婚的時代到了，但公主伊達卻以爲女子在結婚之外還有別的事更要辦．於是她建立了一個大學，一切教授與學生都是女子．她拒絕結婚．北方的王子見過她的畫像，驚眩於她的美麗，立意要戰勝了她．他遂與兩個朋友都喬裝爲女子到這個大學裏當學生．後來，在一次野餐會中，他的一個朋友卻忘形高唱着醉歌，因此遂被他們

丁尼生

思念

A. Garth Jones 作

識破了，逐出校門之外以後，北方與南方起了戰爭；王子在戰中受了傷。伊達把她

的大學改爲醫院，師生們都變爲看護。公主她自己在看護王子。當王子傷痊時，他卻見伊達已變爲一個仁厚而熱心腸的

馬麗安那

(Mariana)

Millais 作

馬麗安那是丁尼生的最美麗的詩篇之一。

「依妮特與格倫特」(Rowland Wheelwright 作)
——亞述王歌的一幕

格倫特恐怕依妮特見了亞述王宮庭的富麗，把愛他之心減少了，于是在路上逼她獨自騎着馬在前面走，不准說話，且只穿着破舊的絲衣。他覺得她的愛情如果在如此粗豪的待遇之下還存在，他便可安心了。

婦人，非復是嚴肅的大學主辦者了。思念是一個輓歌集，丁尼生寫來追念他的好友，又是妹夫，赫蘭（A. H. Halam）的，那里蘊畜着深摯的悲惋與同情。美特敍的是一個男子深愛着美特，她也愛他。某一夜，他在她的玫瑰園中等待她，忽爲她的兄弟所見，便侮辱他。他們決鬭了一場，美特的兄弟被殺了。她恐怖的離開了她的情人，不再見他。他逃到法國，但心裏卻映着美特的幻影，又回到倫敦來。他在迷糊中做了一個夢，覺得他自己是死了葬在街道之下；隆隆經過的街車震撼着他的骨骸；的的之馬蹄聲，打在他的腦髓上；行路者的足步使他煩擾不堪。他祈禱着，希望

「卜西瓦爾(Sir Percival)的被誘惑」

Arthur Hacker 作

亞述王歌的一幕

卜西瓦爾勳爵是一位純潔的人，但一個薩但的牧羊女却想去誘惑他，使他犯罪。

有好心的人把他葬埋得更深一點。但後來，他醒了，他去報名加入軍隊，去和俄國打仗，在戰爭的激昂中忘記了他愛情上所受的傷痕。亞述王歌，聖格里爾及格勒士與麗尼特三篇都是敘一個中世的英雄故事的，即著名的亞述王與圓桌武士的故事。這個故事的大概，在本書中世紀的歐洲一章中已有敘及了。亞定也是用自由詩體寫的，其故事很足動人。大凡丁尼生的詩都是純潔，溫和，高尙的，如晶瑩的綠玉，如皎白的琉璃，沒有一點的瑕斑，沒有一點的雜質。他所寫的婦人是英國詩中最優美的。他的文句極秀雅，他的音節極合於韻律。在他晚年時，他又着手做了好幾篇的戲曲，其中多半是以歷史上的故事爲題材的，如女皇馬麗（Queen Mary），林人（The Foresters）等是其較著者。但這些戲曲卻沒有他的詩那樣的成功。他享着高大的年壽，於一八九二年十月死去，葬於威士敏斯特教堂。

白朗寧（Robert Browning）與丁尼生是當時詩壇的雙星。他於一八一二年生在倫敦的鄰地，受教育於倫敦大學。他的生活也是寧靜的生活，沒有什麽可敘述的.他早年的努力是戲劇,但沒有很大的成功.以後便專心於詩,出了一册詩集,名鐘與石榴樹(Bells and Pomegranates).男人與女人(Men and Women)繼之而出,包含敘寫意大

白朗寧 (Rudolph Lehmann 作)

『赫米林的吹笛者』　(Christie 作)

這幅畫表白白朗寧的那首最為人所知的詩篇。赫米林鎮的孩子們聽了笛的響聲，快樂的跟隨了吹笛者走去。

「……她的小小的頭，畫在淡金色背景上。」

白朗寧的「一個臉」(A Face)　E. F. Brickdale 作

伊麗莎白·巴勒特

(F. Talfourd 作)

女詩人與男詩人之結婚，在文學史上是少見的事，白朗寧夫婦的兩個天才的結婚，乃是一個快樂的結婚。

利景色的許多好詩。他的指環與書(The Ring and the Book)是英文中最長的詩之一。最後著作阿莎蘭杜（Asolando）之刋行，正在他將死之前。他的死年是一八八九年。白朗寧是一個忠實的思想者，樂觀而愛人，詩中包含着不少的哲理，往往於淡遠簡樸中見深邃的思想。因此，他的詩便有些隱晦難明之處，非一般讀者所能領悟。

他的夫人伊麗莎白・巴勒特(Elizabeth Barrett, 1809–1861)也是一個大詩人，是英國最大的一個女詩人。她生於倫敦，所受的教育極廣博，希臘文，拉丁文，哲學以及各種科學，她都學得很好。她最初的重要工作，是譯了阿斯齊洛士的被縛的柏洛米賽斯爲英文。以後，陸續的出版了別的幾部著作，漸漸的得名了。一八三九年，她的愛弟與兩個朋友用小船到海上去遊覽，不幸被海浪所帶去。她受了這麼大的刺激，好幾年隱居着不出來，讀了不少的書，也寫了好些詩。一八四六年，她和白朗寧結婚，同到意大利去住，一直到她的死。她的長詩是被逐的劇曲(Drama of Exile)，卡莎·琪台之窗中(Casa Guidi Windows)及奧洛拉·賴夫(Aurora Leigh)。被逐的劇曲敘亞當夏娃被逐出樂園事；寫夏娃的悔恨，欲以自己的犧牲的生活來贖罪的心理，極爲細膩。卡莎·琪台窗中，是一篇政治詩，是敘她從卡莎·琪台的窗中所看見的一八四九年意大利爭自由的運動。奧洛拉·賴夫是她最大的著作，被稱爲『韻文的小說』，敘一個少年女詩人奧洛拉·賴夫與她的表兄弟的戀愛事，她在那里描寫女子的心理極爲周至而深切。她的短詩，孩子們的哭聲(The Cry of the Children)，抒寫苦作於礦中及工廠中的童工的痛苦，極有感人之力。她的感情，思想想像都極富豐，惟韻律的不正確，頗爲論者所訾議。

阿頓(William Edmonstoune Aytoun, 1813-1865)，虎特(Thomas Hood, 1799-1845)與麥考萊(Lord Macauly, 1800-1859)諸人，皆爲這個時代上半期的有名的詩人。阿頓的名作爲蘇格蘭騎士歌(Lays of the Scottish Cavaliers)，是好幾篇的詩，可成爲一部蘇格蘭的韻文史書。這些詩都是愛國的，易於激動人的。他又寫些諷刺詩，亦輕妙可愛。虎特是這個時代最大的機智的詩人。他先學商業，後來做了倫敦雜誌的副編輯。他的詩集出版後，詩名立卽確定。他所經營的商業不幸失敗了，也與史格得一樣，不得不苦作還債。麥考萊是英國最大的歷史家之一，但他也有很高的詩名，他的古羅馬歌 (Lays of Ancient Rome) 是最通行的英國詩之一，以氣勢的雄偉與韻律的諧和著。

馬太・亞諾爾特 (Matthew Arnold, 1822–1888) 與克洛夫 (Arthur Hugh Clough, 1819–1861) 是牛津大學的同學，同是懷疑者，與丁尼生與白朗寧之恬靜與樂觀異其趨。他們在理智與信仰的衝突潮流中，不得不到了懷疑的路上，卻並沒有至於自棄至於絕望。亞諾爾特很早的開始寫詩，出了好幾册詩集。在牛津大學做詩歌教授，繼續十年之久。一八八五年，他刊行了他的詩歌全集。他於詩歌外常寫着論文，批評及其他散文著作。他的詩人之名幾爲他的批評家之名所掩。克洛夫把在牛津大學時所受的宗教的衝突的感觸都印在詩上。他曾到過美國，後來死於意大利。他的抒情詩並不多，但瑩晶的詩的珠玉卻不少。

五

懷疑是不能永久的，於是有一派詩人於一八六〇時出來，對於一切的理智與信仰的衝突都淡漠置之。什麼神學，科學，政治問題，社會問題，他們都不感到趣味。他們走濟慈所走的路。他們所求的祇

亞諾爾特　詩人與批評家　(Joseph Simpson 作)

「啊，在英國呀，現在正是四月。」

白朗寧的海外思故鄉 (Home thought from Abroad) E. F. Briokdale 作

伊麗莎白之墓

墓在弗洛倫司，爲 Lord Lieghton 所設計建成。

是美的，浪漫的東西，祇是古代中代的英雄主義，遠遠的離開了近代的煩瑣的世界，遠遠的離開了一切惱人的問題。羅賽底（Rossetti）兄妹乃是這一派的首領。遠在一八四八年時，羅賽底（Dante G. Rossetti）已與兩個朋友創P. R. B.（Pre-Raphaelite Brothrehood），以改革英

羅賽底自畫像

戀愛的玩物 (Byam Shaw 作)

羅賽底的情歌之一

國的繪畫，反抗拉菲爾(Raphael)派的作風爲宗旨，以後乃推廣而及於文學，當時大作家如慕里斯(Morris)及史文葆(Swinburne)等都集於這個旗下，其極盛時代乃爲一八六〇年左右。

克利斯丁娜·羅賽底

詩人羅賽底之妹，當時最有名的兩個女詩人之一。另外的一個是白朗寧夫人。此像爲其兄所作。

羅賽底（一八二八年—一八八二年）生於倫敦，他父親是意大利人。他是大詩人，同時又是大畫家。他的名作爲早

「用一束的金髮來買我們的東西吧」

羅賽底爲他的妹克利斯丁娜的鬼市（Goblin Market）首頁作。

期意大利詩選(Translations from the Early Italian Poets)詩集，歌謠與十四行詩(Ballads and Sonnets)等。他的十四行詩，是英國詩壇中的最好者。他的詩，與他的畫一樣，是美秀動人的。他的妹妹克利斯丁娜(Christina Georgina Rossetti, 1830–1894)也以詩名，與白朗寧夫人並稱當代二大女詩人。她的作品最著者為鬼市(The Goblin Market)。

慕里斯(William Morris, 1834–1896)與羅賽底一樣，也是詩人與畫家，同時又善於建築。他真是一個多材多藝的人，一隻手畫着牆紙的圖案，一隻手寫着詩，口裏卻又談着社會問題。他曾作約遜的生平與死(The Life and Death of Jason)，係取材於希臘的有名傳說，又有敘亞述王故事的一詩。而樂土(The Earthly Paradise)尤為一部極偉大的著作。全詩凡二十四章，仿剛脫白萊故事，敘有一羣人避疫航海，至西方一島。島為希臘逸民所居。他們留在那里一年，互述故事以相娛樂。自序謂意欲人在藝術中得暫時之安息。以後，他的散文名作虛無之鄉 (News

From Nowhere)，與理想國，烏托邦諸作相似，乃敘述他的理想的樂園者。他的思想是社會主義的思想。或稱他爲藝術的社會主義的創立者。他的文辭很樸拙，乃努力模擬十五世紀英文的結果。

慕里斯 詩人，社會主義者。(G. F. Watts 作)

史文葆(Algernon Charles Swinburne, 1839-1909)與雪萊一樣，是一個熱情的反抗者，他愛重自由詩多希臘思想。一八六四年，他出版了亞泰冷他在卡里頓(Atlanta in Calydon)，這時不過二十七歲。兩年以後，又出版了詩歌集(Poems and Ballads)。他的熱情的青春，他的反抗的火燄，與他的駕御韻律，無往而不如意的才能，使他超越於同時代的諸作家，並肩於前代的諸作家；一切後來的諸作家，除了作自由詩的以外，也都受有他的影響。他的詩意層出不窮，一半

史文葆
(G. F. Watts 在 1865 年作)

由於他知識的廣博，一半亦由於他熱情的滂薄。他的抒情詩常常不自然的寫得很長很長，沒有一個作家能像他這樣。他不僅爲一偉大的抒情詩人，且爲一個偉大的敘事詩人。他的"Tristram of Lyonesse"在許多敘述亞述王故事的詩中，是最有氣勢的。

美勒狄士(George Meredith,1828–1909)是這時代中不能忽視過去的詩人。他所接觸的詩的範圍，較史文葆爲小，而迷人的魔力卻不下於他。他的詩讚頌大

史文葆之童年

地，及人與自然的交接．他的戀愛歌是十分的美麗．的丁尼生曾說起他的谷中的愛(Love in the Valley)一詩，以爲自己不能想得出，什麼人聽了這樣的好

『朝陽』史文葆的生命之春潮 (Arthur Rackham 作)

詩，要忘記也是不能的。他又爲一個大小說家，這一方面的他，將在下一章裏講到。

史的芬生(Robert Louis Stevenson,

史文葆的生命之春潮 (Arthur Rackham 作)

『恐怖，憂愁與輕蔑，一直站在他面前守着，直到了夜已過去，世界爲晨光所愉悅時』。——史文葆(Alfred Ward 作)

美勒狄士

(Cyrus Cunes 作)

在這圖裏，美勒狄士是爲他所創造的人物所圍繞。

1850–1894)，王爾德(Oscar Wilde, 1856–1900)，哈提(Thomas Hardy, 1840–) 及吉白林，亦俱與美勒狄士一樣，不僅以詩名。

史的芬生生於愛丁堡，初學機械及法律，後乃從事於文學，作小說極多。他的詩人之名乃被他的小說家之名所掩。他的最好的詩爲兒歌集(Child's Garden of Verse)，王爾德爲一個多方面的作家，爲英國文學史上的最怪特的人物之一。他作戲曲，作小說，作童話，都有很大的成功。他的詩萊頓監獄的歌(Ballad of Reading Gaol) 也是不朽的名著。他進過牛津大學，到過希臘與美國。他是一個唯美主義者。一八九五年，他因事被囚於萊頓監獄，萊頓監獄的歌，卽在獄中所作，還有一部獄中記，也是同時的作品，也得了極大的讚許。他還寫些散文詩。

哈提是生存的英國詩人中的最偉大者。他在八十三歲的高齡，還出版了一部新的詩集。他的小說的寫作，至今也未休止。但他的心，他的熱情，他的可憐而痛苦的心，卻都印在詩上，而不在他的小說。他是英國文學中最愁苦的詩人。他與華茲華士一樣的愛好自然,卻不像華茲華士之能於自然中得慰安.他的詩殊精美,但有些艱澀,這個艱澀不是由於音律,乃是由於他的思想.他本是學建築的,卻放棄了去從事於文學.他的小說,好的很不少,都待在下一章再講.

與哈提同樣的以愁苦深情之音著的,是湯摩生(James Thomson, 1854–1882).他早年孤露,歷盡艱苦,

陶孫

後來，以縱酒死。他的詩集名幽夜的城市(The City of Dreadful Night)。英國詩人像他這樣傾於極端於悲觀者絕少見。

陶孫 (Ernest Christopher Dowson, 1867–1900) 也是一個唱着哀歌的詩人。他曾學於牛津的王后學院；常常的到法國去。他曾與一個酒店主人的女兒有了戀愛，後來這女子卻嫁了別人。他便與湯摩生一樣，終日終夜的縱酒，一直到了死。他的作品不多，除了幾十首短詩外，還有一篇詩劇參情夢 (The Pierrot of the Minute)，但我們在那些作品裏卻已可見他全個的心，與他美好的詩才。

吉白林(Rudyard Kipling, 1865–)生於印度，但回到英國受教育。他在很早的時代便寫了不少的詩與小說。一八八八年時，就有人說道：『一粒光彩絢爛的新的文星在東方升起了。』 但當時注意者卻不多。到了他的東與西之歌 (A Ballad of East and West)諸作出版後，他的真的天才，他的新闢的詩土，他的新鮮的精神，才大爲人所稱許。他以後的詩集，有名者爲七海 (The Seven Seas) 及五國 (The

Five Nations)等。維多利亞時代的詩人要一一的敘講，正如要一一的敘講一個大園囿中的一切花草一樣，非本書所能辦到。但在最後，有一個詩人卻要提起一下。這個詩人是非茲格拉爾(Edward Fitz-Ge-

非茲格拉

(Joseph Simpson 作)

他以譯波斯詩人亞摩客耶的魯拜集著名。

rald)，他的得名不是由於他自己的作品，而且又是偶然的．以一個翻譯的文人而能在文學史上站一個堅固的地位，這實是一件很奇異的事，而菲茲格拉卻是如此．他於一八五九年從波斯文中，譯了亞摩客耶（Omar Khayyâm）的魯拜集（Rubáiyat），當時幾乎沒有一個人注意到這部小小的詩集，連譯者自己也沒有想到牠是如何的偉大．直到了後來，羅賽底與史文葆發現了牠，才漸漸的有人知道．至十九世紀之末，魯拜集乃成了少年文人無一不手執一冊的詩歌聖經了．這時菲茲格拉卻已經死了．這部詩集實不僅是翻譯；菲茲格拉使牠成了一部超出於翻譯以上的英詩的名著了．

參考書目

一．牛津的華茲華士詩歌全集，（The Oxford Wordsworth）一冊，牛津大學出版部出版．

二．華茲華士的短詩（Wordsworth's Shorter Poems）鄧特公司（Dent）出版的萬人叢書（Everymen's Library）之一．

三、華茲華士的長詩(Wordsworth's Longer Poems)亦在萬人叢書中。

四、華茲華士　麥耶(F. W. H. Meyers)著，麥美倫公司(MacMillan)出版的英國文人叢書(English Men of Letters Series)之一。

五、華茲華士詩選(Poems of Wordsworth)馬太阿諾爾特(Matthers Arnold)編，麥美倫公司出版的金庫叢書(Golden Treasury Series)之一。

六、柯爾律治詩集(Complete Poetical Works of S. T. Coleridge)牛津大學出版部出版。

七、柯爾律治詩集(Poems)牛津大學出版部出版的世界名著叢書(The World's Classics)之一。

八、柯爾律治　特萊爾(H. D. Traill)著，英國文人叢書之一(麥美倫公司)。

九、沙賽詩集　麥美倫公司出版。

十、沙賽　陶頓(Prof. E. Dowden)著，英國文人叢書之一(麥美倫公司)。

十一、史格得詩集　牛津大學出版部出版。

十二．慕爾詩集(Poetical Works of T. Moore) 牛津大學出版部出版．

十三．拜倫詩集 (Poems of Lord Byron) 牛津大學出版部出版．

十四．拜倫全集 (Complete Poetical and Dramatic Works) 共三册，在萬人叢書中．

十五．拜倫 尼考爾 (John Nichol) 著，英國文人叢書之一．

十六．雪萊詩集 (Complete Poetical Works of Shelley) 牛津大學出版部出版．

十七．雪萊詩集 共二册，萬人叢書本．

十八．雪萊文集 (Complete Prose Works) 有聖麥丁叢書 (St. Martin's Library) 本 (Chatto and Windus) 出版．

十九．濟慈詩集 有牛津大學出版部印本，有萬人叢書本．

二十．濟慈 柯爾文 (Sir Sidney Colvin) 著，英國文人叢書之一．

二十一．丁尼生全集 (The Complete Works) 共八册．麥美倫公司出版．又萬人叢書中有他的詩集二册，牛津大學出版部有他的詩集一册．

二十二．丁尼生：他的家庭朋友與作品(Tennyson: His Home, His Friends and His Work)卡萊(E. L. Carry)著。又丁尼生，英國文人叢書之一，Afred Lyall著。

二十三．丁尼生：他的藝術及與近代生活的關係(Tennyson: His Art and Relation to Modern Life)蒲洛克(Stopford A. Brooke)著。

二十四．白朗寧全集 A. Birrell 與 G. Kenyon 編。(John Murray 出版)

二十五．白朗寧夫人詩集 共一册，(John Murray 出版) 白朗寧夫婦的詩集本子極多。

二十六．白朗寧 查斯脫頓(G. K. Chesterton)著。英國文人叢書之一。

二十七．白朗寧夫人與她的詩 K. E. Royds 著。在 Harrap 公司出版的 Poetry and Life 叢書中。

二十八．亞諾爾特詩集，有萬人叢書本，詩歌全集，有麥美倫公司本。

二十九．亞諾爾特 赫爾葆特·保羅(Herbert Paul)著。在英國文人叢書中。

三十．羅賽底兄妹詩集，版子甚多。兄有牛津大學出版部的一本，妹有麥美倫公司的一本。

三十一．羅賽底 彭孫(A. C. Benson)著。在英國文人叢書中。

三十二.羅賽底兄妹 卡萊(E. L. Cary)著.

三十三.慕里斯全集 凡二十四册,(Messrs.Longmans 出版) 他的詩集,版本甚多.牛津的世界名著中亦有之.

三十四.慕里斯 諾哀士(Alfred Noyes)著.英國文人叢書之一.

三十五.克洛夫詩集 有麥美倫公司的一本,有Routledge公司的一本.

三十六.史文葆詩集 凡六册.Heinemann 公司出版.

三十七.史文葆傳 (Life of Swinburne) 哥斯(Edmund Gosse)著.

三十八.美勒狄士的詩集 版本甚多.

三十九.王爾德與陶孫的詩,近代叢書(Modern Library)中俱有之.王爾德著作,版本極多.中譯本亦不少,陶孫的參情夢亦有中譯,見小說月報.

四十.哈提與吉白林的詩,也甚易得.

四十一.菲茲格拉譯的魯拜集,版本極多.

第三十一章　十九世紀的英國小説

第三十一章　十九世紀的英國小說

一

十九世紀的英國小說，也與她的詩歌一樣，已到達了絢爛之極的境地，如最好的春日之玫瑰園，如三月時之鋪滿金黃色的菜花的田野；那里，有無數迷人的名作，有無數讀之使人笑使人哭使人深思的各式各樣的小說，那時的小說家是史格得，是奧斯丁，是狄更司，是沙克萊，是李頓，是佐治·依里奧特，是金斯萊，是美勒狄斯，是史的芬孫，是哈提，是吉卜林，他們都是屬於世界的，而非屬於英國的一國的。

十九世紀英國小說的開場，是一個女流作家愛特加華士(Maria Edgeworth,

1767–1849)。她生長於愛爾蘭，終身不嫁，以服侍她的父親。一八〇一年，她的第一部小說拉克林特堡(Castle Rackrent)出版，描寫地主之兇惡與貧民之弱點與好點。她的其餘的小說，也都是顯示社會的壞處而求其改善的。缺席者(The Absentee)曾被馬考萊稱爲婦人所寫的最好小說之一。她所寫的給少年男女看的故事，如哈萊與露西(Harry and Lucy)，天真的沙珊(Simple Susan)等，都是

阿波茲福(Abbotsford)圖書室

阿波茲福爲史格得所建之屋。現在此屋之一部分，已變成保存這位小說家遺物的博物院。

帶着濃摯的趣味，蘊着忠懇的道德訓言的。史格得是她的一個很大的稱許者。她死時已是八十三歲的一個老婦了。

史格得（Sir Walter Scott, 1771—1832）是一個詩人，又是一個小說家。當一八一四年時，他隱名出版了他的第一本小說華委萊（Waverley）；因為他那時詩名已高，不知這部小說能否也得到同樣的成功，所以不讓讀者知道那是他做的。不料華委萊一出版，讀者卻發狂似的歡迎牠；那樣的狂熱的歡迎，是文壇上是不常見的。於是史格得便繼續的做了二十九部同樣的小說，總名為華委萊小說（Waverley Novels），一部一部的都得到讀者同樣熱烈的歡迎，批評家讚不容口的稱許。這二十九部的華委萊小說可分為四部分；第一部分是關於蘇格蘭歷史的，如華委萊，第二部分是關於英格蘭歷史的，如愛凡荷（Ivanhoe），第三部分是關於歐洲大陸的歷史的，如昆丁·杜瓦（Quentin Durward），第四部分是描寫私人生活的，如考古家（The Antiquary）。

史格得的歷史知識極豐富，文筆也極舒卷自如之致，雖有時是匆促草率，卻使讀者爲他的雄偉的描寫力所捉住而不覺得。他的人物，寫得最好的

『共死生之』

J. Watson Nicol 作

此爲華委萊小說中最偉大作品洛蒲·洛依(Rob Roy)之一幕。洛蒲洛依早歲販牛爲業，後來做了強盜。他在蘇格蘭所得的名譽，有如在英格蘭的洛賓荷德(Robin Hood)的一樣偉大。

還不是李卻王等歷史上的大人物，而乃是平常的人民，平常的男女。他所寫的蘇格蘭的生活與景色，是無比的好文字。歌德說道：『在華委萊小說裏，無一而不偉大；材料，感應，人物，製作。』

他的晚年很貧苦，以過度的工作來償還他的債務，而這些債務卻可以不一定要還的。他是忠實的偉大的。他的叔叔嘗說道：『上帝祝福你，瓦爾脫，我的人，你已成了偉大的人，但你卻始終是個好人。』他的最後有力的著作是卜斯的美女（Fair Maid of Perth, 1828）。直到了死的前一年他還工作着。

奧斯丁（Jane Austen, 1775-1817）是史格得同時代的一個最大的小說家；她是一個女作家，生前幾乎沒有什麼人知道她。直到了她死後，才為大家所知。她做了六部小說，即諾山格寺（Northangen Abbey），勸服（Persuasion），感覺與感覺性（Sense and Sensi-

奧斯丁

英國偉大的女小說家

bility），驕傲與自私（Pride and Prejudice），曼斯菲爾公園（Mansfield Park）及依瑪（Emma）。每一部都是完美的；凡是喜愛她的寧靜的諷刺，她的簡樸而秀美的人物分析的，對於這六部書都可不必有什麼揀選。她的小說裏都是平常的人，平常的生活，沒有英雄的熱情，也沒有驚人的奇遇。她是以後描寫不重要的中產階級人民的小說的始創者。她的風格是平易而不見斧鑿之力，卻細膩，深入而動人。史格得極稱許她的作品，以爲她所寫的日

『拉麥慕爾的新娘』

(Millais 作)

路賽（Lucy Ashton）的戀愛故事，是史格得所寫的作品中最悲慘的一部。

常生活是他以前所未曾遇到過的。

二

當史格得與奧斯丁在寫他們的小說時，鼎峙於十九世紀英國小說界的三大作家，狄更司，李頓，沙克萊正相續的出生於世。

狄更司 (Charles Dickens, 1812–1870) 生於樸資毛斯 (Portsmouth) 的蘭卜特 (Landport)。他父親其初是在海軍軍餉局裏辦事，後來又在國會裏做記錄員。狄更司的早年生活是很困窮的。有一時曾被僱爲貼黑玻瓶的招紙者；又常常到監獄中去看視他父親，那時他父親正因負債而下獄。這種困苦的生活，使他得以與最下流的社會接觸，是他後來把這種經驗寫入他的小說裏的好機會。他沒有讀過什麼書，沒有進過什麼學校，他所得的學問，完全由於他的自修。後來他父親把他送進倫敦一家律師的事務所裏，但他不喜歡那樣的工作，改業爲記錄員。這使他有很多的機會去練習文字和文章的剪裁，因爲記錄員的職責不僅在單單

狄更司

的記錄他人的說話，而還要於漫無頭緒的話裏選出精要的話來寫下。在他閑暇之時，他常到倫敦街上去漫遊，注意民間的滑稽行動或他所見的地方。於是他便最初用蒲茲(Boz)這個名字，發生幾篇雜記於晨報上。不久，他被約去寫辟克威克故事(Pickwick Paper)，其重要目的是在說明一部連續的圖畫，在那里，圖畫是主要的，而狄更司寫的說明不過附屬品而已。不料第一卷出版後，大家發現：讀者卻更喜歡狄更司所寫的文字。他們看到了那滑稽的人物，那發鬆的對話，那可笑的故事，都忍不住要發出笑聲來。柔心腸的辟克威克先生，老年的威勞先生，以及他的兒子薩姆，立刻成了家家戶戶的熟悉而親近的朋友了。狄更司第一次的成功，真可算是偶中的。自此，他的名譽便立定了。然這時他卻不過是二十五歲。以後一部小說繼着一部小說的出版，都得到熱烈的歡迎。一八四三年，他到美洲去旅行，也受到很盛大的歡迎。後來，他想自己經理出版一種日報，但這與他不很相宜，便仍舊放下了去做他的小說。他的小說常是一月出版一部分。又創設了一種週刋，他的小說及雜記大都在那里發表。在他的晚年，狄更司常把他自己的作品朗讀給大衆聽。幾千個人都來看來聽這久享盛名的和愛的作家的朗讀。一八七〇年的夏天，他突然的死了。這時正在忙着寫他的最後一部小說愛特文·特洛台(Edwin Drood)，卻終於沒有告成。他的死使全世界的人都悲悼。

他的主要作品是辟克威克故事，尼古拉斯·尼克爾貝(Nicholas Nickleby)，握利佛·忒委斯特(Oliver Twist)，古玩鋪(Old Curiositty Shop)，巴那培·露格(Barnaby Rudge)，馬丁·察兹爾委特(Martin Chuzzlewit)，東貝與其子(Danbey and Son)，大衞·考貝菲爾(David Copperfield)，蕪廢之屋(Bleak House)，勞苦世界(Hard Times)，二城記(A Tale of Two Cities)，及我們的互友(Our Mutual Friend)。其中以辟克威克故事，尼古拉斯·尼克爾貝，握利佛·忒委斯特，古玩鋪，東貝與其子，二城記及大衞·考貝菲爾爲尤著。辟克威克故事中的人物及其性格，已成爲英語中的成語，讀者看了一頁，沒有不欲笑的。尼古拉斯·尼克爾貝(中

辟克威克先生　Frank Reynolds 作

狄更司的不朽創作之一

小耐兒之墓　古玩鋪之一幕

小耐兒之死使她祖父非常的悲痛，每天都到她的墓上來，不相信她已與他長辭。直到了最後的一個春天，有人見這老人死於墓旁。

文有譯本，名滑稽外史）描寫當時私塾的可怕，與一個教師的奇詭舉動，其描寫之深切，使人人讀了無不切齒，因此那可怕的私塾便被廢了。握利佛·忒委斯特（中文有譯本，名賊史）敘一個孤苦之童子在孤兒院中長成，受打，受餓，受種種的虐待。以後，經了許多的艱苦，曾淪落於倫敦的賊穴中一時，

握利佛逃到倫敦去

終於得救，發見他是一個富家之子。英國孤兒院的設施，因了他這部小說之出版，也改善了不少。古玩鋪（中文有譯文名孝女耐兒傳）寫一個很老的人，在很老的老年還在消耗他的時力於賭博，他的孫女，小耐兒，却是孝順而天真的小女郎。後來不幸夭折了。狄更司寫她的死的那一段，是世界一切文學中最感人的一段。東貝與其子（中文亦有譯本，名冰雪姻緣）寫一個冷酷，驕傲的商人的生平，後來，他經了許多的不幸，才變成了和善的人，態度，心腸都與前大不同了。大衛·考貝非爾（亦有中譯本，名塊肉餘生述）是狄更司所寫的小說中最好的一部。這是一部自傳，包含許多狄更司他自己在童年，在成人時所受的困阨的經驗。我們隨了那位主人翁大衛，經歷着他的童年，壯年，經歷他的愁苦，戀愛，以及後來的安樂，非終卷幾乎是不能放手。二城記是記法國大革命時的一個故事，也寫得異常的動人。

他的關於聖誕節的幾篇故事，如聖誕節歌(Chrismas Carol)，如馬利歌爾博士(Dr. Marigold),都是異常的可愛而動人,幾乎沒有一國的人不曾讀過他們的,狄更司他自己也很喜歡這幾篇,常在他的朗讀會中對着公衆朗讀。

他的小說所寫的故事與人物都是在於英國中下級的社會裏的;這與沙克來不同,他是寫上流社會的。他把他們寫的如此翩翩欲活,竟使他們成了人人口中的名字;他的許多好句也都成日常的成語。狄更司常常的譏刺,但他並不像沙克萊之譏刺;他是好心的,是有更高更大的目的,不僅僅譏刺而已;他不譏刺個人,他所罵的乃是社會的制度與組織。他的仁心與柔和的性格,使人讀了都感動。平常人所不注意到的瑣事末節,他也捉入小說中,寫得異常的可愛。他的風格,是真切而樸素;全篇的結構,看來是無秩序的,卻能有一種力量把讀者捉住,使他不得不一直看到末頁。他還有力量,使你把種種的感情都顯露出來,在看第一頁時是笑,看第二頁卻時要不自禁流下淚來,再看底下幾頁,卻又要切齒的痛恨起來。他的人物有兩種,一種是好人,一種是壞人,壞人的結果總是壞的,好人如可愛的女

格特希爾(Gadshill)

狄更司自一八六〇年起,住於此屋,直至於死。

郎，勇敢的青年們，卻都有一個好的或安靜的結局。這是他的範式，只有二城記是除外。在他的小說裏，空想的人物也有，還有別的缺點，但好處卻言之不

狄更司在格特希爾所用之椅桌，今爲其子所有。

盡。沙克萊說：『我感謝大衛．考貝菲爾的作者把天眞的笑與溫柔而光潔的篇頁給我的孩子們。』應該感謝他的當然不止沙克萊一個人。

沙克萊（William Makepeace Thackeray, 1811–1863）生於印度的加爾加答，他父親那時正在東印度公司裏辦事。七歲時，他被送去英國受教育。後來，進了康橋大學，因爲立志要成一個藝術家便中途退學。到歐洲大陸旅行了一次，回到英國之後，因爲種種的損失，不得不以文學爲維持生活之具，於是寫了不少詼諧的故事及雜記等等。那時，大家都以他爲一個很好的雜誌文章的作者。直至他的第一本小說虛榮市（Vanity Fair）出版後，他的偉大的天才方爲大家所認識。盤特尼士（Pendennis）繼之而出。一八五一年時，他又成了講演家，以十八世紀的英國滑稽家（The English Humorists of the Eighteenth Century）爲題，在倫敦博得很多人的歡迎，後來在蘇格蘭及美洲又把他們重講了一次。以後他又出版兩部小說，即依士曼（Esmond）及紐康氏傳（The Newcomes）。不久，又講演一次，講題是四個佐治(The Four Georges)。從美洲回來之後，他又著了佛琪寧人(The Virginians)。他的最後作品是鰥夫洛委爾 (Lovel the Widower) 及菲力的經歷(The Adventures of Philip)。

虛榮市寫兩個婦人的故事，沙克萊在題下寫着『沒有英雄的故事』但卻不是沒有女英雄。一個是倍該 (Becky Sharp)，聰明而無顧忌，顛倒了不少的男子，一個是愛美利亞 (Amelia Sedley)，是嫻靜而不大有頭腦，不大活潑的女子。這二個女子是同學而親密的朋友，沙克萊把他們對照的寫來，極細膩動人。盤特尼士敘的是一個少年的故事；他與一個女伶相愛，所得的卻不是真愛；他負了債，在大學裏不大有名譽；他成了一個學法律的學生，卻又不高興；最後下筆去寫小說與詩歌，終於得了成功，被歡迎的出現於交際社會中。依士曼是一部自傳的式樣，假說他是寫作於女皇安的時代的。主人翁依士曼是一個軍人，曾向卡士伍特夫人(Lady Castlewood) 的女兒求婚，她不理會他，後來他卻娶了她的母親，定居於佛琪尼里。這部小說引進了不少名人，如史惠夫特，安特生，史狄爾諸人。依士曼在沙克萊小說中雖不是最流行的，卻被視爲最完美的一部。紐康氏傳寫和善的胸無成府的紐康，因惡人的詭計而破產，貧窮而死。依色

沙克萊 (Joseph Simpson 作)

沙克萊的虛榮市之一幕

(Lewis Brumer 作)

倍該與愛美利亞在放假後的第一夜，同到樓下去吃飯。倍該因不意的遇見了愛美利亞之兄弟，幾乎沒有勇氣進餐室之門。

爾·紐康(Ettel)是這書的女主人翁,沙克萊所寫的女性中,以她爲最寫得好.佛琪寧寫的是依士曼孫兒們的故事,時代是約翰孫之時.美洲戰爭也在書中敘及.鰥夫洛委爾敘他娶西西麗亞

依士曼的一幕　(Hugh Thomson 作)

女郎皮特麗士(Beatrice)天眞的想道:『他要娶我,倒不如娶我我母親呢。』

·倍高(Cecilia Baker)爲妻，八年之後，她死了，留下兩個孩子，請了一個女管理人依麗沙白·辟里奥(Elizebeth Prior)爲他們料理一切。洛委爾的岳母倍高夫人是一個專制的人，當她知道了依麗莎白以前曾爲舞女，便要驅逐她出門。正當這時。洛委爾回家了。立刻向她求婚。她答應了，於是他不復是一個鰥夫。倍高夫人在這里是被作者寫成了一個不朽的人物。

沙克萊的小說，叙寫的大都是上流社會的人物；他的人物沒有一個不是真的男人或女人。在小說的結構上與描寫上，他是當時無比的，較之狄更司與李頓都精密而完美。他的作品，諷刺得很利害，有的人且以爲他是含有惡意的。但在實際上，他的諷刺決不是像史惠夫特那麼樣的刻毒而含有惡意，他的諷刺乃是如父母所給與孩子們的扑責，是要叫他們走上道德與名譽的路的。

李頓(Edward Bulwer Lytton, 1805–1873)是一個很早熟的作家，從他母親那里受到很好的教育。當他僅有六歲時已會做詩了。他的第一部著作，是在十五歲時出版。在康橋讀書時，也曾因作詩而得獎。在他暇時，曾步行過英格蘭及蘇格蘭，又到過法國。以後，便住了下來，勤苦的寫着文學的作品；在他的後半生，三十年間，幾乎沒有一年沒有詩，戲劇或小說從他多才的筆尖產出。一八三八年，他得到了勳位。他曾在國會中許多年，以善於演說著名，又曾入內閣。他死於一八七三年，那時剛好完成了他的最後小說開寧·齊林萊(Kenelm Chillingly)。

他的全集凡三十大册，包含詩歌，戲劇，小說，論文，歷史，政治論文以及翻譯；但他的永久名譽卻在他的小說上。他在小說裏，所取的材料範圍極廣；從意大利到

李頓　英國的大小說家之一。

希臘，從法國到德國，從古代的英國到近代的英國，從高等生活到下等生活，從城市生活到鄉村生活，這些都是他選材的所在。這許多小說，情調，風格，每多不同，在英國許多大小說家中，敍寫的範圍那末複雜，那末豐富的，除他以外恐怕沒有別個了。他的第一本小說柏爾漢(Pelham)是寫十九世紀的貴族生活的。以後，又做了許多歷史小說，如彭貝的末日(The Last Days of Pompeii)便是其中最著名的一部。彭貝的末日寫的是公元後一世紀，彭貝被火山燬滅前幾天的事。兩個希臘的男女，格拉考(Glaucus)與愛安(Ione)互相愛戀着，卻有一個惡人在那里競爭。一個盲女，也戀着格拉考。正當火山爆發之前，她引了他們到海上，因此救了他們。這小說不僅是一部有趣的小說，而且有許多學問上的考證，如古代的風俗，其如角力，大宴，浴房之類，都很仔細的寫着。他還著了幾部關於罪犯描寫的小說，那是歐勤·阿蘭(Eugene Aram)之類，顯然受有法國作家的影響。歐勤·阿蘭是敍十八世紀英國學者歐勤·阿蘭的事的。這人是一個很有學問的學者，在語言學上功績不少。一七五九年因犯謀殺罪被刑。李頓在這里卻說這個謀殺，實際上並不是阿蘭犯的，並加進一段戀愛的故事。他描寫複雜的心理是很成功的。在英國，這部小說的出版，曾引起一場大爭論，且有許多人攻擊他。他還寫着別一類的小說，那是寫中等階級的家庭生活的，如卡士頓 (The Caxton) 等。是再有一類是講神祕的，超自然的，妖奇的故事的；這樣的故事寫的人是很不少，他卻可算是最成功的一個，如查諾尼 (Zanoni) 及奇異的故事 (A Strange Story) 都是。他更著了別一類的小說，那是如現代威爾斯所著的空中戰一類的小說，所謂『科學小說』的，一樣。這個小說名未來的人類 (The Coming Race)，那時電和磁力都未發明，而他已經在這書有種種的預示了。他的想像之豐富與無比的機警，不可及的高超的思想，都可使他成爲一個大作家。

三

十九世紀後半的英國小說，也與十九世紀的開場一樣，也是由一個女作家領頭，那是蔡洛特・白朗特（Charlotte Brontë），她還有姊妹二人，一個名爲安尼（Anne），一個名爲愛美萊（Emily），連她共是三個，都是富有文才的．她們的父親是一個愛爾蘭教士，性情偏狹而好怒．她們姊妹三個都終生不嫁，自謀生活．蔡洛特的小說琪恩・伊爾（Jane Eyre）一出版，立刻得了大成功．她在

蔡洛特・白朗特 (George Richmond 作)

十九世紀後半英國最大的女小說家之一。

佳人才子的普通戀愛小說之外，另闢了一條路，就是寫兩個面貌醜寢，性情固執的男女，相戀而又相拒，竭力把愛情抑制着，後來終於愛情戰勝了意氣而相結合。這個新鮮的路，立刻有許多模倣者來走，但俱沒有她的成功。她又出版了兩篇小說維萊特（Villette）與休萊（Shirley），也都得成功。安尼與愛美萊，則所成就不如蔡洛特，但至少各有一部好書，安尼有她的"Agnes Gray"，愛美萊有她的"Wuthering Heights"。

與蔡洛特同時而較她爲尤偉大的女作家是佐治·依里奧特（George Eliot, 1820–1880）。她的眞名是馬麗·安·依文士（Mary Ann Evans）。她進學校的時候不多，差不多是自學的；她懂得希臘，拉丁，希伯萊，法，德，意諸國的文字；她早年的工作是譯史特拉士（Strauss）的耶穌傳爲英文。因爲她的宗教見解與她父親不同，便離了家，到國外去旅行。後來她住倫敦，寓於魏士敏斯特雜誌（Westminster Review）編者的家裏，做了不少的稿子投在這個雜誌上。她的第一本小說是牧師的生活(Scenes of Clerical Life)，只引起一部分讀者的注意。到了她的亞當·皮特(Adam Bede)出版，才把大衆的好奇心激動了，他們探問着，猜測着，做了這麼偉大的一部小說的，自署爲佐治·依里奧特的，到底是

依里奥特　(Sir F. W. Burton 作)

亞當·皮特之作者。

不幸的希特是人生悲劇中的犧牲者之一。她棄了她的嬰孩在森林中，後來再回去看時，他已死了，他恐她着，逃了。

希特·蘇萊爾 (Hetty Sorrel) —亞當皮特之一幕。(Hon. J. Collier作)

誰呢？狄更司卻猜出是一個女子的手筆。於是大家更要探出她究竟是誰。後來，他們才曉得，原來她就是依文士女士。她這時與一個評論家劉埃士（G. H. Lewes）相識，由友誼而進爲夫妻。劉埃士是有妻子的人，但守舊的倫敦人對於這個結合卻也不大責備。劉埃士的思想，在依里奧特後來的作品裏，有很深的影響。劉埃士死後，她再嫁於克洛士（John Cross），他也是她的舊朋友。她的老年時的作品沒有早年的那樣的秀嫩。她死時，年已六十。

依里奧特的作品，除了亞當·皮特外，如福洛斯的磨坊（Mill on the Floss）西拉斯·馬納（Silas Marner），弗里克·何爾特（Felix Holt）以及羅摩拉（Romola）都是沒有受到劉埃士的影響的；受到他的影響的乃是中軍（Middle-march）與但尼爾·狄朗達（Daniel Deronda）。在羅摩拉以前，她的作品都是質樸而熱烈的，所描寫的人物與人生也都是眞樸單純的，羅摩拉卻不同。這部小說，費她的時間最多；她自己說，自她爲女郎時，已着手去寫，到了一八六三年，她做老婦時才告成。這篇小說是敘文藝復興時的意大利的一個故事，她因爲做此書，曾參考了意，法，英，德的書籍不下五百餘種，所以那里包含不少文藝復興時代的藝術與風俗與其他一切的研究。有人說她的羅摩拉是失敗了，然卻不足爲定論，也有人以爲這乃是她的最偉大的著作。書中女主人翁羅摩拉嫁了一個希臘人梯多(Tito)，他是一個異常使人愛而又異常自私的人，負了不少人的恩與情，後來終於被他從前的義父所殺。其中與他陪襯的人物，乃是殉教而死的教士薩瓦那洛拉(Savonarola)。在羅摩拉裏，這位教士殉教的故事乃是很重要的骨幹之一，不僅僅是穿插而已。她的中軍是一部很悲哀的著作；她的但尼爾·狄朗達有人也以爲失敗。寫的是一個女子因救其父母之故而嫁給一個非她所愛而性情冷酷的富人；那樣的慘鬱的情調卻很足以動人。

她的小說，在英國諸女作家中可算是最偉大的，卻因爲未必沒有瑕點，因之許多人對於她的數種作品毀譽不一。她又有一冊詩集，在那里也有不少的好詩。

依里奧特之外，金斯萊兄弟在那時也很有名望，兩個金斯萊之中，尤以哥哥查理士(Charles Kingsley, 1819–1875)爲有勢力。他的父親是教士，他也以教士終其一生。他曾在倫敦，康橋二大學裏讀過書，後來到了康橋爲近代史教授。他的著作，種類很複雜，有許多歷史的浪漫的小說，又有許多純粹的科學研究的文章。他是當時最忙的一個人，『懶』的一字在他字典裏是沒有的。他的詩也很好，卻以小說爲最有名，先後共發表了三十五冊，其中最著的爲聖者的悲劇(The Saint's Tragedy)，阿爾頓・陸克(Alton Locke)，酵母(Yeast)，希柏蒂亞(Hypatia)，向西方去(Westward Ho!)，二年前(Two Years Ago)，水孩(The Water Babies)，英雄們

查理士・金斯萊

查理士·金斯來的名作之一

聖者的悲劇 (The Saint's Tragedy)

「依里莎白：我現在不要一個人，只要上帝一個，啊，這裏我把所有世上的衣飾都脫下了，裸體赤足，走過世界以跟從我赤裸裸之主。」

(第四幕第一場)

(Heroes) 及散文牧歌 (Prose-Idylls) 等。二年前是描寫英國當時的生活的，水孩是一部有名的童話，英雄們是一部神話，此外都是歷史的小說；阿爾頓陸克是英國大憲章時代的故事，希柏蒂亞是以埃及、亞歷山大府爲背景的第五世紀的故事，向西方去是十六世紀英國與西班牙大海戰的故事。

希柏蒂亞的故事很恐怖；希柏蒂亞是一個美麗的希臘婦人，在亞歷山大府以博學及美貌著名。她常在大學裏講演新柏拉圖哲學。一班的基督教徒卻憤怒起來，到了她的教室裏，把她很殘酷的處死了，於是中世紀的無知便掩蔽了希臘的知識的光明，於是亞歷山大府便永淪入長眠裏。向西方去乃是很有力量的戰事小說，寫依麗莎白女皇時代英國紳士們的冒險，在海上爲英國爭得了大勢力；他們的口號是殲滅西班牙人。他們一遇着便打仗。後來西班牙的海權果然被英國人所奪去。

水孩是一部沒有一個英國孩子不讀的童話；敘寫一個孩子，名叫湯姆，爲通煙突的學徒，受了無數的虐待，後來做了水孩，因爲仙母的教訓，而成了一個好孩子。作者把這故事寫得異常的美麗而有趣，水裏的動物都活潑潑的現在兒童們的想像裏，是許多童話中有數的名作。英雄們敍寫的是希臘神話裏的故事，在同類的著作中，這是最好的一部。

他的弟弟亨利（Henry），生於一八三〇年，曾肄業於牛津大學，後來到澳洲去謀生，沒有什麼成就，只得復回至英國，以賣文爲生。他作了三部小說，以拉文肅(Ravenshoe)爲最好，是歐洲文學中描寫戰爭的有數作品。

安東尼·特洛陸甫（Anthony Trollope），委克·柯林斯（Wilkie Collins）及查理士·李特（Charles Reade）是與依里奧特及金斯萊不同的另一類的作家，他們在當時也很受讀者的歡迎，卻不是什麼很偉大的小說家。特洛陸甫（1815–1882）所寫的小說都是描寫英國中流社會的，這是新闢的一條路。他把當時中等階級的思想情感，風俗習慣，都忠實的捉在紙上；他的想像力是異常的豐富。他所作小說極多，都是忙裏偷閑作的，以旅行時寫的爲最多。有人說，他究竟作了多少小說，連他自己也不知道。守卒 (The Warden) 及白西夏史記 (The Chroincles of Barsetshire) 是他最有名之作。柯林斯 (1824–1889) 的小說，以情節的巧妙而奇異勝人。他常寫惡人，把他們寫得極兇惡，卻不至使人厭恨他們，反足以使人生羨慕之思，正像人之欽慕虎的威力豹的美斑一樣。白衣女子 (The Woman in White) 及亞瑪兌爾 (Armadale) 是他的代表作。李特 (1814–1884) 共

安東尼·特洛陸甫

作了二十冊左右的作品，有的小說是不朽的，有的卻是不經意之作。他的描寫的範圍極廣，文字的風格也很好。最有名的是拱廊與火爐(The Cloister and the Hearth)，叙的是文藝復興時代的大學問家依拉斯摩(Erasmus)的事；李特於此，曾費了不少歷史上的搜討的工夫。還有亡羊補牢(It's Never Too Late to Mend)，描寫掘發澳洲金礦的狂熱；可怕的誘惑(A Terrible Temptation)，叙寫遊民的性質很好。

李特

李維士·卡洛爾(Lewis Carroll)的愛麗思漫遊異境記似較金斯萊的水孩爲尤得兒童們的歡迎，在實際上也真是更好。他生於一八三二年，真名是杜格孫(Charles Lutwidge Dodgson)。他曾爲牧師，嘗於友人家中，作他的愛麗思漫遊異

卡洛爾與麥杜納夫人(Mrs. MacDonald)及她的四個子女。

卡洛爾的大著愛麗思漫遊異境記其初意不過寫來娛悅他所愛的兒童而已。

境記(Alice in Wonderland)以娛樂他所愛的兒童們出版後，結果卻異常的好，立刻風行於各地，無論那一國都有譯本出來．這部書寫的是一個女孩子愛麗思，坐在她姊姊身旁，忽然睡着了，夢見一隻兔子穿着背心拿出錶來看，她便跟了他去．經歷了種種的異境，遇見了種種的奇物怪事．後來，她醒了來，她姊姊正叫她去吃茶．作者在這里寫兒童心理與他們腦筋中所有的夢想，飄忽錯亂，若有理，若無理，又滑稽又怪誕，真是一部無比的傑作．以後，他又出版了一部鏡中幻影(Through the Looking Glass)寫愛麗思又入夢了，這一次夢見的是象棋中的人物，那樣的顛倒錯亂的夢想，寫得也與那第一部書一樣的動人．他又作同樣的書二部，一名西爾委亞與白魯諾(Sylvia and Bruno)，一名行獵記(The Hunting of Snark)．卡洛爾除此以外，沒有什麽別的大作了，然卽此已足以使他不朽，已足以使他在不朽的文學天才裏占一個很高的位置了．

勃拉克穆爾(William Blackmore, 1825–1900)所描寫的範圍與題材又自創一格。他的著名作品是羅那・杜尼(Lorna Doone, 1869 出版)以極真切的描寫他的鄉土被讚稱。杜尼是一個暴虐的貴族，他的女兒羅那卻是一個美貌而好心的女郎。青年李特(John Ridd)恨老杜尼之殺其父，卻不由的不戀着無辜的羅那。故事的骨幹是如此，作者把他寫來非常的驚心動魄，非復是以前的柔和的家庭小說與夢想的童話了。在這一方面，史的文孫(Stevenson)的成就較之他為尤偉大。

講起史的文孫(1850–1894)來，大約沒有一個少年人不曾讀過他的金銀島(Treature Island)，新天方夜談(The New Arabian Nights)與被拐(Kidnapped)的罷。他也以詩名，卻遠不如他的小說家的名字之為人注意。他早年的小說就很得成功，偉大的名作很不少，被拐的一部小說出版時，他只三十六歲，而這部東西卻已是他的第七部小說了。他死的前八年，因體弱多病，不得不離開英國而居於太平洋中的薩毛亞島(Island of Samoa)。他的作品很豐富；論者每推許他的尺牘，以爲是傑作.此外與人合作的東西也很不少,如新天方夜譚便是與他夫人合著的.金銀島是他最有名的小說,被拐卻是他自許爲最好的.他的這兩部小說,都是寫冒險的故事,可以令人驚心動魄的.金銀島寫一個孩子,偶然發現一個海盜藏金的所在.有幾個紳士帶了他去掘藏.海盜也正帶着同樣的目

史的文孫 (Joseph Simpson 作)

的到那里去。兩方面經了好久的戰鬬。在其間，這個聰明的孩子也盡了不少的力。終於殲除了惡盜而得到他們的藏金。他寫海洋生活，寫强盜生活，寫緊張的情緒，都到了很高的地位。難怪牠是少年們最喜讀的一部東西。被拐寫大衞·巴爾福(David Balfour)的冒險故事。他因父親之死，到他叔叔那里去。這位惡叔卻把他拐上了船，要賣他美洲去。他在船上結識了阿蘭(Alan)，這個人是史的文孫寫的人物中最活潑，最有精神的一個。他與阿蘭經了不少有聲有色的動人的冒險。以後，他回了家，也愚弄了他的惡叔。在這些冒險小說，史的文孫並沒有什麼戀愛的故事，也沒有令人難堪的悲劇，這兩個東西原是一般動人的小說的雙柱，他都擯斥不用，卻也能依然的動人。他並不是不會描寫女子，在他後來小說中寫的女子卻也很成功。他的新天方夜譚擬仿一千零一夜，而以現在的大都市的背景，寫出不少令人撟舌稱怪的故事。他的短篇小說也很有成功。他的運用英文的才力是沒有人能够及到的；他的表現，是一種新的有彈性的表現。

美勒狄士（George Meredith），杜·馬里耶（George Du Marier）與吉白林（Rudyard Kipling）三人的小說又各自有特殊的風格，與前人不同。美勒狄士（1828-1909）有詩名，卻也與史的文孫及哈提一樣，小說家之名卻更高他的小說以維多利亞（Vittoria）及利查·弗佛萊的酷刑（The Ordeal of Ricard Feverel）爲最著。他的描寫力很深刻而高超，文筆卻有些隱晦，所以他的東西是好的，卻不是最流行的。杜·馬里耶，（1834-1896）本是一個畫家，常在畫報上寫些具有深意而有趣的諷刺畫。在他的最後幾年間，才開始做小說，卻立刻得很大的成功。彼得·依白遜（Peter Ibbetson）裏寫的東西異常的新穎，文筆也異常的新穎，差不多是法文的調子而不是英文的；那里並附插着他自繪的插圖。特里爾貝（Trilby）繼之而出，出版時便銷去了五十萬册。（一八九五年出版。）作者在那里叙的是一個美麗的女郎，特里爾貝便是她的名字，在巴黎做藝術家的模特兒。某天，一個奥大利的猶太人，一個大音樂家，在畫室裏看見了她，以爲她可以成極好的歌者，便

吉卜林(Cyrus Cuneo 作)

在這圖中，吉卜林是為他創造的人物所圍繞。

用催眠術，指揮她去唱歌，立刻得到了大名。某一次，特里爾貝正在唱時，那位施催眠的大音樂家突然的死了。她因此失去了唱歌的能力，立刻失敗，也死了。她有一個舊時的情人，那時也在場，便也殉情而死。

吉白林比之美勒狄士和杜馬里耶都偉大。他與沙克萊一樣，也是生於印度的；他的生年是一八六五，生地是孟買。他是一個早熟的作者。當他二十三歲時已著名於世。他的第一册短篇小說集出版於印度，而受到印度人及英國人的同樣的注意。他的短篇小說，在英國是無可與並肩的。即史的文孫，也不能及得上他。他的感覺非常的銳敏，寫的東西又是很新穎的。他『有兩種驚人的力量，一是能使人發出驚恐駭異的心意，而他卻不必用神奇不可能的事蹟，只須用可能的事的描寫，這是非尋常作家所能幾及的。還有一種是解釋極複雜糾紛的社會情態，他只須選幾件非常有力的事變，便能暗示一切，即詳細陳述，即不能明白的事。』（小泉八雲語）。

吉白林的短篇小說集，以平原的故事(Plain Tales)三兵士(Soldiers Three)，林莽之書(The Jungle Book)勝者威廉(William the Conqueror)等爲最著。有的人以爲他不會做長篇，然而他的光亮熄了(The Light That Failed)及勇敢的軍官們(Captains Courageous)的出版，卻足以表示他們的話的錯誤。他是一個熱情的作家，寫的東西，都是赤熱的，非冷血的讀者所能讀得下。有時，他所描寫的卻過於殘忍，所以有許多批評家都視他爲一個彗星。他後來出版的凱姆(Kim)，也是一部傑作。

哈提的短篇小說以威賽克斯小說集(Wessex Tales)爲最著，威賽克斯因爲他的描寫，成了有名的地方。他的長篇小說，第一次引人注意的是在綠林樹下(Under the Greenwood Tree)。推斯(Tess of the D'Urbervilles)與難解的裘特(Jude the Obscure)是他不朽的大著。他所寫的都是人生的黑暗面，他的情調是悲觀的，但卻帶有憤懣與熱情，和那些冷酷的悲觀主義者不同。推斯敘的是一個美麗的村女推斯的一生。她偶然的遇到一個自私的男子，被他蹂躪了而回家。她生了一個孩子，不久又死了。她一次做了那個男子罪惡的犧牲，自此以後便永久做

哈提

推斯(Tess of the D'Urbervilles) Hubert Herkomer 作

卡拉爾(A. Clare)在睡夢中行走，到了推斯的湯床愛的悲呻道：「我的妻死了死了！」然後，他把她抱在臂間，在夜中把她帶到墓場，謹慎的把她放在一個墓上。

了他的習慣道德的犧牲了。她離開了本鄉，又遇到一個少年克拉爾(Clare)；他們互戀的結果是結婚。當他們結婚的一天，推斯告訴克拉爾以她從前的事。他卻立刻把天女似的看待她的心腸變做冰冷了，立刻離開了她。她遂在貧窮，失望，病苦之中遇到她的結局。難解的裘特也是同樣悲慘的小說。那里寫的是少年人裘特，想到牛津去，去成就為一個學者。但因環境的關係，因一個天性卑下的婦人愛她，與他愛一個淑雅而體弱的婦人之故，而不能向前去。前一個婦人拖她下泥水中去；後一個婦人又要他一同翱翔於星空。在這兩種地與天的戀愛中，裘特便毀壞了。他離開牛津一天一天的遠。後來，私生子出來了，愛情沒有結果，貧窮又捉着他，使他不得不以死為結局。哈提所作的小說，大都告成於十九世紀之中，到了二十世紀，他於專心於他的詩，不做小說了。在一九一三年，他才再出版一部名為變了的人(A Changed Man, The Waiting Supper and Other Tales)的短篇小說集。但他至今還健在，也許他更會有大名作出世呢。

基新與王爾特應該在最後敍述一下。

基新(George Gissing, 1857–1908)也與奧斯丁一樣，他的名譽在死後才漸漸的大了。他是一個化學藥品商的兒子，十四歲進歐文學院(Owens)，以特異的才能，得到不少次奬。他欲專心研究學問，卻於十九歲時，與一個婦人相戀，因此毀壞了他的終身。他和她結婚，因她的需用過奢，他不得已去偷竊同學的東西，因此被捕下獄。後來，他到美國去，做些短篇小說賣錢，卻不得到什麼成功。他困苦萬狀的回到倫敦，這時他開始做小說。他之做小說，卻也是生活關係而逼出來的。但結果到底成就不少好的東西。不入流者(The Unclassed)，狄摩士(Demos)漩渦(The Whirlpool)三部

基新

是他的最好的著作。他的狄更司評傳(C. Dickins: A Critical Study)也很著名。王爾特的小說以獄中記爲最著，以格雷的肖像(The Picture of Dorian Gray)爲最引起辯論，很多人以此書爲不道德之作而咒駡不已。他的短篇小說和童話也都很成功。童話集安樂王子和其他故事(Happy Prince and Other Stories)更可表白他的廣大的同情心。但他的重要作品，大概都是戲曲，如沙樂美(Salome)，遺扇記 (Lady Windermere's Fan)，一個不重要的婦人(A Woman

王爾德

of No Importance)及理想的丈夫(The Idela Husband)等都是近代劇場上最常演奏的戲，也是世界各地讀者手中最常看見的劇本。

沙樂美之頂點 (A. Beardsley 作)

參考書目

一．史格得，奧斯丁，狄更司，沙克萊以及以下諸人的重要小說，在鄧特(Dent)公司出版的萬人叢書(Everyman's Library)中大概都可得到．史的文孫，哈提吉白林諸人的小說，也甚易得．

二．史格得傳(Memoirs of the Life of Sir W. Scott) 陸卡特(F. G. Lockhart)著．

三．史格得(Scott) 赫頓(R. H. Hutton)著，在英國文人叢書中．

四．史格得 安特留·蘭(A. Lang)著，在文學家傳(Literary Lives)中．

五．奧斯丁傳(Life of Austine) 奧斯丁·萊夫(J. E. Austine Leigh)著．

六．奧斯丁(Jane Austine) 皮卿(H. C. Beeching)著，在英國文人叢書中．

七．狄更司傳(Life of C. Dickens) 福斯特(J. Forster)著．(Chapman and Hall 出版)

八．狄更司 瓦特(A. W. Ward)著，英國文人叢書之一．

九，狄更司他的生平作品及人格(C. Dickens, His Life, Writings, and Personality) 吉頓(F. G. Kitton)著．

十．沙克萊 特羅格甫(A. Trollope)著，英國文人叢書之一．

十一沙克萊傳．(Life of Thackeray) Merival 與 Marzials 合著．

十二．佐治依里奧特傳 (Life of George Eliot) 克洛士(J. W. Cross)著．(Messrs. W.

Blackwood & Son 出版）

十三、佐治依里奧特傳 史特芬（L. Stephen）著，英國文人叢書之一，

十四、美勒狄斯：小說家，詩人，改革家（G. Meredith: Novelist, Poet, Reformer）韓特孫（M. S. Henderson）著。

十五、史的文孫傳（Life of R. L. Stevenson）巴爾福（G. Balfour）著（Methuen 出版）

十六、哈提的藝術（The Art of T. Hardy）約翰生（L. P. Johnson）著。

十七、哈提傳（The Life of T. Hardy）白林尼克（E. Brennecke）著。

十八、哈提評傳（T. Hardy, a Critical Study）L. Abercromb 著（Martin Secker 出版）

十九、吉卜林評傳（R. Kipling, a Critial Study）Cyril Falls 著（Martin Secker 出版）

第三十二章　十九世紀的英國批評及其他

第三十二章　十九世紀的英國批評及其他

一

十九世紀的英國評論開始於兩個雜誌，一個是愛丁堡評論（Edinburgh Review），發刊於一八〇二年，一個是每季評論（Quarterly），發刊於七年之後，是反抗前者的。這是近代的評論與雜誌的起源，在文學史上是一件很重要的史實。跟着他們之後的，又有兩個相反抗的重要的雜誌出現，一個是黑木的愛丁堡雜誌（Blackwood's Edinburgh Magazine），一個是倫敦雜誌（London Magazine），前者成立於一八一七年，後者略晚些。蘭姆（Lamb），夏士勒德（Hazlitt）狄·昆西（De Quincey）以及卡萊爾（Carlyle）諸名人皆爲倫敦雜誌的投稿者，狄·昆西又是黑木的愛丁堡雜誌的投稿者。這些文學上的新勢力，頗有風靡當代之概，不僅重要的散文家為他們的重要投稿者，即小說家也常在那里發表他們的作品，即詩人也是如此。就散文而論，這些評論或雜誌的產生，至少有了兩個重要的影響：其一是給一種鼓勵於當代作家，使他們努力於一種隨筆評論或絮語散文的寫作，因此作整部大書的人不多而作零篇的絮語或隨筆者日衆；其次，牠給一塊新的領土於文學批評。當時批評者分成了新的與舊的兩派，互相攻訐，互相辨論，而使批評的文學成為有力的，熱烈的，有聲有色的東西，無形中變更了前代愛迭生與高爾斯密的

狄・昆西 (J. Watson Gordon 作)

寧靜可愛而缺乏變化與熱力的作風。

在十九世紀的前半，一般的散文家，可分爲三派，一派是屬於兩個愛丁堡雜誌的，一派是屬於倫敦雜誌的，再一派是不屬

「在他夢中，他是置身於東方的世界中了。」——狄昆西的一個英國吃鴉片者的懺悔。

於這兩派的。愛丁堡評論的創辦人約弗萊（F. Jeffrey, 1773-1850）是當時最有影響，雖然不是最偉大的批評家。他是偏於守舊派的一方面的，他的合作的人史密士（Sydney Smith, 1771-1845）是一個很好的諷刺作家。到了現在，這兩個人的文字卻已很少人讀了。威爾孫(John Wilson, 1785-1854）是黑木的愛丁堡雜誌的創辦者，他

鴿巢

狄昆西在此住了二十年，華茲華士也在此住了七年。

體格强健，是一個拳術家，著作不少，然現在也已沒有什麼人去他們讀了。

狄・昆西 (Thomas De Quincey, 1785–1859) 是投稿於黑木雜誌，同時又投稿於倫敦雜誌的人，他是威爾孫的朋友，但在文學上的地位卻較之上述的幾個人都重要得多。他的全集共十七冊，大多數是討論各式各樣的事物的論文與隨筆，有的時候失之於隱晦，有的時候卻非常有力而動人。他的敍述力與描寫力極大，此可於他的貞德傳 (Joan of Arc)，英國的郵車 (English Mail Coach) 及夢的追逸曲 (Dream Fugue) 見之。在他的謀殺是美術之一 (Murder Considered as One of the Fine Arts) 他把嚴肅的滑稽與恐怖聯合在一處，是很成功的，這一篇諷刺文學，連史惠夫特也要為之怡悅。但他的最有名的著作，還是一個英國吃鴉片者的懺悔錄 (The Confessions of an English Opium Eater)，是一篇奇異的自傳一類的作品，是一篇世界文庫中的不朽的名著之一。洛克赫特 (J. G. Lockhart 1794–1854) 也與狄・昆西一樣，是兩個反對的雜誌，倫敦與愛丁堡的聯絡者，他也寫了四部小說，但他的最有名的東西是兩部傳記，葆痕士傳 (Life of Burns) 與史格得傳 (Life of Scott)，他的妻子乃是史格得的女兒。

倫敦雜誌那方面的人才可不少，最著名的，最得現代人的敬愛的是查爾士·蘭姆 (Charles Lamb, 1775-1834)。他的父親是一位書記，他在十七歲時也成功了印度局 (India House) 裏的一個書記，專心去看護他的發狂的姊妹馬麗 (Mary)，有

查爾士·蘭姆 (G. F. Joseph 作)

一八二三年的蘭姆

(Brook Pulham 畫)

一次，她竟她死了她自己的母親。他非常愛倫敦，偶然遠去便不快活。他的性質非常的和善，認識他的人沒有不愛他的，柯爾律治是他的最親密的朋友之一。在他晚年，他得了一筆退俸金而退休了。他與他姊妹同著的莎士比亞戲曲裏的故事(Tales from Shakespeare)是一部最流行的英文書，但他最好的著作卻是依里阿的隨筆(Essays by Elia)。他非常喜歡古的作家，在他的許多作品上，似乎曾印上了他們恬靜的風格的痕迹。他是當時最可愛的作家，能夠很技巧的把滑稽與憤慨，淵博與素樸混合在一處。

夏士勒德(William Hazllit, 1778-1830)是蘭姆的同時人，曾去學過畫，但他批評圖畫的能力卻比作畫的能力好，於是遂放下了畫筆而拿起墨水筆來。他供獻許多關於當時藝術與文學的批評給主要的文藝與政治的雜誌。他的最重要的著作是莎士比亞戲曲的人物(Characters of Shakespeare's Plays)及英國詩人論(Lectures on the English Poets)與桌話(Table Talk)，在其中，桌話是尤爲著名，足以見他的風格。他的文字，思想是淸晰的，常是同情於所批評的作品，表現出廣闊而複雜的學問，他的風格是活潑如畫。

夏士勒德 (W. Bewick 作)

他曾被稱爲『批評家的批評家』(The Critic's Critic)，對於新派與舊派同樣的給他們以公道。

韓德(Leigh Hunt, 1784–1859)是一個批評家，同時也是一個詩人。他與雪萊與濟慈是很親密的朋友。他的重要著作卻是散文。他的風格是深印着他自己的隨便而不負責任的性情，他的輕如蝴蝶似的才能，及他的個人的可愛。他依賴他的筆爲生活，所以許多書都是寫得太快些，但他的隨筆卻機警異常而想像豐富，常常是可讀的，他的愛文學，是忠懇而深摯的。他的名著是自

韓德 (J. Hayter 作)

傳(Autobiography), 卡萊爾很稱許牠。

不沒身於以上兩派或其他社團的深淵中者，有考貝特(William Cobbett, 1762–1835) 諸人。考貝特是政治改革家，新聞家，還是一位寫了不少本書的人；他是具有最動人之個性者之一，他的影響在當時很大。他的鄉間的騎行(Rusal Rides) 是具有永久之趣味的；他的英文法(English Grammar) 是許多文法中無與比肩的一部，因牠全部是可娛悅的。許多人列他於彭揚，狄孚和史惠夫特之林。蘭杜(W. S. Landor) 的風格恰與考貝爾相反，他的名作是想像的談話(Imaginary Conversations)，以過去的大人物爲談話的主人翁。沙賽(Southey)，在本書的上面一章中已經舉過，他是一位勤力的散文作家，與他的作詩一樣，他的大作是奈爾孫傳(Life of Nelson)。有人說，他的散文比他的詩還重要。但柯爾律治卻與他不同，他的散文不過是詩歌外的零片。然柯爾律治的批評力卻極高；常是暗示的與刺激的。他的文學傳記(Biographia Literaria) 是一部不朽的大作，他的分析力與解釋力充分的表現於此。此書論詩的原理，乃是一切同樣東西中可占最高位置者。

二

卡萊爾(Thomas Carlyle, 1795-1881)是十九世紀後半葉最偉大的作家，他的給與當時的影響，沒有一個人能比得上。他的父親是一個石匠，略略有點田產。他從蘇格蘭的破衣舊履的農民叢中躍出，進愛丁堡大學。沒有等到受學位，他便離開大學去教書。他的父母要他入蘇格蘭教堂辦事，但他因宗教觀念突然的變遷了，因此不能進去。他經過一會兒的懷疑與痛苦，但後來終於得到勇敢與信仰。不幸他精神的信仰得到了，他的身體卻成了急性胃病的犧牲者，這個病自此使他的生活可憐，且使他的思想染上了不少色彩。他以私家教讀與勤苦的著作維持他的生活，到了一八二五年，他才出版了一本重要的書席勞傳(Life of Schiller)。一八二六年，他結了婚，好幾年以後，都以作稿投登雜誌為生，所做的東西，大都是關於德國文學的，——德國文學是他在那里發見到『一個新天與一個新地』的一種文學。他的第一本書 Sator Resartus 是一部很奇異，很重要的書。一八三七年的夏天，他的大作法國革命 (French Revolution) 出版，一八四一年，他的講演集英雄與英雄崇拜出版，一八四三年，他的很有影響的書過去與現代 (Past and Present) 出版，一八五〇年，晚年的論文

卡萊爾　英國的大批評家

卡萊爾之家 (在 24, Cheyne Row, Chelsea)

從一八三四年至他的死，他都住在這裏。崇拜他的人，不斷的至此老屋遊歷。

(Latter-Day Pamphlets) 出版；菲力特里大帝史 (The History of Frederick the Great) 是他的最重要作品，出版於一八五八，一八六二及一八六五年，每年出版二册．他的妻在一八六六年死去，這個打擊，他受到後，永不能得恢復，他只是失望的悲觀着，他的餘年是充滿了靈的憂愁與痛苦．他死於一八八一年，他遺囑要葬於本鄉，果然照此實行了，不如大家所料的葬於威士敏斯德寺．卡萊爾的風格，因爲牠辭藻的豐富，句法結構的奇異，以及章法的古拙等等，成了英國散文學中無比的精美．我們在他的奇異的『散文史詩』法國革命，可以看出他的描寫力與抒寫個性的能力．他的懇摯的精神與美好的想像，給他以一個位置在預言家與詩人中．在所有他的哲學的精要裏，他歸根結底的是一個清教徒中的清教徒．他以爲無情與淡漠是當時最壞的罪惡．他的教訓的鑽孔是忠懇．他憎恨習慣

卡萊爾之墓 (在 Ecclefechan)

與非真實；他的使命是：我們必須在社會、政治與宗教裏尋求真實，無論用什麼價錢。在他看來，歷史是『更偉大的聖經』表現上帝的對於人們的正直行爲；他在過去所讀的教訓，他帶了來應用到現在。他的位置在近代的世界，是他的絕對反抗近代的一切最有特質的理想與趨勢。他對於民主主義沒有信仰，他以爲大多數的民衆需要『英雄』或『能人』的引導與領袖。他最惡因商業急速發達而生之樂觀。他反對科學的物質主義與實用主義（或『豬的哲學』）。當然卡萊爾未必真能挽轉當時的潮流，然卻不能否認他在當時竟沒有影響。

路斯金（John Ruskin, 1819–1900）是卡萊爾後之第一人；他的作品之多而廣博，他的有力與天才，他的在藝術，文學與生活上之影響，及他的風格之高尙與美麗，都足以使他成爲卡萊爾的後繼者而執當代文壇的牛耳而無愧。他生於倫敦，但是蘇格蘭人，他的父親是一個富裕的酒商。當他在童年與少年時，凡一切財力所能供給的快樂，他都享受過，然而他的早年教育，卻如卡萊爾一樣，是嚴格的淸教徒的，他的家庭環境也使他成了一個清教徒。一八三九年，他在牛津大學因做一詩而得獎。四年之後，他發表了近代畫家(Modern Painters)第一册，最後的一册則出版於一八六〇年。同時，他又專心的注意於建築，如他之注意於圖畫一樣，於一八四九年發表了建築的七盞燈(The Seven Lamps of Architecture)，一八五一——五三年發表了委尼司之石(The Stones of Venice)。但在委尼司之石及二路(The Two Paths, 1859)裏，他的藝術史之研究卻引到社會情況的研究，他的興趣因此到了他的當代實際問題的方面去；他在這里，受到了卡萊爾的靈感，而自己稱他爲師，完全的由藝術批評家轉遷到仁人與改革家。他的晚年，在牛津爲教授，仍繼續他的藝術史與原理的工作；但他大部分的時間與力量卻專注在社會的宣傳，即他的在課堂上的發言也深染上他的新熱忱。他的這一類的著作頗不少；在幾集『給英國工人的信』，名爲 Fars Clavigera 的，以及其他幾本書裏，他建立了他的經濟學及他的教育的理想；他的更普通的倫理的訓條可以在胡麻與百合(Sesame and Lilies, 1865)裏看出.在路斯金的數量那末多、性質那末雜的書裏，大約總可以分二大類；他的關於藝術之作品，大約都在一八六〇年之前作的，他的在一八六〇年之後所作的，卻都是關於社會，經濟，倫理的問題的書.這兩方面的關係之密切，遠非我們初料

路斯金　偉大的藝術批評家與散文詩人。

(Joseph Simpson 作)

之所能及。他的後來的實際的教言乃是由他的藝術的訓言的倫理的結果與發達。他的美學完全建立在道德的基礎上。他說，真的藝術僅能產生在一個爲高尙的國家目的所感化，有着一種純潔、正直與快樂的生活之國家裏；所以，他以爲在十九世紀沉淪的英國，富的階級享用過奢而大多數民衆乃在窮苦中生活，藝術的教導是無用的。一種全個社會制度的完全純潔化——一種『心的全變』——是英國在藝術復興之前所應該先做的。因此，他的結論是：就使是一個藝術的愛好者，他的最好的工作在這一刻是應該在社會服務的地域裏。如此，他成了卡萊爾的跟隨者，如此，他又成了慕里斯(W. Morris)的主要師長。

亞諾爾特(Arnold, 1822-1888)是一位詩人，卻也是一位重要的批評家；他是路斯金的同時人，他的氣質雖與卡萊爾或路斯金不同，卻做了不少工作，繼續他們對於近代生活的物質主義的攻擊，雖然是走着他自己的路。他受教育於牛津，即已傑出於同輩；在一八五七—一八六七年之間，他是牛津的詩歌教授，在一八八三——一八八六年，曾到美國遊行講演。他的散文天然的分爲兩部分；一部分是關於文學的，一部分是關於人生的。他的關於文學的作品，可於他的二册批評論文集 (Essays in Criticism)，雜論 (Mixed Essays) 及荷馬譯文論 (Lectures on Translating Homer) 諸書中見之。他以文學爲『人生的批評』，常論到作者的道德的價值。他的文學批評是可驚異的充實、暗示與光明。他在人生批評的一方面，其工作是欲打倒了『酷硬的非智慧』而增大最大多數英國公衆的心靈與道德的水平線；此可在他的文化與無政府 (Culture and Anarchy) 及友誼的花圈 (Friendship's Garland) 見之；在文學與訓條 (Literature and Dogma)，上帝與聖經 (God and Bible) 裏，他又進入了神學的範圍，要在純潔的自然主義的基礎上，重建基督教。他的散文，流利，莊美而可愛，爲當時最刺激人的作家之一。

路斯金等人之後，最重要的文藝批評家是配脫 (Walter H. Pater, 1839–1894)，他以精純美好的風格 (有人批評他太雕斲了)，慢慢的，很努力的發表他的文字；他的文藝復興(The Renaissance) 與希臘研究 (Greek Studies)二書包含他的最好的批評，但他也寫些美好而不可及的哲學的傳奇，如他的想像的圖像(Imaginary Portraits)和馬里奧斯 (Marius the Epicurean)，在當時，他可算是一個最好的批評家。

女的批評家有琪美孫夫人(Mrs. Jameson, 1794–1860)她的父親是一個畫家。她的婚後生活似乎很不快活，後來她與她丈夫分離了，自己專心於文學。在她的許多作品中，意大利畫家的回憶(Memoirs of Italian Painters)及神聖的與傳

配脫

說的藝術(Sacred and Legendary Art)等書是可以注意的．此外，寫了很好的論文與批評的作家還有不少；法洛特(James A. Froude, 1818–1894)有他的大事物的小研究(Short Studies on Great Subjects)；施的芬(Leslie Stephen, 1832–1904)有他的在一個圖書館裏的時間(Hours in a Library)；詩人史文葆(Swinburne)也寫了不少的文學批評；小說家史的文生(Stevenson)所寫的東西，如回憶與圖像(Memories and Portraits)，人與書的研究(Familiar Studie's of Men and Books)等，在散文中也是很重要的著作；李委士(George H. Lewes, 1817–1878)也寫了他的很重要而有興趣的歌德傳(Life of Goethe)．此外還有不少的人，這里卻不能一一舉出了．

三

歷史的著作，作者很不少，而以馬考萊(Macaulay, 1800–1859)爲最著．馬考萊在近代得一般人的注意，遠過於卡萊爾與路斯金；他在康橋大學成績極好，一八二五年，以在愛丁堡評論上著了一篇米爾頓論，得了很大的成功。他進了國會，以演說家與政客著名。一八三四至一八三八年，他都在印度，時時還爲愛丁堡做文章。

馬考萊　著名的歷史家與論文家

荷拉底與阿斯杜(Horatius and Astur)　馬考萊之荷拉底之一幕

回到英國後，又去做政治活動，得到了爵位。他的主要著作是英國史（History of England）首二册出版於一八四八年，立刻引起了極大多數人的注意，得到了自有史書以來所未有之榮譽。後來他身體雖衰弱了，卻還著作着第五册至他死後才出版。他的文字，又美麗，又通俗，天才很高，而用筆極細微而有趣，所以會把乾燥的史書寫成了一部最通俗的書。他沒有寫過一頁沈悶的文字，他可以與當代最偉大的小說家相比，有力，活潑，而精細如畫。卽他的純粹的文學論文，也爲最大多數人所愛讀，這些人都是向來沒有想到要讀批評的。他的通俗，除了他的才氣之外，還有一個原因；他本是當代的一個典型的英國人，所以會愉悅一般的人；他所表白的，所有力的表白的，乃是一般的人對於事物的見解，並不想改變牠或攻擊牠。他是實際的，積極的性格的人，並不懷疑，且毫不注意到什麼人生的『神祕的擔負』。他憎厭朦朧的與神祕的，對於他的時代的『快活的物質主義』卻有很深的信仰。因此，他與卡萊爾與路斯金恰立於反對的地位；因此，他不是一個大思想家，也不是一個大的文學批評家；他的傳記與歷史可真不壞，卻又以敘述不正確而喜橫恣的紀載見譏。但他的成功卻仍是很大的，因爲他的論文，把文學的趣味民衆化了，他的英國史永遠是一切史書中最引人注意的一部。其他史家著作有一舉的價値者，如蒲克爾（Henry T. Buckle, 1821–1862）的英國文化史（History of Civilization in England）顯示出物理學的重大影響；弗里曼（E. A. Freeman, 1823–1892）的諾曼人侵略史（The History of the Norman Conquest）是一部整片的作品；法洛特（J. Froude）的英國史（History of England）是一部很不壞而不大正確的史書；高狄那（S. R. Gardiner, 1829-1902）的一部從史豆茲（Stuarts）時代至內戰的英國史，與萊該（W. E. H. Leeky, 1838–1903）的十八世紀的英國史，都是很用苦功的著作；格林（John Richard Green, 1837–1883）的英國人民簡史（Short History of English People）與以上各史都不同，這是一部表白當時的强大的民治主義的影響的史書，一部人民的，而非帝王的與戰爭的史書，這一類史書不少，而此書實爲最好。

西蒙士(John Addington Symonds, 1840–1893)的七大册的意大利之文藝復興史(The Renaissance in Italy)是一部爲史書與美術批評的聯鎖的書，功力真費了不少，也實在是一部價值很高的書，只可惜辭句太冗長，太華麗了。

四

十九世紀的英國是一個爲經濟的，宗教的，與科學的事件之衝突所煎熬的時代，當時文人的領袖，如卡萊爾，路斯金諸人以及小說家們也都加入了這個戰爭，或響應他們的呼聲。一般經濟的，宗教的，與科學的專家自然是爭辯得更利害了。有許多專家，其文章也寫得很不壞，在英國文學史也可以有位置留給他們。

密爾(John Stuart Mill, 1806–1873)是一位新時代，新思想的領袖，他的經濟學(Political Economy)是失了時效，而近代發生的事實，也早已把許多十九世紀的經濟學原理送入廢字簍中了。但密爾的書卻是一部專家著作的模範。他的女

權論 (Subjection of Women) 因了近來女性的解放,也已成了廢紙。但他的自由論 (On Liberty) 卻是永久生存的,卽在今日,卽在今日之後也還是新鮮而刺激人的。

十九世紀之中葉,新教徒與舊教徒又生了辨難,牛曼 (J. H. Newman) 是舊教徒中的最有力的作家,他的作品,卽他的敵人也承認其有文學上的價值;他的 Spologia pro Vita Sua 是一部可愛的知慧的自傳;他的心雖傾

牛曼 著名的詩人與散文作家,牛津運動的領袖。

向於實際問題，他的本能卻是藝術的；他又是一位教師，他的略帶些滑稽的大學的意義

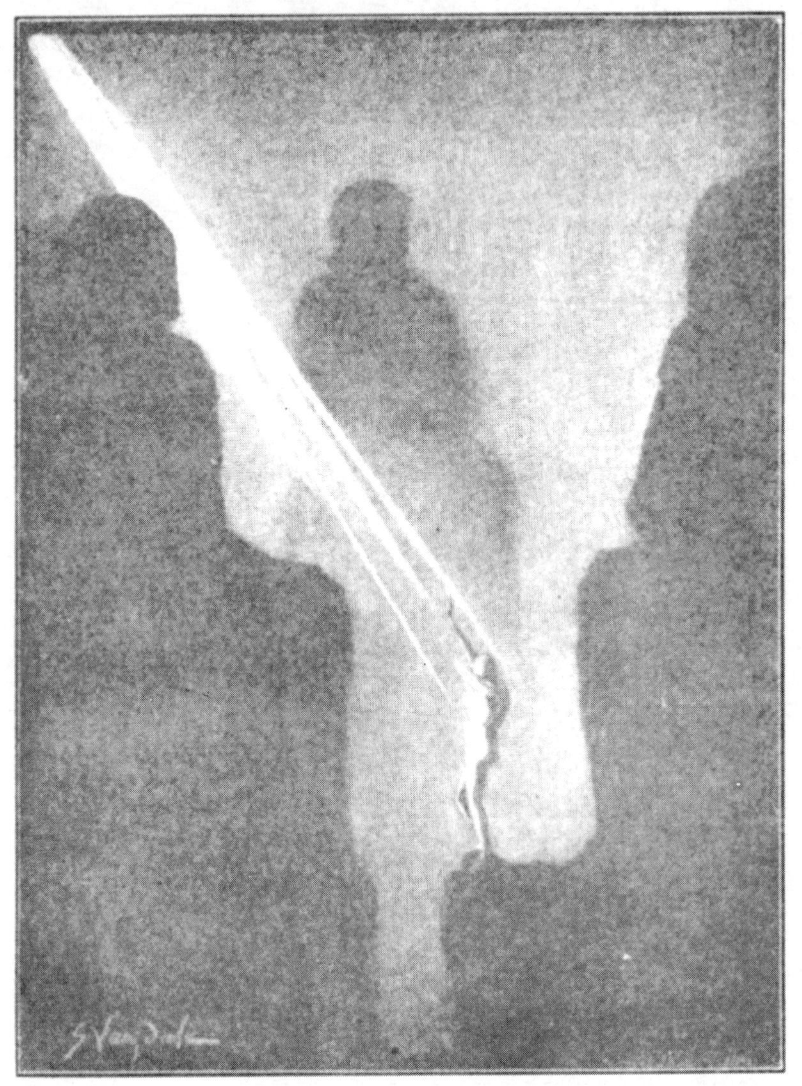

琪隆底士之夢 (The Dream of Geroutius)

牛曼最有名的詩之一。(Stella Langdale 作)

(Idea of a University)中的一段，論到英文作法的，每個教師及每個想去寫東西的人都應該拿在手裏看。

達爾文(Charles Darwin, 1809–1882)是一位極重要的科學家，開創了近代自然科學的新局面，其影響極大，但他雖是如此的一位專家，卻也把文學做了他的僕人。他的物種由來(Origin of Species)，人類起源(Descent of Man)及壁格爾(Beagle)遊記都可以證明他的風格是可愛而能動人的，他的文學力使他的作品不朽，不管將來進化論的原理發展到如何的程度。在別一方面，達爾文的朋友史賓塞(Herbert Spencer)，也是一位進化論的哲學家，卻與他大不相同；史賓塞因爲不知道寫作的技術，所以他的作品讀的人便少了。

在所有十九世紀的科學家中，在文學上最足以自立者是赫胥黎(Thomas H. Huxley)。他是一位專門的生物學家，是這門學問的大師。他以他的雜論及講演，永生於文學上，超出於繼續的科學與宗教之爭之外。他的作品是在專門的討論之上的；他們要的是自由考察與尋求真理的權利。人在自然中的地位(Man's Place in Nature) 及講演集 (Lectures and Lay Sermons) 是這一類作品的代表，卽在沒有科學訓練的讀者看來也覺得非常淸楚，他們在一般人的見解上是有非常巨大的影響的。他把科學的知識與文學的藝術，很顯著的聯結在一處了。

參考書目

一，狄昆·西的一個英國吃鴉片者的懺悔錄，通行本極多，萬人叢書及世界名著 (World's Classics) 中俱有之，

二，狄·昆西　馬遜(D. Masson)著，英國文人叢書之一。(Macmillan 出版)

赫胥黎 (The Hon. John Collier 作)

三狄·昆西：他的生平與作品 (T. De Quincey: His Life and Writings) 約甫 (A. H. Japp) 著。

四蘭姆的作品，俱極易得。(Muthuen 出版蘭姆兄妹的全集，共六册。)

五查爾士·蘭姆：一部回憶錄 (Charles Lamb: a Memoir) 康瓦爾 (B. Cornwall) 著。

六馬麗與查爾士·蘭姆 (Mary and Charles Lamb) 夏士勒德 (W. C. Hazlitt) 著。

七夏士勒德的作品，萬人叢書中大都有之。

八夏士勒德 皮勒爾 (H. Birrell) 著，英國文人叢書之一。(Macmillan 出版。)

九韓德 (Leigh Hunt) 蒙克侯斯 (C. Monkhouse) 著，大作家 (Great Writers) 之一。(W Scott Publishing Co. 出版)

十柯律勒琪之文學傳記，萬人叢書中有之。

十一卡萊爾的作品，萬人叢書中不少，其他行通本亦多。

十二卡萊爾的回憶錄 (Reminiscences) 曾由諾登 (C. E. Norton) 重編。

十三卡萊爾傳 (Life of Carlyle) 法洛特 (J. A. Froude) 著。(Longmans 出版)

十四卡萊爾 尼可爾 (J. Nichol) 著，英國文人叢書之一。

十五路斯金的作品，萬人叢書中大都有之。(Geo. Allen and Unwin 也出版了好幾種版子。)

十六路斯金傳 (Life of Ruskin) 柯林伍特 (W. G. Collingwood) 著。

十七路斯金 赫里遜 (F. Harrison) 著，英國文人叢書之一。(Macmillan 出版)

十八路斯金：社會改革家 (John Ruskin: Social Reformer) 霍布孫 (J. A. Hobson) 著。

十九路斯金的作品 (The Work of John Ruskin) 瓦爾士丁 (C. Waldstein) 著。

二十亞諾爾特的批評論文集，史格得叢書 (Scott's Library) 中有之。

二十一亞諾爾特 保爾 (H. Paul) 著。英國文人叢書之一。(Dent 出版)

二十二近代英國作家 (Modern English Writers) 中有桑次保萊 (G. Saintsbury) 著的亞諾爾特，又文學家傳記叢書 (Literary Lives) 中有拉賽爾 (G. W. E. Russell) 著的同名的書。

二十三配脫 (Pater) 的作品，牛津大學出版部有得出版。他的文藝復興，近代叢書 (Modern

Library）中亦有之．

二十四．配脫　彭孫（A. I. Benson）著．英國文人叢書之一．

二十五．配脫　格林士勒特（F. Greenslet）著．現代文人叢書（Contemporary Men of Letters）之一．

二十六．馬考萊的英國史，通行本很多．（Messrs. Longmans 出版他的著作最多．）

二十七．馬考萊　莫里遜（J. C. Morison）著，英國文人叢書之一．

二十八，密爾，達爾文赫胥黎諸人的作品，通行本甚多．

第三十三章　十九世紀的法國小說

第三十三章　十九世紀的法國小說

一

十九世紀的法國文學，開始於史達埃爾夫人(Mme. Staël, 1766-1817)和蔡杜白里安(Chateaubriand, 1768-1848)二人。這兩個人向來大家都承認爲新的反對者，但卻是新的時代的曙光，我們不能不把他們與新時代的諸大家聯合在一處。史達埃爾夫人本名尼考(Germaine Necker)，生於巴黎，長於繁富的家庭之中，因此智力發達得極快；她最喜歡盧騷的書，一生都印着他的影響。一七八六年，

史達埃爾夫人(Madame de Staël)

她嫁給瑞士駐法公使史達埃爾，不久便與他分離了。後來因爲反對拿破崙，被逐出境，住於瑞士，時時遊歷英、德、俄諸國。到了拿破崙失敗後才復回巴黎。她有兩部小說，狄爾芬納(Delphine)出版於一八〇二年，柯里納(Corrinne)出版於一八〇七年，又有文學論(De la Littéature)出版於一八〇〇年，德國研究(De l'Allemague)出版於一八一〇年。她的文章，條理明白，而不善於修辭，遠不如察杜白里安之精美。

察杜白里安(François de Chateaubriand)曾被稱爲法國的最大的文人，又曾被批評家稱爲羅曼主義運動之父。他是一位宗教信仰者，舊的信仰的讚美者，然而文章卻開創了後

察杜白里安

來的路。他的作品很不少，都是半爲敍述的，半爲宗教的作品；基督教的美質（Le Génie du Christianisme）爲一半自傳的，一半藝術宣傳的東西這部衞護或讚美基督教的大作，不是以辨論或神學的辭句見長，那些東西書中固是不少，而其長處卻在他色彩，與美的文句及象徵主義。殉道者（Les Martyrs）是一部敍基督教早期的故事。萊納（René）是一篇敍一位憂愁的少年尋求者的傳奇，流行於全個歐洲。墳前的回憶（Les Mémoeires d'ourtre-tomble）是他最重要的著作，在他死後才出版，他的真性格完全在此書表白出，正與盧騷的懺悔錄一樣；當出版時，頗有許多人至此才明白他的爲人，自悔以前太讚許他了，而此書卻實是一部真實的懺悔的書，表現他的弱點不少，惟此，乃使我們更覺其可愛。

二

接着察杜白里安之後的，是雨果（Hugo），巴爾札克（Balzac）大仲馬（A. Dumas），佐治，桑特（George Sand）諸人的時代，即所謂羅曼主義之時代者是。

雨果(Victor Hugo, 1802–1885)是一個很偉大的詩人,戲曲家,又是一位很偉大的小說家,批評者都稱他爲近代法國的最大作家.他的父親是拿破崙的軍官.

雨果 一偉大的詩人,小說家,戲曲家.

當他十七歲時，即已爲一個雜誌的重要投稿者。一八二七年，他的克林威爾劇引出現，便成爲羅曼運動的領袖。曾被任爲上議院議員，極力主張民主，因此，當拿破崙第三稱帝時，他便逃亡出去。拿破崙第三敗後，他才回來，雖已高齡，卻還幫助國民抵禦德人。一八八五年，他死於巴黎，舉行國葬。法國文人像他那樣的受到全國的讚頌

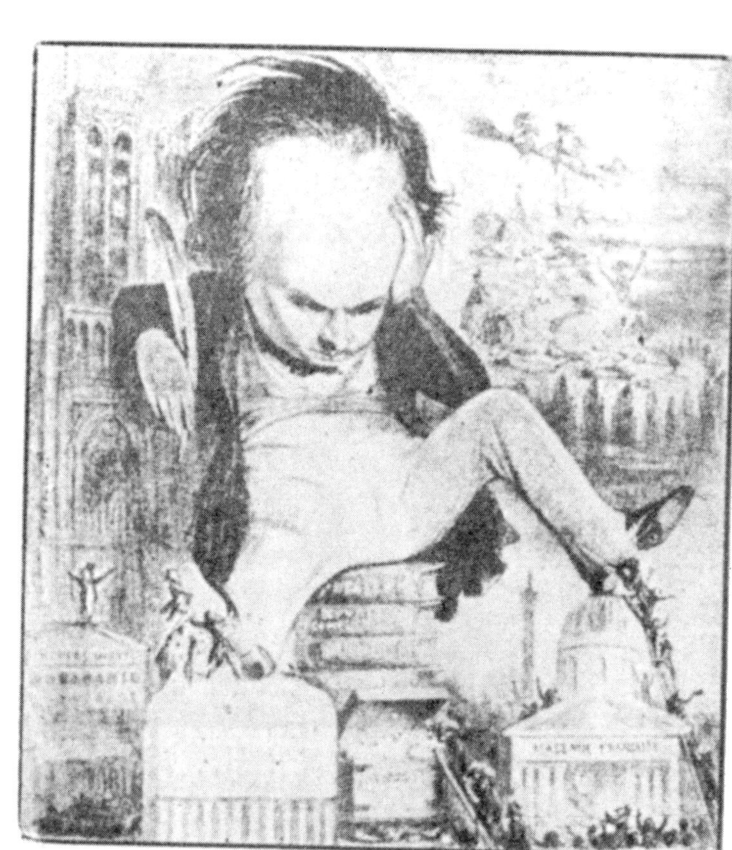

雨果 Benjamin 作)

與愛感是很少的。雨果的詩與劇本，將在下一章敘述，這里只說他的小說。他的小說中的名著，是巴黎的聖母寺 (Nortre Dame de Paris, 1831)哀史(Les Misérables, 1862)及九十三 (Quatrevingt treize, 1874)。巴黎的聖母寺敘的是有關於這個巴黎有名的建於十一世紀的大教堂的傳奇，自始至終，雨果都把這座弘大的教堂放在他的幻想中。書中的英雄是一個怪人名爲甲西

甲西慕杜

巴黎的聖母寺中之駝背人他是一個有力氣而奇醜的人。『可以說是一個巨人被割碎了，而再不安原形的湊合成的。』

慕杜(Quasimodo)的一個又聾,又駝背,又盲了一眼的寺中撞鐘者。哀史在未出版之前,已譯成了九國的文字,震動了巴黎,倫敦,柏林,馬得力,紐約,聖彼得堡等諸大城。這部書與巴黎的聖母寺不同,聖母寺敍的是中世紀的傳奇,這部書卻是一部十九世紀的小說。在這篇故事的五大册之中,中心人物是瓦爾琴(Jean Valjean),一個樸實苦作的農夫;他因

「把少女雙手舉起,叫道:避難所!」這是雨果的巴黎的聖母寺中最動人的一幕。甲西慕杜由行刑者手中救了依史莫拉(Esmeralda)把她搶進聖母寺。在那裏,什麼刑罰都可躲避過。

爲看不過他姊姊的孩子們的饑餓，去偷了麵包給他們吃，因此被捕，判決監禁五年。爲了他的幾次圖逃，刑期卻加長到十九年。這使他成了一個厭惡的人；到了他被釋放時。他求乞着，卻無人肯施給他。後來，遇到了一位牧師，他給他吃，請他過夜。在夜間，瓦爾琴卻偷了牧師的

哀史之一幕

瓦爾琴偷了牧師的銀子而逃去，爲捕者所獲，但牧師却說，那不是他偷去，是他自己送給他的，因此解了瓦爾琴的圍。

銀子而逃去。中途爲警士所捕，押回牧師家裏。這位牧師是一個聖人，他聲明這銀子是他贈給他的，因此救了他。瓦爾琴自此大受感動，完全變了一個人，努力去做好事。以後，他的生活便是繼續的自己犧牲。他成了一個富人，做了一城的市長。在許多善事之中，他與一個爲她情人所棄之做工的女子芳丁(Fantin)爲友，要幫助她的女兒。芳丁死時，恰好瓦爾琴爲一個偵探所認識，知道他是逃犯。瓦爾琴雖然逃過了他，後來爲了免得有別的誤會，又自首而投於獄中。他又逃了，從殘酷的店主人手中救了芳丁的孩子，小柯賽特(Cosette)。她長成了一位美麗可愛的女郎，成了他生命中的慰安。青年馬里斯(Morius)與她發生了戀愛。瓦爾琴預備他們的婚事。但馬里斯卻誤會了他，以爲他是一個齷齪下流的人；爲了柯賽特之故，老人不得不離開了她。但他卻不能活着沒有她。當馬里斯曉得了自己的錯誤，偕同柯賽特匆急的去尋他時，這位忍耐的英雄正將死了。這部小說，事實是如此的複雜，人物是如此的衆多，——尤多的是窮苦的不幸的人物——卻寫得異常的動人。其中描寫滑鐵盧戰役的一節，也是很有名的。他在這里，表白對於現在的意見，同時貢獻對於將來的暗示。他同情於弱者，他的仁心善念，充溢於紙上。讀此書而被感動得泣下的，不知有多少人。有的批評者說，這部小說缺乏統一，材料太多而排列無序；但他的對於人生的淵博的知識，他的豐富的想像，他的有力的描寫，卻給牠以永久的崇高的位置而一無疑問。九十三本是一部『三部曲』的首部，其後卻沒有繼續下去，敘的是戰爭的故事，時代是大革命的前後，一七九三年的大事件，但東羅伯士比諸人的談話都在這位大作家的手下寫出。論者公認此書爲雨果天才的最高成功之一。

大仲馬（Alexandre Dumas, 1803–1870）是一個大戲劇家與一個大小說家；他的祖先是黑人之後。百年之內，他的小說讀者之多無可與比。他的小說，題材是取得很動人，但如果沒有他的驚人的藝術，卻也不過成了平常的傳奇，一時卽消滅無蹤的東西而已。他不但能捉住驚人的文局，且會運用他的藝術，創造了各種的人物，會用他們自己的足來走路，馳馬，會如活人似的說着話。他有許多的合作者，據說有二百個幫手。他爲一個『小說製造所』(fiction factory) 之首領，爲他們的中心與頭腦。他寫的小說真不少，據說有一千二百餘種，劇本及史書諸作都在外，其中好的也真不少，至少有兩部是不朽的作品；一部是三個火槍手 (Les Trois Mousquetaires) 一部是蒙狄·克里斯多伯爵 (Count of Monte Cristo)。三個火槍手是大仲馬著名的『三部曲』的第一部，其第二部名二十年後 (Vint Ans Après)，其第三部名十年之後 (The Vicomte de Bragelonne)。這個三部曲的故事經歷的時間是一

大仲馬　法國大小說家之一

六二五—一六六五年，寫的中心人物是一個鄉間的武士達唐安(D'Artagnan)，由他衣冠不整的到了巴黎起，至他成了火槍手隊的隊長，達唐安伯爵而死爲止。其中還有三個武士，皆以他們的假名阿助士

她說道：『祖父，發生了什麼事？』

蒙狄・克里斯多伯爵之一幕

諾爾底葉(Noirtier)和他孫女瓦倫丁(Valentine)的故事，是此書中最感人之一節。她因了祖父之阻梗，才得逃脫了她父親佈排的無愛情的結婚。

(Athos)，波助士(Porthos)，阿拉米士(Aramis)著．第三部十年之後最長也是三部之中最有力的一部．至今，全個歐洲與美洲的少年人，差不多沒有一個不曉得這幾個武士之姓名、性格與行爲的，正如我們的少年之熟悉武松，秦瓊等人一樣．蒙狄．克里斯多伯爵（一名水晶島）出版於一八四四年，這是這個大作者的作品中，唯一的取近代事實爲材料的小說；其流行之廣不下於三個火槍手，『蒙狄．克里斯多的寶藏』一句話已成了

達唐安 (Gustave Dore 作)

達唐安是大仲馬最著力寫的人物之一，也是傳奇中最大人物之一。

『達唐安伏身在地板上靜聽』

三個火槍手之一幕

(Rowland Wheelwright 作)

達唐安竊聽李却留主教之爪牙在商議襲劫波那西克士夫人(Bonacieux)事。

成語。故事發生於一八一五年，主人翁是少年但特士(Dantès)。他在船上做事，正要升爲船長，且要與他的情人結婚，忽然一個敵人，(也要爲船長與娶這個女士的）假說他是替幽居荒島的拿破崙信帶給他的黨人的。法官雖知其寃，卻有別的原因，也要陷害他。於是他遂被送入一個黑獄中，幽禁了二十年，最後，他逃了出來，且由一個熟識的犯人那里，知道了蒙狄·克里斯多島上富於寶藏的事。於是但特士發見了這個寶藏，過着新的生活，自稱爲蒙狄·克里斯伯爵以震眩世人。他立意要報仇，而他的仇人們現在都已居高位，有資產。然他終於一個個的把他們除去了。這部小說，前半是駭人的奇異的冒險，後半卻是另一個調子，是痛快的報仇的故事，有許多人不喜歡如此，但這部書卻是一口氣到底的，讀的人一被牠所捉住，便要不暇呼吸的一直看到了底。

大仲馬的小說寫的是古代的傳奇，寫的是奇情異事，一個與他同時的女作家，筆名爲佐治、桑特（Georg Sand, 1804–1875）的，卻不在這個同一的地方着她的筆鋒，她寫的是戀愛的故事，寫的是農人的生活，寫的是社會的黑暗。桑特本名杜賓（Lucile-Aurore Dupin），早年無父母，爲祖母所養育，過的是田家的生活，爲她以後儲蓄材料的預備。一八二二年，她嫁給一個貴族，卻不久便與他分居，帶了兩個孩子住在巴黎，以著作爲生，常用她的筆名佐治、桑特署於文端，於是桑特的名字，盛傳於衆口。一八三九年後，退居本鄉，過她的寧靜的生活，不再出來，死時年已七十二。她也寫歷史小說，但她的最好的小說卻是她寫鄉村生活的一流。她愛那恬靜的鄉間的太陽與明月，花木與田野，禽鳥與家畜，她自己也努力要分享這種恬靜的幸福。其中以小法狄特（La

佐治，桑特 (Boilly 作)

Petite Fadette, 1848）爲最著，批評家都以爲這是她的最優美的作品，她童年的可愛的回憶，寫在這里的不少事實並不奇特，卻把讀者深深的帶入家庭故事與農家日常生活的中心去。有一對夫妻，住於一個小農產中，生了一對孩子。這兩個孩子非常的友愛，他父親怕他們要因此發生憂愁。於是他把其中的一個分離出去，到別一家去做事。這個孩子的性格是自立的，離家倒並不覺得什麼難過，那一個爲他母親所愛的，卻把這個分離當做苦事，又嫉忌他兄弟有了新朋友。後來，兩個兄弟又同愛了一個女子，卽小法狄特。這件事是這部小說的中心。小法狄特之外，還有漂泊者法蘭西士（François le Champi）及魔池（La Mare au Diable）也都是與小法狄特同類的小說。

巴爾札克（Honoré de Balzac, 1799–1850）是從羅曼主義到寫實主義的聯鎖者。他的小說已開了寫實主義小說之先驅。他曾經營印刷業，不幸失敗了，這與史格得一樣，不得不以勤苦的著作生涯，得些資財以償還債務。因此，過度的工作，

把他的生命促短了，到了五十一歲便死了。他身體長大，時人上了一個「快活的

巴爾札克

(L. Boulanger 作)

野豬』的尊號給他，他自己又自稱爲『文學界的拿破崙』。真的，他著作的勇敢，

(Gustave Dore 作)　　"Les Yoyeulsetez du Roy"

此篇爲巴札克爾的詼諧故事之一。

實不下於拿破崙赴敵之勇敢。他立定了一個計劃，要把所見的社會生活的各方面都寫了出來，成爲一部人類的喜劇(Comédie humaine)，雖然這部大著作到了他死時還沒有全部告成，卻足以使他不朽了。在他已出版的許多人類的喜劇中，大約可分爲數類，一類是個人生活，一類是巴黎生活，一類是鄉村生活，此外還有外省生活及政治與軍事生活之數類。他所寫的範圍非常的廣闊，其中最著者，有愛琪美·格朗狄(Engeme Grandet)寫一個天真爛漫的鄉女所遇到的阨運；有塞沙·皮洛多(César Birotteau)，第一次把商業與金錢的故事引進了小說中，這乃是把他自己在商界的困惱的經驗放在裏面的；還有逢斯表兄(Le Cousin Pons)，白特妹妹(La Cousine Bette)及老戈里奧(le Père Goriot)都是描寫巴黎生活的。他的小說，描寫得太細膩了，有時至於太累贅了，因此讀起來便沒有雨果，大仲馬諸人之動人。有人說，巴爾札克的小說，再讀一遍的人恐怕沒有。然他的影響卻遠較雨果，大仲馬諸人爲大，後來的寫實主義者大都是跟隨在他的後面的。

他也作短篇小說，風格亦似其長篇。史丹台爾（Stendhal）和梅侶米（Merimée）二人雖不如以上四個大家之偉大，卻也自有其地位，不能不一述的。史丹台爾（1783–1842），本名亨利·倍爾（Henri Beyle），他的小說紅與黑（Le Rouge et Le Noir）及巴爾門之小修道院（La Chartreuse de Parme）俱以善於分析性格著名；這兩部小說都在十九世紀前半葉出版，卻到了史丹台爾死後，方才有人注意。巴爾札克稱讚他，以後的法國作家又宣言受他的影響，頌揚他的天才。他的名望，正與時俱增。

史丹台爾

梅侶米（Prosper Merimée, 1803–1870）的名望繫於他的嘉爾曼（Carmen），這

部小說的盛行，一半由於皮塞特(Bizet)的大名的歌劇。嘉爾曼是一個吉伯色的女子，性格極浪漫，梅侶米把她寫得很活潑。柯龍巴(Colomba)是一篇完美的敘事，事實與嘉爾曼同樣的可激動人，其風格也與嘉爾曼一樣，淸晰而充滿了詩的色彩。

梅侶米

三

大仲馬，雨果，巴爾札克諸作家都是樂生的，快活的，而一到了寫實主義的時代，弗羅倍爾(Flaubert)，左拉(Zola)，莫泊桑(Maupassant)諸作家卻完全換了一個樣子。他們生在黑暗的空氣中，一八七〇年的普法戰爭，刺激他們太利害了，

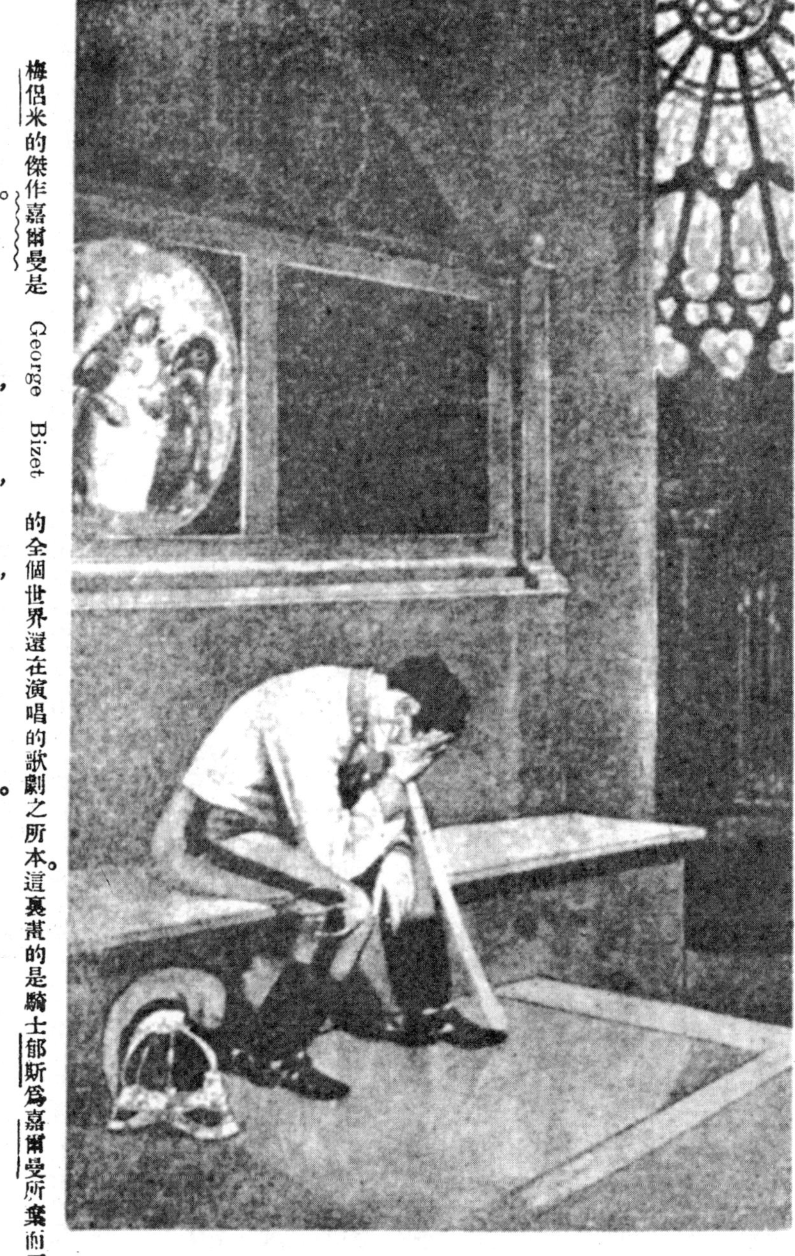

「騎士在下淚呀！」　(René Bull 作)

梅侶米的傑作嘉爾曼是 George Bizet 的全個世界還在演唱的歌劇之所本。這裏畫的是騎士郇斯爲嘉爾曼所棄而至禮拜堂哭泣的一段事。嘉爾曼是你叫她來，她倒不來，你不等她，她却來了的一個婦人。

於是他們便大都帶有悲觀的色彩。在藝術方面，發端於巴爾札克的寫實之描寫，正流行於當時，使他們在題材方面，叙寫方面，都與十九世紀的前半有了很大的差別了。

弗羅倍爾(Gustave Flaubert, 1827–1880)初在巴黎學法律，而他的性格卻更近於文學。以後到南歐，非洲及東方諸國遊歷，回來時，便動手寫他的波華荔夫人(Madame de Bovory)，於一八五七年出版。此書一出版，寫實主義的時代便跟着開始了；他立刻得到了極大的聲譽。他的文辭寫得非常細膩而美好。結構又極完整。他的冷靜的客觀態度，他的秀美的風格，他的真切而活潑的叙寫，都足以使他成了一個很高崇的作家。所以他的小說雖寫得不多，卻沒有一部不是好的。大約他的小說可以分爲兩大類，一類是純粹寫實主義的作品，如波華荔夫人，一個簡單的心(Un Coeur Simple)及感情的教育(L'Education Sentimetale, 1870)，一類是『羅曼的寫實主義』的作品，如薩郎波(Salommbô, 1862)及聖安東尼的誘惑

(La Tentation de Saint Antoine 1874)等。波華荔夫人是弗羅倍爾最偉大的著作，寫外省的紳士生活，非常的真實，一看就知道那是真的事，真的人，真的說話，真的行動而並無一句虛誇的話，一段空想的敘寫。

波華荔夫人是一個不安於平庸生活的婦人，她夢想着那浪漫的時代，浪漫的行為，於是背了她的丈夫，沈浸入浪蕩不羈的情愛之中；結果是以她的自殺了結全書。這部書不僅因文學史上可劃一時期

弗羅倍爾　法國自然主義之父

薩朗波所寫之宮苑

赫米爾加的宮殿，以黃色雲石建成，堅固的立于迦太基之旁。

的關係而重要，其藝術之完美，亦爲法國自有小說以來之第一部。薩郎波是他的別一方面的大著作，寫的古代斐尼基的事，凡十年才告成功。這種的傳奇或歷史

聖安東尼的第一次誘惑 (The first Tempation of St. Antony)

(Katherine Low 作)

『他把葉子含在齒間，…他搖擺他嘶嘶的頭‥在夏娃的面前。』

小說，他卻仍用他的寫實的方法去寫牠，考據極精密，一語一物，俱有所本。有人謂其描寫太細，如披閱考古學之圖籍。聖東尼的誘惑，則記埃及聖者的覺醒，他本因痛苦而不想再生存，乃忽為藝術所動而終身從事於此，這

聖安東尼第一次誘惑 (K. Low 作)

「騎着的一只白象來了…」

正是他自己寄託之言。他的短篇小說，以一個簡單的心爲最著，寫一個老僕的單純樸質的心理，極爲微妙。

弓果爾兄弟（Goncourts）與弗羅倍爾同時，兄名愛特蒙（Edmond, 1822-1896），弟名裘爾（Jules, 1830-1870），家產富裕，爲當時文壇的領袖，死後捐了他們全部的財產，設立了一個弓果爾學會。他們以爲文學是作者將他所見的社會現象，如樣的寫了下來，以成人生的紀錄。他們自己便實行了這話，隨時隨地的精密的去觀察社會情况，而尤注意於平民生活。一八六五年，愛特蒙所作之極米尼（Germinie Lacerteux）卽爲法國的一部描寫下層的平民生活的最早的小說。他們兄弟二人作小說及其他作品，大都是合撰的，描寫與風格極相近，分不出什麼痕跡來。

左拉（Emile Zola, 1840-1902）較弗羅倍爾更進一步而提倡自然主義，幾乎把文學當作一種科學，爲仔細的研究社會生活的結果的紀錄；此與弓果爾兄弟又略不同，弓果爾兄弟寫下的尙爲自己對於所見事物得到的印象，左拉爲純粹的客觀的研究態度，他取世間之形態，人類的情智，一如化學家之分析一石一木，經歷化驗之手續而究其眞相。論者或別名之爲左拉主義(Zolalism)。他生於巴黎，家世貧苦，故對於平民生活都曾親身經歷過。後來到了一個書局，爲發行員，始於餘暇作短篇小說，投登日報，漸漸的有名，被任爲某報的副編輯。其後以勇敢的批評舊派被逼去職。生活雖苦，卻仍專心於著作。晚年，震動一時之大尉狄萊弗(Dreyfus)事件發生，他爲了人道，力出主張公理，與法朗士(A. France)同冒舉世之不韙而不少屈。後爲煤氣所毒死。他的大著作爲洛根·馬加爾特叢書(Rongon

左拉

Macquart)二十卷，三大名城（Les Trois Villes）三卷，及四福音書（Les Quatre Evaugiles)四卷。洛根·馬加爾特一名第二帝政時代一個家族的自然與社會的歷史，始作於一八七一年，至一八九三年才告成。此書類巴爾札克的人類的喜劇，把社會上的各式各樣的人物都捉入其中。第一卷名洛根家的運命，叙洛根家娶一女爲妻，有心疾，後此女又重嫁馬加爾特家。以後各卷便分叙二家子孫之行事；同受惡劣的遺傳性，各應社會的環境，造成種種悲劇。第二十卷，則叙柏斯卡爾（Pascal）博士據遺傳之說，尋求此二族之系統，究其原因，以爲結束。這部大著作中，寫得最好者爲第七卷酒店，寫巴黎工人之縱酒淫佚之狀，第九卷娜娜（Nana），叙女優之生活，第十三卷萌芽，叙礦工之困苦。他的三大名城寫的是倫敦，羅馬及巴黎。他的四福音書以茂盛，工作二卷爲最著。左拉的作品，大都寫社會之黑暗面，如娜娜等，尤爲論者所譏。然他不過以忠懇的態度，據實的描寫社會現狀而已，因此以他爲不道德是完全錯誤的。但他的叙寫的藝術，實遠不及弗羅倍爾，時時把他的文辭，寫得太冗長，或寫得太誇張過度了，不復是嚴格的一個自然主義者了。

都德(Alphonse Daudet, 1840–1897)的藝術卻較左拉爲精進。他幼年很貧苦，身體又弱。後以作短篇小說得名，住在巴黎以著作爲生。在他的小物件中，我們可以看出他自己的生平來。他的小說，在看厭了冗長的巴爾札克和左拉之作後，再去看牠，卻如服了一帖清涼劑，非常的舒服。他所寫的都是他銳敏的感覺感到的印象。他並不如左拉之以小說爲紀載什麼學理，他是以作小說爲

都德　法國近代大小說家之一

作小說的目的者；他的作品都是恰恰好的，並不過長，也不有意的要簡短，並不板冗，也不過分的熱烈。他的風格是自然，細膩而生動，有時又帶些有趣的諷刺，這使他

達拉斯公的彿狒

(Kathleen Shackleton 作)

的作品無一不格外的動人。就是短篇，也足以與短篇小說之王的莫泊桑相匹敵。他的名作爲小物件(Le Petit Chose)，磨房書簡(les Lettresde Mon Moulin)，那巴卜(Le Nabab)，莎孚(Saphe)及達拉斯公的狒狒(Tartarin de Tarascon)，而最後的一部尤爲不朽之大著。達拉斯公的狒狒以詼諧微妙之文章，如畫似的寫出誇口的『狒狒』的可笑的經歷。這是一部法文中最美好的詼諧作品之一。敘的是達拉斯公地方的一位紳士名『狒狒』的，他素以同伴的諂媚，爲生命的呼吸，立志要想成一個大獵者和愛冒險者。某一個星期日，他和達拉斯公的一班獵人，到了鎭外去打獵，但他卻什麼也不會，什麼也沒有獲到，僅把他自己的帽子抛在空中，以槍擊之爲戲。頗有人開始懷疑他的無能力，於是他立志要到阿爾其士(Algiers)去獵了一隻真的獅子來。他帶了不少箱子，滿裝着火藥，醫品之類，一到阿爾其士，便孑孑的到郊外開始打獵。每次都失望而歸，連獅子的影子也沒有見到。後來，才動身到南方去尋求獅子。在沙漠中經了許多冒險，最後才打死了一隻他所見的唯一的獅子，——一隻可憐的盲目的老馴獅。他把獅皮先送到達拉斯公，自己隨後回來。全鎭的人都發狂似的歡迎他。他在這個地方的獵人之王的位置是永久保存了。在這里，他寫法國南方的風俗和人民性格寫得異常的細膩。

他不是一個冷酷的自然主義者，他用的是寫實的方法，卻對於苦人有極豐富的同情；因此，便有許多人把他比作狄更司；真的，他是一個狄更司，同樣的能以輕妙可愛的描寫引人的微笑或眼淚；他的小物件乃是狄更司的大衞·考貝菲爾，他的拂拂乃是狄更司的辟克威克故事。

莫泊桑（Guy de Maupassant, 1850—1893）是弗羅倍爾的弟子，在叙寫的精美方面，完全承繼了弗羅倍爾的遺產，而其全局的結構與題材的翦取，卻較他的老師爲更精進一步。他的作品以短篇小說爲最有名；在全個世界的短篇小說的作家中，在他之前的沒有一個是發現過他那樣的寫法，在他之後的，直到現在爲止，及得上他的卻還未有過一人，至多只可說有一個俄國的柴霍甫（Chekhov）。

論者每稱他為短篇小說之王．而他的長篇的成功卻也並不在別的大作家之下．他與別的自然派作家不同，他寫的不僅是外面的，而且更進一步是內在的，是深入人的精神與靈魂中而寫出其秘密的．他的文辭是如此的正確、明澈與自然，他的描寫是如此的深入、隨便與生動，他的題材是如此的揀選得好，如此的是以激動人，簡直是沒有一個作家曾追上過他．他的風格真是完美之極，已經到了自然主義所能達到的最高峯了，因此自然主義自他之後，便幾乎成了強弩之末，不能再有什麼發展了．莫泊桑的短篇，凡二百餘篇，散見於各報，經

莫泊桑　近代最偉大的短篇小說家

後人掇拾編輯之後，尚時時有遺漏未編入之作品發見。其中最有力者爲菲菲小姐，羊脂球，頸圈之類，一時也數不盡。長篇的最有名者爲一生，(Une Vie)出版於一八八三年，漂亮朋友，(Bel Ami)出版於一八八五年，彼得與約翰(Pierre et Jean)出版於一八八八年；人心(Notre Coeur)是他的最後的長作，出版於一八九〇年。

莫泊桑的短篇小說一段繩子的一幕

這是他結構最完美的短篇之一，敘一個鄉人爲了拾着的一段繩子而爲流言所中，至死悲憾的事。

一生寫一個女子的生活，事實非常沈痛，漂亮朋友寫的是一個美男子的幸運，都寫得很動人，人心尤足以代表他的晚年的作風。彼得與約翰的序，是一篇作者自己對於小說的宣言。

黑斯曼(J. K. Huysmans, 1848–1907)是自然主義的最後作家；他深受弓果爾兄弟的影響，卻自有其獨特的地方。他應用了自然派的敘寫方法，去敘寫另一方面的東西，卽宗教的生活與神秘。他著名的作品是在家務上(En Manage)與小禮拜堂(Le Cathedrale)。他的風格，獨特的色彩極濃烈，敘寫的氣概，非常的勇猛與豪邁。有人說，他在將來，一定可以在法國及別的國裏得到更大的名望。

四

自然主義到了十九世紀的末葉，已使人習見生厭，於是有一班獨特不羣的大作家便出來另闢了一個新局面，敷設了另一條大路給後來的作家走；爲十九世紀作一個結果，爲二十世紀樹一個先端。在這些的作家中，法朗士(Anatole France, 1844–1924)，蒲爾格(Paul Bourget, 1852–1923)及洛底(Pierre Loti, 1850–

1923）三人是最先使我們想到的。

法朗士以法國的國名爲名，論者以爲這個名字給他是最相稱的，因他的作品是異常的法國的，帶了極濃摯的法國的風味。他生長於巴黎，他父親是一個舊書商人，因此，他便染了一種好古之癖。在中學裏，便對於希臘文學有了很深厚的興趣。他的文辭別有一種細膩的情調，別有一種可愛的風趣，是非一個偉大的

安那托爾・法朗士

作家不辦的。他曾與左拉同為大尉狄萊弗的事件而奮鬬，以正直與公道震於國中。當一九一四年，歐洲的大戰開始時，他也曾發表反對的言論，大戰後，他與巴比塞(H. Barbusse) 組織光明社，高呼和平與正義。他的勇氣到將死時還不衰退。他的作品有一部分寫上古的故事，如鈿盒 (Etui de Nacre) 之類，有一部分寫近代的事，如紅百合(Le Lys Rouge)及趣史 (Histoire Comique) 之類。論者以為，我們只要讀了他的書，我們便好像能够從他們裏面曉得他的國家，他的時代及最完美的法國語言了。他是一個懷疑派。他的潘琴島 (Penguin Islande) 是一部文明的譏刺的歷史。現代史(Histoire Contemporaire)共包含四部小說，是一部『寫實小說』而帶着微妙的譏諷的。西爾浮斯特・蒲那特之罪 (Le Crime de Sylvestre Bonnard) 是一部傳奇。他的思想是常常革命的；他的風格是淸澈如水而素樸如白練的，他憎恨虛僞的君子，但他的憎恨卻是中庸的，有淚的微笑的，哲學的，而並不熱烈憤怒。他的小說，便是裝載他的思想與意見的最好的工具。

蒲爾格是擺脫了冷酷的自然主義而傾向於理想主義的一個很有力的人。他曾以詩人及批評家著名，最後，才從事於小說的創作。他的小說是史丹台爾以後的第一個心理解析的作家。他把他的英雄的性格分析得真細入毛髮，與自然派的作品一比較，真要覺得他們的粗率了。他的大著是門徒（Le Disciple），在這本小說裏他對新的少年人，攻擊唯美主義與唯物主義的罪惡，而大張理想主義的旗幟。此外，他的作品描寫上中流社會的心理是最多，如近代愛情心理學（Psychologie de l'amour Moderne）一個婦人的心（Un Coeur de Femme）及一個離婚（Un Divorce）等，都是寫他們的最變幻，最複雜的心理的。

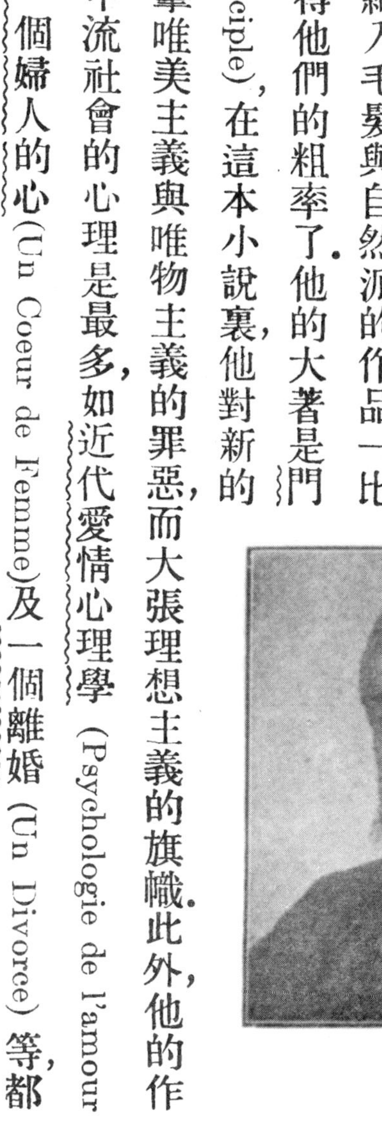

蒲爾格

洛底的真姓名是裘連・委特(Julien Viaud)，少年在海軍中任事，因此，經過了不少的地方，近東如波斯，埃及，遠東如中國，日本，乃至北方的冰天雪地，都曾任他流連過．他把他的經驗寫爲小說與回憶；他的藝術，如此的可愛，竟使任何類的讀者都會覺得喜歡他．洛底的結婚(La Marrige de Loti)是寫南方的海上的事的；菊夫人(Madame Chrysanthème)是寫他在日本的經歷的；冰島的漁夫(Le Pêcheur d'Islande)是寫北方的一件故事的．他與蒲爾格不同，蒲爾格是一個正確的心理觀察者，帶着道德家的人生觀，洛底則是一個印象主義者；在他看來，世界不過是色彩，感動，經驗，全不管什麼道德上的善與惡的問題．

洛底

還有幾個後期的小說家，也應該在此一提。這幾個人都是多少的受有俄國的影響的。路特(Edouard Rod, 1857–1900)是瑞士人，但他在法國文學上的地位卻很重要。他不是一個冷酷的自然派，他乃是一個充滿了仁心熱腸的作家，與俄國的托爾斯泰諸人一樣，把他的對於平民的同情寄托在他的小說中。他著名的小說有三個心(Les Trois Coeurs)，無益的用力(L'inutile Effort)，火災(L'incendie)及靜默(Le Silence)。和居依(Melchion de Vogüe, 1850–1910)譯了不少俄國的小說到法國來，他的功績卽在於此。有了這許多俄國的小說，那好心腸的充滿了對於下層人民及不幸者的同情的小說，使法國文壇變更了一個樣子。他自己的著作很好，海上主人(Le Maitre de la Mer)是一個代表。他的批評著作卻更爲著名。馬格里特(Paul Marguerite, 1860–1918)也是受到俄國的影響而著作的。他本來是一個純自然派，及到受到俄國的新光，作風卻變了，不期然而然的竟把嚴冷的觀察者換成了一個哀矜的作家。他的風格很明潔，所作有物力(La Force de Choses)，暴風雨(La Tourmente)及活泉(Les Sources Vives)等。

參考書目

一．史達埃爾的柯里納，在 Burt 公司的家庭叢書(Home Library)中有英譯本。

二．雨果的小說極易得，有英譯全譯本。中譯本有孤星淚(卽哀史)活冤孽(卽巴黎聖母寺)等。

三．大仲馬的小說，亦極易得，有英譯全集本。中譯本有俠隱記(卽三個火鎗手)；續俠隱記(卽二十年後)法宮祕史(卽十年後)等種。

四．喬治桑特的小說亦有多種英譯本，漂泊者法蘭西士及魔池，萬人叢書中均有之。

五．巴爾札克的小說，倫敦鄧特公司有英譯全集，共三十六卷。

六．梅侶米的嘉爾曼，柯龍巴，英譯本極多，嘉爾曼有中譯本，文學研究會叢書之一。

七．弗羅倍爾的波華荔夫人，薩郎波，聖安東尼的誘惑，Collins 公司的荷花叢書(Lotus Library)中，均有英譯本。波華荔夫人有兩種中譯本(一，李靑崖譯，文學研究會叢書：二，李劼人譯，少年中國學會叢書)。一個簡單的心亦有中譯本，名坦白，小說月報叢刊之一。

八.左拉的小說,英國 Windus, Greening 等公司均有英譯本.

九.都德的小說,英譯本亦甚多,中譯本有小物件及達哈士孔的狒狒兩種,均少年中國學會叢書.

十.莫泊桑的小說,英譯本全集本美國 St. Dunstan Society 出版.中譯本有莫泊桑小說集(一)(二)(三),一生,遺產,漂亮朋友(將出版)均文學研究會叢書;人心,少年中國學會叢書;髭鬚,霜楓之一.東方文庫內有莫泊桑傳.

十一.法朗士的小說,Lane 公司有英譯全集.中譯有藝林外史,波納爾的罪,(均見東方雜誌)紅百合.(將由文學研究會出版),蜜蜂(創造社叢書)等;小說月報叢刊內有法朗士集及法朗士傳各一册.

十二.蒲爾格及洛底的小說,英譯本甚多.

十三.萬人叢書,荷花叢書,近代叢書(Modern Library)袖珍名著叢書 (Illustrated Pocket Classics)中,均有十九世紀法國大小說家的作品多種,極易購得.

第三十四章　十九世紀的法國詩歌

第三十四章　十九世紀的法國詩歌

一

十九世紀的法國詩歌，大略的可分爲三派；即羅曼派，高蹈派(Parnassian)，及象徵派(Symbolie)。羅曼派的詩歌跟了羅曼主義的運動而起，在法國與在英國一樣，勢力都極大，把舊的一切習慣與格律都掃除了，形式是新的，題材是新的。他們的取材，近之取於他們的靈魂的深處，遠之取於遠古，中古，高之取於天空的星辰。高蹈派卻爲羅曼派的反動，他們反對羅曼派的粗率與自我的表現；他們所要求的詩歌，是客觀的，非自我的，不是粗冷如雲石，而是純潔，堅固，美麗如雕像的。這是一種新的古典主義，連莎士比亞和但丁，他們也要以爲是『野蠻的』。然後又來了象徵主義者他們卻又反抗高蹈派的客觀的主張；他們堅持詩歌必須是個人的，必須是歌唱自我的，除了『忠懇』以外，不能做別的事；他們的批評家古爾蒙特（Remy de Gourmont）說道，人之所以要去寫東西者，就因爲要表白他自己的人格。但這三派及其他許多附屬的派別（據說法國每十五年，便有一個新的詩派出來，）並不是根本上互相仇視互相排斥，因爲詩歌歸結總是詩歌。高蹈派的台李爾（De Lisle）所做的詩與魏倫（Verlaine）同樣的是個人的。高蹈派主張形式的美，音節的美，而魏倫，一個象徵派的大詩人，的大標語便是『音樂在一切東西之前。』象徵主義者表白他自己的心，他自己的情調，用暗示的方法，把他的情思傳達給讀者，在這一方面，與早期的羅曼主義者真的可以說沒有兩樣；拉馬丁（Lamartine）的詩還不是如此麽？在小說上，在批評上，羅曼主義與寫實主義有的是嚴格的區別，但詩歌卻未必是如此。我們如果必定要堅持的把某詩人歸在某派，某詩人歸在某派，那末，我們將不能完全明白他們了。

二

法國羅曼派的詩歌，開始於一個有名的少年詩人查尼葉(André Chènier 1762-1794)，他於三十二歲時，死於斷頭台上。他從希臘與羅馬得到他的靈感；雖然羅曼派諸詩人稱他爲先驅，他卻完全是一個古典主義者。但他的古典主義，卻不是迂腐，乃是有結果的古典主義，不是借來的，或有意研究來的，乃是他的天性的一部分。他的詩柔和可愛，乃是真的而非做作的，自然的而非堆積的，所以羅曼派稱之爲他們的父。他的詩的一部分，簡直可以放在希臘詩選中。

查尼葉

羅曼派所十分讚許的詩人，還有一個，那就是皮倫格爾(Bèranger)，那個偉大的民謠及民歌的作家；他不屬於羅曼派，乃是獨自有他的地位的，但他的充滿力量的歌，卻真的是與他的同時代的羅曼派諸詩人沒有兩樣。他的民歌，有力而素潔，忠懇而可唱，如不是最偉大的詩歌，卻總是這一類詩歌中的最完全者。

但真的羅曼派的第一個大詩人卻是拉馬丁（Alphonse Lamartine, 1790–1869）。他幼年喜歡盧騷和史達埃爾夫人之作品，曾去從軍，不久，復歸。因所戀的婦人病死，便鬱鬱的把他的一腔熱烈的情思都發為詩歌，於一八二〇年出版了默想（Les Meditations），立刻得了極大的成功，登上了大詩人之花壇。過幾年，又發表了新默想等幾部詩集。七月革命時，他為臨時政府首領之一。不幸帝政復活，他只好退休於本鄉；從此不再出來。他的作品很多，於默想諸詩集外，還有小說及雜記、史

拉馬丁　法國的大詩人

書多種，卻俱無他的默想那樣的重要。他的詩是那樣的和諧，有人說，自十七世紀以後，法國久已不曾聽見過這種好聽的詩歌了。他們都是感情瀰溢，情調新鮮而有獨創之格局的。他的悲鬱，他的柔和的愁情，他的『微光與記憶』的情調，是完全忠實的。他的感情的範圍是很小的，他的詩歌的色彩，並沒有雨果他們的濃烈。他的最有名的詩是湖（The Lake），茲譯其二節如下：

啊，湖呀！現在已經過了一年了，
再沒有她的眼來歡迎那熟悉潾潾的水波了，
看呀！我獨自坐在這塊圓石，
你知道這塊圓石原是她所常坐的。

如此的你在你的石灣裏微語着，
如此的你散碎在牠的岩石的胸上；

如此的你把風吹的浪沫濺在雕紋的沙上，
那沙紋呀，原是她可愛的足所印上的。

雨果（Hugo）是詩歌的王，他坐了五十年的王位。他的作品是如此的複雜與繁富，有小說，有戲曲，而詩歌尤其是他的重要作品。他總之是一個詩人，卽他的別的作品，也充滿了詩的趣味與氣分；他的抒情詩與敘事詩，都是有力而富於色彩。熱烈而忠懇。他是一個偉大的歌者；他的詩的音節，弘偉而爲創造的。他的短詩的集子一册一册的出來，在這些短詩之裏面隱藏着的乃是我們的詩人的靈魂。這些詩集的尤有名者爲秋葉（Les Feuilles d'Automne）光與影（Les Rayon et les Ombres）靜觀（Les Contemplations）及街頭林內之歌（Les Chansons des Rues et des Bois）。他的敘事詩有歷代傳說（La Legende des Siecles）三卷，爲法國文學中最大的史詩，敘上帝之創世至末日裁判止的世界大事。他的詩歌中，贊美自然，稱揚民主，而厭惡專制。底下是他的詩的一片：

孩子在唱着；母親在牀上，呼吸快停止了。
她將要死了，她的美麗的目，在陰影之上俯下了；
死正翺翔在她上面的雲端；
我聽見那死的響動，我聽見那歌聲。

孩子是五歲，他立在窗邊，
他笑着遊戲着，發出可愛的聲音；
母衆在那個終日唱着的可憐的美麗孩子之旁，
終夜的咳嗽着。

母親在禮拜堂的石下睡着了；
孩子又開始唱起來——

悲哀是一個果子；上帝不使牠生在
太柔軟了不能載得起牠的枝上。

這首詩，可以證明他的樂天的思想；這樣的信仰和思想使他經過許多悲苦的經驗而不爲所屈，並使他與同時代的悲觀作者不同。他的所有作品中，都織上這樣的偉大的憐恤之情在內。全個世界的人，雖有人對於他的藝術表示不滿意的，卻始終是尊敬他的爲人。

沒有懷疑，也沒有希望能夠把
『地』的高舉的頭低彎下去，他的頭是高抬到底的。

委尼(Alfred de Vigny, 1797–1863)也是這時代的重要詩人，他沒有雨果那麼樣的富於作品，也沒有雨果那麼樣的樂觀；他的作品雖少，卻都很精湛，他雖悲觀，卻能强抑着他的悲苦；他以爲人生之辛苦悲痛，不必去怨天，也不必去尤人，但安靜靜的聽憑運命的支配以待盡而已。如他的有名的詩狼之死(Le Mort de

Loup)，敘老狼負傷忍苦，默然而死，實可表現他的斯多噶派的厭世哲學。他是世襲的公爵，早年從軍；一八二八年後，卽退出軍隊，專心從事於文學。他的戲劇和小說都很著名；他的詩集有二冊，古詩和今詩(Poémes Antiques et Modernes)是他的第一部詩集。他在法國詩歌的進步上占一個很重要的地位，因爲他的詩並不停止於少年時；他的年齡愈老，他的詩便愈有思想，形式也便愈整齊了。他與拉馬丁同樣的悲觀，但拉馬丁以上帝爲痛苦之父，委尼卻以痛苦爲人生之不可免者，須勇敢的去對待牠；且他的悲觀也非個人的，而爲人類全體的，因此遂生了悲憫之念，在這里，他是與雨果同道了。

委尼

繆塞(Alfred de Musset, 1810–1857)是一個完全的詩人，生平並沒有做什麼事，除了酒與婦人。他是一個極富於情感的人，詩中的悲觀的情調，並不弱於拉馬丁和委尼。當他二十歲時，發表了他的西班牙和意大利的遺事(Contes d'Espagne et d'Italie)，此後十年之中，繼續發表重要的詩歌及戲劇，小說不少。曾與小說家佐治桑特夫人相識，感情很好，卻不久便離開了，這使他很痛楚，也使他產生了不少抒情詩。大約他的抒情詩，都爲狂熱的，豪放的，如拜倫一樣；他是很崇拜拜倫的，但他的藝術的精深，卻超過於拜倫的粗率。在他有名的給拉馬丁書(Lettres à Lamartine)裏，他把他自己與他那個時代的精神，牠的悲哀與希望，都寫進去了。底下是一首詩憂愁，可以給讀者以繆塞的哀音的一斑：

力量與生命已遠遠的飛去了，

繆塞

朋友是沒有了，歡樂是死了；
從前餧養的榮譽也去了，
信仰是在我的脆弱的星上了。

有一次我祝福一個眞理的朋友，
在我知道她變更了服色之前；
當我的雙眼上的掩蔽物落下時
唉，痛切的憐憫呀！

她的權力是無終止的，
所有的人經過她而不窺看時，
他們短促的生命的時間，

是沒有結果的。

上府說着話，聽的人
必須要回答所有生命
給我的好的東西，
乃是慰安我淚的心的洪水。

從羅曼主義的波濤洶湧的海中，戈底葉(Théophile Gautier, 1811–1872)是一隻小舟，牠的白色的帆，在許多大船中，很鮮明的顯出他自己來。他初爲一個畫家，到了巴黎，受羅曼派的影響，乃改而學詩，不久，卽聲望甚高。他最注意於藝術，他的詩集琺瑯與螺鈿(Emaux et Camées)是雕斲得極工緻的，真的如琺瑯與螺鈿一樣；他的散文，也和他的詩一樣是用細漆漆起來的。他並不能算是一個很偉大的詩人，也不是思想家，他卻自有他自己的路；他創造了『爲藝術而藝術』(art for art's sake)的標語，高呼着美：

所有的東西都要
回到塵土中去，
除了那齊整秀出
的美的東西。
半身像
比之炮台更爲永
久。

因此他便帶領了高蹈派(Parnassian)向前走，爲他們一個最老的同志。高蹈派的標語，也便是『爲藝術而藝術，』他們所追求的也便是美，他們所努力於表現也便是外物的精細

戈底葉　詩人小說家與批評家

的形狀。

De Sigognac and Vallombreuse

(Victor A. Searles 作)

戈底葉的著作多而複雜，在詩歌之外，他還寫了不少故事。上面的圖是從他的"Le Capitaine Fracasse,,取下，這一部書乃是一部敍述冒險的歷史小說。

在這個時代，還有三個很好的詩人，如果這個時代沒有那末多的偉大人物，他們的聲望也許可以更大些。這三個詩人乃是白里修克士(Brizeaux)，巴比葉(Barbièr)與台尼瓦爾(Gerard de Newal)。白里修克士的詩是鄉土的忠實的，世間的。他曾把但丁的神曲的全部譯爲法文。巴比葉是一個諷刺詩人，他和查尼葉(Chénier)一樣，乃是以有力的諷刺，來責備當時的衆惡。台尼瓦爾是一個很優美的抒情詩人；他保守了前世紀秀美的形式，而染以羅曼的色彩。他的浮士德的譯本，使歌德在法國著名。他的散文故事集，包含他的一篇傑作西爾委(Sylvie)。

三

高蹈派繼羅曼派而起，以戈底葉爲先鋒，而以台李爾(Leconte de Lisle)爲中堅。當一八六六年時，有一部很重要的詩集出來，那就是今日的巴那斯(Parnasse Contemporain)，巴那斯爲希臘的東北部的一個山，爲希臘神話中文藝之神聚居之處。其中的作者有台李爾，卜魯東(Sully-Prudhomme)，台赫萊狄亞(Jose Maria de Heredia)，柯貝(Franoiz Coppée)諸人，非其派中的詩人如魏倫及麥拉爾梅(Mallarme)亦有詩歌在內。所謂高蹈派(Parnaissian)者，卽得名於此。

台里爾(Leconte de Lisle, 1820–1894)生於法屬非洲，少年遊歷印度諸地。回國後，曾加入法里葉(Fourier)的共產社會組織，二次革命時，亦曾在政治上活動一時。以後，便專心於詩歌的創作及古典的研究了。他譯了荷馬的二大史詩伊里亞特與亞特賽，還譯了西奧克里特(Theoerite)，此外便只有幾部詩集，更無別的東西了。他的詩集，有上古之歌(Poemes Antiques)，野蠻之歌(Pomes Barbars)，悲歌(Poemes Tragiques)及最後之歌(Derniers Poemes)。他與叔本華(Schopenhauer)一樣，也是一個勇敢的悲觀者。他對於古典文學極有研究，是一個專門的希臘學者。所有高蹈派的詩人都是崇慕往古的，他便是一個代表；在他的詩裏，也可以看出他所受於的古人的靈感。他反對現代的機械生活，他讚美死，但他對人類全體的痛苦也不免要動心；不管他態度是如何的客觀，如何的非個人的，然而總不由得要表現出自我來。他的大功績乃在於藝術上面。他的完美的藝術，他的詩歌形式之優雅、整潔、光彩與諧和，當代沒有一個人及得上，所以有人批評他的詩如大理石，潔白有光，細膩可愛，而又堅實異常。至今，他的影響還是很大。

卜魯東 (Sully-Prudhomme, 1839–1908) 是研究科學的，後來卻棄了工程師的生活而專心於詩歌。同時又潛心於哲學。他的客觀乃帶有科學與哲學的形式。除了別的著作以外，他的詩集很不少，最有名的是公平(Justice)與幸福(Bonheur)，這兩部都是用詩體寫下的倫理與哲學的討論。但他並不是完全抽象的，他對於人民的疾苦還有柔和的同感；他具有真的詩的情緒，遣辭用韻又是很精美的，適當的。自他出來之後，法國的哲學詩便建立成功了。

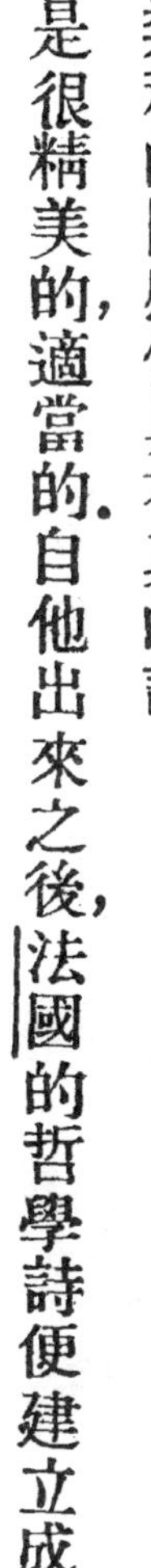

卜魯東

台赫萊狄亞(Jose Maria de Hérédia, 1842-1905)是高蹈派中最講究形式的詩人，是高蹈派最『非個人』的作家，最忠實的信徒。他的客觀是歷史的。他以他的詩集戰利品(Les Trophées)著名，其中都是以人類過去的故事為題材的，從希臘，羅馬一直到文藝復興；他的詠歌，並不參入個人的情感，只是工細的寫出古代的圖畫。他對於古學是用過苦工的。勝利品都是用十四行詩(Sonnets)寫的，所以這部詩，可算是法國極有名的十四行詩集；他的同時代詩人柯貝稱牠為『十四行詩寫的歷代的傳說』。論者以為自莎士比亞以來，在無論那一國的文字裏，沒有見過如他那末樣美好的十四行詩的。

台赫萊狄亞

柯貝(François Coppée, 1842-1908)以詩人及戲劇家著名，生世很窮苦，一生所過的都是平民窟中的生活。他初受雨果及卜魯東諸人的影響，多作史詩；後來卻專心於寫巴黎的平民生活。這使他闢了一塊特殊的園地，這使他得了成功。他以高蹈派寫實的工夫，細細的寫出工人，小商販，貧女以及其他無告的平民的生活與心情，寫得真足可以動人。平民們讀了他的詩，也都讚嘆其能如真的一樣。

柯貝

與高蹈派諸詩人同時而沒有把他們的作品放入今日之巴那斯集中者，有鮑特萊爾 (Charles Baudelaire, 1821-1867) 和班委爾 (Theodore Banville, 1823-1891)。

鮑特萊爾是有名的惡魔詩人；他不屬於任何派別，只向他自己的黑暗而詭奇的道路上走去；他的詩集有一部惡之花 (Fleurs du Mal)。在那里，已足完全的表現出他自己來。他與台里爾一樣，讚美死；他對於色，味，聲等有特殊的感觸。他追求着新與奇的東西，曾服食鴉片和印度大麻等刺激品，以尋求幻怪的境地。他所詠的東西，不是英雄，也不是哲理，不是良晨美景，也不是婉孌的戀情，乃是一般人所認爲醜惡的東西，如鴟鴞，如屍，如游魂之類。有人以爲他是但丁；以爲但丁游過地獄，而他則是從地獄中來的。他深喜美國作家愛倫坡（Allan Poe）的著作，曾譯了他的非常的歷史及新非常的歷史到法國來，當然他自己也是很受坡的影響的。他的詩，在藝術上是很精美，對於嗅覺及味覺等，尤有極深入之描寫，這一點他是與高蹈派同調，而且有影響於他們的；在他思想的頹廢與詭異，他的完全表現出他自己，表現出自己的靈魂來的幾點上，則又開了後來象徵派的先聲。

鮑特萊爾

班委爾（Banville）是戈底葉的弟子。他在運用詩歌的音韻上，與戈底葉有同樣的成功．他的詩集雕柱（Les Cariatides）等，都是音節極諧美的．論者謂，他說的話不多，但他一說，卻總是很完美的．他復活了法文的古詩式，卻把他們變得更華麗了．

一個有詩才的作家，也與鮑特萊爾一樣不適宜於任何派別，而自有其獨特之地位的是李查賓（Richepin, 1849–）．他是一個過着漂泊生活的人，思想怪特而有力．他的第一本詩集光棍之歌（Chanson de Gueux）是那樣的驚世駭俗，當牠一出版，法國人的便以為有背公衆道德而把他囚禁起來．但他的筆卻並不因此而遂停止；法國遂漸漸的與他相習了，承認他的天才與忠實．以後，他的作品也漸漸的更聰明了．他的小說與戲劇，俱以精於心理的描寫著名．

四

當高蹈派正在全盛的時代，象徵派便也開始崛起．什麼是象徵主義呢？這是很簡單的．譬如愛倫·坡的烏鴉詩，其中所詠的烏鴉，如果是代表運命或他靈魂的黑暗方面的，那末在這詩的表面之下，便有了雙重的意義了；這樣的詩便是象徵派的；常以一物代表或象徵他物，常以其他觀念代表某種觀念。象徵主義是與詩歌一樣的古老了，在很早的時候已有人用此法了。不過法國的詩人卻提倡着這樣的敍寫法。但有的時候，象徵派作家卻是寫了很隱晦的東西；他很用心的寫下第二個思想或想像，使我們完全尋不出他的原意是什麽。這乃是文學上新的奇異的表白法，卽頌揚他們的人也會爲之迷惑。鮑特萊爾和麥拉爾梅諸人的詩，有時就是如此。托爾斯泰對於他們曾痛加以攻擊。

象徵派的第一個領袖是魏倫(Paul Verlaine, 1844-1896)，他家世很貧苦，很早的就出來謀生。但他靑年時代的生活卻充滿了愛情與詩意；後來因爲他的感情太熱烈了，又好使酒生氣，便與他的妻反目，棄家而爲一個漂泊者。遊歷英、比諸國，曾在比利時因事被捕下獄。一八八一年，回到巴黎。這時，他的名望已震於全國，少年詩人羣推爲象徵派的領袖。不久，他乃死於巴黎的一間破店小屋中。魏倫的

魏倫：酒的詩人

著作很多，少年時代唱的是美滿的盛會(Les Fêtes Galantes)，到了他過着漂泊生活以後之作品卻都是悲苦之歌，如今與昔(Jadis et Nagriere)等。在這些詩裏，可以看出他的生活與細密而熱烈的情緒；他自己曾在某處說，『這本書沒有一篇不是生命。』實則，他的全部的詩，也就可以算是他的一生的歌詠。凡是他的感覺，他的戀愛，他的憎厭，他的希望，他的失意，都如盈盈的綠水，滿盛於湖中一樣的儲於他的詩裏。他遣辭用句，完全不管法國詩的舊格律。只憑他自己內部發出的柔美的音調。他在他的有名的詩學(Art Poetique)裏，他把他的原理告訴給大家；第一個原則便是音樂超於一切別的之上，不必有清晰，不必有機警，不必有論理，常要有的乃是音樂。他自己的詩便如此的實行着。他把他的歌散於晨風中，他的歌是自然得如鳥之囀歌的。音樂家常喜把他們譜入音樂中。他常不能自制其感情，但他的制御藝術的能力卻極大。在他囚於比利時獄中時，他由異教者變成了一個舊教徒，寫了一册法國文學中最優美的宗教詩歌。他如雪萊，如海涅(Heine)一樣的觸動讀者心的深處，但其情調卻與他們完全不同。他不僅是法國最偉大的詩人之一，且是近代歐洲的最偉大詩人之一。

麥拉爾梅(Stephane Mallarmé, 1842–1898)與魏倫是象徵派的雙璧；他的生活和性格卻與魏倫都不同。他的生活完全是藝術的生活。他以爲文藝是人生的最終目的，也是唯一的目的，他之作詩，乃爲作詩而作詩，隨自己的意思作去，並不求普通人的了解。他的詩乃如音樂，別的不能接觸到的，牠會接觸到，別的不能深入的，牠卻會深入；能被牠感動的，便真的是感動得最深摯的。他因此非常注意於音樂的節奏，常常和音樂家在一處，以幫助他的詩的創作。他的詩因此有許多地方很隱晦，連他的門人也不大明白；但有許多詩卻明白得如日光一樣。他與鮑特萊爾一樣，也是愛倫·坡的崇拜者，並譯了不少這個美國詩人的詩進來。他的名著爲完全的詩(Poesies Completes)及篇頁(Pages)。因爲他的詩與音樂是如此堅固的聯結着，所以在法國以外的人讀到他的詩的人卻很少，卽在法國也只有極少數的人懂得．

林博特(Arthur Rimbaud, 1854–1891)是麥拉爾梅和魏倫的好友，與他們並稱爲象徵派的三傑．他感情很熱烈，又喜歡漫遊，這使他與魏倫成了很親密的朋友；他又喜歡音樂，這與麥拉爾梅是同好．他成名的時候很早．當他與魏倫在一處時，還是一個童子．論者每以與英國的童年詩人查托頓相比，實則他的詩較查托頓爲尤高一等．他曾和魏倫同遊於比利時．魏倫喝得大醉，取槍擊他；虧得他的槍法太不高明，林博特才不至有性命之憂．魏倫之被囚於比獄，卽因此故．他的著作有靈光(Les Illuminations)及地獄中的一季(Une Saison en Enfer)．他的詩，音韻極自然，而神祕的氣分很重．

在這個時期的最後，還有兩個作家，亦可謂爲屬於象徵派者；一個是拉福格(Jules Laforgue, 1860–1887)，一個是有名的批評家古爾蒙特(Gourmont)．拉福格是一個早熟的作家，與林博特一樣，但他卻死得很早．他是一個懷疑派的哲學詩人，十分崇拜叔本華與康德（Kant）。他的大作爲平民悲歌（Les Complainte）。他感覺極銳敏，凡人所見不到的，他卻能看到，且能深切的寫出。梅特林（Maeterlinck）是很贊許他的人中的一個。

古爾蒙特於他的散文外，他的詩也是很有名的；他的名作是西蒙（Simone），凡十三章，自稱爲『田園詩』。他的詩注重於抒寫情調，不落於其他象徵詩人之比喻一流。

同時代的大小說家法朗士（A. France）及蒲爾格（P. Bourget）亦爲有名的詩人，詩意淸澈而辭筆明潔。有重活古典主義之傾向，或歸之於新古典主義的一個新派中。但他們的詩都不很多，且比起他們的小說來，詩歌不過是附庸之作而已，故不詳述。

參考書目

一、法國詩人作品譯爲英文者不多。雨果的詩集有英譯全集本。

二. 繆塞的一個近代人的懺悔(A Modern Man's Confession)有荷花叢書本(Collius 出版).

三. 戈底葉的 Capitaine Fracasse 有荷花叢書本.

四. 鮑特萊爾的散文詩及惡之花英譯本有 Elkin Matthews 出版的一本.

五. 鮑特萊爾詩集有史格得公司(Walter Scott)出版的 "Canterbury Poets" 本.

六. 西蒙士(A. Symons)的鮑特萊爾, Elkin Mathews 公司出版.

七. 魏倫詩集在 "Canterbury Poets" 叢書中.

八. 魏倫:他的生平與作品 (P. Verlaine, his Life and his Work) E. Lepelleptier 著. T. Werner Laurie 公司出版.

第三十五章　十九世紀的法國戲曲及批評

第三十五章　十九世紀的法國戲曲及批評

一

十九世紀法國戲曲的開始，是跟了羅曼主義而俱來的。自大仲馬的亨利第三及其朝代(Henri III et sa Cour)及奧托尼(Automy)上台排演後，羅曼主義在法國才完全勝利。他們把古典主義者所信仰的『三一律』打得粉粉碎碎。此後，劇場上的戲劇便活潑有生氣得多了。

大仲馬是這時代很重要的戲劇作家，也許他的戲劇，比他的小說還重要。他寫了百餘劇，亨利第三及其朝代與奧托尼二劇是最重要的。亨利第三敘一個公爵疑心他的妻與某人有祕密行為，便強迫他的妻寫信約了他來，伏兵把他殺了。

奧托尼敍奧托尼愛一個女子，卻因種種的關係，不能娶她。後來，她嫁了別一個人。他卻於某日又強迫她與他戀愛。正在那時，她的丈夫追來了。奧托尼卻立刻殺了她，對她丈夫說，因爲她不從，所以殺她。在這些戲曲裏，其題材與表演都是激烈粗暴，足以傾動一時的。所以自從這些戲曲開演後，自然而然的古典主義是絕蹤了。

雨果，與詩人委尼及繆塞也各寫了好些劇本。雨果的戲曲也以事蹟的詭異見稱。如赫爾那尼(Hernani)寫一個貴族的女子不愛一個王子，卻把她的戀情寄在一個強盜的身上。呂依白拉斯(Ruy Blas)敍皇后對於她的僕人，一個爲她仇人所遣來的偵探，卻發生了戀愛。雨果的成功，便在能把這些浪漫的事蹟，運以抒情詩似的文筆，成了異常的華婉動人的東西。委尼所寫的劇本，卻沒有大仲馬與雨果那末樣的辣烘烘的。他的有名的劇本爲查托頓(Chatterton)，寫的是英國有名的童年詩人查托頓的事；查托頓富於天才，終於因窮困失望，服毒自盡。委尼用細膩的文筆，把這個幼年詩人及與他有關的人物，都寫得十分的活潑動人。繆塞的劇本，完全爲任性的創作，毫不顧到劇場的習慣．但在舞台上成績卻並不壞；他的好處乃是對話的漂亮；劇中每個人物的說話都逼真而響亮，不加一點的做作．他的有名的劇本，爲馬利亞納之惡習(Les Caprices de Marianne)及莎倫薩契奧(Zorenzaccio)等．

小仲馬(Alexandre Dumas fils, 1824-1896)是大仲馬的私生子，爲寫實主義戲劇的始創者．他初以作小說有名於時．後來，把他的茶花女(Dames aux Camelias)改編爲劇本，一上場便得了極盛的

小仲馬

彩聲.此後,他便專心於作劇了,所作凡二十餘種,雖不及大仲馬之多,卻精粹遠過於他的父親.他的劇本大多爲社會問題之研究,如私生子(Le Fils Naturel),一個闊綽的父親(Un Père Prodigue)等都是如此.他的戲劇,除了他們的思想與所儲匿的問題外,藝術也是極高崇的;對話之恰

「茶花女」(Aubrey Beardsley 作)

如各個人物的身分，結構之完密，人物性格之真切，都足以使牠們不朽，且使他們至今猶為各地劇場所扮演；茶花女更為世界劇場上最常見到的一部戲曲。

與小仲馬同時的劇作家有奧琪葉(Emile Augier, 1820—1889)，薩都（Sardou）諸人。奧琪葉家世富裕，專心於作劇。所作有詩劇與散文劇二大類。論者每以他的戲曲與巴爾札克的小說並稱，因為人類的喜劇裏包含的是社會上各式各樣的人，各式各樣的生活，奧琪葉的戲劇也是如此。他又與小仲馬一樣，很注意於社會問題的敘寫。對於婚姻問題尤為注意。如在波里葉先生的女婿(Le Gendre de Mr. Poirier)裏，敘一個富商仰攀名門，把他的女兒嫁給一個貴族，因此毀壞了他女兒的一生。如一個美滿的婚姻(Un Beau- Mariage)敘一個很有才能的工程師，贅於一個富翁之家，結果也到了飽受那富翁家

奧琪葉

族的侮辱的境地。如窮的母獅(Les Lionnes Pauvres)叙的是一個寒士娶了消耗甚大的妻子，終至於悲慘的結果。這些都是對於當時社會上最習見的現象加以攻擊而促其反省的。他的文筆平易而忠實，不爲過度的誇張，這使他的劇本更易爲人看來受感動。因爲逼真的平叙較之誇張的烘托，是更易動人的。

薩都(一八三一—一九〇八)以善作喜劇著，文筆非常的靈活可愛；除喜劇外，他還著些歷史劇與悲劇。他的名作爲蒼蠅的腳爪(Les Pattes de Monche)等。此外還有好幾個喜劇作家，如那赫克(Neilhac, 1831–1897)與赫萊委(Halevy, 1834–1908)等，他們的名作大都爲小歌劇場(Operette)中常演的戲曲。

二

小仲馬之影響瀰漫於法國的劇場者很久，到了倍克(Henri Becque, 1837–1899)的名劇老鴉(Le Corbeau)出世後，才脫出了他的窠臼。倍克也是一個自然派的戲劇家，但他並不如小仲馬他們一樣，念念不忘的在他們的戲曲裏討論着社會問題。他的劇曲完全把他自己直接觀察的結果，不加烘染的寫了出來。聽衆見了這樣的耳目一新的素描的作品出來，一時甚爲之感動，開了近來法國自由劇的風氣。

繼倍克而起，提倡自由劇的，有安東尼（André Antoine, 1852-）。他要把平常的人生，切了一片一段來，毫不加點染的表演在劇台上。但這時，寫實主義的怒潮已衰落了，他的劇本卻不能鼓起大家的興味。這時足以吸動聽衆的乃是具有哲學的與象徵的意味的自由劇。做這些劇本的，有梅特林（Maeterlinck），他雖是比利時人，卻用法文寫他的劇本，在法國劇壇上占很重要的位置。（他將在第四十章中講到，這里不說。）此外，有居萊爾（François Curel,1852-），也編了不少這一類的劇本；但他卻把理論太多的裝載於他的劇本中，使演者很感困難，使聽衆覺得無味。

社會劇或心理劇，在這時非常的引起聽衆的注意；他們寫的是巴黎的中流社會，對話與結構都極漂亮而精緻，因此風行了一時，爲十九世紀最後極有力的劇作。這一類的作家，有白里安（Brieux），赫爾委葉（Hervieu）及拉夫頓（Lavedan），路斯丹（Rostand）諸人。

白里安（Engène Brieux, 1858-）是一個社會問題的研究者；他的劇本都是嚴正而有氣魄；他以他的銳敏的觀察，看出近代社會之衆惡，而以細膩深入的辭筆寫出之。他的紅衫（Le Robe Rouge）諸劇，在近代劇場上是常演之作。

較白里安的態度更爲嚴重的是赫爾委葉（Paul Hervieu, 1857-1915）。他捉住了一個惡點，便用全力去攻擊，攻擊得異常的勇猛。如他之攻擊法律，便是如此。他的名作有鉗子（Les Tenailles），人的法律（La Loi de I'homme）等。他的文筆流利而痛快；『公道』在他劇裏是一個重要的要素；讀他的劇本，自然會生出一種有力的情緒，連氣都透不出。

拉夫頓（Henri Lavedan, 1859-）與白里安他們不同，他是以輕快微妙的筆調來寫社會的心理的;對於心理的解剖,細密之極,使讀者或聽衆不期然的會進入那最深遠的人心的深處.他的語氣有時也很滑稽.他的名作爲決鬬(Le Duel)服侍(Servir)等.

路斯丹(Edmond Rostand, 1868–1918)以小鷹(L'aiglon)一劇震動全個歐洲.他的劇情帶些諷刺的情調,文筆卻是新鮮的;以明潔的筆跡,寫出他所特有的青年的愉樂的趣味.

批評家勒馬特(Jules Lemaitre, 1853–1914)也以戲曲著名;他的劇本是誠誠懇懇的細緻的把社會心理寫給大家看,並不參入什麼哲理的討論,所以甚得

路斯丹

聽衆的歡迎．所作以反抗者(Les Revoltes)，白婚姻(Le Mariage Blanc)等爲最著．

三

十九世紀的法國批評，開始於一個雜誌名地球(Globe)者，這個雜誌，創設於一八二四年，有六年之運命，在這六年間，對於新的文藝勢力卻給以鼓勵與歡迎；在當時偉大的文藝運動上有指導的功績；同時並介紹了不少外國的大詩人進來．

委爾曼(Villemain, 1790–1867)是十九世紀法國的第一個重要的批評家；他以爲文學是人類心靈的表現．他並不把自己囿於規則的解釋，美的文句的頌讚上；他乃是把文學的研究，當做一種歷史知識的工具的．他的大作爲法國文學講義．

尼薩(Nizard)是一個與委爾曼立在反抗地位的批評家；委爾曼是表示科

學的方法的，尼薩卻現表那理想的，教訓的方法。他把文學批評當做一種理性的結構。他給教訓。他把關於時代的，關於個人的一切事都放開了；他僅要知道永久的美。在他看來僅有具着不爲時地所限的，以完美的文字表白真理——人類理性的實質——之作品，乃可算爲偉大的作品。

到了偉大的批評家聖·皮韋 (Sainte Beuve,1804–1869) 出來，尼薩的主張，卻爲他所打破。他是反抗尼薩而與委爾曼的見解相近的。他初在巴黎學醫，後與雨果等爲友，乃棄了醫生的職業，而加入文藝界中。他所專心的不是小說，不是詩歌，也不是戲曲，

聖·皮韋

乃是批評他在各有名日報上，做批評主任，著作很不少；主要的作品便是那有名的每禮拜寫一次的星期一談話(Causeries du Lundi)，接連的做了十幾年。他的批評完全是客觀的態度，不參加一點自己的感情和意見。他的心思非常的細密，善於搜討古籍，善於繁徵博引，而組成有條有理的文章。他的批評方法是：在研究一種作品，必須先知道那個作家的家世、生平和性格。他自己說，常常一個人閉門十五日，同着一個有名死人的著作，研究他，玩味他，並且愛去問訊，如同把他放在面前的一樣；後來，便漸漸的把這個作家的恰切的真實處發現出來。因此認識了這個作家，因此，認識了他的作品。這樣的科學的態度，他曾應用在他的文人寫照(Portrait Litteraire)上。他想由這種的方法，總有一天，可以建立一種批評家的科學來，如生物學一樣，可以把人類的精神，照天然的分別，分起類來。這當然是一件很偉大，也許竟是不可能的工作，所以他終於沒有成功。但他的影響卻是極大的；他開創了後來的寫實主義的大路，並爲泰耐(Taine)的老師，至今還有許多人在接踵的用聖皮韋的方法去研究某個文學家，去批評某部作品的。

泰耐 (Hippolyte Taine, 1828–1893) 繼於聖・皮韋之後，創立了較聖・皮韋更進一步的科學的批評法。他曾爲教員，後來棄了職，專心去研究學問，實行了『生活着是爲了思想的』一句話。他的著作很多，以英國文學史 (Histoire de la Litteature Anglaise) 爲最偉大，此外還有拉芳登論 (L'Essai sur la Fontaine) 等較爲不重要。他的批評原則，在有名的英國文學史序言上，說得非常明白。他以爲研究一國文學史，須由三個地方去考察：一是種族，二是時代，三是環境；每個國家的文學的潮流，總不外因這三個大影響而有所起伏，每個作家的作品與性格也極受這三個大影響而有所不同。法國的種族與英國不同，英國的又與東方諸國不同，因此所產生的文學和作家便裁然的兩

泰耐

樣了。某個時代的文學與作家，又常受時代的思想和政治，社會，經濟狀況的影響；莎士比亞的戲曲不能產生於十二二十四世紀，拜倫的狂熱的詩也不能產生於十七十八世紀，這就是一二個例證。至於環境之有關於作家和文學的全部，乃更是瞭然。他用了這種歸納法，去批評歷史，去批評文學，很得些成功。英國文學史便是他的最好的試驗的成績。但有許多批評者，卻對於他這樣的太科學了的批評法大爲不滿；無論如何，照他這樣的方法去批評文學，總逃不了太機械的弊病。所以他的信徒，終於不至有聖·皮韋那樣的多。——原因是聖·皮韋的方法不是如他那樣的機械的。

萊南(Ernest Renan, 1823–1892)與泰耐恰是立於相反的地位；他雖是很信仰科學的，而他的批評卻完全是理想的，不似泰耐之立有一種固定的方式。他有些是懷疑論者，但卻對於宗教有很深湛的研究。他所喜愛的只是殉道者，高尚的心靈者，不可能的朋友。他常專心於宗教，常以爲自已是一個牧師。後來，他雖脫離了宗教的束縛，卻仍舊承認宗教的價值與理想。他遊了敘利亞與耶路撒冷之後，便有意於做耶穌傳（Le Vie de Jésus），這部大傳記出版於一八六二年，立刻震動了世人，引起了很激烈的宗教上的辨論。後來，他又著了一

萊南　十九世紀法國偉大的批評家與哲學家（Bonnat 作）

部基督教的起源(Les Origines du Christianisme),也是一部大著。此外還有許多別的關於宗教哲學和歷史的著作。他的文筆是異常的嬌媚可愛的,把他的思想及感覺,都能細細的寫出,把往古的奇蹟和故事也都能驚人的,動人的,正確的寫出。他承認宗教的理想,卻根據於歷史的研究,而打破一班人的迷信,尤其反對的是教堂。在這里,他的影響是極大的;他的耶穌傳的偉大,也就在於此;於表現這個大教主的偉大人格外,卻同時把攀附於他身上的種種灰塵和蘚苔都剷除下了。

二

自泰耐,萊南之後,到了十九世紀之末,批評的作家,重要的很不少。古爾蒙特是應該第一個數到的。古爾蒙特(Remy de Gourmont, 1858-1915)作詩歌,作小說,還有好些關於哲學,生物學,言語學之著作多種,而以批評之作假面集(Livre des Masques)二卷為要重要。假面集乃評論象徵派詩人之論集,解釋象徵主義之意義至為明晰,對於象徵派諸詩人都極有研究;論者因稱他為『象徵派的發言者』他尊重個性，尊重現世，可爲近代異教精神復興之代表。他以爲人當愛重自我，尋求幸福。人僅此一生，生復有限，故必須及時求樂。故賢者唯一之信仰卽爲自我，唯一之祖國，卽爲人生。

勒馬特（Jules Lemaitre, 1853–1914）與古爾蒙特不同，他並不宣傳什麼主張，並不解釋什麼派別，他僅以自己讀書時所得到的印象，隨了他的對於那個作品的解析，同時寫出；他的筆調很美秀可愛。他的批評作品不少，以時人（Les Contemporaéno）爲最重要。

勒馬特不注重主觀的批評，也不立什麼信條或方法；白魯尼特（Ferdinand Brunetiere, 1849–1907）卻是一個主觀的批評家，他有他的道德信訓；他執了這個信訓，對於自然主義，『爲藝術的藝術』大肆攻擊。他可以說是泰耐的後

白魯尼特

繼者，因爲他應用了進化論的學說，到文學的批評上來。他以進化論來解釋文學種類的變遷，如研究生物種類之變化一樣。他有名的著作是法國文學史，法國文學評論，抒情詩的變化及自然派的小說等。

法格(Emile Faguet, 1847–1916)與白魯尼特一樣，也反對自然主義，也提倡道德；同時，他並追蹤聖·皮韋應用他的批評方法來研究文學的作品。他的著作很多，以十八世紀，十九世紀等爲最有名。

此外如法朗士，也曾寫過高妙的批評，因爲這種批評，比起他的別的大著作來不過是零片，所以這里不說到了。

參考書目

一．大仲馬的戲劇可在英譯的他的全集中找到。(英譯全集有 Charles Scribner's Sons 出版的一部。)

二．雨果的戲劇在英譯的全集本可找到。又有 Bell 公司出版的彭氏叢書(Bohn's Library)本。

三．小仲馬的茶花女；小說有林紓的譯本，商務印書館出版，劇本有劉復的譯本，北新書局出版．

四．白里安的紅衫的中譯本，（名紅衣記）泰東書局出版．

五．聖皮韋的星期一談話，E. J. Trechmann 英譯．（Routledge 公司出版．）

六．聖皮韋的論文集（Essays）有史格得出版公司（W. Scott）出版的一本．（在 Scott Library 內）．

七．泰耐的英國文學史有 H. Van Laun 的英譯本，Henry Holt and Company 出版．

八．萊南的耶穌傳及論文集在史格得公司（W. Scott）的 Scott Library 中有英譯本．

九．萊南　William Barry 著，在 Hodder & Stoughton 出版的文學家傳（Literary Lives）中．

十．法格的法國文學史，英譯本由 T. Fisher Unwin 公司出版．

第三十六章　十九世紀的德國文學

第三十六章　十九世紀的德國文學

一

大詩人歌德死於一八三五年，然實際上德國的古典時代乃終止於席勒之死。到了十九世紀的開始，羅曼主義的新潮便漸漸的瀰漫了德國的文壇，與英、法諸國的羅曼主義相映照。羅曼主義之在德國，其起因當然半由於外來的影響，然政治上的大變動卻促進了這個新的潮流不少；德國在那時是很衰弱的，拿破崙的馬足一到，便成了法國的勢力所及的被保護國了。在這樣的被異族所征服的情況之下，自然而然的會發生了兩種動力，一種是景慕中世的偉大的德國與她的文學史詩，行吟詩人乃至教堂與弘麗的建築，一種是促成了國民及詩人的愛國心，高喊着要求自由．這都是德國羅曼主義的特點．但在羅曼主義的第一期，卻只是做着詩人的夢．並沒有什麼很大的天才出現．到叔本華，克萊斯特(Kleist)諸人崛起之後，德國的文壇才現出蓬蓬勃勃的活氣來．

二

第一羅曼時代的主要人物是迭克(Ludwig Tieck, 1773–1853)．他生於柏林，他的功績乃在引起這個新的運動，而不在他的作品上．他的詩才並不怎末樣的高．他的重要著作是他的童話．希萊格爾(Friedrich Schlegel, 1772–1829)是這個新派的批評的領袖，他建立了羅曼主義的理論的基礎；他的哥哥威廉

迭克

(August Wilhelm Schlegel, 1767–1845) 譯了莎士比亞的戲曲到德國來，這個勞苦的工作是不朽的。諾瓦里斯 (Friedrich Novalis, 1772–1801) 是這一派的詩人，他在二十九歲時便犯肺病死了。他的零片集 (Fragments)，雖不過是零片而已，卻有不少好的東西。

這一派的生命很短，到了一八〇四年便告終止了：這個時代的德國政治與國家的生命都闇淡無色。一八〇六年時，神聖羅馬帝國漸漸的夠於沒落之境；拿破崙把牠打得、分得零零碎碎的，再取來作爲他自己的擄掠物。這把德國詩人的國家意識與愛國心很強烈的引起了。這些詩人有亞寧 (Ludwig A. von Arnim,

威廉・希萊格爾

介紹莎士比亞到德國來的作家

1781-1831），白倫泰諾（C. Brentano, 1778-1842）與歌萊斯（J. Görres, 1776-1848），他們把第一羅曼主義時代的夢，帶到地上來；他們寫當代的國民生活，或追寫過去的歷史——是真的過去的德國人民歷史，而不是如諾瓦里斯所寫的想像的，他們最大的成功，是亞寧和白倫泰諾所編的國民民歌集，孩子的魔角（The Boy's Magic Horn），與格林兄弟（The Brothers Grimm）（Jacob,1785-1863）（Wilhelm, 1786-1859）所搜集的民間故事集。格林兄弟的成功，也許是出於他們意料之外，是異常的偉大的；他們編的故事集，成了世界上每個孩子都高興讀的書，而且也是一部爲研究民俗學者所

諾瓦里斯

夭死的羅曼派詩人

珍視的東西了。

一八一三年，莫斯科被焚，拿破崙由俄國狼狽的退回；這時，德國有許多愛國詩人高唱着愛國的抒情詩，如柯納 (Theodor Körner, 1791–1813)，亞倫特 (Arudt, 1769–1860) 以及興金杜夫 (Schenkendorf, 1783–1817) 等。他們的詩頗有影響於當時，卻都不是很高的詩才。

克萊斯特 (Heinrigh von Kleist, 1777–1811) 的戲曲乃是這時期的光榮。他於很輕的年齡時，即自殺而死，留下不少精美的劇本與中篇小說。他是十九世紀德國第一個大戲劇家，可與席勒相比，引起了新的國民的自覺心。他開手作了西洛芬斯頓的家族 (Die Familie

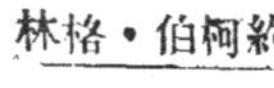
約柯伯・格林

威廉・格林

Schroffenstein)，十八世紀的『狂風暴雨』是染上了羅曼的色彩而復活了；他的洪堡王(Der Prix von. Homburg)是一篇歷史劇，普魯士的國民的戲曲；海曼斯拉特(Die Hermannsschlacht)是一部悲劇，穿上遠古的衣服而有力的表現出當代的真實之政治衝突的。克萊斯特還寫了一部很好的小說，科爾赫士(Michael Kohlhass)，寫十六世紀的一個故事，對於克萊斯特死後二年之反抗拿破崙的運動很有影響。

克萊斯特不是當時唯一的戲曲家，却是當時唯一的偉大的戲曲家。當時的戲曲家，還有委爾納(Z. Werner)，他是所謂『運命戲曲』的作者，帶些悲觀的色彩，

克萊斯特

所作有二月二十四日。

查米莎(A. von Chamisso, 1781-1838)與愛秦杜夫(J. von Eichendorff)及慕勞(W. Müller)是當時三個重要的詩人；查米莎是法國的人，居於柏林的，他寫的是很真樸的德國抒情詩。他本是一個植物學家。他於抒情詩外，又作了一篇名彼得·希萊米爾(Peter Schlemihl)的故事，得了全國的讚許，這是一篇可愛的神仙故事，叙一個人把他的影子賣給魔鬼。查氏居德國，一切習慣如德人，回法以後，痛恨法人的習俗，卻又不便改隸德籍；這一篇卽是寫他無祖國的內心苦痛的。愛秦杜夫(1788-1857)是羅曼派詩人中最偉大者之一，也是德國所有的

宣米莎

最能感發人的抒情詩人之一。他是與德國森林中大神潘(Pan)同住的；大自然的景色，原野的漫遊，都一一的印在他的詩裏；除他的詩外，他還有一部一個廢人的生活 (From the Life of a Good for Nothing)，這是一篇短篇故事，但卻也是用散文來表白抒情詩的情緒的。慕勞死得很早，只活了二十七年。他與愛秦杜夫一樣，歌詠的是自然，卻所詠的範圍更廣；他還作些民歌，以及政治的歌；他的希臘人之歌，是德國自由戰爭之後，第一部有名的政治詩歌。

愛秦杜夫

當時的詩人，受有東方的很深的影響者，是魯卡特(F. Rückert, 1788–1866)，他出了好些部的詩集，大部分都是印上東方的波斯與阿刺伯詩的色彩，幻想微妙，而音調可愛的。

在小說的範圍內，有福溝(F. Fouque, 1777–1843)，霍夫曼 (F. T. Hoffmann 1776–1822) 及赫林(W. Häring)工作着。福溝以他的名作渦提孩(Undine) 著稱，他終身都在中世紀與騎士時代的小說的活氣中著作着。渦提孩是一個水的精靈，她愛戀了一個武士，而這個武士卻又被別一個人間的婦人戀着。其婉戀可愛而滲和着悲戚的苦味的情調，至今還爲全個世界的人所喜愛。但他對於後來的時代，還有別的影響；他第一次

魯卡特

福溝

把尼泊龍琪歌的故事放在近代劇場上。他的北方英雄(Held im Norden)乃是赫倍爾(Hebble)的尼泊龍琪及魏格納(Wagner)的尼泊龍琪之指環的先驅。

霍夫曼是後期羅曼時代的有力作家。他的小說是屬於德國的偉大的小說作品之內的。他有異常的天才，卻不能沒有缺點。他寫的大都是超自然的故事，午

皮泰爾達哭了

渦提孩的一幕

夜的魔影，怪異的語聲，他都有聲有色的寫出，而他自己的生活卻也是爲酒呀，婦人呀所侵入的魔的生活。

赫林是一個極力摹倣史格得的人，他寫得是那末樣的像，據說，曾有一次，他的著作被譯成英文了，英國人都驚以爲真的是史格得一部未刋的小說！所以他被稱爲『德國的史格得。』在實際上，他卻有許多不及史格得處。他的小說，大部分是普魯士的國民小說。

羅曼派的最後一期由烏蘭特 (Ludwig Uhland)，慕里克 (Eduard Mörike) 萊奴 (Nicolaus Lenau) 諸詩人告了結束。烏蘭特 (1787–1862) 是

渦提孩沒入多瑙河不見了

一個有名的中古研究者；曾爲大學教授，後又從事於政治活動．他以作抒情詩及民歌得名於文壇．

慕里克(1804–1875)的詩才是很高的，在德國諸詩人中是可以列在第一流的．他還寫過幾篇短篇小說和一部長篇小說畫家諾爾頓(Maler Nolten)．

曼夫雷

萊奴(1802–1850)是奧大利人，他是奧大利近代最偉大的抒情詩人．他有着悲觀的天性；曾因厭惡本國而到了美國，不料這個『自由之土』卻完全不是他想像中的一個；於是他廢然的復回歐洲；回來之後．他的悲觀主義卻愈深沈了；他成了不可救藥的狂人．他的詩，是他的這個時代的歐洲之悲觀主義最中心的表白。他的悲觀。是純粹的情緒的悲觀，是主觀的悲悶，與拜倫一樣的。同時還有一個不幸的詩人赫爾特林（Hölderlin），他的境遇也和萊奴一樣的悲慘，但無論如何，卻總沒有萊奴那末樣的觸於絕望之深處。萊奴還寫了史詩和史詩的戲曲，（如 Die Albigenser 及 Faust）其氣勢之弘偉與想像之富裕，遠非一般僅僅善於寫抒情詩之詩人可比。

奧大利在這個時代，不僅出了萊奴，還有好些個戲曲作家呢。格里爾柏曹

烏蘭特

(Franz Grillparzer, 1791-1872)是其中最偉大的一個.他與萊奴之在詩壇一樣,是奧大利劇壇的一個最偉大的作家.他的第一劇女祖先(Die Ahnfrau)產生於一八一七年,是屬於受定命論的影響的『運命悲劇』的.莎孚(Sappho)是他的第二劇,是一部古典的模式的戀愛悲劇.這劇裏充滿的驕秀可愛的羅曼派的色彩.他的大著金羊毛(Das Goldene Vlies)是一部三連劇,其最後的一劇美狄亞(Medea)尤為他的重要貢獻.他把這個曾吸引住無教詩人的古代神話,用近代羅曼派的主觀重寫出來,寫得那麼樣的美麗與生動,乃非純粹的古典劇作家所曾夢見.他的亞圖克王的幸運與結局(König Ottokars Glück und Ende)是奧大利的國民悲劇的代表.與他同時的劇作家不少,大都是跟隨於西班牙諸大劇家及莎士比亞與德國大作家之後的,在這里都不能提起.

格里爾柏曹
奧大利的大戲劇家

西班牙卡爾特龍(Calteron)諸人的戲曲，這時在奧大利影響是極大，連格里爾柏曹也不免多少的受到些。

浪漫主義僅有的真的好戲曲乃是抒情的歌劇；如惠伯(Weber, 1813–1894)與馬契納(Marschner)的歌劇，蕭葆特(Schubert)及蕭曼(R. Schumann)的音樂，都是羅曼主義的最中心的精神，都是世界上極偉大的創作。

大哲學家叔本華(1788–1860)也生於此時。他是不朽的悲觀主義的哲學家，其影響極大，尤其在羅曼主義以後的德國。他的重要著作是意志與表現的世界(The World as Will and Representation)，在文學上最有影響的乃是他的用很優美的散文寫下的雜作(Miscellanies)二冊。無論在文學上，哲學上，藝術上，音樂上，他都有極豐富的啓示。

伊莫曼(K. Immerman, 1796–1840)與柏萊頓(A. von Planten-Hallermünde, 1796–1835)乃是羅曼主義最後的雙柱。伊莫曼是一個著作極多而頭腦淸晰的批評家；他無論什麼都寫，小說，戲曲，詩歌，批評．他的小說『苗裔』(The Epigoni) 是『有主義的小說』之先鋒．柏萊頓是一個很有力的諷刺作家；他由本國遷居於意大利，中年卽死了．他以爲詩歌是一件藝術品，不是懺悔錄；所以在他眼中看來，主觀的眞實還不如外面的技巧爲要緊．他的諷刺詩極機警；他的十四行詩尤爲著名；從委納司的十四行詩(Sonnets from Venice)是十九世紀德國形式的詩中很高的作品．

伊莫曼

三

一八三〇年七月的巴黎革命，震動了全個德國，詩人受其感動尤深，遂有所謂『少年德意志』(Young Germany) 的一派新的文學運動出現，他們較前代爲更寫實的，爲更傾慕自由的。

『少年德意志』的最重要的詩人是海涅(Heinrick Heine, 1797-1856)；他是德國的猶太人，生於一七九七年，是羅曼主義的兒子，也是革命的兒子，一個夢想者，又是一個寫實者，充滿了要求人類自由的熱情；他歌唱仙島的美景，又詠寫平民的痛苦；他的人格如拜倫一樣，影響了全個歐洲。他到今日還是德國的爭辨之潮的

海涅

中心;有許多人極熱誠的擁護他,有許多人卻酷刻的攻擊他;全個歐洲的近代詩人,恐沒有一個像他這樣的受人更甚的攻擊或擁護的了。他是一個偉大的抒情詩人,這是一個定論,但他的著作,卻還不如他的人格與影響之更爲重要。他早年沈浸於羅曼派的影響之中,但有幾個原因,使他不能不脫離了羅曼派的;其一,他是猶太人,本是沒有祖國的,所以世界主義是深印在他身上,對於羅曼派的極端的德意志主義自然要不滿意了;其次,海湼的生地,早已屬於法國所管轄,所以對於拿破崙並沒有別的詩人那末樣的厭恨。再則,他對於現實的罪惡,實在看不慣了,便不得不高聲叫着反抗。這些使他走離了羅曼主義。然他卻終於不能遠離。

一八二七年,海湼的歌集(Book of Songs)出版了,凡在一八二七年以前他所寫的抒情詩,都已在收內了;這是一部當時德國最流行的詩集;他所歌詠的乃是夜鶯,玫瑰與紫羅蘭,完全是羅曼派的東西。他的偉大在於他的寫法,而不在於題材。他的技術就在於把他們取來表白他自己個人的情緒。但他之用眼看自然,態度卻不大忠懇。這是反對他的人的大口實；實也實有一部分是對的。但他後來的作品，如北海之歌（North Sea）卻是極忠懇誠實之作，題材是真實的，藝術較早作亦更爲成熟。

當七月革命爆發時，一線新光落於海涅於身上。有一個時候，他把法國當作新耶路撒冷，爲當時政治與智慧破產中的唯一的存身處。他便與當時的一般少年政論作家，聯起手來，執筆去攻擊舊的惡政治，且爲新的政治理想而努力。他把家移居於巴黎去。在這時，他作的散文不少，雖不如他的詩之有名，卻是有聲有色，豐富明快，雄辯而機警的。他自己說他是一位爲人類自由而戰的一位好戰士，這些散文便是記載那戰事的。他的後期的重要作品是阿泰·特洛爾（Atta Troll），是一部半抒情詩半史詩的，半羅曼半諷刺的傳奇；論者以爲自拜倫以後，歐洲沒有產生過與此同樣的作品。他病了好幾年，於一八五六年，死於巴黎。

蒲尼（Ludwig Börne）也是少年德意志的有力的分子，與海涅一樣，也是一個猶太人他是一個有名的急進政論家視巴黎爲歐洲的救主爲她的政治桎梏的解放者他的巴黎通信(Briefe aus Paris)是當時知慧運動上一部重要的作品同時還有一個勞甫(H. Laube)，終生以介紹法國的文化與文學入德國爲職志；在把德國劇場放在法國的近代社會劇的影響之下，他是有大功的。

少年德意志的一羣文人中，最超越的純粹素樸的作家是古茲歌(Karl Gutzkow, 1811-1878)。他也是一個具着急進的政見的人，但政治在他的作品上比別的作家少有影響；他的全力在小說與戲曲。他的戲曲並不是什麽傑作，小說卻是他的大著作。他是小說界有天才的先驅之一。在伊慕曼的作品中，已見其影

蒲尼

的社會小說，在他的精神的武士(Knights of the Spirit)上卻完全現出真形來了。舊的羅曼派的主觀，在這里，在實際的社會問題之前，是看不見的了。德國小說家自此不復以寫一個英雄的故事爲目的，而競欲把當代的全個社會放在他們的讀者之前了。可惜古茲歌的描寫力不夠，他自己卻並沒有成就了什麼偉大的作品。

少年德意志的運動之後，德國卻又突然的復響起愛國的歌聲來。來因河被歌頌爲德國的偉大的象徵。這個歌聲由少年革命者赫委夫(G. Herwegh)發出，響應者不少。弗萊里格拉(F. Freiligrath, 1810–1876)這時正以早期的羅曼派的

古茲歌

風格作詩歌，染以很濃的東方色彩。赫委夫卻反對他，以為不足道。這兩個人領導了當時的全體詩人走着。

基倍爾 (Emanual Geibel, 1815–1884) 在當時的詩人羣中最可注意。他也與革命者有關連。他的抒情詩，並不彈新調，乃純粹羅曼派的復活，然他對於音樂的感覺極敏銳；他的辭句潤飾得極光艷；所以他又是『曼尼契』(Munich) 派詩人的老輩。曼尼契派的主張與法國的高蹈派相同。在一八五○至一八七○中出現小說家海斯 (Paul Heyse) 亦加入這個運動。

一八七○—七一年，乃德國的軍事勝利時代，全國的人都為這個勝利所感悅；這時的詩人，基倍爾之外，以少年作家史特拉委茲 (M. von Strachwitz) 與一個女流作家名安尼特 (Annette von Droste-Hülshoff) 者，為最著。史特拉委茲天才

弗萊里格拉

極高，可惜到了二十三歲卽死了。安尼特是德國最偉大的女詩人；她早年的叙事詩是很受拜倫的影響的；她的抒情詩與宗教詩，則超出於羅曼派的泥澤之外。

四

十九世紀中期的前後，是德國小說極光榮的時代；小說在德國的古典時代不過是附庸之物；在羅曼時代也不見有什麽不朽的大作。到了這個時代，小說家卻非常的活動，在各方面活動着，如鏡似的，把當時社會的生活都映入了。這時的小說，約分爲二大派，一派是所謂有意義的小說，(novel of ideas)，一派是描寫鄉村生活的。第一派以古茲歌的精神的武士爲領導，第二派以伊慕曼的描寫農民生活的短篇小說與皮霍夫(Der Oberhof)爲領導。繼着古茲歌之後的是史比爾赫根(F. Spielhagen)。他的小說在當時很可動人，

基倍爾

雖然現在已是過時了，他的最好著作是怒潮(Sturmflut)。

講起小說的技術來，法萊泰(Gustav Freytag, 1816–1895)卻較史比爾赫根高明得多了。他的大作是資產與債務(Soel und Haben)出版於一八五五年，是一部寫十九世紀中葉德國社會生活最有趣的小說。他很受英國的影響，技巧很好，是用工夫的作品，而非如宣傳着呼喊着的主義的小說，時效一過，卽無所用的。

海斯(Paul Heyse, 1830–1914)是這時極重要的作家；他的大作世界的孩子們(Kinder der Welt)出版於一八七三年。這部小說很有力量，把他的時代都寫在裏面了。雖然海斯是對於短篇小說的寫作，最有研究，然這部長篇卻仍顯出他的天才

法萊泰

來。世界的孩子們還有很深高的意思；她是表白當時『知識荒』的情形的。

第二派的鄉村小說的作家，有皮西士（A. Bitzius），他是一個瑞士的作家他把瑞士的農民生活細細的如真的寫下。他的僕人烏里（Uli der Knecht）和農夫烏里（Uli der Pächter）是近代農民小說中有數之作。奧巴契（B. Auerbach, 1812–1882）是德國的南部人，他寫的是黑林的生活，在當時他的名望較皮西士爲尤大。他的大作黑林村故事集（Black Forest Village Stories）至今還爲許多人所讀。路托（Fritz Reuter）也寫下不少鄉村小說，我耕田的時代（Ut Mine Stromtid）是其最著之作。

這個時代還有別一類的小說；小說雖然只有一部小說可拿來作代表，我們却不該忽視。因爲這部小說是這一類中無比的好的。這就是克勞（G. Keller, 1819–

史比爾赫根

1890)作的綠亨利(Green Henry)。克勞是近代瑞士的最偉大的作家，在歐洲看來，也是第一流的。綠亨利寫他早年的生活，表白得極懇摯，都是作者由內心流出的。但克勞的精力卻並不放在長篇小說而放在短篇小說上。短篇小說是德國文學中最好的散文作品。如果德國的長篇，常陷於結構與形式的不完美，那末，他們的短篇小說的形式卻是一無疵病了。克勞是這些短篇作家中占主要的地位的。克勞的短篇，並不特別的美或有刺激性或感覺極敏銳，如他的同國人馬耶 (G. F. Meyer) 和短篇之王莫泊桑一樣。他只是淡淡的不知不覺的寫去；讀的人也常常的於不知不覺中會受到他的一種不自知的力量之感動。

海斯

與克勞齊名的作家是封泰耐(Theo ler Fontane, 1819–1898),他初爲商人,後爲報館記者,最後才作長篇小說。他是一個爲寫實主義及自然主義先驅的作家,作品細膩而確實,如依菲·白萊斯特(Effi Briest)及生命的錯亂(Life's Confusions)是其代表作。

史托姆(Theodor Storm, 1817–1888)的短篇,其情節卻與克勞不同;他是一個散文的詩人;他的小說大都是浴於羅曼主義的柔光中的。他們是一個羅曼時代的表現,非常美麗的表現。如意門湖

奧巴契

克勞

(Immensee) 卽屬於此．他的後半期的小說卻採取了寫實的方法爲他的敘寫的藝術．

馬耶(Conrad F. Meyer, 1825-1898)與克勞一樣，也是瑞士人．在以上好幾個短篇作家中，他的藝術是最高超的．馬耶寫的東西不多，到晚年尤少．他寫的東西非常的謹愼；他的風格是明白，修整，有時是很客觀的，幾乎到了冷酷的地步．像他之這樣的注意於藝術，是德國散文作家中不常見到的．他極端讚愛文藝復興的大時代，他在這個大時代或其前後，尋求他的題材的參考．

奧大利在這時也有幾個短篇作家，但俱不大重要．

封泰耐

五

十九世紀中葉前後的戲曲，可以三個人爲代表，這三個人都是生於同年的，—即一八一三年。赫倍爾 (F. Hebbel, 1813–1863) 是第一個，其次是魯特委 (Otto Ludwig, 1813–1865) 及魏格納 (Richard Wagner, 1813–1882)。在這三個人中，魏格納的年壽最長。

魏格納是樂劇(Music Drama)的改革者，在今日，世界上沒有一個人不知道他，他的劇本也時時在歌場上演唱。他早年的著作都是羅曼派的歌劇，用純粹的

史托姆

羅曼派的方法，寫羅曼派的情調；充滿了羅曼的感傷與羅曼的幻夢。這一期的名作是冷齊(Rienzi)等。第二期的史偉大的魏格納，也不能離開羅曼派，他的心沈浸於悲觀的羅曼主義中，比無論誰都深。這時的名作是特里丹(Tritan)與尼泊龍琪的指環(Der Ring des Nibelungen)；還有戀愛詩人(Die Meistersinger)，是曼尼契派的文學運動中所產出的最好的一篇喜劇。到了一八八二年，巴西法爾(Parsifal)出來後，他的悲觀時代才告終止。他在近代德國劇場的進化上所占的地位沒有一個人可以與之相比。

魏格納

赫倍爾是近代戲曲全部運動的先鋒。他的第一劇猶狄士（Judith），出現於一八四〇年，是一個重要的界石。這里，他無疑的是受了少年德意志派的影響；這個影響，攀附於他的身上，終生不脫。他之喜以心理的地位與社會的問題混雜在一個大的象徵的風格中寫來，乃是出於少年德意志的。但赫倍爾之所以能成爲文學上的一個勢力，卻完全是他自己的力量；他以異常的原創力去看人生；他由人家向來沒有看過的一個角度上，去考察人類；他以爲戲曲上只寫外面的行動的時代，已經過去了，劇場的真正事業，是表現靈魂的運動。他的重要著作是基諾委瓦（Genoveva），赫洛特與馬利亞（Herodes and Mariamne），尼泊龍琪（Die Nibelungen）及白那約（Agnes Bernauer）；他們都是表現人格的神聖權利與社會秩序之衝突的戲曲。

赫倍爾

他不是一個寫實主義者，他不是超等的戲曲的詩人；但他有他的極重要的地位；他是近代從羅曼派悲觀主義的殘灰中燃起的個人主義的先驅者，這個個人主義在易卜生（H. Ibsen）及別的近代作家中是可顯著的看出的；這個個人主義把戲曲的全部潮流都改了方向。十九世紀的文學中，沒有比赫倍爾的戲曲更具有原創力的。

赫倍爾的同時代人魯特委（Otto Ludwig）在這方面是比較得不重要的；他是那班常常不能把他工作弄到結局的不幸作家中的一個。他的作品是很少的；但卻有一篇很好的小說。在天與地間（Between Heaven and Earth），這是一部很用苦功的寫實主義的作品；還有兩篇很好的劇本。這些作品，在德國以外，也許不聞名，且也沒有赫倍爾作品之重要。但他在德國文學上做了很好的補助赫倍爾的工作。赫倍爾所缺乏的寫實主義，卻是魯特委作品的特質。

六

普法戰爭以後，叔本華的勢力，在青年中還很大。到了八十年代，悲觀思想才爲康德（Kant）所轉移。同時，寫實主義的桎梏亦脫了下來而爲重生的理想主義所代。

在這個復興的背後的主力，是一個偉大的思想家，以猛勇的精神反抗過去的哲學家尼采（F. Nietzsche, 1844-1900）。他一開頭，便和沈重的壓在德國人心上的傳統思想爭鬭；他捨棄了叔本華；同時，卻和他最親密的朋友魏格納破裂了。他打翻了舊的東西的秩序，而代以他的充滿精力的樂觀主義。他的柴拉助斯特拉如此說（Also Sprach Zurathustra）是德國新時代文學中的傑作。尼采宣言道，要做生活的主人，不要做牠的奴隸；任何傳統的東西，都不要相信或承認牠，不管牠背後有如何大的權力。尼采思想之重要在牠的積極的建設主張者少，而在牠的激動力的偉大者多；牠給那少年時代以勇氣，去獨自的與人生對面；去從牠自己個人的觀察點，去看一切東西。因此，他使新的德國文學成了一種反對傳統的文學。

這個新時代，是打破一切舊的時代；那時，公衆看的是摹倣奧琪葉 (Augier) 及小仲馬的戲曲，讀的是感傷的小說，與無精無彩的詩；於是『極端的自然主義』(Consistent Naturalism) 以興，立下了一個有力的文學活動的基礎。何爾茲 (Arno Holz, 1863–) 以批評及詩歌，首先鼓吹着李連克隆 (Detlev von Lilieneron, 1844–1909) 以他的詩歌，霍卜特曼 (Gerhart Hauptmann, 1862–) 以他的戲曲，相繼的給崇高的模範與大家看。於是新的文學遂產生出來。

李連克隆早年過着軍人的生活，到了四十歲時，始把他的詩歌發表出來。他的抒情詩，是德國文學的光榮；他以真實的，細膩的文筆，寫目前的情景。在他的歌和民謠中，土地，酒與麪包的生氣是非常强烈的噴出。他的詩歌的形式又是很講究的，塗飾得非常華美。

霍卜特曼是一個詩人，是近代唯一的以用美的風格，寫詩的戲曲而得成功的一個戲曲家。他最初寫自然主義的戲曲。一八八九年，他的日出之前(Vor Sonnenaufgang)一劇出演於柏林，他的名望，遂大震於當世。孤獨的人(Eilsame Menschen)，織工，獺皮(Beherpelz)都是極有力量的自然劇。到了一八九三年之後，他的方向卻改了，不復執筆寫自然派的戲曲；如沈鐘(Die Versunkene Glock)，白色的救主(Der Weisse Heiland)等的象徵劇，乃為他所喜寫的東西。然無論是自然派的戲曲，是象徵派的戲曲，他卻都裝載着一種向光明與美走去的願望與精神。他寫的都雖是黑暗的情況，雖都是受苦的人，卻總帶着一線未來的希望的光明。他的最偉大的成功乃在人物的創造。他所

李連克隆

創造的世界中充滿了有呼吸的靈魂，在這一層，沒有一個生存的作家能及得上他。後來的人，將能在這個世界裏，看出一個時代，及一個國家的真實的生活來。

霍卜特曼

蘇特曼(Hermann Sudermann, 1857–)與顯尼志勞(Arthur Schnitzler, 1862–)在戲曲上的成功，也不下於霍卜特曼。

蘇特曼先以小說著名，他的大作爲憂愁夫人(Frau Sorge)。一八八九年，他的戲曲名譽(Die Ehre)出演於柏林，遂又成功爲一個大戲曲家。此後繼續的出版了蘇安姆之結局(Sodoms Ende)，故鄉(Die Heimat)等劇。他的戲曲大都對於現前的社會加以攻擊。但他的聲望，到了後來，卻一天天的陷於落潮之情況；他後期的作品不復爲寫實主義的，而另闢了幾條路出來，或爲心理的悲劇，或爲戲劇的童話，或爲半古典的詩劇，攻擊他的人因此益多。但無論在什麼作品裏，我們卻仍舊只看見那同一的蘇特曼——那具着近代觀念與討論近代社會問題的蘇特曼——不過時時穿上了化裝的衣服而已。不管近來的人對於他如何的不滿意，他卻已經對於德國的戲曲與小說盡了不少的力，卻已經寫了好些不朽的作品了！

顯尼志勞是奧大利的作家；他以描寫維也納的社會著稱。在他的戲曲裏，我們沒有看見如在霍卜特曼戲曲裏所見的『力，』但他卻是優雅的，嬌媚而輕妙的。他的最好的戲曲愛情的光（Light of Love），神仙故事（The Fairy Tales），寂寞的路（The Lonely Way），阿那託爾（Anatole）等，都是把忠實和柔秀的憂情與精神的嬌媚連結在一塊的。他的故事也是如此寫得又流利，又是音樂的。

蘇特曼

七

繼着自然主義之後的是象徵主義；在李連克隆及霍卜特曼的作品上，我們已見到象徵主義的光明。而完全浴身於這個光明中者則有下面的幾個人。

佐治 (Stefan George, 1868–) 是主張象徵主義最力的詩人；他的詩，音調極自然，而藝術亦無懈可擊。李爾克 (R. M. Rilke, 1875–) 也是一個重要的詩人；他曾在巴黎爲大雕刻家羅丹 (Rodin) 的書記。他的詩形式極秀美齊整，而有神祕的意味，爲後來一班少年表現主義的抒情詩人的先生。

顯尼志勞

一個同時代的重要詩人德美爾(Richard Dehmel, 1863–1920)卻並不投身於象徵的潮流中；他在李連克隆的活潑精緻的描寫上，加上了哲學的幻想。他寫着民歌，寫着素樸如中世紀的歌，但他的最大的成功，乃在於他的詩集兩個靈魂(Two Souls)；他創造了寫近代男人與女人的詩歌；一次自由車的旅行，一回電話中的談話，一個婦人在隔室裏彈鋼琴，都捉在他的詩裏，寫得又明潔，又崇高。

霍夫曼司答爾(Hugo von Hofmannsthal, 1874–1914)也是一個奧大利人；他的象徵劇，可以愚人與死(Der Tor und der Tod)爲代表。他的名望與霍卜特曼及蘇特曼他們一樣，已是世界的，但他的作品，卻不大容易譯。因爲他們——譯者——不能夠把他的詩的光彩、神祕、及魔術同樣的譯出。

最後，還要一提這個時代的小說。小說在德國，總是落在抒情詩與戲曲之後。然這時期卻有不少有名望的小說家。如法倫辛(Gustav Frenssen, 1863–)初爲牧師，以寫德意志北部的農民生活著稱；最近的著作，是一部敘寫歐洲大戰的小說兄弟(Die Brüder, 1917)。委皮格(Clara Viebig)以寫柏林的貧民生活，及來因河的較快活的孩子們的生活著稱。赫克(Ricarda Huch)是一個有天才的女作家；她是一個學者，詩人，及小說家。藝術極精純而想像極豐富。這幾個人的名望都正在逐漸增高之中，已立在他們之上的，是下面兩個人。

馬恩(Thomas Mann, 1875-)是一個很嚴肅的作家。他的作品並不多，一部長篇小說，蒲登白洛克斯(Buddenbrooks)，兩本的中篇小說及短篇小說，還有些論文及隨筆，這就是他的全部作品了。但蒲登白洛克斯，講一個留白克(Lübeck)家的盛衰的故事的，乃是一本非常完美而厚大的書，有熱情而態度嚴正；他的短篇小說及中篇小說，特別是在委尼司之死(Death in Venice)，是不可及的美麗與淡泊的。在這個時代所寫的散文，沒有比他更高貴的了。

瓦賽曼(Jacob Wassermann)曾被比於狄更司與俄國的杜思退益夫思基(Dostoevsky)；他是接觸於幻想之國的。他的大作世界的幻覺(The World's

Illusion）是一部神祕的作品。他的創造力很強，熱情很烈。在他許多年的努力中，他得到了流利的詩的形式與風格，恰宜於寫他的對於各種事物的熱情的幻象。瓦賽曼在他的血中，有些先知的權力。他與顯尼志勞及霍夫曼史答爾一樣，是一個猶太人。在他與馬恩之不同處，（正像顯尼志勞之與霍卜特曼不同一樣）乃在繪寫出願情與勞苦，快樂與上帝之尋求；那也就是現在許多少年的德國詩人，戲曲家，小說家的作品上所深印上的色澤。

參考書目

一．德國文學（Literature of Germany） 洛葆生（Robertson）著，家庭大學叢書（Home University Library）之一，亨利·福爾特公司（Henry Holt and Company）出版。

二．十九世紀文學主潮（Main Currents of 19th Century Literature） 勃蘭特斯（Brandes）著。其中第二冊，爲少年德意志，麥美倫公司（The MacMillan Company）出版。

三．德國文學史略（Brief History of German Literature） 柏萊斯特（Priest）著，史克里卜納

公司(Charles Scribner's Sons)出版。

四、德國文學(German Literature) 湯姆士(Thomas)著，阿卜里登公司(D. Appleton)出版。

五、近代德國文學(Modern German Literature) 威爾士著，洛保茲公司(Roberts Bros.)出版。

六、近代德國文學研究(Studies in Modern German Literature) 海勞(Heller)著，琪姆公司(Ginn and Company)出版。

七、十九世紀德國文學研究(Studies in German Literature in the 19th Century.) 柯亞(Coar)著，麥美倫公司(MacMillan)出版。

八、德國文學論叢(Essays, German Literature) 博益孫(Boyesen)著，史克里卜納公司(Charles Scribner)出版。

九、爲社會力所決定之德國文學史(History of German Literature as Determined by Social Forces) 法蘭克(Francke)著，亨利·福爾特(Henry Holt)公司出版。

十．德國文學史　張普傳編，中華書局出版．

十一．近代德國文學主潮　小說月報叢刊之一，商務印書館出版．

十二．德國文學史略　唐性天編，商務印書館出版(將出．)

十三．洛林童話集(Grimm's Fairy Tales)　英譯本極多，亦有中譯本．

十四．福溝的渦提孩有中譯本，徐志摩譯，商務印書館出版．

十五．叔本華的著作，英譯本很多．

十六．海湼的詩集，有英譯本．在 Bell 公司的彭氏叢書(Bohn's Library)中．

十七．史托姆的意門湖，有中譯本，唐性天譯，商務印書館出版；又泰東書局亦出版另一譯本，名茵夢湖，郭沫若譯．

十八．尼采的柴拉助斯特拉如此說，有英譯本．(T. N. Toulis 出版)

十九．霍卜特曼的戲曲大都已譯爲英文；中譯本有日出之前，耿濟之譯，織工，陳家駒譯，獺皮，火焰，楊丙辰譯．他的小說異端，郭沫若譯，均商務印書館出版．

二十．蘇特曼的憂愁夫人有中譯本，胡仲持譯，商務印書館出版．

二十一．顯尼志勞的戲曲，英譯本有一册，在近代叢書(Modern Library)中；他的阿那託爾已譯成中文，郭紹虞譯，商務印書館出版．

第三十七章　十九世紀的俄國文學

第三十七章　十九世紀的俄國文學

一

俄國文學實際上之開始，乃在十九世紀；而在僅此的一個世紀中，她卻繼續不斷的產生了無數的不朽的作家，無數的光榮的作品；她的年齡比無論那一國都幼稚，而她的成就與精神，卻比無論那個先進之國都偉大。以前的人，每迷惑於俄國的黑土的祕密，到了她的小說一大册一大册的介紹出去後，他們卻才完全明瞭了她。她的文學，開頭是受先進諸國的影響的，到了後來，卻給與很大的影響於世界的文壇；無論法呀，德呀，英呀，乃至東方的日本呀，中國呀，都受到她的感化；最近的世界的文壇由她的不朽作品的感興，卻也產生了好幾部重要的作品出來。

在十九世紀之初期，最有力的作家是助加夫斯基(Zhukovsky, 1783-1852)，他是羅曼派的詩人，介紹了不少英、德的重要詩歌進來，如拜倫，如席勒，都經過他的手而引進於俄國；以後俄國的漫爛的文壇之造成，他是有大功的。這時，恰有十二月黨，於一八二五年，在聖彼得堡豎了革命的旗幟，雖然失敗，死了不少最優秀的青年，羅曼的空氣卻鼓動得益爲利害。爲這次革命運動的犧牲者，其中有一個詩人，卽李列夫(Ryleev, 1795-1826)，不幸夭死，致其詩歌沒有達到成熟之境。

二

在這樣的羅曼的空氣瀰漫之下，有兩個大詩人便產生了出來；不僅他們的作品是浴於羅曼主義的强烈的日光中的，卽他們的生活也充滿了羅曼的意味；這兩個人便是普希金(A. Pushkin, 1799-1837)和李門托夫(Lermontov, 1814-1841)。

普希金是俄國第一個用純粹的俄文來寫美麗而偉大的著作的；他的詩才極高，他的影響極大；自從他出來了之後，俄國才有自己的不朽的文學，才進入了一個偉大的文學時代。他生於莫斯科貴族的家庭中，在大學時，即已有很驚人的詩名。助加夫斯基送給他一張照片，上面寫道：『給一個學生，從他失敗的先生。』他和十二月黨中的人物都是好友，因此，深受其影響，寫了自由歌，及其他歌頌革命思想及諷刺政府的詩。因此，當他二十歲時，便被政府放逐到一個小鄉鎮上去。後來，回到莫斯科，和一個法國人決鬭，被殺，年僅三十七。但他生存的時間雖短，卻已有了不少的不朽的成績。他很受拜倫的感與，但其藝術卻似較拜倫爲尤好。在他的亞尼徵 (Evghnig

普希金　俄國第一個大詩人

Onyeghin)，一部韻文的小說裏，我們可以完全見到了他的詩才。這部大作，叙的是亞尼徵與一個少年詩人同戀着一個女郎；他在一次決鬬中，把這詩人殺了。因此不得不與女郎離開。但這個女郎還有一個姊姊，泰台娜(Tatiana)，却是戀着他的。她寫了不少信給他，他卻全不理會。後來，泰台娜嫁了。亞尼徵於無意中遇見了她，卻不知她就是從前的泰台娜；這時，卻是他寫了不少信給她求愛

普希金之畫

了。某次，他到她的家裏，正見她在讀他的信，眼裏充滿着熱淚。他熱烈的向她求愛，卻被她拒絕了。她絕拒他的一段話，曾博得無數俄國婦人的眼淚。普希金還曾寫了幾部長篇小說，——甲必丹之女（The Captain's Daughter）及杜博洛留薄夫（Dobloluboy）是其中最著的——及短篇小說。在俄國散文上也很有影響。

李門托夫以作詩悼普希金之死，得大名，亦因此，被政府把他放逐到高加索去——因詩中有攻擊政局的話。他最喜拜倫與雪萊；他也有了拜倫與雪萊的超越時代的獨立精神，歌頌自由而愛重平民，反抗一切的非人道的威權；在這里，他是比普希金更偉大了。在密希里（Mtsyri）裏，我們看出他是如何的渴慕自由呀！密希里是一個孩子，被

李門托夫　俄國大詩人之一

養於修道院中．牧師們以爲他的心已忘了世事，實則他是每夜夢着他的家鄉，夢着他的常把他自己躺在他們身上，聽他們對他唱催眠歌的親人．某夜，大風雨，牧師們正在祈禱，他卻乘機逃出了這個囚籠似的修道院，以尋求他的自由．他在森林中漫走了三天．當牧師們尋到他時，他已經因和豹鬬，受了重傷而將死了．但他卻已得着他的自由了，雖然時間是極短促．在這幾天自由的時候，他才真是生活着他的！

小說當代英雄(The Hero of Our Own

李門托夫之畫（一）

Time）是後來許多把『時代的衆惡的影響』作爲人物的型式的小說之先驅。他死時，只有二十七歲，較普希金爲尤年輕；與普希金一樣，他也是死於一次的決鬬中。

在這時代，有不少的詩人，受普希金的影響而興起，但俱不大重要，這里不能一一說及；只有一個克魯洛夫（Krylov，1768-1844），卻自有他自己的地位和價值。他的不朽的工作是寓言，其初譯伊索和拉馬登的，後來自己去創作；他把很深邃的哲理，放在寓言世界的各種活動裏，他的詩又是輕妙秀美，而音節極爲鏗鏘的。因此，博得世界的，不僅是本國的，名譽，現在的兒童，都把他的

李門托夫之畫（二）

寓言和伊索及拉馬登的同讀．他的作品，實較普希金和李門托夫的尤爲流行．

三

俄國的寫實主義時代，開始得比無論那一國都早；李門托夫之後，接着便是歌郭里(N. Gogol, 1809–1852)的時代，他乃是一個被稱爲『寫實主義之父』的小說家；自他出來之後，俄國的燦爛無比的大時代便開始了；俄國文學之大勢力和大影響，不在她的羅曼主義時代，乃在她的寫實主義時代；俄國文學的黃金時代，完全是一個爲寫實主義所支配的時代，俄國的許多不朽的博得全個世界的深摯的同情的作品，也大都是寫實主義的作品．而這個大時代，卻常被人稱牠爲『歌郭里時代』．

克魯洛夫　俄國最有名的寓言作家

歌郭里是小俄人。十九歲時，到了聖彼得堡，欲爲一個伶人而不可得；後來，在一個部局裏爲一個不重要的辦事員。這當然與他愛好文學的天性不合的，所以，不久，便棄去了，專力於文學的工作。一八二九年他的兩部描寫小俄鄉村生活的小說集出版了，叻加夫斯基和普希金立刻張開了兩臂歡迎他。他的狂人日記和外套，雖是兩篇短小說，給與後來的影響卻很大。狂人日記寫狂人心理極爲深入而逼真，開後來心理分析的小說之先路。

外套寫一個窮苦的小官，好容易儲蓄了錢，做了一件新外套。不料，第一天穿了去赴宴，卻卽爲一盜强剝了去。他去報告一個警部官長，反被他威嚇了一頓。這位小官員又急又怕，不久卽死了。同時，在他外套被盜所刦的地方，卻出現了一個鬼，那

歌郭里　俄國第一個寫實作家

就是那位小官員的鬼，專在那里奪取過往行人的外套．直到了後來，剝去了那個警部長官的外套之後，這個鬼才不再出現。在外套裏，歌郭里的描寫，雖帶着笑容，卻是含着不可見的淚珠的微笑．這乃是俄國以後作者所特具的氣質，所以屠格涅夫（Turgenev）說：『我們都是從外套傳下來的．』他的長著死靈（Dead Soul）及他的喜劇巡按（The Inspector General）也是不朽的大作；巡按至今還常見其在世界各處的劇場上演唱着．

在這個時候，重要的作品，可比於歌郭里的巡按者，有格利薄哀杜夫（Griboedov, 1795-

巡按之一幕　　歌郭里自畫

1829）的有名喜劇聰明誤(Gore. ot Uma)可比於歌郭里的死靈，而較其勢力爲尤大者，有龔察洛夫(Ivan Gontcharov, 1812—1891)的阿蒲洛摩夫(Oblomov)。

格利薄哀杜夫死得很早，作品也不多，但聰明誤一劇，已足使他不朽了。他曾爲俄國駐波斯的公使，不久，便爲波斯的暴動的羣衆所殺死。聰明誤是一篇强有力的諷刺劇，攻擊當時莫斯科的貴族社會。劇中的英雄是查兹基(Tchatzky)，

歌郭里自畫 巡按中之二女人

他新從國外歸來，肆意的批評當時的社會，人家卻當爲他瘋子，沒有一個人去聽他的話。此劇最好的地方曾爲檢查官删去不少，但仍不失爲好戲，到後來還常常在劇場上演。他所用的對話是純正的漂亮的莫斯科話。

龔察洛夫的文學生涯，有四十五年，但他的作品卻很少，如精瑩的珠玉似的，並不以多爲貴。除了幾部雜記和遊記之外，他的小說只有三部：阿蒲洛摩夫，日常的故事(A Common Story)及懸崖(The Precipice)，都不壞，而阿蒲洛摩夫尤爲有名。阿蒲洛摩夫完成於一八五八年，是俄國小說中最偉大的作品之一，論者常以牠與屠格涅夫的父與子及托爾斯泰的復活及戰爭與和平，杜思退益夫斯基的罪與罰並舉。這部小說的英雄，就是阿蒲

龔察洛夫

洛摩夫。他生長在使奴喚婢的家庭裏，農奴有六七百個，什麼事都有人代辦，連襪子也不必自己動手去穿。後來，他進了大學，仍有僕人跟隨在旁邊。大學裏熱烈的講演，青年朋友們如火如劍的激刺的談話，也能在他胸中燃起了暫時的熱情。但他的惰性卻又立卽把這可貴的熱情的火星弄熄了。到了畢業之後，還是如此的過着昏惰的生活。太陽已射到室裏，他還高睡着，幾次想起來，想了一會，又懶懶的躺下了。他的評判力並不壞，他也有思想，他也有同時代青年們所同有的熱情和理想，他也羞做一個管理許多農奴的地主。他很會說話，但他卻不能立起來做他竟懶得怕離開沙發一步。他的朋友史托茲(Stolz)很替他憂愁；後來，爲他介紹了一個女友亞爾加(Olga)，想把他從懶惰的泥澤中拖起。其初，他也很受感動，想竭力從沙發上掙扎的立起，但不久，卻又安安靜靜的躺在沙發上，仍然做他的舊夢去了。亞爾加只得離開了他，和史托茲結婚。這部小說一出版，立刻震動了俄國的全個知識階級，什麼人都拿着一本阿蒲洛摩夫讀，『阿蒲洛摩夫氣質』(Oblomovism）成了一個熟悉的名詞．大家都覺得自己血管裏有些阿蒲洛摩夫的成分在內，都想極力的把這個有毒的成分排斥出身體之外．這一貼興奮劑，正是俄國當時最對症的良藥，所以龔察洛夫的功績是非常偉大的．但阿蒲洛摩夫實不僅是一部俄國的書，『阿蒲洛摩夫氣質』實不僅在俄國人的血管中．因此這部小說的價值與影響便不限於俄國，這一貼興奮劑便爲一切有阿蒲洛摩夫氣質的毒液在血管裏的人所需要的了．

四

以後，便是俄國文學的黃金時代了，這個黃金時代的造成，是由於三個有力的農夫，那就是屠格涅夫（Ivan S. Turgenev, 1818–1883），杜思退益夫斯基（Feodor Dostoevsky, 1821–1881）和托爾斯泰（Leo Tolstory, 1828–1910）．這三大小說家，不僅是俄國的，乃是世界的．

屠格涅夫的家庭是貴族的家庭．大學畢業後，到過德國一次；一八五二年，以作悼歌郭里的一篇文字得禍，幾乎被送到西比利亞，虧得有人救護，才把他禁錮於家中二年。此後，他便離開了本國而漫遊於歐洲；巴黎尤其是他常住的地方。他在那里有了不少朋友，俄國文學最初之得西歐人的注意，完全是他宣傳與介紹的功績。他壽至六十五，死於巴黎，歸葬於聖彼得堡。他的小說，在藝術上是完美的著作，在思想上是影響到當時的全個俄國。他的文學工作繼續了三十年之久，在這三十年中，俄國的社會和青年思想急驟變遷的痕跡，都在他作品裏映出，如照在鏡中之影，如留在海岸沙灘上的潮痕。他的最不朽的地方，是他的敍寫，滿含着詩的美，無論長篇，中篇，短篇的東西，其全局的結構，與遣辭用字，都極爲精密，當時的作家，在一方面無一能及得上他，即杜思退益夫斯基和托爾斯泰也遠遜之；在歐洲，與他有同樣的精美的藝術的也不過幾個人而已。他最初把他寫農民生活的故事集爲一冊，用獵人日記的名字出版。俄國農奴制度之得廢除，這部小說是很有力的；正如美洲之黑奴，因史陀活夫人的黑奴籲天錄一書而得解放一樣。以後，他接着寫了兩部很可讚美的描寫他自己的小說，初戀和春潮；這兩部小說裏面詩意是要泛溢出紙外，再以後，他便專意去寫純客觀的表現時代精神的小說了。這樣的小說，共有六部，恰恰的表現出俄國自一八四四年至一八七六年間知識階級生活的各方面。路丁(Dmitri Rudin)寫的是俄國十九世紀中葉能說不能行的青年；麗薩（Liza 一名貴族之家，）寫的是能說能行卻又力量太薄弱了的青年；前夜（On the Eve）裏的英雄，卻已完全換了一個樣子，她不僅能行，而且意志非常的堅强。以後的許多爲自由運動而犧牲的俄國女子，受着書中英雄，——女英雄——海崙的感興不少。父與子是這樣的小說的第四部，寫的是俄國當時新舊思想的衝突。新的英雄，卽子代的英雄，巴札洛夫，是有勇氣，有主張的人；他不屈服於任何權威之下，不相信一切沒有證明的理論；他的信仰是科學，是物產主義；他要把俄國的一切不合理的舊習慣，舊風俗，舊制度，都加以否認，都加以攻擊。因此，便有人上了『虛無主義者』(Nihilist) 的尊號給他。但這個『虛無主義者』

却不是後來的一班襲用這個名稱的『恐怖黨人』一樣；他是現實的，不是虛無的；是有信仰的，不是破壞一切的；他只是要把他的新信仰來代替舊的而已。在這時代之後，有一個大改革運動發生，結果是失敗，於是這樣的小說的第五部煙(Smoke)，便充滿了失望的愁情最

屠格涅夫　俄國三大小說家之一

馬麗讓沙寧坐在她身旁

春潮之一幕

在屠格涅夫的許多小說中，結構之精密，文筆之富於詩意，要以春潮爲首。

春潮之又一幕

馬一跳，把馬麗的帽落下了，他的金頭髮鬆散在肩上。

後的一部小說荒土(Virgin Soil)卻敘寫着俄國青年在七十年代於失望後所發生的『到民間去』的新運動在歐洲這幾部小說差不多公認爲研究俄國青年運動的最重要的參考資料；在俄國名望卻沒有這樣好，因爲他們以爲屠格涅夫在國外已久，憑着個人直覺去寫，未免有缺乏真實的地方。然而不管他們如何不滿，屠格涅夫的高超的藝術，卻已足使這幾部偉大的小說不朽了。他的韓莫雷特與吉訶德先生(Hamlet and Don Quixote)，是一篇討論這兩部偉大戲曲（韓莫雷特）與偉大小說（吉訶德先生）的論文，在文藝批評上也是很重要的作品。他的散文詩，意味深邃而文辭婉媚，雖是用散文寫，卻真的都是最好的詩歌。其中老婦，狗，乞丐，自然諸首，尤足動人。

杜思退益夫斯基是許多爲惡政治所殘踏的不幸的文人之一；他初到聖彼得堡時，一無人知，但當他的窮人(Poor People)告成時，詩人尼古拉莎夫(Nekrasov)卻半夜的來叩他的門，慶賀他的成功。四年以後，他爲參預一種自由運動，被政府判決死刑。已於十二月冰雪滿地之時，牽到刑場，卻又得赦令，改流於西比利亞。這使他的精神刺激得太利害了，以至終生都受其影響。到了一八五九年，他才被赦回來，因爲生活的窮困，便以賣文爲生。他寫得非常快，差不多一脫稿就上印刷機。因此，在藝術方面看來，他不僅不如屠格涅夫，亦且不如托爾斯泰。但他的偉大處並不在此。藝術之粗率並不能損及他的偉大之分毫。他的偉大，乃在他的懇深的人道精神，乃在他的爲被侮辱的人，爲被人不齒的上帝之子說話。從前的作家，寫的都是英雄，都是貴族，都是高雅的人，就是惡人也是一個偉大的惡人。至於那世間的細民，如乞丐，如酒徒，如小竊之類，卻非他們的筆尖所屑賜顧的。杜思退益夫斯基

杜思退益夫斯基　俄國三大小說家之一

把他們的留下的地域發現了。他用力抒寫這一班被損害被侮辱被不齒者的生活，內在的與外面的生活；他更發現他們的行爲雖極齷齪，而他們的靈魂的光明卻並未完全喪失；人的氣息在這些人當中是更多的存在着的。於是他不禁的蘊着滿腔同情去寫他們。他有了這偉大的愛的精神，而他的小說，便自然而然的在字裏行間潛伏着一種最感人的感動力，使讀者完全忘記了他藝術上的缺陷。所以當這些大著作一介紹到法、德、英諸國時，他們都不禁的驚詫爲一種新的發現，而立刻上杜思退益夫斯基以當代最偉大作家及『最能表現神祕的斯拉夫族靈魂』的大作家的尊號。屠格涅夫的名字幾被他蔽蓋着，托爾斯泰也被人忘了一時。他的重要的著作是被壓迫者與被侮辱者，死屋的回憶，罪與罰，白癡，少年，魔

杜思退益夫斯基之死型

鬼，及客拉馬助夫兄弟(The Brothers Karamazov)等，而罪與罰尤爲震動一時的大作。牠的外國文的譯本極多，連日本和美洲也都有了。罪與罰可以作爲他的著作的代表，英雄是一個窮學生拉斯加尼加夫(Raskolnikov)。他爲了窮苦不堪，爲了社會的不平心，去殺死了一個放債爲生的無心腸的老婦人，並殺了她的一個姊妹。這是一幕極動人，極駭人的戲劇，杜思退益夫斯基

罪與罰之一幕

拉斯加尼加夫把老婦人殺死，還想去取東西。在這裏，作者把殺人犯的心理寫得爲逼眞。

寫來如把這一件謀害案完全放在你面前走過一樣的逼真！拉斯加尼加夫雖把老婦人殺了，卻爲血所驚住，忘記了他來的目的。他一點財物也不取的跑了出來。心靈裏自此永遠的負着痛苦與驚恐的重擔，這個重擔壓得他非常難過，一刻也沒有安逸！後來他到妓女莎尼亞(Sonya)那里去，把這事向她傾吐了。莎尼亞乃是一個生活卑下而靈魂純全的婦人，極力勸他自首。他去

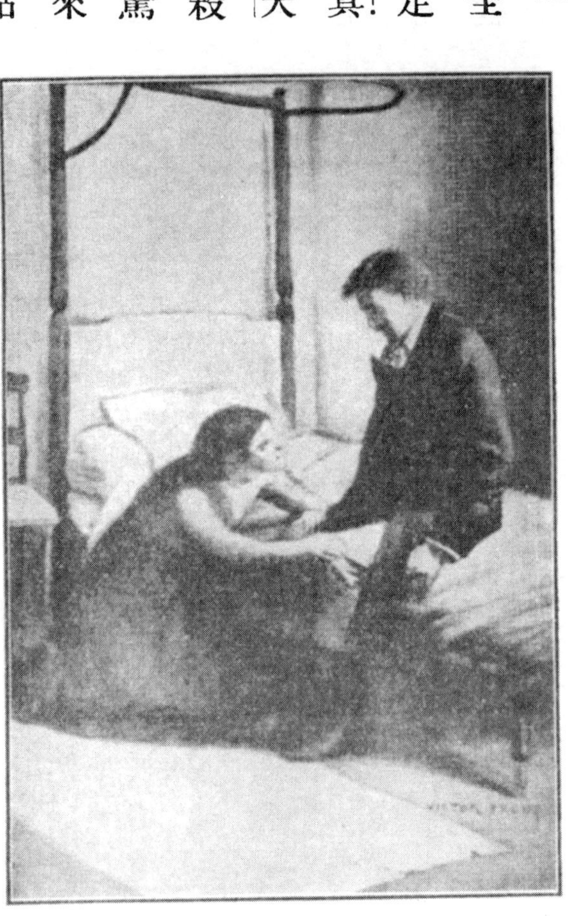

罪與罰之又一幕

莎尼亞從罪惡中把拉斯加尼加夫救了出來。

自首了，判決流放於西比利亞。當他走時，莎尼亞也跟了去。終於在罪惡的海中，把拉斯加尼加夫救了起來。在這里，許多讀者和批評家都讚美作者能把拉斯加尼加夫的心理分析得如此真切。克洛巴特金(P. Kropotkin)以爲：『拉斯加尼加夫的背後，乃是作者他自己。他設想如果他自己或如他那樣的人，處在拉斯加尼加夫的地位，也去殺人，如拉斯加尼加夫所做的一樣，那末，心理上所起的變化將如何呢。』因此，他所寫的乃是他自己的心理的變化，因此他所寫的乃會如此的動人。但克洛巴特金又說：『然而像這樣的人是不會謀殺的。』所以在這一點，杜思退益夫斯基是失敗的。然而他在寫卑下的社會生活與卑下的向爲人所不齒的人物一點上，卻完全是不朽的。

托爾斯泰與屠格涅夫一樣，也生於貴族的家庭中。他的父母都死得很早，他的少年是在羅曼的生活中過去的。他曾到過高加索，在軍隊裏服務，那時寫的是幼年，童年與少年諸作。他回到都城後，於一八六二年結婚。他的家庭生活是很快

樂的。這時寫的是兩部大作，戰爭與和平及婀娜小傳(Anna Karenina)。戰爭與和

托爾斯泰

平寫的是拿破崙攻掠俄國的事；人物那樣的多，背景那樣的複雜，有時是悲壯的戰事生活，有時是爐火微紅，家人聚話的恬靜生活，有時是弘宮偉殿，有時是廢瓦頹垣，有時又是農村草舍，而他寫來卻都絲毫不苟，筆筆都是精彩異常。在藝術上是可以不朽的。平常的歷史小說，主人翁總是大人物，戰爭與和平卻軼出了這個常規之外，以一個樸訥的農人白拉頓（Platon）爲主人翁。他寫拿破崙，寫亞歷山大一世，都當他們是平常人看待，並不特別誇大的去描寫。他以爲歷史上的所有大變動都是不可知的羣衆運動所造成的，每個人都有造成這個運動的力量，而每個人又都爲一種不可抗抵的潮流所驅迫。戰爭與和平真是一部大帙的著作，但據說，他的夫人卻曾爲他手鈔了七次。婀娜小史寫的是婀娜嫁給一個老官吏，境況很好而精神很痛苦。她愛了另一個青年，卻始終沒有勇氣和家庭脫離關係，因此投身於鐵道上而死。在這個悲慘故事裏，托爾斯泰把他的藝術鍛鍊得更精緻。到了七十年代之末，他的精神忽起了大變動，突然的由一個藝術家變成了一個道德家；最後的一年，他且突然脫離了家庭而去尋求另一個更好的、更安心的生活，不料走至中途，卻犯肺炎而死。在他的後半生，他都宣傳着他的福音，爲民衆而服務，做了不少的事。以後所作的小說，已不復爲一種藝術的創作，如戰爭與和平諸書一樣，而成爲一種宣傳主義的工具了。但因爲他的藝術根底真不壞，所以卽便是宣傳式的小說，卻也寫得很精緻、很動人。他的不朽，卽在於此。這樣的小說，可以復活（Resurrection）爲代表。復活的主人翁是尼希留道夫。他早年曾戀愛一個女郎，後來又棄去不顧。她因此墮落。到了後來，尼希留道夫做了某法庭的陪審官時，恰好她也因犯了殺人罪的嫌疑，到法庭上來。他見了她，突然的由靈魂裏搾出極痛苦的苦液來。他於是開始變了，竭力要挽回以前的過失，把她從墮落的深淵裏救起。她被判決流放到西比利亞，他犧牲了一切，也跟了去。他要求和她結婚，但她拒絕了，另嫁了別一個人。同時，尼希留道夫便在愛與憐與自懺中得救了。這部大作，有兩重價值，一重當然是小說中所蘊的他的博大的思想，一重卻是藝術

的精美.他的短篇小説不少,有大部分是很鮮明的鼓吹他的無抵抗與愛的主義

史綠妣立了起來

復活之一幕

的。他的戲曲也不少，黑暗之勢力，活屍，黑暗之光是最有名的。他的藝術主張，完全放在藝術論上，也是宣傳他的主義，反抗唯美的空幻的文學，而欲以藝

人需要多少土地

這是托爾斯泰有名的短篇小說之一。一個地主，盡力欲得多量之土地，終於奔波而死，僅得到幾尺葬身之地。

術為宣傳一種宗教之目的。這個主張是『為人生的藝術』的極端的主張，恰好與同時盛唱於德、法的高蹈派，曼尼契派的『為藝術的藝術』的呼聲相對抗；這兩個派別至今尚為兩種對待的勢力。

五

在這個時候，另有一派小說家，以敘寫民衆生活的小說著稱。第一個是格里各羅威契(Grigorovitch, 1822–1899)，他與英國的羅賽底一樣，也是一個同時努力於繪畫與文學的人；他初以擦機械者一篇小說有名於時。以後則動手寫一部描寫鄉間生活的小說鄉村，(The Village) 把農民的艱苦和奴制的恐怖都和盤托出；不幸的安東 (Anton the Unfortunate) 對於以前奴制的廢除的功績，與屠格湼夫的獵人日記是要平分的。這真是另一部的黑奴籲天錄；知識階級的男女讀了，無不替不幸的安東流涕，而因此對於農奴，遂另換了一付好心腸。但他的農人還帶些理想化，至於丕賽姆斯基 (A. Th. Pisemsky, 1820–1881) 寫的小說千人

(A Thousand Souls) 及劇本悲慘運命，卻把真實的農民表現出來。勒謝尼加夫(Ryeshetnikov, 1841–1871) 較丕賽姆斯基更進了一步。他是一個『極端的寫實主義者。』幼年的生活極爲窮苦而且多險途，所以對於民衆認識得更爲真切些。他的小說，格魯摩夫(The Glumoffs)寫鐵匠的生活，何處是較好的地方，(Where is Better) 寫到都城求工作之窮婦的困苦，都是平淡樸質的，如日記似的，把他們陰鬱的生活寫出，一點也不加以修飾。列維托夫(Livitov, 1835–1877)的生活與勒謝尼加夫同樣的悲慘，他的作品，以草原雜記爲最有名。烏斯潘司基(Gleb Uspensky, 1840–1902)也屬於這一派，其敘寫的態度與方法卻與他們不同。他的小說，是政論與藝術的混合物，如

丕塞姆斯基　俄國民衆小說家

土地之力(The Power of the Soil),卽爲其代表。這一派的作家,除了上面幾個人外,還有不少,但藝術最高的,還要算最後的一位作家高爾基(M. Gorky);他將於下面講及。

六

詩歌在這個黃金時代卻是很落後,正如小說之在德國的文壇上的衰徵的情況一樣。尼克拉莎夫(N. Nekrasov, 1821–1878)是這時最大的詩人,但有許多人對於他的詩才與他的詩歌的價値卻很懷疑。他的生活非常窮苦,他自己說:『整整的三個年頭,我沒有一天不是挨餓的。』後來,以努力於文壇的結果,境況漸好。他的詩另有一種精神和色彩,許多詩人的詩神,大都是歡愉與戀情的,他的,卻是『復仇與憂愁的詩神;』這些詩如

烏斯潘斯基

果是不朽的，他的不朽，也是無可疑的。他不僅憂愁，卻還要復仇。不僅悲哀，卻要還奮鬭。他的題材，乃是關於農民的痛苦的。他的對於民衆的愛，成了一串紅絲，串着他的全部作品。他的名作是赤鼻霜 (Red Nosed Frost) 及農家的兒童 (The Peasant Children)。許多人以爲他的音節不很和諧，但他實是俄國民衆最崇拜的詩人，他的詩已成了全俄國的財產；讀他的詩者不僅是知識階級，而且是最貧苦的農民，只要是認識幾個字的。

尼克拉莎夫同時的詩人，有加爾莎夫 (Koltzov, 1808–1842)，他也是一個平民詩人，唱的是悲傷的調子；有尼吉丁 (Nikitin, 1824–1861)，他也與加爾莎夫一樣，死得很早，他的詩，也是染上很濃的灰色的。

尼克拉莎夫　俄國的大詩人

不唱悲歌與愁曲者，有一羣『唯美派』或『爲藝術的藝術』派的詩人。邱采夫(T. H. Tyuttchov)是這一派的代表，屠格涅夫很稱許他，他的詩雖不多，卻都是些珍寶。梅依加夫(A. Maykov, 1821–1897)的詩是很音樂的，早期的作品，充滿了爭自由的精神。他的三死，是一部大作，表現的是古代異教思想與基督教思想間的衝突。善辛(A. Shenshin, 1820–1892)以他的筆名孚特(A. Fet)著；他的詩，自始至終，都是保持着『唯美派』的特色的。他還著了一部回憶錄，凡二冊。是一部很有趣味的書，那里記載着不少托爾斯泰與屠格涅夫的生活與行動與談話；因他與這兩位大作家是很好的朋友。這使這部回憶錄更有名。

同時以作回憶錄得大名者還有一個阿克莎加夫(Serghei J. Aksakov, 1791–1859)，他寫了一個獵人的故事與回憶及家史(A Family Chronicle and Remembrance)都是很有名的，能把當時的全個社會反映在這些作品裏，且能進而創造出那時代的人的真範。

台爾(V. Dal, 1801–1872)也以這樣的隨筆或雜記著名;他的一部描寫民間生活的雜記俄民生活的影片,甚得屠格涅夫及倍林斯基(Bylinsky)的讚許;但他的全力乃用在他的人種學與語言學的研究上,而不在於文學。

七

自歇郭里的巡按與格里薄哀杜夫的聰明誤之後,阿史特洛夫斯基(Ostrovsky, 1823–1886)的戲曲,卽占了俄國劇壇上極重要的地位。他在戲曲上的地位,正如托爾斯泰屠格涅夫及杜思退益夫斯基之在小說上一樣。他生於莫斯科。年輕時,卽爲莫斯科劇場的一個熱心的顧客;和人家談話也總是關於戲劇的事。自他由大學退出後,卽爲商人公庭的書記;因此他初期的戲劇,大都是寫他所熟悉的商人的他開手作喜劇,第一部是家庭幸福。以後作破產(The Bankrupt),初登於一個雜誌上,全國的人都爲他所感動了,而莫斯科的商人卻大爲震怒,上控於尼古拉二世。故此劇直到許多年之後,才準加以修改而開演。在此劇未演之前,他又作了三劇；他人之車不可坐 (Dont Take a Seat in Other People's Sledges)，寫的是一個富商之女，跟了一個貴族私逃，後來那個貴族知道她不能得到她父親的錢，卻便虐待她，捨棄她；題材是不大新鮮的，在阿史特洛夫斯基的靈活的筆鋒之下一渲染，卻成了一部名劇；貧非罪 (Poverty No Vice) 更爲有名，幾乎全個俄國都受其感動。劇中叙的是一個富商要把他女兒强嫁給一位她所不欲嫁的人，她所戀着的乃是書記米底亞。全家的人都反對這件婚事，只有父親是堅持着。恰好他的一個兄弟，卽她的叔父，來了，揭發這位未婚夫的前罪，他逃避去了；她始得與米底亞結婚。全家復爲歡愉所照耀。他在這劇裏，寫每個人物的性格與行動，真是逼真。當時批評界曾

阿史特洛夫斯基　俄國偉大的戲劇家

施以很熱烈的歡迎。

較貧非罪爲尤動人的是繼出的雷雨（Storm）。有名的批評家杜薄羅留薄夫曾用黑暗之國的題目，寫了兩篇長文解析阿史特洛夫斯基的劇本對於雷雨，他乃稱之爲『黑暗之國裏的日光』。劇中的主人翁是一個可憐的女子，受着他婆婆的虐待；同時有一個小商人，也受他主人的酷遇。他們處在同一的境況之下，自然而然的生出同情來。他們很懦弱，沒有勇氣去與强者對抗；他們婉轉委曲的避免了與他們的衝突，卻結果仍免不了犧牲。後來女子爲其夫所棄，自投於船頭而死。全劇一幕緊似一幕，沒有一個地方不動人，真的是一篇大成功的作品。阿史特洛夫斯基所作劇凡五十本，都是適宜於舞臺上的演作的。他並不把他的人物分爲『善』『惡』兩型，如一般的作家一樣；我們知道，在日常生活，實際生活裏，『善』與『惡』是永遠混在一起，不能截然分開的；阿史特洛夫斯基便是表現如此真實的日常生活與實際生活。這是他的較別的作家偉大處，這是他的不朽處。

阿史特洛夫斯基晚年曾做歷史劇，但不大成功。做歷史劇而成功的是阿里克塞·托爾斯泰（Count Alexei Tolstoi, 1817–1875）。他是一個很有名的詩人，他的歷史劇恐怖伊凡之死，依凡諾威契帝（The Tsar T. Ivanovitch）及波里士·各特諾夫（Boris Godunov），乃是一部偉大的三連劇；爲了受歷史的拘束，有的地方不能放膽寫去；雖是寫實劇，又有些地方帶些羅曼的氣息。但他所寫的伊凡諾威契帝，卻是一個活潑潑的人，因爲伊凡諾威契與當時的皇帝亞歷山大二世，性格恰是十分相像。阿里克塞和亞歷山大二世是很親密的朋友；所以能寫得如此的好。同時的戲劇家還有巴特金（A. A. Potyekhin）寫了他的丁塞爾（Tinsel）及混水（In Muddy Water）；柏爾姆（A. I. Palm）寫了他的老貴族（The Old Noblemen）。此後便入了柴霍甫的時代。

八

在這時期，俄國的批評是很極端的；完全是『爲人生的藝術』派占了勝利；

自倍林斯基之後，都是沿了這條路走去的；直到了本世紀的最後，趨向才轉變些。倍林斯基（Bylinsky，1810–1848）在大學時，曾因倣席勒的海盜的風格，做了一篇悲劇而被斥退。此後便力與傳統的勢力相戰，直到於死。他的文藝批評的主張，是以後一切爲人生的藝術派的批評的開始；他不談崇高的理想，他不坐在象牙塔裏研究技巧問題，他乃立在現實的社會中，以批評指導青年的。他以爲：眞的詩就是現實；文藝是要有益於人生的。在文藝思想之外，他還在他的政論上努力。他的作品同時並爲具着美與熱情的散文，這使他的主張，更爲青年們所歡迎。

周尼雪夫斯基（Tchernyshevsky）繼於倍林斯基之後，努力於發揮光大倍林斯基的主張。他以爲人生是超於藝術的；藝術的目的就在解釋人生，批評人生，對於人生表白一種意見。他闢除了一切流行的美學原理，而立下了他的寫實主義的『美』的界說。他以爲美所引起的感覺是一種快樂的感情，如同我們在一個親愛者之前所引起的一樣。所以美的裏面，必含有與我們很親切的東西，而這種親切的東西就是人生。所以，藝術的美決不是超於人生的美。藝術的真實目的，就是要我們記起人生中有趣味的事，教導我們人是怎樣生活着，及他們應該怎樣生活着。這個主張到了杜薄洛留薄夫（Dobrolubov, 1836–1861）尤爲發揮到澈底，走到了極端之境。

杜薄洛留薄夫的家庭負擔很重，年紀很輕，只有二十五歲便死了。他的批評論文共四册，其中如黑暗之國，何謂阿蒲洛摩夫氣質等，尤給當時青年以深刻的靈感。他的偉大乃在於他的人格的偉大。他在批評一切東西之前，先要問：『他們對於勞働階級有什麽用處呢？』或是問『他們將怎樣幫助造成那種目光注着這條路上的人呢？』總之，他所要的，所讚許的，乃是那些有益於民衆或有益於從事民衆運動的人的文藝。這樣的澈底主張，托爾斯泰在他的藝術論裏也堅持着，不過態度更爲堅決，而目的卻變到宗教的了。

此外幾個批評家如皮莎里夫（Pisarev）等，也都很有功於當時文藝界。格里各里夫(A. Grigoriv, 1822–1864)乃是反抗『爲人生的藝術』派的批評家,他主張『唯美』的藝術觀,否認當時以藝術爲工具的應用主義;雖於當時未生影響,卻於後來有『開風氣之先』的功績.

俄國的政論,曾分爲西歐派與斯拉夫派,互相攻訐,前一派主張西歐文化的輸入,後一派則要保存斯拉夫的舊文化.後來,二派竟互相攜手,同爲自由與人權而奮鬬.此二派的爭端遂消滅了.在當時兩派爭鬬正烈時,最重要的作家是赫爾岑(Herzen, 1812–1870)與周尼雪夫斯基(Tchenyshevsky, 1828–1889).這兩個人都是屬於西歐派的.赫爾岑在國外宣傳他的主張,周尼雪夫斯基則在國內.赫爾岑的小說誰之罪也是一部名著,叙一個青年與他一個同學的夫人戀愛着,丈夫曉得了,心裏非常的痛苦,遂狂飲以消愁.這個青年預覺到那悲劇的結局,便離開了他們.但丈夫與他的妻的愛情終於冰冷,丈夫終於以酒喪其生.周尼雪夫斯基主辦現代雜誌;其對於青年的影響,不下於赫爾岑.他在監獄中作了一部小說怎麽辦呢；在藝術上，牠未免有些缺點，而牠的影響卻極大；青年們之歡迎的熱誠，幾達於沸點。牠敘的是一對青年男女私逃出去組織家庭。不久她又傾心於別一個青年。丈夫遂假裝自殺，離家到美洲去。他們倆遂結了婚。後來，丈夫在美洲又娶了一個妻子回來。他們仍維持朋友的關係。作者在這里把舊的僞道德和家庭罪惡打得粉碎，而另謀一個解決的方法。牠所以會受到極熱烈的歡迎，其原因大約卽在於此。

諷刺作家在俄國是極少，只有一個莎爾條加夫(Saltykov, 1826—1889)是很有名的這一類的作家。他常以他的筆名謝特林(Schedrin)寫東西；他的諷刺名作吏治雜記，給與讀者的印象很深，全個俄國都在談論着牠，模擬的著作紛紛而起，但沒有一個及得上他的。奴制解除以後，農民又苦租稅的壓迫。這個資料，給莎爾條加夫以許多諷刺作品；無辜的故事(Innocent Tales)，一個城市的歷史，聖彼得堡的日記等都可歸於這一類。

九

黃金時代告了終止後，俄國文學卻並不衰落；柴霍甫，克洛連科，高爾基，迦爾洵，安特列夫諸大作家又繼屠格涅夫，杜思退益夫斯基及托爾斯泰而出給許多不朽的作品於世界的文壇他們也與黃金時代的三大作家一樣，不僅是俄國的，且是世界的。

柴霍甫(A. P. Tchekhov, 1860–1904) 是一個戲曲家，又是一個短篇小說家；他的戲曲已成了世界各處劇場上常演的東西；他的短篇小說，是與短篇小說之王莫泊桑並稱爲雙柱的。他生於南俄，他的父親是一個奴隸，後來自贖出來。他自己沒有受什麼教育，對於柴霍甫的教育，卻異常的留心。柴霍甫初在莫斯科大學研究醫學，後來在一個醫院裏做了一年事，又接連的做了與此相類的事許多次；這使他對於各種各式的人類都有了一個親密的觀察的機會。他的天才發展得極快，在大學一年級時，卽已執筆爲小說了。以後，出版了他的第一集短篇小說，批

柴霍甫

莫泊桑後最大的短篇小說作家；俄國近代偉大的戲劇作家。

評家都詫爲新生的乳虎。其初，他的小說是滑稽得使人笑的，後來，卻漸漸成了俄國文學所特具的『含淚的微笑』，再以後，灰色的空氣卻更瀰漫着。他的小說，用筆是節省的，卻似尖利的刄，語語刺入人的心中；看來本是一片一段的小小紀載，卻可使人回想了三日。他的短篇，乃真的是日本的盆松，是疏朗朗的幾筆的漫畫，最能以少須勝人多須。他的長篇小說卻不大成功，所以他一生做的長篇最少。

他的戲曲，依文諾夫（Ivanov）凡尼亞舅舅（Uncle Vania）海鷗，櫻桃園，三姊妹，沒有一篇不是很好的作品；俄國人以他爲阿史特洛夫斯基以後最大的戲劇家。他的海鷗曾成爲莫斯科一個大劇場的名稱。海鷗寫一個女郎，夢想着著作家的偉大，以爲他們的生活必定是最有趣的，超出於平常人之上的。他的熱情，他的舉動，也一定同平常人兩樣的。但後來她遇到了一位向來崇拜的有名作家，卻把這個信念完全打破了。他向她顯示出作家的痛苦與真實，她才知道作家的生活原來並不殊於平常人，也許是更苦。劇中那一段作家的自白，是所有文藝中表白作家的甘苦最盡致而且最愷切的文字。他的櫻桃園寫新舊人物的觀念，寫的真是好。古老的櫻桃樹被人丁丁的斫伐着，櫻桃園是賣去了，父輩的人記起了從前的快樂，不禁沈痛的啜泣着。而子輩的人卻喜悅着，他們相信，他們將有新的生活，新的園林與幸福了。可知柴霍甫雖常爲灰色霧所包圍，卻始終並沒有棄卻對於將來光明的信仰。他之後，曾來了一大羣摹倣者。然無論在戲曲，在短篇小說方面，他終於是維持了不可及的地位。

迦爾洵(V. L. Garshin, 1855–1888)少時卽有狂疾。一八七六年俄土戰爭時，他深感戰爭的痛苦，死亡者的衆多，便欲投軍以分受這個人爲的殘虐。他的懦夫一篇，卽寫當時的心理的。但他終於不是一個懦夫。他在戰場受了傷

迦爾洵

回來，做了四天和目兵伊文諾夫日記，這兩篇都是戰爭文學中有名的大作。一八八七年，他由狂人院樓上跳下，受了重傷，第二年，死在醫院，年僅三十三歲。紅花是他最後的著作，描寫狂人心理極爲細膩，是心理學家最好的研究材料。

科洛林科（Korolenko, 1853–1920）曾被俄國政府流放於西比利亞，到了一八八六年，被赦回來，即發表了他的名作馬加爾的夢，立得到了大成功，許多人都以他爲屠格涅夫的一個真的後繼者。他蘊在這篇作品之後面的憤慨與悲哀，正是當時全個俄國所要寫而寫不出的憤慨與悲哀，所以同情於牠的，讀了牠而感泣的所在都有。以後所發表的是林語，惡伴侶，森林，盲樂師等，也都是很精妙而具有深意的作品。

科洛林科

高爾基(Maxin Gorky, 1868–)的呼聲卻與上面幾個作家都不同；柴霍甫是潛着淚珠，迦爾洵是狂叫着，科洛林科是氣憤憤的不平，高爾基卻不同了；他是一個强固的人；如在高山絕頂之青松，無論什麽大風雨，都不能把他屈服；他是奮鬬着的，不訴苦，不失望，只是以瀰漫的精力，堅決的氣魄，向前走去。這恰足以代表一九〇五年革命前的俄國青年的氣概。於是他遂爲他們狂熱的歡迎着。他少年時，生活極困苦。父母早死，養育於別人家裏，因爲受不住虐待，便逃走了，到一個商船上做事；以後，過着漂流的生活，做過烘麵包者，侍役，賣蘋果者，書記等等不同的事。他初作一篇小說，在科洛林科編輯的一個雜誌上刋出，立刻引起大家的注意，要知這個新的作家是誰。原來高爾基是他筆名，他的眞名是彼西科夫 (A. Pyeshkov)。一九〇〇年他的小說集出版了，初版數日內卽售盡，他的文名立擠於柴霍甫，科洛林科之列，有的人且以他爲托爾斯泰的後繼者，我們如讀了他的二十六男與一女，我的伴侶等，我們便可以知道他之成名如此的迅快，決不是偶然的。

他闢了一個新天地，他的英雄是平常人，是下等人，是流蕩者和草屋的居民。在一切文學上，再沒有一個比高爾基把平凡的人，在平凡的境地上，寫得更新鮮更特創的了。同時，他的堅固的意志，

高爾基

反抗的精神，絕叫着生活的權利的聲音，又如陣雨似的把讀者捉住了。當一九〇五年的俄國革命的烏雲瀰漫於天空時，高爾基的著作，乃是夏雨之前的雷聲。他的長篇小說，與柴霍甫一樣，是不大成功的。他的戲曲沈淵(At the Bottom)乃是一本不朽的作品。一九一七年的俄國大革命告成後，許多生存的作家大都避居於國外，獨有他是與多數黨合作的，且在文化運動上幫助了他們不少。

安特列夫 (Leonid Andreev, 1871–1919) 與高爾基一樣，少年時也極貧苦，也與高爾基一樣成功得極爲迅快。他做過畫家，律師，都沒有成功，到了他的第一篇創作刊出時，高爾基立刻極力的讚許他。自此，他便登上了光明之域了。當一九〇五年的革命失敗

安特列夫

『人之一生』最後一幕的佈景

(D. M. Oenslager 設計)

後，俄國的青年復爲悲哀、失望所籠罩。那時，高爾基的意志强烈而精神勇毅的作品，已不復爲他們所喜愛，他們所喜愛的乃是安特列夫灰色的作品。安特列夫曾尋向人生的根本問題，而得到的答案，總隱隱的是『瘋狂與恐怖』幾個字。人的生活，人的動作，那一件是有價值的。於是他便悽然的啜泣了，在他的到星中和人的一生，我們可以見到他的這樣的思想。七個絞死者卻是寫的各個的人對於在『死』之面前的態度。此外，海洋，阿那西瑪及牆，黑面具等，也都是類此的灰色的作品。紅笑，大時代中小人物的懺悔，比利時的悲哀則是寫戰爭的罪惡的。紅笑可與迦爾洵的四天相比肩，同爲戰爭文學中不朽的大著。

梭洛古勃（F. Sologub, 1863—）也是一個悲觀者；他較安特列夫更爲澈底，他歌誦的是『無生』之樂。他見做着美夢之失敗，便連他們

梭洛古勃

也與『生』同樣的詛咒着他的作品以小鬼，創造的故事，比毒藥更甜美等爲最著。他的抒情詩的情調也是如此。

科布林（Kuprin, 1870–）的對於人生的態度卻與他們完全不同了。他是一個强者，是高爾基之流；他肯定人生，他有很美好的希望，他對於將來很樂觀，如馬盜，生命之河，賀筵，皇帝之公園，決鬬等作都是如此的。他的文筆極勁强，正如他的思想一樣。

阿志巴綏夫（M. Artzybashev, 1878–）也是一個强者，但他卻不讚頌人類的將來，如科卜林一樣；他所讚頌的乃是個人，乃是個人的神聖權利。在他的大作沙寧中，這個思想是充分的發揮着。批評家常將這部小說舉來爲

科布林

近代強烈的個人主義的代表。他在一九〇五年革命時所作的朝影與血痕也極有名。竟因此得禍，幾被強暴的政府所殺。大革命後，他得了不救之病，至今還是痛苦的活着。

路卜洵（V. Ropshin, 1880-1925）與阿志巴綏夫一樣，也是絕叫着個人的自由的，卻更滲上了很重的無所不懷疑的色彩。灰色馬是他的代表作；在那里，英雄佐治是一個以暗殺爲生活的青年。他殺人，乃如獵人之槍殺野兎，並不動情，也並無什麽目的。他雖是社會黨員，卻對於社會主義，所謂實現地上樂園的主義，他也懷疑着。終於暗殺成功，他也自殺而死。這個佐治正是作者他自己。他本名薩文加夫（B. Savinkov），也是一個以暗殺爲生的著名恐怖黨。大革命後，他

沙寧的作者阿志巴綏夫

被捕入獄，自投於獄牆外而死。

除了以上幾個作者外，活動於這個十九世紀末葉的文壇上者還有波塔賓加(Potapenko, 1856–)，波波里金(Boboykin, 1836–1921)，奧特爾(Oertel, 1855–1908)，蒲寧(I. Bunin, 1870–)，契利加夫(E. Chirikov, 1864–)，萊美沙夫(A. Remizov, 1877–)諸人。他們都各有所成就，使我們不能忘記。

洛卜洵

十

在這個世紀末的時代，狂喊於俄國的為人生的藝術派的批評，似乎呼聲略低了，於是有了一派新的作家出來，揚起反抗的旗幟來。在其中，美列茲加夫斯基

(D. Merez'ikovsky, 1866–)是一個領袖.他是一個多方面的作家,寫着詩,小說,批評.他擁護個人的權利,信奉尼采的話,崇拜着『美』,反抗以藝術爲宣傳工具的主張.他的大著是一部『三連的小說』,要表現古代異教思想和基督教思想的衝突.第一部名背教者求連(Julin the Apostate),第二部文西(De Vinci),第三部名彼得與阿里克賽斯.他的批評著作不少,以托爾斯泰與杜思退益夫斯基一書爲最有名.他的妻子系比絲(Z. N. Hippius, 1867–)也是樹起唯美派的旗幟的.她說:『我是我的奇異而神祕的詞句的奴隸.』她曾和巴爾芒(C. D. Balmont, 1867–)合作着.巴爾芒是近代俄國的抒情詩之王.他的詩集讓我們像太陽,火燒着的房屋,在北方天空之

美列茲加夫斯基

俄國近代大批評家詩人及小說家

下及只有愛共四册，把他自己，把他的藝術完全顯現在大家之前．卜留沙夫(V. Bryusov, 1873–1924)與巴爾芒是同調，也是一個極端的頽廢派．後來，他的作風變了，把近代人的感情，放進純潔美好的古典文句中．他的詩集共七册．

布洛克(A. Block, 1880–1921)也是這時一個重要的詩人．有一個批評家說，布洛克的耳特別敏銳．他能聽見綠草的生長，能聽見『安琪兒』在以太中鼓翼，並能聽到毒龍

巴爾芒 俄國近代的大詩人

布洛克

在海底翻身。他的大作爲美之歌，俄國之歌等，在一九一七年左右所作的長詩十二個，曾博得不少人的同情。

伊文諾夫（V. Ivanov, 1866–）與皮萊（A.Byele, 1880–）也是美列茲加夫斯基的信徒。伊文諾夫的學問極爲廣博，有人稱他爲一個『蒼老的術士而帶有嬰兒的靈魂的。』皮萊的抒情詩非常的優美，卽巴爾芒和皮留沙夫也難得及他，但有時頗隱晦。他的大作是銀盒（小說）彼得堡（小說）及詩集等。

伊文諾夫

參考書目

一. 俄國文學的理想與實質（Ideals and Realities in Russian Literature）克洛巴特金

(Kropatkin) 著，克納夫公司(Alfred A. Knopf)出版。

二俄國文學史(A Literary History of Russia) 白魯克納 (Bruckner) 著，史克里卜納公司(Charles Scribner)出版。

三俄國文學(Russian Literature) 瓦里蕭夫斯基(Waliozewski) 著，阿卜里頓公司 (D. Appleton and Co.) 出版。

四俄國文學 (Russian Literature) 巴林 (Baaing) 著，家庭大學叢書 (Home University Library) 之一，亨利·福爾特公司 (Henry Holt) 出版。

五俄國文學的界石(Landmarks in Russian Literature) 巴林著，麥美倫公司 (MacMillan) 出版。

六俄國文學指南 (Guide to Russian Literature) 奧爾金 (Olgin) 著，Harcourt, Brace and Company 出版。

七俄國小說(The Russian Novel) 孚古伊 (Vogüe) 著，George H. Doran 公司出版。

八．俄國小說家(Essays on Russian Novelists) 菲爾甫士 (Phelps) 著麥美倫公司 (MacMillan) 出版。

九．俄國文學選(An Anthology of Russian Literature) 魏納 (Weiner) 著，共二冊，第二冊爲十九世紀的文學選。G. P. Putnamt's Sone 出版。

十．俄國文學史略 鄭振鐸編，商務印書館出版。

十一．俄國四大文學家 耿濟之編，小說月報叢刊之一，商務印書館出版。

十二．俄國文學研究 沈雁冰編，爲小說月報十二卷之號外，商務印書館出版。

十三．俄國印象記 (Impressions of Russian) 勃蘭特斯(Brandes) 著，其中下半冊，爲論俄國文學者；英譯本的出版公司爲史格得書局。(Walter Scott)

十四．俄羅斯的精神 (The Spirits of Russian) 馬沙里克(Masaryk)著，共二冊，以俄國文學來解析她的精神的變遷，英譯本由 George Allen & Unwin, Ltd. 出版。

十五．近代俄國文學 (Modern Russian Literature) 莫史基 (Mirsky) 著，克諾夫 (Alfred

A. Knopf）公司出版。

十六、現代俄國文學（Contemporary Russian Literature）莫史基著，克諾夫公司出版。

十七、英譯的俄國小說及劇曲詩歌很多，不能一一具舉。

十八、中譯的俄國小說及戲曲，商務印書館出版的文學研究會叢書及共學社叢書中有不少。

第三十八章　十九世纪的波兰

第三十八章　十九世紀的波蘭

一

波蘭文學到了最近半世紀，才爲世界所注意。立刻，她的重要作品便譯出了不少；瑞典的諾貝爾獎金委員會也兩次的把文學獎金送給了波蘭兩個近代的大作家顯克威茲與萊蒙脫。

在十九世紀之前，波蘭的重要作家有：萊依(Rey, 1515–1569)，被稱爲波蘭詩歌之父；克拉西基(Krasieki, 1739–1802)，被稱爲波蘭的福祿特爾；此外，重要的作家卻不多了。波蘭文學之黃金時代，實際上乃爲十九世紀；這個時代，正是波蘭被俄、奧、德所宰割，淪於政治上最黑暗的時代。中間，在拿破崙的勝利時代，曾見了一閃的光明；在一八三〇年革命之前，也很也些魚肚白的微光可見，但拿破崙的失敗與革命的沒有告成，卻兩次使波蘭陷入更恐怖、更黑暗的境地。直到了一九一七年歐洲大戰告終止之後，波蘭才復成了一個獨立的完全的國家。黑暗的時代，既然是十九世紀的全部，於是這時代的作家們便自然而然的產生了一種具有特殊的色彩的文學了。

二

十九世紀的第一個老作家是南西委茲（J. U.Niemcewicz, 1767-1846）。他的生活年代很長，前半生見了十八世紀的波蘭生活與作家，後半生又見了一八三一年革命的失敗，並與大詩人美基委茲（Mickiewicz）及其他作家，同寄住於巴黎。因此，他乃是近代波蘭史的兩個時期的連鎖者，他的作品也是十八世紀的古典主義與十九世紀的羅曼主義間的連鎖者。他的後期作品波蘭史詠（Lays of Polish History）在波蘭，有馬考萊的古羅馬詠在英國的一樣的勢力，沒有一個學童不曾於學校中讀到。

真正開始了十九世紀波蘭文學的黃金時代的乃是美基委茲（Adam Mickiewicz, 1798—1855）。他是波蘭最偉大的詩人，與但丁之在意大利，莎士比亞之在英國，杜甫之在中國一樣。他的第一部作品短歌與傳奇（Ballads and Romances）之出現於一八二二年，使波蘭文學的羅曼主義期跟了他而開始。他把以前傳統的辭藻和題材，都變更了一個面目。他的生活可分爲三個時代，這三個時代與波蘭的國家悲劇的程序恰是一樣。第一個時期是囚禁，他和許多大學的同學都因反抗神聖同盟而入獄。第二個時期是流散於俄國內地。他接觸了新異的環境，便充分的明白他國民的特點。第三個時代，是他在西歐寄住着，這時，他是沈入默想中了。在美委基茲心靈上的國家與宗教的信

美基委茲

仰，受了這三個時代生活變遷的影響，充分的以不同的樣子，表白在他的許多詩歌作品裏。他在少年時，歌詠是玫瑰色的戀愛。但到了他在獄中時，他的歌聲卻變了。他由一個歌唱個人不幸的戀愛，變到歌唱千百萬國民的不幸的運命。在一八三〇—三一年的反對俄國的革命戰爭時，美基委茲雖不親身加入，卻以詩歌歌詠兵士們，他歌詠他們的勇敢，歌詠他們的死，最後，在兵士之歌的幾首中，他卻與幾千個失敗後被送到異國的兵士們同受其苦了。他自己也逃到西歐去，住在巴黎，眼見波蘭逃民之不快樂，及無可救藥的自己爭鬧，他便作了進香者的書（The Pilgrims Books），以鼓勵他們。沒有一個寄居於外之波蘭人，讀了這書而不覺得自己是有力、高貴的；他激動他們的自尊與希望心了！同時，他又作了一部偉大的史詩，這成了波蘭的國民史詩，——泰達士先生（Mr. Thaddaeus）。這部史詩，——不詠波蘭的大英雄，也不詠波蘭的大史蹟，卻詠的是他兒童時代的景色。他爲什麽如此的寫，他自己曾告訴過我們。他以爲：不幸的雲罩在國家上面，罩在人的心上，詩歌的想像是不忍翱翔於如此可怕的景像中的；沒有別的，只有失望在着；於是安慰是需要的：那就是求之於過去時日的回憶。從想家的寄住於外的波蘭人在火爐旁談到幼年的夢境的話裏，這史詩便產生了；這是唯一的未被毀的幸福的影，仍掛在波蘭人心上的。這故事，名爲『鄉中紳士生活的故事』中間插以拿破崙戰爭的回響，每個人都希望這次戰爭之得勝。這詩終止於拿破崙大軍之經由波蘭而到莫斯科。波蘭人是心裏充滿了波蘭復活的希望。這個希望，美基委茲他不僅在夢想，而且要見之實行。當意大利人反抗奧大利之侵略時，美基委茲立刻起來幫助他們，一半爲爭自由者之助，一半亦因奧大利乃波蘭三仇之一。他到了意大利，組織了一隊波蘭軍。雖然沒有結果，卻已足以鼓動不少人的心了。過了幾年之後，克里米戰爭（Grimean War）開始了。俄國乃是波蘭的主仇，於是美基委茲又起來，到了東方，第二次組織了一隊波蘭軍去反對俄人。不幸，如拜倫一樣，沒有身臨前敵，他卻先病死了。他死時是一八五五年，死地是君士坦丁。他不僅是一個詩人，也不僅是一個先知者，他乃是他國民的一位永久的統治者與領袖，波蘭的所有羅曼主義者，大都要經過一個路線，乃是由文學，經國家主義而到宗教。美基委茲卻更爲崇高，他乃是由文學，經預言而到實行的。在這個地方，他之指導波蘭，乃遠在文字與思想之上。

恰好與美基委茲的英雄事業相映照的，是這時代第二個大詩人史洛瓦基(Julius Slowacki, 1809–1849)的文學的事業與藝術的成功。他以文學的教育與文學的藝術爲出發點，而以完美的音節諧和，想像豐富的詩歌來裝載高尙之國家的與宗教的哲學。他在國外之文名在美基委茲之上；在波蘭，他乃被視爲『詩人中之詩人』，如雪萊之在英國。他詩中的題材，包括人類的感情極多而廣；從自然與婦人之愛到父親對於將死孩子之失望的

史洛瓦基

愛，與年老丈夫對於他少妻之妒忌。他的戲曲，有類於莎士比亞，範圍亦極廣，自歷史劇以至幻想劇無所不有；直到了今日，他還是波蘭悲劇場之王。他又是一個諷刺詩人。這個方面的詩，乃是美基委茲及其他同時詩人所未開闢的領土。他的大作是一部長篇而迄未完工的史詩彭尼夫斯基(Beniowski)，他在這里，把許多國家的與國際的，文學的與社會的，宗教的與哲學的問題都討論到。在他的海上的夕陽 (At Sunset on the Sea) 或阿加米農的墓 (Agamemnom's Grave) 裏，他對於他所愛的國家的衰落，到處都表白出悲哀的沈思。他的悲哀轉入了神秘的熱情，這在他後期的歷史劇父親馬克 (Father Mark) 及沙洛米亞之銀色夢 (The Silver Dream of Salomea) 更容易看出。他最後的一部大作乃是國王精靈 (The King-Spirit)，這是一部未完工的弘偉史詩，叙的乃是波蘭國家之靈魂表現於各個相繼的統治者身上的。他的劇本的題材一部分取之於國外，一部分乃取之於波蘭。他有時做着幻想的夢，爲一個神秘的詩人，有時卻爲他的國家感情所激動，而做比美基委茲更寫實的東西。在他的柯狄安（Codian）裏，他寫的乃是一八三〇年革命時代的波蘭；在他的安希里（Anhelli）裏，他寫的波蘭罪犯在西比利亞所受的地獄似的痛苦；這種恐怖的景色都是美基委茲他們所不敢寫的。

這時代第三個大詩人是克拉辛斯基（Sigismund Krasinsky, 1812-1859）。他是一個嚴肅的詩人，對於人類歷史大事件而加以哲學的深思的。他在很早的時候，卽有蒼老的哲學家的面目。他在二十一歲時所作之非神的喜劇（Undivine Comedy），是一部想像的表現專制與民主之衝突的；他把兩方面的對與不對，理想的高貴與實際的卑鄙都表現出來。他所表現的這樣的階級鬬爭，正是今日乃至以後的階級鬬爭的寫照。他的比譬劇伊里狄安（Iridion）是寫智慧與美麗的古帝國之降落，與奴隸的宗教，卽基督教的勝

克拉辛斯基

利的他的哲學詩黎明，也是具着歷史的背景的。他的後期的大作將來的祈禱歌(Psalms of the Future)，充滿了抒情詩的與宗教的呼吸。信仰的禱歌 (Psalm of Faith) 回敘波蘭的過去和她的歷史的使命。希望的禱歌(Psalm of Hope) 則預測着她將來的大功業之告成。愛的禱歌 (Psalm of Love) 寫的是在革命與恐怖的時代，愛是必須要的。在悲哀的禱歌 (Psalm of Grief) 裏，他悲嘆着在這時代真正的基督教精神之缺乏。在善念的禱歌 (Psalm of Good Will) 裏，他禱求的是最崇高最重要的祝福——我們心上的善念。他是以他的默想與宗教的祝福來慰安他的國人的。他還寫着拜倫史格得似的傳奇，還寫着哲學的論文和小册子，以及許多抒情戀歌。

在這三個羅曼主義時代的大詩人之外，同時還有好幾個詩人；馬爾西夫斯基 (Anthony Malezewsky) 的『烏克蘭故事』馬麗，(Mary) 是一部詩的傳奇，可與拜倫諸作相比美的。柴萊史基(J. B. Zaleski) 的短歌是不朽的珍寶，他幾次想作偉大的史詩，卻都沒有成功。如他的歌戰前別他的情人（Farewell to His Love Before a Battle）等，至今還常在一般人的口中重唱着。郭茲勝斯基（S. Goszczynsky）與馬爾西夫斯基及柴萊史基一樣，也是以烏克蘭爲他的題材的。他的悲憤的詩的傳奇卡尼奧夫堡（Kaniow Castle）是寫高傲的波蘭貴族與困苦的烏克蘭農民間的可怕的歷史上的眞實之妒恨的。郭茲勝斯基感情很熱烈，當然一八三〇年的革命，他是首先加入的。但他的晚年，卻在他的本鄉度過，與其他文人之逃避國外者不同。他死於一八七六年，爲羅曼主義的最後留存的一個文人。西洛公拉（W. Syrokomla）是一個生年較後者，他的眞名是孔特拉托威茲（L. Kondratowicz）；他的詩所詠的是魯森尼亞的鄉間景色，牠的田野森林，湖光山色，都在詩裏映出，如華茲華士詩中所映的英國一樣。萊那托委茲（T. Lenartowicz）是一個雕刻家詩人，他的詩是詠他本鄉的農民的；他的農民是帶有他的理想化的。蒲爾（Vincent Pol）是一個地理學家的詩人；他的祖先是外國人，他在十八歲時還不會說正確的波蘭話，在大學裏教德國文。到了後來，他卻成了一個波蘭的偉大詩人了。他的祖國之歌(The Song of Our Land)是一部不朽的名作；波蘭的每個學童都熟悉牠。

三

波蘭的寫實主義乃開始於一個哲學詩人阿史尼克(Adam Asnyk)。他寫作的範圍很廣，獨有他的哲理詩是不朽的。

郭諾甫尼加(Mary Konopnicka)是波蘭的最偉大的女詩人，正像美基委茲之爲一個最偉大的男詩人一樣。對於窮人與被壓迫者，苦作者與被損害者的同情，是串於她的全部作品中的線子；她以爲工人與農民的地位是一天天在社會上重要了。她把他們寫入詩裏，雖然有時是藝術的秩序混亂些，然事實是在那里。高蹈派的作家，唱的是爲『藝術的藝術』的歌，她卻先注意於社會的改革而後才注意於藝術。她的白爾沙先生在皮拉西爾(Mr. Balcer in Brazil)寫的是波蘭農民們移住於森林中的事；景色與人物，寫的都異常的逼真；她的對話柏洛米修士與西西弗士(Prometheus and Sisyphus)雖是用象徵主義者想像的風格寫下，卻仍討論着她所愛說的社會問題。她的散文也很諧和可愛；她於寫詩之外，也常寫些文藝評論。她和佐治·依里奥特(George Iliot)一樣，愛情的調子在她的琴上是不彈的；她的作品有愛在，但那是對於工人農民的愛，對與本鄉的農村景色之愛。她的作品裏，同狄更司一樣，具有民主主義的氣息。

較之郭諾甫尼加更近於狄更司的是卜魯士(Boleslaw Prus，他的真名是Alexander Glowacki)，他不僅有狄更司同樣的民主的心胸與對於平民的沈厚的同情，且有了他同樣的題材與風格。郭諾甫尼加是最愛村閭和農民的生活的，卜魯士卻像狄更司，是一個最好的一個文學上的城鎮之人。他是短視的，不喜歡曠野的；他的眼看慣了那沈悶而統一的灰色街道與公園中之棕色樹木，卻不能有趣味於大自然的新鮮顏色。他處置他的題材，用的是科學的方法與自然主義者的正確細膩的描寫。如他的歷史小說，寫古埃及的故事的法老王（The Pharaoh）完全是考古學的研究，是死的古代的僵石，並不是什麽活潑的人生。這是他的缺點。然他寫的近代的生活，雜以他的人道的呼吸與同情的，卻使他成了偉大的作家，偉大的人。他的心是廣大而熱烈的。他所寫的孩子們是波蘭以前的作家所未見到的。在這里，他的觀察已非科學的而爲同情的了；在小安琪拉（Little Angela）裏寫的是十二歲女孩子在交際世界上的觀察；在孩子們的罪惡（Sins of Childhood）裏，寫的是一個十歲的孩子在道德世界上的觀察；小史丹尼士拉斯的歷險記（The Adventures of Little Stanislas）裏，寫的是一個一歲的嬰兒在物質世界裏的觀察。他還以同樣的有魔力的同情，在他的長篇小說解放的婦人（The Emancipated Women）裏，忠實的寫出一個近代世界的少年婦人求得一個獨立的社會地位的競爭，及她之力與個人戀愛的感情相戰的情形；這是一部男人寫的分析婦人心理的書中無比的成功之作。此外他的偶人（The Doll），他的最後之作孩子們(The Children)也都是真實之氣撲人鼻管的小說。他的短篇小說比之長篇的寫得尤多。在他的無數的短篇小說裏，他的對於社會的同情是完全的展佈出來；在這些故事裏，我們見到環繞於他左右的活潑潑的波蘭社會，孩子與學生，地主與書記，理想主義者與玩世者，心地輕鬆的少女與飽經世故的老人。他以最謙下的心對待他的題目；他把他們的靈魂看到底，但他是微笑的讀着他們；他有的是無所不在的滑稽的精神，如太陽似的什麼地方都照到。在波蘭別的滑稽作家不少，卻沒有如卜魯士那樣的可列於高等的：他卽在講到最嚴重的問題，亦未完全免除了他的滑稽的情調。

與卜魯士之深摯的人道觀念不同者，有史委托查夫斯基(Alexander Swietochowski)，他的真名是奧孔斯基(Okonski)。他以冷靜的理性與光明的機警著。他生活時代很長，直到現在還活着。史委托查夫斯基在少年與成人時所持的福音，是由一般道德之提高而得更好的社會的與政治的將來。他的一生都從事於新聞事業．他也從事於戲曲與小說的活動，尤是喜歡的是如古代柏拉圖所懸式的對話；然他大部分的精力，乃在新聞事業．

卜魯士注意的是人間，他是短視的，看不見或不注意到人間以外的世界；在狄加辛斯基(Adolf Dygasinski)裏，我們卻見到更廣大的世界．卜魯士寫到狗與牛，所給與於他們的乃是滑稽的人的心理．狄加辛斯基卻不然；他不僅把動物如真似的表現出來，且還用詩的光榮與哲學的興趣的弘偉，把動物國裏『生存競爭，』『適者留存』的戲劇的事業，充分的表白出來．這都是在他的生命之宴(The Feast of Life)，他的最好且最後的著作裏，所寫着的．他在那里，重新蘇生了已被忘記了的斯拉夫的神話與民間故事的象徵．他還以銳利的觀察，把動物世界裏最親近於人的『狗』之內在生活，活活潑潑的敘寫着，給他同時代人以許多有趣的狗社會的故事．生命之宴所寫的範圍尤廣，他把他本省的森林中，田野中，空中的全部野獸生活，從鷹到鵪鶉，從熊與狐到兔與黃鼠狼，把他們永存的死，餓，戀愛，以及殘酷的競爭，一日間的喜與愁，完全都顯示給我們看，這實是一部近代文學中最偉大的自然書之一。

四

以史格得為領袖作者的近代小說流傳各國，影響甚大。波蘭便也受到此種影響，譯進了不少他的作品；同時克拉士西夫斯基（J. I. Kraszewski）『波蘭的史格得，』便也乘時崛起，產生了五百餘冊的小說；這樣多量的作品沒有一個人曾自誇完全讀過；他所包含的內容是如此的複雜，乃同時為守舊者與急進者，樂觀者與悲觀者所讚頌，所攻擊。他的初作是羅曼派的作品，然自始卽有寫實主義的影子在內。他的成功之小說是詩人與世界，表示理想主義者對於社會的物質主義的厭惡，同時，又照耀着對於藝術的高尚使命的影響。他的人面獅身像（The Sphinx）寫一個宮庭畫家的故事，其技巧的表現畫室與其空氣是很有名的。他寫了不少關於白俄及小俄的農民生活的小說，其最後的成熟作品為村梢頭的草屋(The Cottage at the Village End)，把被壓迫的農民和活潑魯莽的琪卜賽人(Gipsies)，以同樣的溫熱的同情寫出。然有的時候，在克拉士西夫斯基的小說裏又持着社會的與宗教的反動的見解，大似俄國的大斯拉夫主義者，以本國爲最好的，而西歐乃是『破敗的西歐』。然不久，他因到了西歐旅行了一次後，他的態度卻又完全變了；他變得和急進派攜手而行。在一八六三年革命之時，他竟聯合『紅』的，以反對『白』的。他發表着激烈的革命的文章。到了後來，革命失敗了，他只得與當時的一般重要的波蘭人，同到外國去。他的後半生便在國外過着。在這時候，他沒有別的事業紛心，便專心從事於文學，除了著作以外，還譯了但丁。他的二十八部敘寫波蘭史蹟的小說，只有頭一部一件舊故事(An Old Tale)是成功的。但他的古典的故事小說尼祿時代的羅馬(Rome in the Time of Nero)卻得了很大的讚許，爲顯克威茲的大著你往何處去(Quo Vadis)的先驅。

與克拉士西夫斯基同時代的作家，沒有一個有他寫得那麽多或著作範圍那麼廣的；但在出品之技巧與風行於當時這二點與他相同者，則有高西諾夫斯基(Joseph Korzeniowsky)，他也與克拉士西夫斯基一樣，在羅曼主義時代著作着，而預樹着寫實主義的先聲的。雖然他的死年是在那新時代的門口——一八六三年，但他卻比克拉士西夫斯基更爲有近代性，卽他所有的小說都是取之於當代生活的。他還是一個有技巧的戲曲家。他的作品大都有機警的喜劇的意味的；他的鄰人(The Neighbourhood)，漫遊及駝背者都是如此。

克拉士西夫斯基是近代的崇拜者，爲衛護新潮而攻擊舊的東西，同時卻有一個小說家，恰與他相反，乃崇拜舊的『國故』而反抗新潮者，這人就是萊西吳斯基(Henry Rzewusky)。他是一個大貴族的兒子，生長在舊的光榮的微光中的。他的大作是十一月，沙卜里加的日記，都是寫舊時代與其風俗習慣的，當時摹倣之者紛起，惟查特士歌(I. Chodzko)是一個有特性而非盲從的作家。

卡西加夫斯基(S. Kaczkowsky)是當時第三個歷史小說作家，足與克拉士西夫斯基及萊西吳斯基相拮抗的。他與克拉士西夫斯基一樣，著作的範圍甚廣，且所作甚多，又與萊西吳斯基一樣，他的題材乃取之老年男女的真實回憶而非取之於遠古的。他早年投身於革命潮流中，是一個紅熱的急進者，後來仔細的研究了歷史之後，卻成了一個守舊黨。他的大作是一羣的以委爾西爵(Vilczuja)家族中一個紳士所說的故事爲題材的小說。當顯克威茲出來，初得大名時，他頗想與之抗衡，但終於不能及得上。

這時，有一個作家，他的漫遊生活卻較之他的文學作品爲尤動人，他直活到一九一五年才死，起初在羅曼主義時代，後又眼見寫實主義的興衰，他就是米爾加夫斯基(S. Milkowski)，曾三次從軍，爲波蘭的自由而奮鬬。他的人格在他作品中活潑潑的現出。當他在晚年時，他的創作力衰弱了，卻寫着過去日子的回憶。

五

自克拉士西夫斯基起到他同時的幾個歷史小說家止，沒有一個有後起的作家顯克威茲(Henry Sienkiewicz)那麼樣的偉大.克拉士西夫斯基占據了十九世紀中五十年的文壇,到了最後的二十五年,卻是顯克威茲的世界了.他的敘寫力,比上面所說的幾個小說家都大得多.自他出來後,自他的歷史小說產生後,在他之前的幾個歷史小說家的作品幾乎沒有什麼人過問了.

顯克威茲在寫實主義已泛溢於波蘭文壇之時,而以歷史與傳奇得他的大名.他的少年時,在華沙以新聞記者及文學者為生,用李特胡士(Lituos)之名發表東西.一八六三年的亂事使他注目於現實政治及社會問題.在這個灰色光中,顯克威茲的短篇小說第一次引起大眾的注意.炭畫(Charcoal Sketches)裏悲觀

顯克威茲　波斯近代最大的小說家

的情調與精巧的藝術，激動了讀者的心，其所寫之古村生活裏的無助之黑暗與無目的之受苦的悲劇圖畫，到今日還深印在讀者眼簾。在音樂家約尼（Johnny the Musician）裏，在老僕裏，在安尼（Annie）裏，其情調亦是如此。其表現波蘭在外族的壓迫之下的情形，則有一個校長的日記（The Diary of a School Master），他本意要寫俄國的壓迫，在俄國檢查官的眼中則以爲寫的是德國人的罪惡。其實是易地則皆然。在得勝者巴特克（Bartek the Conqueror）裏，國家主義的色彩也很鮮明。巴特克是波蘭的農民，在一八七〇年時，很勇敢的爲普魯士去打法國，所得的報酬卻是被德國人逐出自己之家。在動人的短篇小說燈塔守者（The Lighthouse Keeper）裏也深潛着亡國的悲哀。一個波蘭的逃出國外的人民，在西印度看守燈塔；因讀着美基委茲的詩，沈入故國的思念中，而忘記了點燈，因此，被免職。在馬里波沙（At Mariposa）寫的是一個奇異的老年波蘭人，住在美國的加里弗尼亞，他天天讀十六世紀的波蘭文聖經，用聖經上的波蘭話和一個祖國的遊歷者談話。這乃是作者本身的經驗。他的美洲之行，對於他極有影響。他的美洲通信是波蘭最好的旅行書之一。後來，他又到非洲去，寫了一部在沙漠與森林中(In the Desert and in the Forest)，叙的是一個波蘭的小孩子，和一個英國的小女兒在非洲荒漠裏的冒險，在波蘭文學中，立刻成了兒童的名著之一。

然他的悲觀，在他的長篇大著裏卻爲新生的國家的樂觀主義所代替；他寫成了十三册的『三連小說。』火與劍(Fire and Sword)寫的是波蘭的烏克蘭邊境防衞科薩克人之侵略的故事；洪水(The Flood)寫的是波蘭從瑞典占據的洪水中救解出來的故事；瓦洛特約夫斯基先生(Mr. Wolodyjowski)寫的是防守前線以禦土耳其人的諸人之勇敢行爲。這些書都是爲全國的人所氣也不透的讀着的；沒有一部波蘭書有那樣的流行的，即美基委茲的大史詩泰達士先生似也難有此盛况。在波蘭的黑暗時代，在被三個强國把全國土地分裂的占據着的時代，重演古代的光榮的書，如上面之三部者，當然可以給他們以慰安，他們忘記了現在的困苦爲這部小說所警醒，知道自己是以前曾爲一個強盛的國家的後裔，因此心裏點着了對於祖國復活及一個偉大之將來的崇信的火。所以這部偉大的『三連小說』不僅在藝術上有價值，且爲國家的重要的產品。在這一部大作之後，他又寫了一部三册的寫當代生活的小說。沒有訓條(Without Dogma)以日記的形式，深刻的寫一個極端的近代英雄之心理的圖像。這部小說立刻達到了法國以心理分析之小說著名的蒲爾格(Paul Bourget)的最高點，但在波倫尼基家(The Polaniecki Family)裏，顯克威茲卻由一個懷疑派變成了傾向於宗教的人。這部小說也是寫近代生活的。他的旋渦也是如此。

顯克威茲在國外的名望，完全寄在他的大著你往何處去(Quo Vadis)上。這是許多近代人所寫的將沒落的羅馬帝國與新興的基督教勢力間之衝突的許多小說中，一部最成功的作品。其背景之弘偉，其色彩之豐富而活潑，其一羣一羣的基督教人物與羅馬人物之逼真的描寫，如活人似的行動，凡是讀到牠的人，無論他是那一個人，無不熱烈的稱許。在那里，他把基督教的真精神充分的表現出，在那里，他把光榮的羅馬重活於我們的眼中。寫這同類的故事的作家不少，而他的藝術卻高出於一切的他們，使這部小說成爲近代的一部最偉大而且不朽的小說之一。

他最後又作了一部敍寫過去的偉大事蹟，以慰安當時受普魯士人之壓迫的心志墮闇的讀者。這就是他的十字軍武士（The Knights of the Cross）寫的是十五世紀之初，波蘭人戰勝了德國勢力之事。他在這里與在你往何處去及『三連小說』裏一樣，把古代活潑潑的重生在我們的面前。他把波蘭人與德國人，如在你往何處去中的基督教人與羅馬人一樣，當做兩個極端。一端是精神上的道德力量，一端是肉體上的體格之力。顯克威茲在晚年又寫兩部小說；在光榮之地上（On the Field Glory）及騎士（The Legions），可惜都沒有完成，因爲歐戰把他的筆奪了下來，叫他去到各處募捐以救濟波蘭人。在這時，他卻不幸的爲死神所召，這兩部大作遂終於沒有告成。

在顯克威茲專心寫他的許多偉大著作時，他仍舊沒有放棄了寫短篇小說

尼祿王時代的基督教徒

這時代的基督徒生活，在「你往何處去」中寫得很活躍。

彼得由羅馬逃出，中途遇見主，向主道：『你往何處去？』主答道：『到羅馬，再被釘在十字架一次。』

的筆。滑稽的日光，在他的許多大作的一部分篇幅中時時照耀着，如由濃密的綠葉之隙中透射下來者，卻在他的短篇小說第三個（The Third One）中，完全曬照着，這篇小說寫的是華沙畫家的生活，其中充滿了喜劇的與浪漫的美。在他晚年時，顯克威茲又常常把他的政治意見寫在短篇小說裏，最動人的是老年的撞鐘者(The Old Bell-Ringer)。

六

顯克威茲時代的作家很不少。前面講的卜魯士，也生在這個時代，而女作家奧西斯歌(Eliza Orzeszko)則略生於卜魯士及顯克威茲之前。當她已把她的大作刊布時，他們方才漸漸的有名。她起初寫關於婦女解放問題的小說，其中之一，馬莎(Martha)，連德國人也引起注意。其後，她又動手寫猶太人的生活，她對於他們的受人歧視，受人嫉忌，是很表悲憐的同情的。她寫的在尼曼河岸上(On the Banks of the River Niemen)，是一部描狀魯薩尼亞景色的小說，寫得是無比的好。

在這時代，後於奧西斯歌，而以寫農民生活著名的有萊蒙脫(W. S. Reymont)，他自己是生於鄉間的人，曾過着一時的農人生活，他的少年的大部分光陰是耗費在做遊行演劇者及鐵路小職員的生活上。他早歲的幾部著作，便是寫他自己的這種生活的。其後，允許之地(The Promised Land)出版，他便成了一個名家。這個故事是以波蘭的工業中心洛玆(Lodz)城爲背景的，其中寫工廠裏如蟻堆似的工人，寫暴富之猶太德國及波蘭人之窮奢極欲，寫得真是動人。於是萊蒙脫立刻成了第一流的波蘭小說家了。正在這個時候，他卻把他的成熟的技術突然的回轉到農人描寫的一方面了。他的四册農人(The Peasants)，是一部用故事的形式寫出在俄國治下的波蘭農民之苦作與快樂，習慣與戀愛及嫉恨，個人的熱情

波蘭近代的大小說家　萊蒙脫

與社會的衝突的百科全書。牠寫的是一個女英雄，(其悲劇的運命，有類於哈提的推斯)及一家父與子間因爲她的戀愛而引起的嫉視。牠分爲四卷，秋、冬、春、夏，把一年間的農民生活與波蘭自然界的景色完全寫出。他並不把在這部大作裏討論什麼問題，懸示什麼教訓，他只是用强烈的寫實之筆，把他的故事及其背景寫出，使大家自然的感到其中的悲劇的情調與一種强烈的鄉間泥土的氣味，諾貝爾獎金委員會因爲他的這部大作，而贈給他以文學獎金，那是很公允的。

奧甘(W. Orkan)寫的短篇小說及他的長篇小說洛茲托基谷(The Vale of Roztoki)與萊蒙脫一樣，題材是農民的生活，而用尖刻的寫實主義寫出他的詩集從這憂愁之國(From This Sad Land)也是如此。

在萊蒙脫的晚年，他轉他的筆鋒去寫一部歷史小說一七九四年(The Year 1794)，表現着獨立之波蘭之最後一年。他還勇敢的去寫異國情調之東西，如吃鴉片者(Opium Smoker)之類。

這樣的異國情調，使我們記起同時的作家西洛西夫斯基(W. Sieroszewski)，他曾被俄國遣戍到西比利亞的極東北部度過十二個年頭，因此，把他的經驗寫爲耶科茲(Yakouts)及許多短篇小說，其藝術之精美，可與俄國之作家科洛林科相拮抗。我們又記起一個現在還生存着的最優美的文藝作家倍倫特(Waclaw Berent)，他並不寫異國與新異的人民的故事，他寫的乃亦是富於異國情調的遼遠而浪漫的中世紀，在活的石塊(Living Stones)裏，他重現了中世紀的城市與鄉間的生活。還有尼契夫人(Mme. Nitsch)，她的筆名是J. Pawalski)，她也把中世紀的日常生活很精巧的寫在她的小說裏。

以絕端的自然主義，以科學的精神，去寫她的小說的，有女作家柴波爾斯加(G. Zapolska)。她和奧西斯歌夫人很不同；她先爲女伶，過着好幾年不規則不安定的生活，後來，在本國，成了一個小說家與戲劇家，在年齡很老時死去。她的許多戲劇與小說都是討論『問題』的。有時很技巧，有時很粗率。她的別一個人(The

Other Man)寫的是愛國的情緒，是一九〇五年波蘭少年參預俄國革命的悲劇之故事。當一九一五年時，此劇在華沙連演了數百夜。較柴波爾斯加的藝術更爲精深的自然主義小說家爲卜西皮西夫斯基(S. Przybyszewski)，曾被人攻擊爲不道德的惡魔。他在德國與俄國，讀者很不少。他的小說如薩丹之子(The Children of Satan)之類，一見其題目，卽知爲如何性質之物。他與在柏林的同學史特林堡(A. Stringberg)同爲婦人厭憎者。他的金羊毛(Golden Fleece)，一部劇本，乃以婦人爲可怕之物，爲吸人之生命血者。他的題材範圍很狹，然技術卻極完美，爲波蘭近代作家中風格最優美者之一；他是一個音樂家，所以在蕭潘(Chopin)裏寫音樂之批評及音樂家之性格至爲精審。

七

波蘭近代的喜劇，以法萊特洛(Count A. Fredro)爲大家；他少年時曾在拿破崙屬下波蘭軍中與俄國打仗。在十九世紀的前三十年內，他刋布他的好作品不少。他的喜劇，在劇場上占極大的勢力。波蘭人稱他爲『波蘭的莫里哀。』他的大名的喜劇丈夫與妻子(Husband and Wife)寫的原是熟悉的濫調的夫，妻與情人，卻很有力的又加上了一個客室的女僕。這個女僕，劇中的兩個男人都向她求愛，因此，發生了好些可笑的事，而終於和平。全劇只含四個人的談話，卻有三幕之長，使人毫不覺其沈悶，這可見作者技術之高超。馬尼亞之於外國的東西(The Mania for Things Foreign)亦是一部很好笑的喜劇，寫的是一個極端崇拜外國東西的人，尤其崇拜的是英國的。他常常說了許多可笑的話；如已成爲各國所通行的東西，他卻常常要加以外國的冠辭，如：『我們去坐車遊一次吧，只要走一個英國的哩左右！』之類，都是要使聽衆不禁得要發笑的。他的一部後期的劇本，到死後才刊印出來的，一個大人物之對待小事(A Great Man for Little Affairs)乃是各個時代各個社會所共有的可笑故事。一個忙碌的人以爲他自己是他周圍的人每件事的中心與發源者，其實呢，他在他們眼中，乃是一個不足輕重之人，事情之進行，並不受他深謀弘算的影響。他的著名獨幕劇憎人者與詩人(The Man-Haters and the Poet)，寫一個少年的熱心的理想者，對抗舊的玩世與冷笑之態度。在這里，法萊特洛現出他自己乃是一個熱心的羅曼主義者。

自法萊特洛之後，波蘭沒有產生與他同樣偉大的作家；但同時的小說家高西諾夫斯基(J. Korzeniowski)也是一個很好的喜劇作家。當歐洲的喜劇由莫里哀的而一變爲小仲馬諸人的討論社會問題的喜劇時，波蘭作家的風尚亦爲之一變，如法萊特洛之子，如白里辛斯基(J. Blizinski)，都是在這個風氣中的。如巴魯基(M. Balucki)，則以高明的天才，專門諷刺、譏笑當時的社會，尤其是當日奧大利的波蘭之缺乏公衆精神的新自治。

在嚴肅的悲劇一方面，史洛瓦基的偉大成績，在上面已說到了，其後則有魏斯潘斯基(S. Wyspianski)，在二十世紀之初年，得到很大的成功。(他又是很好的畫家)這將在以後提到。

參考書目

一.波蘭文學史略 用英文寫，訶勒温斯基(J. de Holewinski)著，一九一六年出版，爲波蘭報告委員會甲種叢書之一.

二.波蘭文學史的各時期 (Periods of Polish Literary History) 狄薄斯基 (Roman Dybosski) 著，爲著者在牛津大學之講演稿，牛津大學出版部出版.

三.近代波蘭文學(Modern Polish Literature) 著者及出版處俱同上，亦爲著者在牛津大學之講演稿.

四.卜魯士之小說，英譯本，世界語譯本，及中譯本俱有.

五.顯克威茲的炭畫，有周作人譯本，北新書局出版.

六.顯克威茲的你往何處去，有徐炳昶、喬曾劬的譯本，商務印書館出版.

七.顯克威茲的其他著作，英譯本不少.

八.萊蒙脫的農人，有英、日譯本.

九．波蘭短篇小說集　倍那克(Else Benecke)英譯，牛津 B. H. Blackwell 出版．

十．波蘭短篇小說續集　倍那克(Else Benecke)英譯，牛津 B. H. Blackwell 出版．

十一．波蘭文學一瞥　共二冊，爲小說月報叢刊之一種，商務印書館出版．

十二．在周作人譯的域外小說集，點滴及現代小說譯叢裏，有波蘭作家的短篇小說的譯文不少．

第三十九章　十九世纪的斯坎德那维亚文学

第三十九章　十九世紀的斯坎德那維亞文學

一

丹麥的十九世紀文學，以奧連契拉格（Oehlenschläger, 1779-1850）爲前半的重鎭。他與華茲華士一樣，爲羅曼派詩人之領袖，其生活時代亦甚長。他受着歌德與席勞的影響，但其風格與材料卻毫不相襲；他回到他祖先的古舊傳說那里，把他們變成了羅曼派的悲劇或敘述。他的作品，充滿了詩趣；他的對於古之崇拜與古詩之熱心，有類於史格得。在三十歲之前，他即成爲最重要的丹麥詩人，他的詩名傳到斯坎德那維亞的其他諸國以至德國，被稱爲『斯坎德那維亞之歌王』。他的大著赫根·喬爾（Hakon Jarl）是取之於古代傳說的凡五幕是一部悲劇；

他的美麗的戀愛劇，阿克賽爾與淮爾葆格（Axel og Valborg），是以中世紀的一個故事為題材的。他的阿拉定（Aladdin），一部極優美的抒情詩劇，其題材乃取之於天方夜譚中之有名故事神燈記。與他同時的詩人及散文作家有下列幾個人，有的是受他的感興而起的，有的是與他反對的。

巴格森（Jens Baggesen 1764–1826）是轉變時代的一個詩人，曾與奧連契拉格以批評互相攻擊。格倫特委（Grundtvig）是一個詩人，又是一個很有勢力的宗教作家與宗教領袖，在歷史與神話方面也很有成績。蒲特超（L. A. Bödtcher, 1793–1874）是北方詩人中最完美、最成熟的一個，他的詩並不多，與格萊（T. Gray）所有的詩分量差不多，但幾乎每一首都是珍珠，以最技巧的藝術，最細緻的筆墨寫作成功的。英格曼（B. C. Ingemann 1789–1862）是一個詩人，又是一個小

巴格森

說家，論者稱之爲『丹麥的史格得。』他的血管裏完全的羅曼派的血液。巴魯頓．慕勞(Paludan-Müller)是一個沈思的哲學家，又是一個詩人，他的詩才很高，把古今文學，聖書，以及神話都融化入他的熱情裏。溫曹(Christian Winther)是一個很好的抒情詩人。白里超(Steen Blicher)是草原的故事作家。歌爾特契米特(Aaron Goldschmidt, 1819–1887)是一個小說家，其作品曾傳譯於國外。海伊堡(Heiberg)寫了二十册以上之詩與散文，還有劇本與歌劇。海爾茲(Hertz)是一個抒情詩人，還作了不少的重要的韻文的喜劇。最後，還有一個開爾吉格(Soren Kierkegaard)是一個富於想像的基督教哲學家，在北歐的勢力是很大的。

英格曼

在這個時代，羅曼主義的時代，丹麥的詩歌是極盛，然到了十九世紀的中葉，詩歌的作品卻突然的減少了．但是卻有了安徒生(Hans Christian Andersen, 1805–1875) 的富於詩趣的童話；在這時，丹麥的詩神實在未曾潛蹤他往．

安徒生是北歐最重要、最有名的文人之一，我們一講起北歐的文學，他與易卜生乃是第一要想到的．世界上那一處的孩子，不曾讀過他的童話？那一國的文字沒有他的童話的幾部譯本？他的童話，有一部分是根據古舊的傳說而改作的，有一部分是創作．如無晝的畫帖，如醜小鴨，如姆指麗娜，那一篇不是深蘊着他的溫柔的情緒，美妙的詩趣．的真樸而傑出的風格，乃是他所特具的．他並不堆砌美字，並不有意的揀着華貴的辭句寫下，然他的文字卻於平易素淡之中，自有一種精光，自有一種美彩射出，如素潔的玉，如白色的大理石像，不必假大紅大綠以及碎金細銀，而自

歐爾特契米特

足動人因此，他的童話，一方面爲兒童最好的讀物，一方面卻亦爲成人所深喜的作品，一方面爲有趣的故事，一方面卻爲用散文寫的最優美的詩。所以安徒生歸根結底的說，乃是一個詩人，一個比他同時代的詩人都偉大的詩人。有人說，如果你們不知道安徒生的好處，只要先取格林兄弟編的童話集及其他童話，如安特留·蘭（An-

安徒生　近代最偉大的童話作家

drew Lang)所編之紅神仙書(Red Fairy Book)青神仙書，黃神仙書來讀，然後再去讀安徒生的童話，你們便可以知道安徒生之有異於他們，便可以知道安徒生之可愛處何在了。這是真的，

安徒生童話國王的外衣 (Edmund Dulac 作)

一點也沒有誇說過度。安徒生在童話之外，還寫了不少的東西，詩歌，遊記，小說以及自傳。他的我一生的童話，是一部極有趣的自傳；如卽興詩人，如彈絃者，如O. Z.也都是很好的小說。但他也與西凡提司一類的作家一樣，因爲他最偉大的作品是太偉大了，竟使我們忘記了他所寫的別的好東西。

二

十九世紀中葉以後，卽當六十年代時，歐洲的思想突然的大變；達爾文的物種由來和人類起源相繼的出現，於是人類的智識眼爲其所照而得看見了過去的一切，科學上起了一種大改革，而文學上也引了寫實主義的運動。把歐洲的寫實主義介紹到丹麥，把他們的前進的思想介紹到丹麥的，是一個近代大批評家佐治·勃蘭特（Georg Brandes, 1842–）。他是一個少年的急進思想家，於一八七一年時，在庫平哈京大學講演，以其充滿精力且具有深湛之研究的十九世紀的文學主潮(The Main Currents of 19th Century Literature)喚醒了許多沈睡的丹

麥作家.他以爲丹麥文學是死了的,是太技巧了,太遼遠於人生了.文學一定要與

喬治・勃蘭特　近代最偉大的批評家

人生直接有關，而解釋人生的問題；文學必須大膽無畏的表現出社會的實際問題。牠可以是熱情的，技巧的，甚至於想像的，但必須有時代的科學的精神，而根據於客觀的考察。他崇拜拜倫，讚頌一切急進的思想家，文藝家。但他的急進思想，卻引起反動了；大學辭退了他，他移居到柏林去。然過了幾年之後，勃蘭特的思想卻在丹麥開出花來，他遂成了他們最大的一個思想家與批評家，其勢力籠罩了一切。他知識的範圍極廣；他似乎全讀了歐洲人所寫下的作品。他於大作十九世紀文學主潮六冊之外，對於各個作家還有湛深的研究，其中『莎士比亞』，『易卜生』『尼采』，『法朗士』（A. France）都是很有名的。此外還有俄羅斯印象記，法蘭印象記，近代之精神，人與作品等。在這些多量的著作裏，都可見勃蘭特的富於理智而同時又富於熱情的性格。其作品精力瀰漫，而又觀察精細，其風格則流利可愛，而又力量沈重。至今，他已不是丹麥的批評家，而爲全個歐洲最重要的批評家了。他不是丹麥的本土人，乃是一個丹麥的猶太人，猶太人如有成功，往往是很偉大的成功。

三

受勃蘭特的感興而起的作家不少，最著的是特拉契曼(Drachmann)，約柯伯生(J. P. Jacobsen)及亨杜洛夫(Schandroph)諸人。最有聲望於世界的是約柯伯生。

特拉契曼(1846–1908)先以圖繪海洋畫著名，後來卻放下了畫筆，改執着墨水筆，把他的『海』畫在文字中了。他作品中的英雄都是水手與漁夫。他寫着愛國、愛人民的有力的

特拉契曼 (O. Ruotolo 作)

詩劇，成了丹麥劇場上的一個領袖。他遠涉重洋，去研究海與其人物的各方面的特質。因此，他的文字是有力而逼真的。他的代表作品是海與海岸的故事。他的抒情詩，是富有天才的。他很勇敢，爲當時急進思想家的重要者之一。

約柯伯生(1847–1885)先以研究植物學著名，後來離開了他的顯微鏡，以高超的風格，創造了一種新的丹麥散文。他死得很早，作品並不多，然他卻已成了一個丹麥最偉大的散文藝術家。勃蘭特說：『在他以前，北方文學中，永沒有如他一樣的用字語繪成的圖畫。』他如法國的弗洛貝爾一樣，他費了不少時間去尋找適當的字，適當的韻，且以非常的謹慎去寫他的一切作品。他的小說尼爾士·林納(Niels Lyhne)是一部社會問題的研究；馬麗·格魯蒲(Marie Grabbe)，寫的是一個十六世紀

約柏伯生

的婦人的故事，她爲許多的求婚者所包圍，後來因爲社會上的地位忽然低落了，才復得到她的自由。這兩部是他僅有的小說，此外還有一部短篇小說集莫干斯(Mogens)。他也寫些抒情詩，然寫得極少，如女詩人莎孚似的，一句一行都是珍珠；他的伊米林玫瑰(Irmelin Rose)是丹麥抒情詩中無價之寶。總共他所作的，不過二册而已。然他的作品的影響卻極大；所有丹麥與挪威的作家，求散文之美與風格與藝術者，胥以他爲標準。

亨杜洛夫(1836–1901)爲約柯伯生死後之領袖的小說家；他是一個寫實主義者，以善於描寫鄉間人民與城中下中等的階級著稱。他的最有名的小說爲小人物(Little Folk)，他的最好的短篇小說集是『鄉村生活』。

彭格(Herman Bang, 1858–)也與亨杜洛夫一樣，是屬於自然主義一派的；他的寫實的手腕，論者以爲較亨杜洛夫爲尤高。他的最好小說路旁(Near the Road)是一部深沈有力之作。他如弗洛貝爾的弟子莫泊桑一樣，以深刻細膩的風格著，凡有材料，無論是如何的平常的，一到了他手上，一經過他的剪裁，便變成了不凡的動人的東西。路旁寫的是一個丹麥的婦人，在一個幾乎毫無色彩的環境中的故事；戀愛進來了一次，卻又憂愁的閉了門。還有一部小說丁尼（Tine）是一部戀愛的故事而緯以一八六四年丹麥人與普魯士人戰爭的炮花的。一個軍官，在炮火的間停時，很疲倦的由戰場走到近旁的村中，蹂躪了一個美麗而天真的農女。這故事的悲劇，乃是赤裸裸的自然主義。他是一個沈鬱的定命論者，他的厭世主義是自然派作家的厭世主義。

愛德華·勃蘭特（Edvard Brandes, 1847–）也應在此一舉，他不幸為佐治·勃蘭特的弟弟，因此，他的名字乃為他哥哥的大名所掩。其實他亦是一個有力量的批評家，一個戲劇家，還寫了兩部很有名的戲劇。

此外，同時還有好些作家，應該一提的。史克蘭（Erik Skram, 1847–）曾被勃蘭特稱為丹麥『自然主義文學的正宗』。蓋萊魯潑（Karl Gjellerup, 1857–）是一個詩人，小說家，又是一個生物學家，他的傑作是條頓人的教訓。南生 (Peter Nansen, 1861–) 是近代文筆最美秀的丹麥作家，以善於寫波希米都市生活著名，他的大作是馬麗亞。伊瓦爾特 (Carl Ewald, 1856–1908) 以寫童話與自然的比譬有名，他的四季，已有了英譯本。克納生 (Jakob Knundsen, 1858–) 是一個急進派，常在內心的知慧與宗教的衝突中。白魯安(Laurids Bruun, 1864–)以小說永久(The Eternal) 著名，講的是近代社會的衝突。米查理士 (Sophus Michaelis, 1865–) 如約柯伯生一樣，風格極秀美，愛美心極熱烈，所作以死之跳舞(Dance of Death)爲代表。尼克莎 (Martin Andersen-Nexö, 1869–) 以他的社會傳奇勝者彼爾 (Pelle the Conqueror)得名，一半是他的自傳。彭孫(Otto Benzon, 1856–)是一個有名的化學家，卻也以作劇有聲於文藝界，但以喜劇著名於當時，最能逗人發笑的，還要算是魏特 (Gustav Wied, 1858–)。他性格之滑稽，有類於狄更司，他所表現的乃是廣漠的中等階級。他的二二一爲五，充滿了諷刺之意，曾征服了德國劇壇。又著好幾部小說。此外，伊士曼(Gustav Esmann, 1860–1904)，蘭格(Svan Lange, 1868–)，洛特(Helge Rode, 1870–)，倍格斯特隆(H. Bergström, 1868–1914)諸人，也都以戲劇著名於時。倍格斯特隆的兩部問題劇，卡連·波尼曼(Karen Borneman)及林格特公司(Lyngaard and Company)尤其有影響；前一部寫的是性的問題，後一部寫的是一件跨越了勞動與資本的戰線的戀愛故事。

但負最近丹麥文壇之重望者，除了勃蘭特，彭格外，還要算波托辟丹(Henrik Pontoppidan, 1857–)，蘭爾生(Karl Larsen, 1860–)及約生(J. V. Jensen, 1873–)。

波托辟丹以得諾貝爾文學獎金，才爲國外的人所知。他是一個自然主義者，以無情的、寫實主義的、明晰、冷靜之風格，描寫丹麥的農村生活。他的傑作是李克潑(Lykkeper)，寫一個少年歷經了許多職業，尋求他的幸福，卻終於無望之事，是一件平常的事，卻寫來極動人。有人以爲他的作品，可以列入屠格涅夫的名作裏面而無愧。

蘭爾生也是一個嚴肅的寫實小說家，他的小說是立在科學調查的結果上面的。他不倦不息的收集人類的經驗。如植物學家之收集花草而分類一樣，蘭爾生也把許多尺牘，日記以及兒童兵士們之塗壁物都收下來，以備織入他的客觀的小說中。他的近作從遠處來(From Out Yonder)是用一束真的尺牘組合成功的。

約生是一個個性極强的人；他也與別的寫實主義者一樣，是以科學的方法去寫小說。他爲了要預備寫冰河 (The Glacier)，專心一志的去研究地質學，且到挪威的白雪掩蓋的深山中去考察。這部小說叙的是在大冰河時代遺留下來的原人的生活的。

婦人作家在丹麥是沒有在瑞典那樣的多，但近代卻有一個，以作喜劇金鳥(The Gold Bird) 有名，這就是格特夫人 (Madam Emma Gad, 1852-)。她還寫着詩，政治論文等。

詩人在這時代雖沒有十九世紀上半葉之發達，但也有好幾個在詩壇上努力。莫勞 (Niels Möller, 1859–) 的詩，聲調高曠，是受有英國的影響的。史托金堡 (Viggo Stuckenberg, 1863–1905) 是一個純粹的抒情詩人，有古典派的明瑩的作風。約格生 (J. Jörgensen, 1866–) 是一個羅曼派的作家，其詩富於宗教的象徵色彩。洛丹 (V. Rördam, 1872–) 曾寫着愛國的詩，(當一八六四年普魯士戰爭時，) 許多丹麥人都曉得背誦。阿克約 (J. Aakjaer, 1866–) 是一個詩人，又是一個小說家，他的詩是寫農民生活的，他的歌聲是如鐘聲似的洪亮。尼爾生 (L. C. Nielsen, 1871–) 以作樂歌著名，曾到過美國，受到很盛大的歡迎。

批評家，論文家，在勃蘭特之外，丹麥也並不是再沒有；安特生 (Vilhelm Andersen, 1864–)，尼爾生 (Harald Nielsen, 1879–)，特洛爾・隆特 (Twels-Lond, 1840–)，湯生 (V. Thomsen, 1842–)，尼洛卜 (K. Nyrop, 1858–) 約士潑生 (Otto

Jespersen, 1860–)，及奧里克 (Axel Olrik, 1864–)，都是勃蘭特同時有名的作家，而哲學家霍夫定 (H. Höffding, 1843–) 尤爲丹麥人所愛，爲丹麥以外之世界所聞名。他的哲學是關於溫熱的人類的問題的，並不全是冷靜的分析。當一八九〇年，勃蘭特介紹尼采而極力崇讚其超人之主張時，霍夫定曾與之打過很激烈的筆戰。

四

挪威的文學，初與丹麥是分不開的；到了十九世紀之初，便有建立一種挪威的獨立文學的運動。近代挪威文學，自有獨立的地位以後，可分爲三個時期，第一期是前驅者，第二期是易卜生時代，第三期是新運動。

重要的前驅者有三個人。魏格蘭 (Henrik Wergeland, 1808–1845) 是力量弘偉，性情熱烈的詩人，是一個實際革命者，是一個愛國的熱忱者。或稱他爲北方的盧騷。他的抒情詩，有一部分是很美麗的。他死得很早，但他的著作分量卻很不少。

他的妹妹柯萊特(Camilla Collett, 1813–1895)在這時代的地位也很重要。她是一個小說家，是第一個提倡忠實的描寫日常生活的人；她的傑作省長之女(The Governor's Daughters)爲女權運動的有力的先鋒。委爾哈文(S. G. Welhaven, 1807–1873)與魏格蘭是反對的；魏格蘭嚴持他的國家主義，委爾哈文則以爲挪威的文化，定要與丹麥及其他諸國相合的。委爾哈文的作品有文學批評，傳奇，及很崇高的抒情詩。

在同時，還有阿茲般生(Asbjörnsen)及慕依(Moe)，以搜集挪威的民歌及民間故事著名。他們的收集是很重要的。

五

易卜生時代是挪威文學的黃金時代；除了大戲劇家易卜生外，般生(Björnson)，約那士李(Jonas Lie)，開蘭(Kielland)諸大作家都出現於這個時代。

易卜生(Henrik Ibsen)是近百五十年來，歐洲的一個最偉大的戲劇家；無論何國的大作家都比不上他；他是與阿斯齊洛士，莎士比亞及孔耐爾（Corneille）在一處的。他生於一八二八年，兒童時代的生活很苦。少年時，爲一個藥店的學徒。他的學問與寫作的能力都是自己養成的。一八五〇年，他認識了般生，與他一樣，也捲入革命的理想中。同年，他發表了第一劇卡特林（Catiline）這是一部用無韻詩寫成的悲劇；在易卜生的劇中，這位羅馬的叛徒卡特林乃成爲一個革命的英雄。同時，波爾（Ole Bull）在倍爾根（Bergen）開創了一個劇場。他認識了易卜生的天才，便請他爲戲劇顧問。其義務之一，是一年要作一篇新劇本。這件事使這少年作家漸漸的成熟了他的天才。他的文學生涯，大部分是不在挪威度過的。一八五七年，他離了倍爾根，

易卜生　歐洲近代劇之祖

他的位置便由般生繼續了下去。他有時住在羅馬，有時住在馬尼契（Munich）。到了他的晚年，才回到國內度他的餘生。在他發表了最後一劇之後的六年，死於一九〇六年。從易卜生在一八四八年初作革命的詩歌起，至他在新世紀的曙光中寫他的最後一部象徵劇止，他寫了不少的劇本，在其中，可以看出時代精神的變遷。綜計一下，他的劇本共有二十二部，可劃分爲四個時期：第一個時期是六部的羅曼主義的劇本，第二個時期是四部的轉變時代的劇本，第三個時期是六部寫實主義的劇本，第四個時期是六部象徵主義的劇本。易卜生並不像他的同時代作家左拉，史特林堡（Strindberg）蕭伯納（B. Shaw）及梅德林（Maeterlinck）諸人一樣，持執着文學方式之一極端的；他是以很平允的藝術的批判，由想像經理性而到直覺的。

他的早期作品的一部分是用韻文寫的，有幾節是載着抒情詩之美的；其題材都取之於古代的北歐傳說，正與當時流行的夢想着英雄的過去光榮之國家的傾向相合的。如莎爾霍之宴（The Feast of Solhoug），如戀愛的喜劇（Love's Comedy）等劇，雖然外面的讀者不大曉得，對於挪威人卻都是很親切的劇本。

跟着來的是變轉的時代，是早期歷史的羅曼劇及散文的寫實主義劇的中間時代；在這時代，易卜生產生了四部很偉大的劇本；"Brand"出版於一八六六年，辟爾·金特（Peer Gynt）出版於一八六七年，少年黨（The League of Youth）出版於一八六九年，皇帝與高里留（Emperor and Galilean）出版於一八七三年。"Brand"寫的是一個挪威的牧師把對於上帝的義務放在戀愛妻與子之上；在辟爾·金特裏，寫的是挪威人及他自己的弱點。辟爾（Peer）有許多好才能，但不自知去用他們。在這劇的後半，辟爾幾乎經歷了許多的人生經驗，如浮士德之在歌德劇中後半的所經驗的一樣，最後，爲一個婦人莎爾委（Solveig）的愛所救。少年黨是他用散文寫的第一部劇本。皇帝與高里留費了易卜生不少的時間，他自己以爲這是他最偉大的著作。這劇描寫羅馬皇帝裘連（Julian）在第四世紀時，欲尋

辟爾•金特最後之一幕

找一個第三帝國以繼續羅馬與教會，但沒有成功。在這里，易卜生顯然的把他自己的對於將來社會革命之夢包含於內了。

一八七七年之後，易卜生完全棄了詩歌與傳奇，專心去做他的六部寫實主義的散文劇；這些劇本寫的都是近代生活。這六部劇本使他得了世界的名望，並給極大的影響於近代的劇場。勃蘭特，丹麥的批評家，以爲文學必須表現人生問題以供討論，這主張在易卜生這些劇本裏是完全實現了。社會棟樑（Pillar of Society）出版於一八七七年，揭白出社會上以爲他是棟樑的人，卻原來是一個僞善者，在這里他刻毒的罵着社會上一般占高等地方享高大名望而實是一個自私心極重者的人。傀儡家庭（A Doll's House）出版於一八七九年，寫一個女子，諾拉（Nora），初爲救她丈夫之故，犯了假冒簽字之罪，後來她丈夫合爾麥（Helmer）知道了，卻完全不能原諒她，對她反變了一個樣子。她因此看穿了男子的自私心，看穿了家庭的黑幕。後來，這件事和平的過去，她丈夫又要把向來如小鳥似的，如玩偶似的對待她的手段去敷衍她，然而這時，她已經變了另一個人了。她離了家，要做一個獨立的人，不欲永遠做傀儡下去。這劇的影響極大，多少女權運動者是執着這劇的！羣鬼出版於一八八一年，表示罪惡的父親對於他兒子的遺傳，是如何的可怕。好好的一個青年，竟爲他父親的花柳病毒的遺傳而葬送掉了。這幾部社會劇接連的出來，得罪了不少的人，於是非議紛起，對他下了不少攻擊。在一八八二年，他便寫

「傀儡家庭」之一幕　　諾　拉　　合爾麥

了國民公敵(An Enemy of the People)以寄其憤慨。醫生司鐸爾發見了本地浴場裏有傳染病菌，要設法改良。然而他的這番好意卻反為自私的『社會棟樑』及一般盲目百姓所反對。他在大會裏乃被視為『國民公敵』。司鐸爾卻並不灰心，他堅信：『世間最强有力的人就是那最孤立的人。』他是驕傲的，因為他是站在『對』的

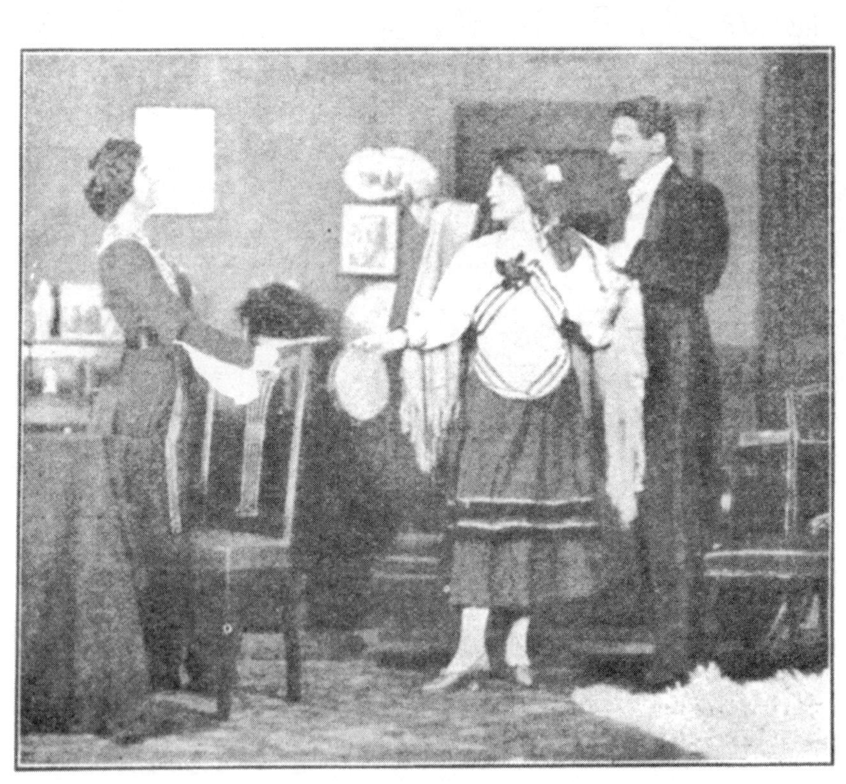

『傀儡家庭』之又一幕　哈爾麥　諾拉　林頓夫人

一邊，雖然是最孤立。這就是易卜生自己的驕傲與自信！雁(The Wild Duck)出版於一八八四年，寫的是一個失時的理想主義者的不幸。海妲傳(Hedda Gabler)出版於一八九〇年，寫的是一個婦人的悲劇，他自己說，在這劇裏，並不討論什麼問題，乃忠實的描寫人生——情感，運命，處境等等。他相信環境的勢力是極大的。

但易卜生不僅止於『社會學的戲劇家』他實在還是一個詩人。在他的晚年，繼續於熱烈的寫實主義的劇本之後的，乃復爲富於想像，富於詩意的劇本，如在Brand與辟爾·金特中所見的一樣。這些劇本乃屬於象徵主義的，凡六部，洛士慕蕭(Rosmersholm)出版於一八八六年，海上夫人(The Lady from the Sea)出版於一八八八年，大匠(The Master Builder)出版於一八九二年，小愛約夫(Little Eyolf)出版於一八九四年，博克曼(J. Gabriel Borkman)出版於一八九六年，當我們死人復醒時(When We Dead Awaken)出版於一八九九年，都是精細的心理劇，人物是神祕的，象徵的。

易卜生的藝術極高，他的對話，沒有一句是可省的，他的字語，沒有一個是多餘的。他也寫些抒情詩，以後曾集爲一册，然他的全力乃用在戲劇的技術上。他不像般生，不像史特林堡那樣的分心於他務或他種文學的形式。在易卜生之前，挪威劇場上做的戲，都是丹麥文的，自易卜生與般生之後，才有挪威的戲曲，且立刻卽是極高超的戲曲。易卜生所創的問題劇，乃是戲曲上的另闢一新面的作品，爲阿斯齊洛士與阿里斯多芬，爲莎士比亞與莫里哀所未之夢見的。他的影響極大，立刻各國都有了繼起者，且大都是很偉大的繼起者，不僅爲摹倣者而已；如瑞典有史特林堡，如丹麥有愛德華·勃蘭特，如德國有霍甫特曼，如意大利有琪亞柯莎(Giacosa)，如英國有蕭伯納。

般生(Björnstjerne Björnson，1832–1910)也與易卜生一樣，是隨了時代而變遷的，先由羅曼派而入寫實派，以後又由寫實派而轉到象徵派，但他不像易卜生一樣，專心致志於一種文學的方式；他的方面是極廣，戲劇、詩歌、小說及至政論，無不涉筆及之，而作品雖多，卻不如易卜生之精審。他的劇本，以新結婚的一對（The Newly Weded, 1865）爲最有名，寫一個由女兒到妻子的新婚婦人之性格。此外，還有挑戰的手套等。他的小說，大都是描寫挪威的本鄉的，這很有影響於德國的鄉土文學。他最好的短篇小說是寫他少年時代的，以傳奇的情調去寫耕種於雪峯之旁的農民生活的。其中，莎爾巴金（Synnove Solbakken）與奧尼（Arne）兩篇戀愛故事是最有名的。他還寫了不少愛國的與抒情的詩，還寫了不少演說與論文。但他不僅是一個著作家，乃是挪威的國民生活劇中的主角；他的人格之影響較之他的作品爲尤

挪威近代大作家之一　般生

大。他是一個牧師的孩子。傳襲了講演，教訓，指導他的人民的天性。他以如火的熱烈的感情，去演說，去寫論文，他的愛國心是極堅定的。挪威在一九〇五年得到新獨立，他的號呼，是異常有功的。他曾被稱爲『無冠之王。』在晚年，又被呼爲老熊。真的，他的高大身材，他的無懼的精神，他的白而上指之髮，他的大眼，他的長眉毛，大家都會想到他乃是一個北極的熊。他曾好幾次到過國外，美國也去過，他的死年，乃是在巴黎經過的。他是第一個斯坎德那維亞的作家得到諾貝爾文學獎金的（1903）。他是屬於挪威的，恰與易卜生之屬於世界的，成一個對照，許多人都以他爲『挪威的席勞』他總之是一個國民作家。

約那士・李（Jones Lie, 1833–1908）是僅次於易卜生與般生的作家。他的童年，在最北的海岸上，在漁夫與海濱居民中度過，以後他們便成了他的短篇小說與傳奇中的人物。他做了律師，但在三十五歲時卽開始從事於文學。五十年來，他始終不懈的以羅曼派的筆法去寫東西，不管外面寫實派的潮流是如何的凶猛。到了一八八三年，才跟了易卜生和般生去寫『問題的文學；』但在一八九一年出版的兩册民間故事集特洛爾(Trold)裏却又回到神祕的元素。他的小說，寫的是挪威家庭生活的平靜的內部，並沒有易卜生與般生那樣的嚴肅與英雄的情調。他的大作爲提督之女(The Commodore's Daughter)，舵工與其妻(The Pilot and His Wife)及生命的奴隸之一 (One of Life's Slaves)。他也與般生一樣，在巴黎住了許多年。

約那士・李

開蘭(A. Kielland, 1849–1906)具有崇高與諷刺的散文風格，以同時法國寫實派的精神，非常謹慎的技術，去寫他的劇本與中篇小說。他的許多小說都是指示學校、教會與國家的改造的。三十歲時，他的短篇集才出版，其中深印着莫泊桑之影響。長著有勞動者，雪卡魯曼等。

六

第三時代，卽新運動時代的作家，非常的多。在八十年代時，自然主義在挪威非常的發達，有類於法國之赤裸裸的無所不談的作品，出現了不少。

愛馬麗・史克蘭 (Amalie Skram, 1847–1905) 是丹麥作家史克蘭之妻，風格很諷刺，其作品善於敘述不幸婦人的生活。柏里茲(Alvilde Prydz, 1848–)也是一個女小說家，有些羅曼的感情，寫的是孤寂婦人的爭鬬生活，她們自閉於家庭環境之外，以求得她們智慧的自由。她的大作北海之心(The Heart of the Northern Sea)曾被譯成了好幾國的文字，其他作品也俱有別個文字的譯本。

格爾波 (Arne Garborg, 1851–) 是一個多方面的作家，寫着小說，詩歌，論文，

開蘭

劇本。他的第一部著作是批評易卜生的皇帝與高里留的，他的第一部重要作品是一個自由思想家（A Freethinker）。他的文字是一種新的國家的文字，名爲蘭特麥爾（Landsmaal）；的他的許多作品都曾譯成了別國的文字，只有名爲赫杜莎（Haugtussa）的一部抒情詩劇，是太美麗了，難得有成功的譯文。

他的妻赫爾達（Hulda Garborg, 1862–）也是一個很有名的女流作家，寫的是近代婦女的生活的，所作有小說，有劇本。

包爾（Jacob Breda Bull, 1853–）以忠實而活潑的描寫他的本鄉的荒曠社會著名，他的短篇小說集山原之民（Fell Folk）寫鄉間家庭生活極爲細緻。

海依堡（Gunnar Heiberg, 1857–）是一個戲劇家，他的作品以無顧忌的攻擊習俗著稱。他的國王美達士（King Midas）諷刺許多有名的作家，引起全個斯坎德那維亞的注意。他的洋台（Balcony），有許多節抒情詩的美，然其道德之觀念卻震駭了當時的習俗。

哈姆生(Kunt Hamsun, 1860—)是這個新時代最偉大的作者，論者都以爲他是文學巨人易卜生，般生，李及開蘭的精神的後繼者。他的動人的文字，於礦屑中雜了無數的金塊。有許多小說與劇本，他是在冷酷的自然主義者的範圍內寫下的，但有許多東西，卻注重心理，富於同情，有似於俄國的作品。他的筆，是刀一般的尖利，一劃一劃都深入紙裏。他是一個浪遊者，少年時曾到過美國，過了許多冒險的生活。他是一個獨立不羣，個性極强的人；他常以自己個人的立點去批評社會的現狀。他的近代美國的知識生活(Intellectual Life in Modern America)有一部分是表白他自己的窮困的經驗的。餓者(Hunger)也是一部半自傳的東西；寫的是科乎哈京一個文士的貧苦，寫其因飢餓以至發狂之心理，至爲深刻而逼真；土之生長(Growth of Soil)是他的大作之一，敘述極有力量。維多利亞(Victoria)是一部有聲有色的散文的牧歌，寫的是未能實現的戀愛。他的大作已譯成了好幾國文字。他所作共有四十部小說，好的真不少。他與般生一樣，也得到諾貝爾文學獎金。

安路特(Hans Aanrud, 1863–)是以方言寫滑稽故事的作家；他的人物是農場與孩子們。喜劇也爲他著作之一部分，尤有名之劇本爲鸛(The Stork)。

克拉格(Thomas Krag, 1868–1912)的主要作品克爾特(Gunvor Kjeld)描寫一對情人的悲劇的經歷，以非常的忠懇的筆寫來，使人覺得這一對情人的結合，卽不是由社會結婚的習慣，卻也是很對的。他的威爾特(Ada Wilde)也很有名。

伊格(Peter Egge, 1869–)是一個純客觀的作家，他的小說心(The Heart)寫的是一個舊村鎭上的一對不相稱的結婚者的生活。

威廉·克拉格(Vilhelm Krag, 1871–)是上述的湯姆·克拉格的兄弟，是一個抒情詩人，屬於新羅曼主義時代，而把寫實主義棄去的，他曾爲一時的國家劇場的經理。

包以爾(Johan Bojer, 1872–)是哈姆生外現代最有名的挪威作家，他的重要作品都已陸續的譯成他國文字．他的大著謊言之力（The Power of a Lie）最有名．

奧拉夫·包爾（Olaf Bull, 1882-）是上述的包爾的兒子，是近代很傑出的一個詩人，他的戀歌，以優秀的字句，寫近代的情調．

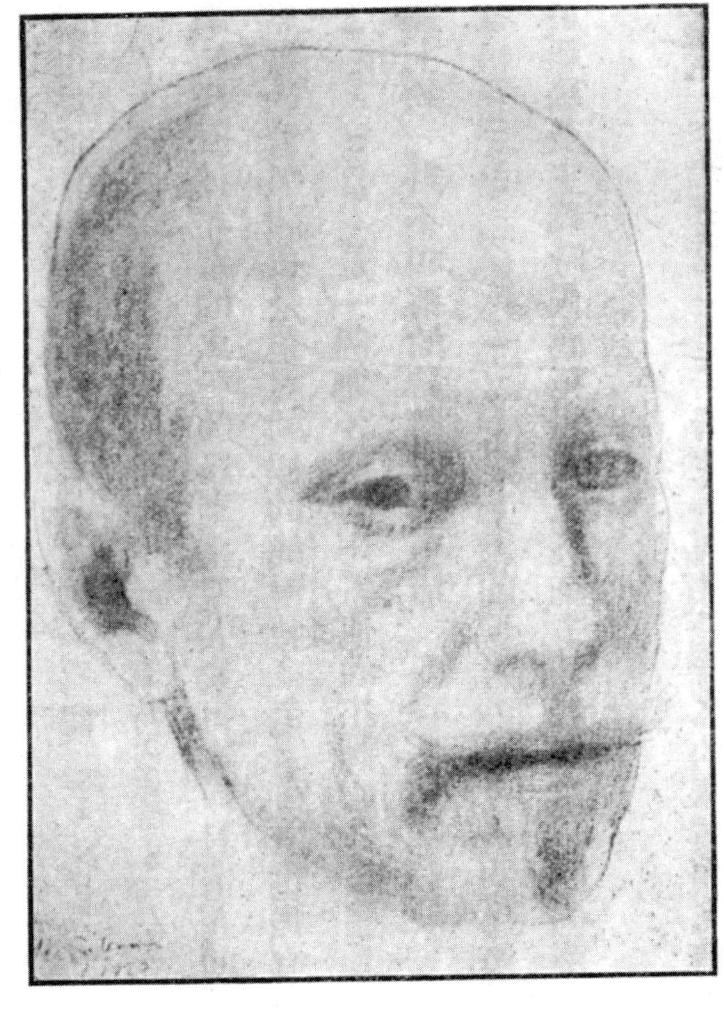

包以爾　近代偉大的挪威作家之一

除了上面的小說家，戲劇家及詩人外，這時代還有不少的學者及批評家；他們不僅以勤苦的研究著，亦且想像力很豐富，文字很深入。莎爾士 (Johan Sars, 1835–) 是一個歷史家，寫挪威國家的發展史的；薄格 (Sophus Bugge, 1833–1907) 是一個言語學家，收集民歌，編訂『詩的伊達』。莫伊 (Moltke Moe, 1859–1914) 是一個有名的民歌研究者，且曾講演中古文學。西格爾特·易卜生 (Sigard Ibsen, 1859–) 是一個外交家，出版家，是大戲劇家易卜生的兒子。他的妻是般生的長女。他的大作，人類菁華 (The Human Quintessence)，是一冊的論文集，法蘭克 (Robert Frank) 是一部劇本，這幾部東西都曾譯為英文。南生 (Fridtjof Nansen, 1861–) 是一個冒險家，深海的自然學家，作了一冊北方的霧 (Northern Mists)，寫早年北極探險的事。西士 (Jens Thüs, 1870–) 是一個藝術批評家，曾作了一冊論文西 (L. da Vinci) 的作品。亞歷山大·薄格 (Alexander Bugge, 1870–) 是上述薄格之子，以寫中世紀的斯坎德那維亞之歷史有名。柯林 (Christen Collin, 1857–) 是般生的朋友，曾作了一部大名的般生傳；他是一個心胸廣寬的理想主義的批評家；他反對冷酷的自然主義與勃蘭特所提倡的『極端的理性主義』。他的愛與藝術之戰（Battle Over Love and Art）引起與勃蘭特及自然主義信徒的新辯論。他的影響也很不小。其論文所討論的，哲學，社會學以及藝術批評都有。他以為文學乃是人類理想的發展的記錄。

七

瑞典的文學，在十九世紀之初，亦與其他歐洲諸國一樣，為羅曼主義所瀰漫。羅曼派中的大詩人是脫格納（Esaias Tegner, 1782-1846）。他生於農家，父親又早死，虧得有一個朋友幫助他入學。他得名甚早，一八一一年，即為希臘文教授。朗弗羅（Longfellow）曾說道：『瑞典有一個大詩人，且只有一人。這人就是脫格納。』他曾把脫格納譯為英文。脫格納的題材，亦與其他羅曼派作家一樣，是在古代傳說中取來的。他的大作是法里西奧夫傳說（Frithiof's Saga），這使他在歐洲得了大名望，且使他得了牧師的地位，但這個地位，卻與他不甚相宜。他是很樂觀的，很有力的，在憂愁之前是向不低頭的。

白萊麥(Frederika Bremer, 1801–1865)是十九世紀初期一個很著名的女小說家與詩人。她的小說日常生活雜記(Sketches of Everyday Life)，H家(The H. Family)，鄰人(Neighbors)及總統之女(The President's Daughter)都能捉住她同時代人的心，且盛傳於歐洲。她與佐治·桑特一樣的忠懇。對於婦女解放運動，她是一個極有力量的人。

脫格納 (O. Ruotolo 作)

白萊麥女士是芬蘭人。十九世紀中葉的一個最大的詩人魯尼堡(J. Ludvig Runeberg, 1804–1877)也是一個芬蘭人。他早歲受養於叔父家中。一八三〇年，發表他的第一部抒情詩集。第二年，他的愛國的史詩在辟爾荷的墓(The Grave in Perrho)出現，得到了瑞典學會的獎金。他的大作是史達爾的故事(Stories of Ensign Stal)，寫的是一八〇八至一八〇九年芬蘭人民反抗俄國而失敗的事。這些詩歌都是熱情充溢而辭韻晶朗的。他大半生住在芬蘭，在一個小村中爲教師，而成了瑞典的桂冠詩人，成了瑞典的脫格納以後最大的詩人。

阿爾委斯特(Ludvig Almqvist, 1793–1866)是一個傳奇作家，作品很不少，但沒有白萊麥女士那樣的重要。

白萊麥

與魯尼堡同時的詩人，有李特堡（Viktor Rydberg, 1828–1895），他寫了不少想像豐富而音調優美的抒情詩；史諾爾斯基（Count Carl Snoilsky, 1841–1903），他作着寫景詩，民歌及許多很好的抒情詩，他的一生，大半在國外度過。

但瑞典的散文在這個時代卻沒有什麼生氣；比之挪威與丹麥，瑞典是遠不如了。但到了十九世紀之末，受了法國寫實主義的影響，受了挪威的易卜生戲曲，丹麥的勃蘭特之批評的影響，瑞典的散文卻復興了。這時代最重要的作家是史特林堡（August Strindberg, 1849–1912）。他是一個具有無限力氣的作家，性情怪僻，而想像極富。據說，易卜生看了史特林堡的一張照相，說道：『這個人將來要比我更偉大。』但易卜生與史特林堡對於人生的觀念卻完全不同。易卜生在他的劇本裏，表滿腔同情於婦人之求解放者；史特林

魯尼堡

堡則爲『婦人憎厭者』，極力反對婦人運動。他的大著紅屋（小說）(The Red Room)寫藝術家與著作家的與窮苦爭鬭的生活，其中說到男人失敗之原因，總是說由於婦人。他的短篇小說集結婚(Married)寫的都是婦女與婚姻的故事，大都爲諷刺婦人運動者。他的作品很不平均，有時是很粗率的，有時是很優秀，具有無比的詩的美的。然而無論在他的什麼作品裏，卻總有一個好處，卽忠實的去看一切東西，而大膽無畏的把他們寫下。他的戲曲很不少著名

史特林堡 (O. Ruotolo 作)

者；父親(The Father)，及裘麗亞小姐(Miss Julia)，與紅屋一樣，也都是寫婦人之牽引男子入墮落之海或滅亡之路的。他的晚年，寫了好些象徵劇，復活節(Easter)是其中最著者。他一生持着急進的思想，過着無數風波的生活，如一隻舟，在大海中與兩塊巖石，上帝與婦人相對抗，幸不曾沈沒。到了死時，卻和平的，在他女兒面前，執着聖經在手，微語道：『這是唯一的真理。』丹麥詩人特拉契曼(Drachmann)，稱他爲『大風雨之王，』(Storm King)。他的著作一共五十冊五十六部的戲劇；不過是其中一小部分而已。他把近代流行之獨幕劇，成了一個戲劇的正式的種類，正如莫泊桑之於短篇小說一樣。

在女思想家愛倫開(Miss Ellen Key, 1849–1926)的作品裏，其急進之主張，有一部分不下於史特林堡。她爲二十年的女教員，後來在一八八九年，發表了她的演講論文集，其中都是關於言論自由與婦人解放的，立刻引起了全國的注意。到了一八九五年，她卻退出了婦女解放運動的潮流，而竭力主張母性之高尚與

愛倫開

對於母性的功用的精神解釋。她出版了兒童的世紀（The Century of the Child），及愛情與結婚（Love and Marriage），這兩部都是她的大著。她的著作曾譯成了不少國的文字。

當史特林堡厭惡女性，而愛倫開擁護女性時，有一個作家卻離了這個方向，而去寫作苦的工人與窮人。這人乃是格約史頓（Gustaf of Geijerstam, 1858–1909）。他在短篇小說裏，在喜劇裏，在諷刺詩裏，在社會問題的論文裏，都以寫實主義的手腕，尖銳的同情心寫了那極苦的人民的生活。在晚年，他卻專心於心裏分析一類的作品。我的孩子們（My Boys），是他自己家裏兒童生活的研究，小兄弟的書（Book of Little Brother），是一部異常親切的家庭傳記與他自己結婚生活的印象的，或有時是神祕的，歷史。

格約史頓以外的寫實主義作家是托爾·海特堡（Tor Hedberg, 1862–）是一個戲曲家。自一九〇〇年來，寫了不少戲曲，其中以烏爾弗斯丁那（Johan Ulfstierna) 爲尤著，寫的是芬蘭爭自由時的故事。還有蘇特堡 (H. Söderberg, 1869–)，他也是一個戲曲家，諷刺時人很尖刻，又是一個法朗士 (A. France) 的翻譯者；倍爾根 (Henning Bergen, 1872–)，他是一個詩人，一個小說家，專寫近代工業主義的；英史特隆 (Albert Engström, 1869–) 是一個滑稽家，有時受史特林堡的影響，有時受吉卜林 (Kipling) 的影響。

寫實派的重要詩人有巴士 (A. Bàath, 1853–1912) 和法爾史特隆 (Daniel Fallström, 1858–)，後者是一個波希米人，有特拉契曼新鮮有力的抒情風格。

在八十年代自然主義的潮流中，主要的文藝批評家爲萊法丁 (Oscar Levertin, 1862–1906)。他如英國的亞諾爾特 (M. Arnold) 一樣，不僅是一個批評家，而且是一個詩人，其詩思路清晰而辭筆潔淨。到了一八九〇年，他完全離開了寫實主義與同時詩人海滕斯頓合出了一冊配辟泰的結婚 (Pepita's Wedding)。此後，直至於死，他都是理想主義的中心人物。

海滕斯頓(Verner von Heidenstam, 1859–)是第一個對瀰漫於瑞典文壇的寫實主義下攻擊的詩人。他方由南方回來，他的想像裏深染上埃及的及東方的色彩。他的第一詩集是進香與漫遊(Pilgrimage and Wandering)。他的大作阿麗納士(Hans Alienus 1892)是用散文寫

海滕斯頓

的史詩，共三部分，敘的是各時代各地方的對於美的追求。以後，海滕斯頓又轉筆去寫小說與雜記，其題材大都取之於瑞典史的英雄時代。如卡洛林士(The Carolines)就是寫卡爾一世與彼得大帝之戰爭的。他的人民與自然的描寫，乃是吉卜林(Kipling)的同類；他的人物表現出瑞典國民之無畏的體力與懇切的理想主義的聯合。

堪與海滕斯頓相匹敵的詩人是法洛定(Gustaf Fröding, 1860–1911)；他乃是專門的詩人，一個異常的用韻者。他的靈感是得之於羅曼主義的黃金時代的斯坎德那維亞諸詩人的。他把威蘭(Vermland)地方羅曼的人民的情緒都寫入歌裏。

如法洛定之歌詠威蘭一樣，卡爾弗爾特(Erik Karlfeldt, 1864–)是歌詠他的達里卡里亞(Dalecarlia)的；他的詩筆是動人的滑稽的，感情是熱烘烘的。

在短篇小說的地域內，赫爾史特龍(Per Hallström, 1866–)是一個最大的作家。他其初爲一個化學家，但並沒有毀滅了他的理想主義。他自一八九一年後，差不多每年都出書一册。死(Death)是最著的短篇小說集之一。一九〇八年，他發表諷刺劇伊洛狄孔(Erotikon)。他的散文文筆精緻而結構嚴密。以他的不休的努力，他成了瑞典學會中十八個不朽學員之一。

法洛定在威蘭寫他的抒情詩時，同一個地方，出來了一個近代瑞典文學中最偉大的羅曼作家拉綺洛敷(Selma Lagerlöf)。她是一個近代最大的女作家之一，生於一八五八年。她起初試作詩劇與戲曲，雖失敗了，卻毫不灰心，又轉而作散文，然仍不見成功。最後，她才找到她自己獨立的風格，一種合於論理的抒情的散文，不依據於觀察，而依據於直覺。她於一八九一年，應人家的懸賞徵求而著了歌史泰·巴林士傳說(Gösta Berlings Saga)，立刻得了大成功，隨了聖經而進入每個瑞典的家庭，在國外，譯成了十二種文字。在結構上，這部作品是有類於亞述王傳說及其他中世傳奇的。在她的耶路撒冷(Jerusalem)裏，她從冰島故事中借用他們的有力而樸素的風格。而在她的尼爾士的奇遊(The Wonderful Adventures of Niles)卻又回復了她的抒情詩似的風格。她在這里，寫一個瑞典的孩子，騎在野鵝背上，翱翔過瑞典的全境；如一部把讀本和地理聯合在一處的教科書一樣，然而其成就卻極偉大，連童話大家安徒生恐也要為其飄逸之敘寫所吸引住。一九〇九年，瑞典學會給她以諾貝爾文學獎金，並說，這獎金之給她，是因為她作品之高尚的理想主義，豐富的想像及深入靈魂的風格的。一九一四年，她被選入瑞典學會，

拉綺洛數 (O. Ruotolo 作)

在那里，十八個會員中只有她一個是女人。拉綺洛敷的朋友伊爾甘夫人（Madame Sophie Elkan, 1853-）是一個以寫歷史小說有名的女作家；她的傳奇之一，國王與真理（The King and the Truth），曾有了好幾國文字的譯本。

參考書目

一、斯坎德那維亞人的斯坎德那維亞（Scandinavia of the Scandinavians） Henry Goddard Leach 著，為 Charles Scribner 公司出版之國家與人民叢書之一，其中有一部分是論到他們的文學的。

二、斯坎德那維亞文學論（Essays on Scandinavian Literature） 博益孫（Boyeson）著。

三、北歐研究（Northern Studies） 哥斯（E. Gosse）著，史格得公司出版的史格得叢書（The Scott Library）之一。

四、丹麥詩選（A Book of Danish Verse） 本書為美國及斯坎德那維亞學會（The American-

Scandinavian Foundation) 出版的書籍之一．

五瑞典的抒情詩選(Anthology of Swedish Lyrics)出版的地方同上．

六安徒生的童話，英譯本極多，全譯的本子，有牛津大學出版部出版的一種，名"Fairy Tales and Other Stories"他的著作全集的英譯本，有美國米弗林公司 (Houghton Mifflin Co.) 出版的一種．

七佐治・勃蘭特的著作，英譯本多由倫敦的 Heinemann 公司出版，他的十九世紀文學主潮六册，亦爲這個公司所出版．

八約柯伯生的尼爾士・林納及馬麗・格魯蒲俱有美國及斯坎德那維亞學會出版的英譯本．後者又有 Boni and Liveright 出版的一本．

九倍格斯特隆的卡連・波尼曼等劇本，有紐約的 Mitchell Kennerley 公司出版的英譯本．

十阿茲般生與慕依合編的挪威神仙故事集(Norwegian Fairy Tales)有美國及斯坎德那維亞學會出版的英譯本．

十一．易卜生的戲曲英譯本極多；其早年的戲曲，知者較少，美國及斯坎德那維亞學會出版有一本，名易卜生早年戲曲集（Early Plays）

十二．般生的著作，英譯者有"In God's Way"及"The Heritage of the Kurts"二種，皆在倫敦Heinemann公司出版的萬國叢書（International Library）中．他的新結婚的一對有中譯本，刋載於十二卷小說月報中．他的詩歌集（Poems and Songs）有美國及斯坎德那維亞學會出版的一本，又"Arnljot Gelline"亦爲這個學會出版．

十三．約那士·李的著作，英譯者有提督之女及"Niobe"皆在Heinemann公司出版的萬國叢書中．

十四．哈姆生著作的英譯本，如餓者，士之生長，維多利亞等，俱由紐約的Alfred A. Knopf公司出版．

十五．脫格納的詩集（Poems）有美國及斯坎德那維亞學會出版的英譯本．

十六．史特林堡的戲曲集及短篇小說集（結婚及其他）在近代叢書（Modern Library）中俱有之。又美國的 Charles Scribner 公司出版有他的戲曲集四冊。

十七．格約史頓的小兄弟的書有美國及斯坎德那維亞學會出版的英譯本。

十八．海滕斯頓的詩選 "Sweden's Laureate" 及法洛定的詩選(Selected Poems)俱為 C. W. Stork 所英譯，由耶魯大學出版部(Yale University Press)出版。

十九．赫爾史特龍(Hallström)的短篇小說集(Selected Short Stories)有美國及斯坎德那維亞學會出版的英譯本。

二十．拉綺洛敷的著作，英譯者不少，有好幾種皆由紐約的 Doubleday, Page & Company 出版，尼爾士的奇遊即為其中之一種。她的歌史泰．巴林士傳說有美國及斯坎德那維亞學會出版的一本英譯本。

二十一．小說月報叢刊中有好幾種關於北歐文學的，如北歐文學一臠，近代丹麥文學一臠，包以爾，及瑞典詩人海滕斯頓等。(商務印書館出版。)

第四十章 十九世紀的南歐文學

第四十章　十九世紀的南歐文學

一

十九世紀的意大利文學開始時，亦爲風靡全歐的羅曼主義的潮流所捲入。有兩個大詩人可以爲這個時代的代表。一個是蒙底(Vincenzo Monti, 1754–1828)，他不能爲熱烈的革命時代的代表，卻有些受其影響，正如當時意大利之情形有些相同，她受革命的暴風雨所震撼，在潮流中搖來蕩去的，她的帆向天展開，她的錨卻仍固着於地。他作了好些歌詠自然之美及其他題目的抒情詩，還貢恭着拿破崙。他的史詩巴士委連那(Bassvilliana)乃是當時第一篇史詩。他還譯了荷馬的伊里亞特(Iliad)。一個是福士考洛(Vgo Foscolo, 1778–1897)，他恰與蒙底的性格相反，他是熱烈的，是羅曼的，他常常爲熱情所奴使；他乃是盧騷的感傷主義，自然主義的信徒。當意大利歌唱國家之歡樂與光榮時，他是很被他們所崇拜。他的傳奇奧底士（Jacopo Ortis）是他最有名的作品，表現出意大利在奧大利與拿破崙的雙重壓迫下的痛苦。他寫的詩不多，墓詩（Poem of the Tombs）是一篇悽美的抒情詩。他是英國人所熟知的意大利人之一；許多英國人都住到意大利去，他卻是常住在英國的。

爲十九世紀前半意大利文學之重鎭者，爲曼莎尼（A. Manzoni, 1785–1873）及李奧柏特（Giacomo Leopardi, 1798–1837）。曼莎尼是一個多方面的作家，天才非常的高，蒙底和福士考洛都是懷疑派，而他則爲宗教的信仰者。他的性格異常的溫和，雖爲一個真心的愛國者，卻沒有實際去反抗外國的統治者。他的最大著作是已訂婚者（The Betrothed, 1825）（意文原名爲 I Promessi Sposi，）神曲以後，沒有一部別的意大利作品比牠更流行的。在抒情詩方面，在戲曲方面，有可以與他相拮抗的作家，在小說方面卻沒有可以追得上他的。這是第一部偉大的意大利傳奇，至今還是最偉大的。牠的情節很簡單：是十七世紀時米蘭(Milan)郊外發生的一件故事；一個少年農人，已與一個天真的農家女郎訂婚了，而這個女郎卻又爲一個盜首所刦去。但結局卻是團圓。其中寫意大利的强盜生活，寫英雄的牧師與教會生活，寫各個人物的性格，都是很美麗而逼真的。他把人性寫的恰如其實，不多也不少。歌德說：『牠如完全成熟的果子一般的使我們滿足。』但他寫完了此書之後，卻不再進一步去寫別的重要東西了。他說道：『從前詩神是跟在我後面的，現在，我卻要跟在他後面了。』他的戲曲也很成功，在已訂婚者未出現之前，他曾

曼殺尼 (O. Ruotolo 作)

「已訂婚者」 (O. Ruotolo 作)

著了兩部悲劇，卡馬諾拉（Carmagnola）與阿特爾齊（Adelchi）都是有很好的抒情詩在內。他的抒情詩也是第一流的，如聞拿破崙死時寫的一詩"Il Cinque Maggio"，凡是知道意文的地方，便沒有不知此詩。他還寫了一冊的『讚歌』供教堂之用。他雖不實際參預於意大利復國運動，然當意大利全國統一時，國民卻同樣的給他以最高的敬禮，因爲他已盡力爲意大利做了他所能做的了。當他以八十八歲之高齡病死時，全國都哀悼着，近代之作家很少有如他一般的得到他們國人之敬愛的。

李奥柏特（Leopardi）較之曼莎尼，其生活與性格都不同，他的生活是一個悲劇而不安穩的生活，時時現出靈肉之衝突來。他是貴族家庭之子，一生依靠其父母，而他父母卻不是他自由思想與熱情的同情者，常常不許他出外，而把他囚於家中。他家中圖書極富，他自幼便潛心於古典的研究。他的才能真是異常的偉大，當十九歲時，已能譯很好的作品，且假作不少已佚的希臘作家之作品，連專門的古典學者也爲他所欺瞞。他常常由家中逃出，不久卻又被迫回家。他兩次墮入了戀愛之淵，卻都沒有結果。他想到英國，法國去，卻都爲父母所禁止。最後，在一八三三年，他住到尼泊士（Naples），有一時身體很好，但不久卽復衰弱，於一八三九年死去。他的一個朋友批評他說：『早年是一個偉大的語學者，以後是一個偉大的詩人，最後乃成一個偉大的哲學家。』偉大的詩人，這是誰都不能否認他的，他的最大成功，乃在於此；他的古典研究是很好的，他的哲學論文也是很優美而有精深之研究的，（雖然範圍太狹小了）然比起他的詩來，卻不能有相等的偉大。他始終是一個詩人，一個意大利近代最偉大的詩人。他的詩，情調悽楚，而辭意秀美，雖然常常是不協韻的，動人之力卻不下於那些最諧和的

李奧柏特 (O. Ruotolo 作)

好詩。他的給意大利(To Italy)，法弗林丁的但丁紀念碑(On the Florentine Monument to Dante)及發見西塞羅共和國論給安琪羅馬依(To Angelo Mai on the Recovery of Cicero De Republica)，是最有名的詩篇其情調是愛國的。他的無韻詩(Blank Verse)是意大利文學中之最好者。他的有名的散文著作，除了哲學論文之外，是許多對話。這些對話都是以人類的無終止的憂苦爲題材的，其幻想之豐富與辭句之美麗，有類於屠格涅夫的散文詩。有人把他比於英國的拜倫；他沒有拜倫的豪放有力而文辭卻較拜倫爲優美完好。

與這兩個作家同時的，還有尼柯里尼(G. B. Niccolini, 1789–1861)以他的愛國的戲劇著名；辟里柯(Silvio Pelleco, 1789–1854)以他的偉大作品"Le Mie Prigioni"著名；居史底(G. Giusti, 1809–50)與李奧柏特之不同，恰如喜劇與悲劇之不同，他寫了不少諷刺詩；倍里(G. Belli, 1791–1863)以用羅馬的方言，有聲有色的寫羅馬之悲歡與滑稽著名；喬達尼(Pietro Giordani, 1774–1848)以他的有趣味的尺牘著名，且爲當時文藝運動之主源；然最有影響於當時者，卻要推喬葆底(V. Gioberti)與馬志尼(G. Mazzini)，他們都是最盡力於意大利的復興運動的。喬葆底以哲學的著作，聞名於全歐，馬志尼則盡力於文字的宣傳，使人知意大利解放之重要。而馬尼志尤爲人所愛，或以他與但丁及米査朗琪羅(Michaelangelo)並稱，而上他以『第三個意大利先知』的尊號。

到了十九世紀的中葉，意大利的文學卻現着不振之象，作家雖不少，而沒有一個是很重要的；直室後半葉時，卡杜西(Carducci)及唐南遮(D' Annunzio)出來後，意大利文壇才重復現出生氣來。

卡杜西(Giosue Carducci, 1836–1907)在一羣詩人中，如一個高塔似的聳出於天空，他棄了羅曼派，而引進了新的寫實主義。他有兩個性質，古典的與羅曼的；所謂羅曼的，乃是他反抗傳統的精神，所謂古典的，乃是他對於古代形式的崇拜。他把新血灌入意大利將涸的血管中；他的情調與題材是極廣漠而且複雜的；他的樂隊可以把每一種樂器都加入他，並不從種史詩與劇詩，他的詩才完全寄托於抒情詩上。他的第一冊詩集出版於一八五七年；到了一八六五年，他的薩坦的讚歌(Hymn to Satan)出版，卻引起了不少的反響；但他的薩坦，實不是永住於地獄中的罪惡之王，而乃是反對社會的與教會的專制之精神。他的大部分抒情詩，大都以極流利的，平易的韻寫出，每一首都是人人耳中所熟的，尤其是寫日常生活的詩，如夏天的夢，母親，牛等，都是用這種熟悉的韻寫的。他又是一個文學批評家。卡杜西的影響，創造了一派的詩人，有許多是很偉大的，但與他比起來，卻都多少如學生之與先生，只有一個人是要與他平分詩的王國的，這人乃是唐南遮。

卡杜西 (O. Ruotolo 作)

唐南遮(Gabriele D'Annunzio, 1863–)是一個詩人，戲劇家，小說家，各方面都現着異常的天才；他是追求於『美』之後的，他還應用不常見的字句，如科學與自然史上的名辭之類；他的作品乃是極爲美麗的『砌石，』(Mosaic)但卻柔和生動，沒有『砌石』之澀執。自他第三冊詩集食蓮花者(Lotus Eaters)

唐南遮　(O. Ruotolo 作)

出版後，他不僅成了意大利的詩人班首，而且成了歐洲詩人的班首。他的大著爲死之勝利(The Triumph of Death)及火(Fire)，都可以列入不朽的名作之列的。他又是一個飛行家，一個政治家；他的氣魄是異常的浩大；當委麥問題發生時，他率領一隊兵，以强力佔領了委麥，爲近代驚動一時的事件之一；雖然後來是被强迫的撤退了，然他的勇氣卻已爲許多人所駭異。這時代著名的抒情詩人，爲格里尼(Olindo Guerrini)，他的政治詩是很有名的；拉辟莎地(Mario Rapisardi)，他是一個社會革命的詩人，且與卡杜西反抗尼格里(Ada Negri)，她是一個表現窮人之憂苦的女詩人；法格莎洛(Antonio Fogazzars)他是一個希望與信仰的詩人；阿美西士(Edmondo de Amicis)，他是一個有名的旅行家，以作寫景詩著稱。他的大作爲心。此外還有許多作家，不能一一在此舉出了。

這時代有名的小說家，當然要推唐南遮，在這一方面足以與他相匹敵者，有委爾加(Giovanni Verga, 1840–)。他在歐洲其名望與唐南遮是相等的，也與唐南遮一樣，是寫實派的領袖。但他的寫實主義，乃是別一類的，並不是左拉的，或莫泊桑的。他是歐洲鄉土小說家的最傑作的代表，抒寫出一個特殊地方的情境，特況及活氣的。他是西西里人，這個意大利南部的島，便是他的小說的背景。經了好幾個世紀的不法的政府之統治，西西里的人民的困苦，達於極點，積成了不少悲劇的材料等人去寫。委爾加便以不動熱情的觀察，高超的藝術家的手腕去把他們寫下來。他的小說，不僅激動了當時的人，且足爲西西里最有價值的社會史。路斯特卡那 (Cavalleria Rusticana) 乃是其中的最著者，且爲馬士卡尼 (Mascagni) 的流行歌劇之底本。

阿美西士

二

西班牙自委珈與卡爾狄龍這兩個大詩人，大戲曲家出現之後，久未有足以承繼他們的作家。到了十九世紀之初葉才有不少熱情的詩人出來。

昆泰那（M. Jose Quintana, 1772–1857）以他的愛國詩武裝起來去打法國人（Call to Arms against the French），及他的西班牙古代名人之傳記如西特（The Cid）等著名於時。拉路莎（F. M. De La Rosa, 1788–1862）曾有一時被歐洲人視爲西班牙的文學代表，大半因他在西班牙政治地位上之重要。他是第一次把法國的羅曼主義引入西班牙的。李瓦士（Duque de Rivas, 1791–1865）是一個急進的貴族，最崇拜拜倫諸人。他把國民傳說寫入詩裏，把粗率的散文變爲抒情詩的，以此，很有貢獻於新派。他的大作，是一部劇本阿爾瓦洛先生（Don Alvaro）。

依士卜龍西達（Jose de Espronceda, 1810–42）是當時一個從事於實際革命運動的詩人；在十四歲時卽加入一個祕密黨會，爲自由平等而奮鬥。曾到處爲政府所捉捕，遂逃到倫敦，後來到了巴黎，在一八三〇年的七月，三天光榮之日之內，他都伏在防禦物後，爲自由而戰。他回到西班牙，也想推翻皇室，不幸他的同伴被殺，此事終於失敗。此後到了一八三三年，他都從事於新聞事業。他死時，年才三十三。但他雖早死，他在詩壇上的貢獻，卻已比老年的詩人少得不多。他的生活與作品都很受拜倫的影響。他在西班牙近代詩人中是最足感人的一個。

依士卜龍西達的後繼者是莎里拉(Jose Zorrila, 1817–1893)，他的生平，可在他自己的舊時回憶中見之。他不幸從事於與性情不合的政治，因此一生窮苦。到了晚年，有年俸可拿，才略略的快樂。他的詩，急促，粗率的缺點是不免的，然卻有許多特點：國家的精神，戲曲的觀省，與抒情的感覺。他乃是西班牙的史格得，他的格拉那達(Granada)與史格得之湖上夫人，有同樣的流行，以真樸而又如畫的形式把國民的傳說重活起來。他的戲劇也是很著名的。與他同時的作家都沒有他那末偉大，只有白克寬(G. A. Becquer, 1836–1870)是傑出的。他十歲時，卽成孤兒，受撫着於祖母。十八歲時，到馬得力，生活極苦，以致縮短壽命。他後來以譯外國小說爲生活，於其間，著了有名的大作李馬士(Rimas)凡三册。

十九世紀的散文，有名的作家不多，而拉爾拉(M. Jose De Larra, 1809-1837)在其中是傑出的。他先從事於戲曲，再從事於小說，都不成功，最成功的乃是新聞上的論說，沒有一個西班牙作家在這方面曾超過他的。不幸，因用腦過度，到了二十八歲，卽死了。他的論說裏充滿了悲觀的語調，然而他的流利而有力的散文，讀者卻沒有不爲之移情的。

西班牙的小說，雖曾中斷了一時，其精神卻未曾死滅，到了十九世紀的中葉，果然又中興了。第一個小說家乃是一個女作家，自署爲卡巴里洛(Fornan Caballero, 1796-1877)的，她的本來姓名乃是法貝爾(Cecilia Böhl de Faber)。她的第一部小說"La Gaviota,"是這個世紀中西班牙作品中最流行於國外者，她在這里，把本鄉的生活很真切的寫在很自然的文字中。

亞拉康(P. A. de Alarcon, 1833–1891)以他的較短的而不大用力的故事永生於西班牙的文壇。他的別的東西都混入當時政治的潮流中，沒有什麽可稱的。他的大作乃爲“El Sombrero de treo Picos” 一部以充滿了歡愉與滑稽去寫農村生活的作品。

瓦里拉(Juan Valera, 1827–1905)的生活極有趣，少年的故事，差不多已成了傳說。他先學法律，後學外交，曾好幾次爲駐外公使。他的詩藝術很精美，他的批評顯出他的淵博與其風格之美，然其最大之成功還在他的小說。他是一個直覺的天生的神祕者，一個環境與教育所造成的懷疑者。他的偉大的小說是極米尼茲(Pepita Jimenez)；自這部小說出現後，西班牙小說才開始中興了。牠並不受法國的影響，乃是受本國作家的感興的。他的藝術常在進步；杜那·魯士(Dona Luz)較前作尤爲深沈，尤細於心理的分析。他在短篇小說上也很成功。後來他年齡高大了，便以口誦來代替手寫。他的名作是與西班牙文學之存在同其不朽的；他不僅是一個藝術家，一個有天才的小說家，乃是一個國家的復興的領袖，乃是國民的天才的表白者。

他的同時人柏萊達(Jose Maria de Pereda, 1834–1906)也是一個大小說家；他初學土木工程，後轉投於文壇。他的小說桑契茲(Pedro Sanchez)，寫的是城鎮生活，莎特里薩(Sotileza)寫的是洋海生活，然其人物卻都是地方色彩很濃厚的。他的觀察是極精密的。他的缺點在多用方言與常混入道德的目的。然此乃太陽上的黑子。大體講來，他寫他所看見的人物，乃會動的，乃如生的；在描寫山谷與雪峯與洶湧的海之風景，沒有一個人及得上他。

格爾杜士(B. Perez Galdos, 1845–)第一次出版他的小說"La Fontana de Oro" 即著名於時。到了他的大作"Episodio Nacionales" 寫成，其豐偉的氣魄卻驚駭了不少人；這部小說共二十册。他是以小說的形式去創作近代的國民史詩的，這些小說的背景有的在獨立戰爭，有的在二十年來內亂相仍之時代，其中的人物，不下於五百餘個．他把寫實主義與幻想，把平實的散文與詩歌的想像聯合在一處．同時還有好些小說家，茲舉其最著者如下．阿拉士(Leopoldo Alas, 1852–)以批評家著，但他的小說"La Regenta"卻爲近代西班牙最好的小說之一，分析犯罪的熱情最爲細膩．

格爾杜士 (O. Ruotolo 作)

瓦爾特士(A. Palacio Valdes, 1853–)是極受法國人的影響的；他本性是一個優好的藝術家；他比之一切西班牙作家對於法國的關係都密切些。他的水沫(Espuma)及信實(La Fe)是近代生活的寫實的研究，以優美的諷嘲情調出之的。巴桑(Emilia Parde Bazan, 1851–)是近代西班牙最有名的女作家，她是西班牙的佐治·桑特，也與桑特一樣，熱心於國家與國民。她的大作我的國(de Mi Fierra)是活潑潑的把北方西班牙表現出來的；這一部小說與其他一部自然母親(La Madre Naturaleza)都是在寫實主義中出色之作。她還創辦了一種批評雜誌，大部分是自己執筆，肆意發表對於人生及藝術的個人的見解。

十九世紀中葉的西班牙詩人中，康波摩(Ramon de Campoamor, 1817–?)是最著的一個。他初學醫，後乃從事於政治及詩歌。他是一個極端守舊的人，用口與筆，力與民主主義之潮流相抗。他在文學上的大功績乃在創造了一種新的詩體，所謂短詩者是。他是屬於象徵派的。

達里奧(Ruben Dario, 1867–1916)乃是十九世紀末葉西班牙詩人中之最重要者．他在當時諸詩人中是一個真的藝術家，他發起了象徵主義的運動——有些像法國的墮廢派——這個運動在西班牙本土與西班牙的美洲都極流行．

十九世紀的西班牙戲曲很不發達，只有一個大作家愛契格萊(Jose Echegaray, 1832–)是真的偉大．他先以算學家經濟學家革命的演說家短命的共和國的政務官著名，直到了一八七四年，他才從事於戲曲．他不是卡爾狄龍一類的天才，乃是可列於易卜生，霍卜特曼及蕭伯納之羣的．他是一個嚴肅的作家．他的最好的劇本唐裘安之子(The Son of Don Juan)及大格里托(The Great Galeato)，完全是以西班牙人的眼光去研究人性，然卻爲全個世界所懂得．對於他，毀譽很不同，有的很攻擊他，以爲他是不足注意的，譽之者卻列之於世界大作者之林．然他爲一個具有異常天才的人，卻是無可疑的．

亞西(G. Nunez de Arce, 1834–)也着手於寫作劇本，他的"Haz de Lena"

是十九世紀西班牙最傑出的歷史劇，其雄偉優美，在近代西班牙舞臺是很少可比的。但後來他改做了一個政治詩人，卻不大寫作劇本了。

三

葡萄牙文學，在歐洲是最少人注意到的，然好幾個世紀以來，可列入世界文壇的作家卻也不少。十九世紀中尤爲其很光榮的時代。不過比起同在一個半島上的姊妹國西班牙及隔一帶海的意大利來卻究竟差些。

愛格契萊 (O. Ruotolo 作)

格萊特(Almeida- Garrett, 1799–1854)是十九世紀葡萄牙文學中最偉大的人物；他是一個詩人，一個戲劇家，一個批評家，又是一個演說家，一個外交家，一個政治家。他把他的天才用在那末廣漠的區域，於是便成了很難得集中的現象。然如他的用全力寫的悲劇"Frei Luiz de Sousa"及抒情詩集"Folhas Cahidas"卻是很可讚美的。底下是他的一首抒情詩。

我知道羣星美麗的升落的天空，
羣花耀放着神靈的色彩；
但，我愛，我却沒有眼去看星與花：
在自然的偉大裏，
我沒有看見美，
只有你，僅只有你！

在濃蔭與綠樹之間，

精妙的發出柔和而清脆的聲音；

但我沒有聽見夜鶯的叫聲，

沒有諧和的聲音，

也沒有別的美調，

只有你，僅只有你！

格萊特之後，葡萄牙陸續的出現了三個大詩人。拉摩士 (Joao de Deus Ramos, 1830–1896) 是一個鄉土詩人，他的心全是繫在他的本鄉的。他完全是一個詩人，不大預聞外事。他具有高尚的抒情詩才，其詩的音律諧和得如民歌似的；他的詩大都是在葡萄牙的民歌裏得到感興的。他的最好的詩，輕妙靈巧，有如雪萊雲雀歌之動人。如：

『當我見了我的情人，

似乎太陽是升上來了;
唱吧,對着曙光唱吧,
唱吧,天空中的諸鳥.』

便是一個例.他的同時代詩人菲萊拉 (T. A. R. Ferreira, 1831–1901) 卻與他不同.菲萊拉的詩是堅實而沈重的;他屬於羅曼派,最有名的詩是一個葡萄牙人.他又作了幾册短詩,幾篇劇本,及政治論文.他是一個政客,還編輯了好幾種報紙,然而他的生活卻仍是詩的.

昆泰爾 (A. de Quental, 1842–1891) 是除了格萊特之外,最爲葡萄牙以外的人所知之詩人.他的生活很浪漫,性格又是很活動的.但他的深沈的悲觀,卻一天天的濃厚了,雖力欲擺脫了,却終於又罩在他頭上.最後遂自殺而死.他的詩無疑的是很精純的;有的地方卻類法國詩人繆塞,但繆塞是天鵝絨般的,是黃昏的光,昆泰爾的,卻是青銅般的,如熊熊的火炬般的.在思想上與表白痛苦上,他的詩,又有些像鮑特萊爾，卻灰色氣較少而光與聲較多。在十九世紀歐洲的大詩人中他是可以占一席地的。

當十九世紀的後半，小說在西班牙文學上占很重要的地位時，葡萄牙也產生了兩個很重要的小說家。白蘭歌 (Castello Branco, 1825–1890) 初以作詩作劇著名，自一八五一年，他的第一部小說阿那西瑪 (Anathema) 出版後，他遂成了一個小說家。以後四十年內，他很勤力的寫着，共寫了一百五十册，有時一年出了好幾册。晚年，他得到政府所贈的年俸。他因爲受有遺傳的影響，於一八九〇年自殺而死。他的小說恰恰忠懇的表現出一個性格浮動，神經衰弱的人的作品。他曾受左拉的感化而作寫實派的小說；但他卻是極端的羅曼的；他的小說完全是動作與情緒。

凱洛茲 (Eca de Queiroz, 1843–1900) 與白蘭歌有幾點相類，但大體卻顯出很不同的特質。他的短篇集，受有海湼，鮑特萊爾及愛倫坡的影響；他的第一部小說"O Crime de Padre Amaro"是寫葡萄牙鄉間舊教堂之黑暗的；頗有人譏他係摹倣左拉的，他雖極力申辨，然法國自然派的影響卻很明白的印着。他自己是時時要擺脫了一切影響與摹倣而自趨於偉大之途，這個努力有一部分是達到的；我們並不懷疑他是不能入於近代大作家之羣的。

參考書目

一．意大利文學（Italian Literature）格納特（Garnett）著，阿卜里頓公司（D. Appleton and Company）出版。

二．近代意大利文學（Modern Italian Literature）慕萊（Collison-Morley）著，Little, Brown and Company 出版。

三．意大利大詩人（The Italian Poets）格里羅（Grillo）著，白萊基公司（Blackie and Son, London）出版。

四．意大利散文作家（The Italian Prose Writers）著者及出版公司同上。

五．意大利傳奇作家 (The Italian Romance Writers) 開耐特 (Kennard) 著，白倫泰諾 (Brentano) 公司出版．

六．曼沙尼的已訂婚者有 Harcourt, Brace & Company 出版的彭氏叢書中的英譯本．在哈佛名著 (Harvard Classics) 中亦有之．

七．卡杜西的詩，有西瓦爾 (Sewall) 譯的英文本，Dodd, Mead & Company 出版．

八．阿美西士的心，有夏丏尊君的中譯本，名愛的教育，開明書店出版．

九．西班牙文學史 (History of Spanish Literature) 開萊 (Fitzmaurice-Kelly) 著，阿卜里頓公司出版．

十．西班牙文學之數章 (Chapters on Spanish Literature) 著者同上，G. P. Putnam's Sons 出版．

十一．西班牙文學的主潮 (Main Currents of Spanish Literature) 福特 (Ford) 著，Henry Holt and Company 出版．

十二.西班牙文學史 狄克諾(Ticknor)著，共三冊，Houghton Mifflin Company 出版.

十三.西班牙文學選讀(Cambridgs Readings in Spanich Literature) 康橋大學出版部(Cambridge University Press)出版.

十四.西班牙的散文與詩(Spanish Prose and Poetry) 法耐爾(Farnell)著，牛津大學出版部(Oxford University Press)出版.

十五.近代西班牙戲曲傑作集(Masterpieces of Modern Spanish Drama) 克拉克(Clark)編，(Duffield and Company)出版.

十六.葡萄牙文學研究(Studies in Portuguese Literature) 倍爾(Aubrey F. G. Bell)著，牛津 B. H. Blackwell 出版.

十七.現代西班牙文學(Contemporary Spanish Literature) 倍爾(A. F. G. Bell)著.出版公司爲紐約的 Alfred A. Knopf.

第四十一章　十九世紀的荷蘭與比利時

第四十一章　十九世紀的荷蘭與比利時

一

荷蘭的大人物依拉斯摩（Erasmus），我們在文藝復興時代已講過他了；雖然他是用拉丁文寫他的著作，然無疑的在荷蘭文學上是第一個重要的人物。此後有史賓諾莎（Spinoza），他是一個近代很重要的哲學開山祖，與培根，狄卡兒等在一處的人物；他與依拉斯摩一樣，也用拉丁文寫他的文章，明白正確，而不大有文學的趣味。荷蘭的民間文學，可以自豪的是中古最有名的禽獸史詩列那狐的歷史，其最古的詩本之一，乃爲行吟詩人威廉（Willem the Minstrel）所作之荷蘭文本，這一本是很著名的。十四世紀時，還有一個教士洛依史白洛克（van Roesbroec）

寫了好些宗教的作品；現代比利時詩人梅德林（Maeterlink）曾把其中的一種，“Ba Beauté des Noces Spirituelles”譯爲法文。

最偉大的荷蘭作家，乃是詩人汪特爾（Vondel），他生於十六世紀之末，而死於十七世紀的後半葉；他把戲劇的力與抒情詩的美聯結在一處，來寫他的悲劇。他的劇材大多數取之於聖經中的英雄故事。他的大作洛西發（Lucifer）是可與米爾頓的失樂園與得樂園二大作相比的；題材之弘偉相似，風格之崇高亦相似；不過二人所用的文學方式卻完全不同，洛西發是抒情詩的與戲劇的，米爾頓的詩，則爲史詩的叙述。這書是世界的大名著之一。

自汪特爾之後，荷蘭文學卻現着萎靡不振之象。十八世紀的許多著作都是很沈悶的。到了十八世紀之末，十九世紀之初，才有了復興之氣運。新時代的先驅者乃是皮爾特狄克（Bilderdijk），一個教訓詩的作者，他的聰明的詩，在荷蘭是非常的流行的，但在國外卻知者不多。他很博學，卻反對着德國新興的詩歌。然不管皮爾特狄克之反對，德國的羅曼主義終於輸入了荷蘭；這當然大部分因爲歌德的影響極大，沒有一國能夠自外；同時，當代的英國羅曼主義亦給荷蘭以影響，尤其是史格得的小說。但這個新時代卻並沒有很偉大的作品出現，荷蘭的文學成爲傳統的。到了一個少年詩人辟克(Jacques Perk)出來後，才把那固定的詩式打破。他死時，年只二十，然他的勢力卻很大。他的遺詩表現出原創的天才，與深厚的感情，引起了後一代的嚮往，而成爲一派。

現代荷蘭文學最傑出的人物是柯辟勞士(Louis Couperus)，他的詩表現出他是與少年詩派表同情着，而他的小說尤爲著名。有好幾部小說，是譯成了好幾國的文字，而流傳於國外。由了他，荷蘭的文學才復在歐洲的文學地圖上占一個地位。他的大作是小靈魂的書(The Books of Small Souls)，乃以四本小說組成的一大部小說。曾傳譯於國外。

二

比利時與荷蘭本同是一國，到了一八三九年，才脫離了荷蘭，而另成爲一國；他們反對荷蘭的一切東西；文字也是以法文與法萊米文(Flemish)爲宗，而排斥荷蘭文；法文的作品，成就得很偉大，如梅德林便是一個世界的作家，法萊米文的作品，也有了不少的好作品．他們的年齡雖少，他們的精神與能力卻是很偉大的，較之荷蘭尤爲偉大尤爲光榮．

第一個用法萊米文寫他的東西的大作家是康馨斯(Hendrik Conscience, 1812–1883)；在他之前，比利時沒有流行的文學產生．他是一個小說家，比人稱他爲近代法萊米文學之父．當一八三〇年革命起來時，他也身預與役，爲革命而奔走於槍林彈雨之中．他的一八三〇年的革命(De Omwenteling van, 1830)把他自己的這次經驗寫得很活潑．他的大作是法蘭特的獅(De Leeuw van Vlanderem)，一部歷史小說．

這時的詩人是李特甘克(K. L. Ledeganck, 1805–1847)，繼之而起者有格西爾(Guido Gezelle, 1830–1899)。李特甘克爲人所敬，格西爾則爲人所愛。李特甘克被稱爲「比利時的拜倫。」他的有名的詩「三個姊妹城，」是法萊米文的詩中最爲人所歌吟者。格西爾被稱爲「法蘭特的靈魂。」他的詩不僅爲法萊米之瓌寶，亦爲荷蘭文化之瓌寶。此外，有用法文寫他的詩的詩人赫賽爾特(A. van Hasselt, 1806–1874)；他到了巴黎，見到雨果與聖皮韋，遂成了一個羅曼派，他的大作是一部哲理的史詩。考司脫(Charles de Coster, 1827–1879)也是一個很重的作家；他的大作法蘭曼傳說(Legendes Flamandes)，曾受不少批評家的讚美。

萊曼尼葉(Camille Lemonnier, 1844–1913)最近代比利時最大的小說家，在從前，也沒有一個可與他相比肩的。他是比利時作家中用法文寫東西的一個中心人物。在二十一歲時，他卽欲靠他的筆爲生活，其初寫藝術批評，以後乃作小說。他的第一朵美花"Un Mâle"，出現於一八八一年，立刻使他成了一個第一等的小說家。他共寫了六十冊的書，然大多數的人只知他是"Un Mâle"的作者。牠把森林中的生活，把林中捕鳥者的生活寫得異常仔細；其結局是很悲慘的，但卻不是一部使人傷心墜志的書，他是讚美一切强健與有力的東西的。死，他的別一部小說，卻恰恰相反；"Un Mâle"是生之讚詩，死卻是死之讚詩。他寫了不少心理分析的小說，"L'Hysterique"是第一部。他是一個偉大的樂觀主義者，是一個康健之人的樂觀主義。

伊克霍特(Georges Eckhoud, 1854-)是萊曼尼葉以外，比利時最重要的小說家。他父親早死；叔父欲使他成爲工程師，成爲軍官，都失敗了，便不再理他；後來虧得他的祖母把他收養下來。祖母死後，遺下不少財產，他都拿去置買田地；他自己天天四處的跑，因此得到了農民與農村生活的豐富知識，爲後來寫故事之用。不久，他的農事失敗，又成了一個窮人，便只好以筆爲生了。一八八四年，他的"Les Kermesses"出版，是一部有力的描寫地方風俗的故事集，文字卻有時生澀如譯文。"Kees Dovrik"是他的第一部長篇小說；以後還出版了不少部好的作品。

最爲世界所知的比利時詩人，只有魏海依倫（Emile Verhaeren, 1855-）了。他與梅德林一樣，乃是世界的，而非比利時一國的。他的作品，連日本也有了譯本，西班牙，俄國都譯得不少。他把『力』的訓條，引入文學路上，把日常生活的史詩似的弘偉引入詩歌壇上。他是始終用法文寫他的作品的，當小孩時，卽已用法語說話了。魏海依倫是第一個且是最大的一個詩人，能儘量的把近代的機械的發明物用進詩裏的。向來，在詩壇上，有一種流行的見解，以爲：工廠，汽車以及其他一切醜惡之物，在人類進化上是必要的，然在詩歌裏卻用不到他們。詩歌是『美』的表白；所以醜惡的東西，便不能表白在詩裏。近代的發明物與其結果都是醜惡的，不能寫入詩裏的。在詩裏，我們必到回到古典的，羅曼的，牧歌的過去。山青水綠是可以入詩的，市井喧擾卻不可以入詩；板橋草舍是可以入詩的，煙塵蔽空之工廠卻不可以入詩；小舟容與於中流，是富於詩意的，東衝西突，機聲扎扎的小汽輪卻是與詩無緣的。但這個傾向的虛僞，卻爲魏海依倫所揭破了。他以他的高尙的詩，證明了這話的完全不對，他也於過去時代求他的靈感，然他卻並不拒絕去看現代的世界。他把所見的近代都市，寫了下來。他發見了美的新理想；一件東西的美，原來並不在外表，乃在其表白的力量。魏海依倫之詩的動源是力。許多詩人求的是諧和；現在魏海依倫求的卻是力量。在舊詩人看來，工廠之喧擾是避之欲浼的；在魏海依倫看來，弘偉的廠屋，整齊的機械工作，乃是富有詩意的。所以，他以爲，現代的詩人，不僅要與現代的環境相合，且必須發現其史詩似的弘偉處，如古代詩人之歌詠大戰的勝利似的去歌詠機械的發明。鄉間的幻想 (Les Campagnes Hallucinées, 1893) 及 "Les Villes Tentaclaires" (1895) 二部詩集便是他讚頌新都市的歌。他們乃是他的最重要的作品。鄉間的幻想寫的是鄉間人民之羣趨於都市，在每夜裏，鄉人可以在地平線的盡處見到城市所放出的光明。

魏海依倫完全是一個男性的詩人，女人是不明白他的；到了他結婚後，他才開始寫他的優美的情詩。他澈頭澈尾的是一個抒情詩人，他每在詩之外，着手做別的東西，卻歸結總是失敗。他的文藝批評是忠厚而且從大處着筆的；他的戲曲未能征服了劇場裏的觀衆，但黎明(Les Aubes 1898)一劇，卻特別的有名，因他是預言着大戰終結後社會主義之勝利的。魏海依倫是世界的詩人；因爲他的熱情是世界的。但有一部分的作品，又可以使他本國的人稱他爲國民詩人。他常被人比爲雨果。

梅德林(M. Maurice Maeterlinck, 1862–)是近代世界的，不僅比利時的，最大的戲劇家及散文作家之一；他的名字，差不多沒有一個地方不知道，連小孩子也曉得他是青鳥(The Blue Bird)的作者。他是近代最大的象徵派的代表。他的作品無論那一國文字都有譯文。有的法文本一出來，別一國即已有譯文了；有的很平常的隨筆的東西，人家也常以爲牠必有深沈的啞謎在內。他的學校生活很苦，他自己說，如果再住七年，便不能有生望了。一八八六年，他到了巴黎，和麥拉爾梅(Mallarmé)相識。一八九〇年，他和一個朋友，在手印機上，印了三十本的馬麗尼

梅德林

公主(La Princess Maleine)出來。這是他的第一部戲劇。有一冊是放在麥拉爾梅的書室裏，恰好爲一個批評家見了。他取去讀，立刻發表了一篇極讚頌之能事的批評，梅德林便自此聞名。或稱他爲『比利時的莎士比亞。』自馬麗尼公主之後，他繼續的出版了不少劇本，闖入者(L'Intruse)，盲人(Les Aveugles)，丁泰琪之死(La Mort de Tintagiles)，七公主(Les Sept Princesses)柏萊士與馬麗莎達(Pelléas et Mélisande)以及青鳥(L'Oisean Bleu, 1909)，莫那凡那(Monna Vanna, 1912)等，都是不朽的名作。梅德林他自己在一九〇二年出版的戲曲全集的序上說：『在這些劇本裏，信仰是在那些不可見而致命的各種勢力上。沒有人知道他們的意向，但戲曲的精神以爲，他們是惡意的，注意於我們的一切行動，而爲微笑、人生、和平、快樂的仇人。運命是一個無辜而不自覺的敵人，而加入了他們之內，參預於毀壞一切，但卻一點也不能變更了愛與死在生人中所做的殘酷固執的遊戲，這都是呈在聰明的人的憂愁的眼光之前的，他預見了將來。』梅德林他自己便是那最聰明的人他預見了將來他以銳敏生動之筆，把憂愁之眼所見的都寫了下來，於是便成了闖入者，盲人，丁泰琪之死諸作，這些作品，其情調差不多都是一樣的。盲人寫的是六個盲男，六個盲女，坐在一個老牧師的周圍，那牧師是他們的嚮導。他帶他們到森林中。他們以爲他是走開了一會，卽將回來帶他們回家。他們怕他失了路。這是黑夜。他們聽見風森森的吹過樹頂，海水澎湃的打在巖石上。死葉上有走路的聲音。那是一隻狗。這狗把一個盲人帶到牧師的身旁。他摩着牧師的臉，卻覺得那嚮導是死了。這劇的象徵主義並不難懂。我們都是一個小島上的囚人，我們能聽見無限之海的有力的波濤澎湃聲。我們有一個嚮導——宗教——雖似乎還在我們那里，其實已死了……我們是迷失在啞謎的深黑森林中了。……

七公主之寓言卻沒有盲人之易懂。七個公主睡在一個門戶鎖閉的雲石大廳裏。一個王子從外面久遊歸來了。他從窗中看着七公主中的最美麗的一個，那是他從少就愛她的．他由地道，經過死人之墓到了廳內．六個公主都醒了，只有那個最美麗的卻已因久待而死了．這大概是說靈魂有七個元素，而中心的一個真我，卻是不可知的，沒有地上的理想能夠把牠從睡中叫醒．柏萊斯與馬麗莎達的意思是如此：運命驅趕着人類，如一羣羊似的，經由『愛』之草地而到達了『死』之境．丁泰琪之死是梅德林所有劇中最可怕的．在深谷的舊堡中（死影之深谷）住着一個老女王．她叫人去取丁泰琪來．丁泰琪是個小孩子，他有兩個姊妹，知道她召他的意思是要殺他．於是她們非常嚴密的看護他，即在睡夢中也把他抱得緊緊的．不料在她們熟睡時，女王的使者卻把丁泰琪抱去了．一個姊姊緊追了去．鐵門閉了，她聽見孩子的哭聲，有人把手放在他喉上，然後，她聽見一個小身體倒地之聲．『死』是誰都不能拒絕的．

青鳥與莫那凡那二劇是後出的，卻是離開了這樣的運命與死的象徵的．青鳥寫兩個孩子，在夢中要找尋青鳥，在記憶之土，在將來之國，在月宮中，在森林中，

孩子們到了記憶之土
（青鳥之一幕）

森林
（青鳥之又一幕）

到處的找，都沒有找到。後來，他們醒來了。鄰居的一個孩子生病，要他們養的鳥玩。他們給了他這鳥。卻真的變成青的了。但當他們把牠放出來玩時，鳥又飛得不見了。青鳥乃是幸福的象徵。只有從自己犧牲中才能得到。但幸福是非永久可以在握的，所以青鳥不久卽飛去了。莫那凡那並沒有什麼象徵的意義，卻也在宣傳着『自己犧牲』的主張。這是一部歷史劇，寫古時意大利之披沙與弗洛林斯二邑之戰爭。在那里，梅德林極力反抗傳統的英雄主義，他以爲最大的英雄行爲，乃是犧牲了小節與成見以救護一城的人民。全城的人民是比之任什麼英雄的行爲與氣概都重要的。這個劇本，在英國曾被禁止開演。

梅德林又是一個很偉大的散文作家，他寫了好幾部論文集，如謙卑之寶庫(Le Tresor der Humbles)，如知慧與運命(Sagesses et Destinée)，如蜂之生活(La Vie des Abelles)，如死(La Mort)，如『生命與花』(Lifd and Flowers)等，都是極好的作品，可以激引起世界上無數的讀者之感興的。

十九世紀之後半葉，與梅德林，魏海依倫同時，比利時還有好許多象徵派的詩人，他們都與這兩個大詩人有些關係，如洛定巴(G. Rodenbach, 1855–)是魏海依倫的同學，如萊葆夫(C. van Lerberghe, 1861–1907)與萊洛依(G. Le Roy, 1862–)是梅德林的同學；此外還有莫克爾(A. Mockel)，依爾斯康(Max Elskamp)等，皆為象徵派之巨子。自萊曼尼葉與依克霍特之後，以法萊米文作小說者，又有狄莫爾特(Eugene Demolder)，這一切人，還有其他許多人，這里都不能一一的詳說。

參考書目

一 柯辟勞士的小靈魂的書有 A. T. De Mattos 的英譯本，凡四冊，倫敦 William Heinemann 公司出版。

二 現代比利時文學(Contemporary Belgian Literature)皮賽爾(J. Bithell)著，T. Fisher Unwin 出版。

三．現代比利時詩歌 (Contemporary Belgian Poetry) 皮賽爾編輯，剛脫白萊詩人叢書 (Canterbury Poets) 之一，史格得出版公司 (W. Scott Publishing Co.) 出版．

四．現代法萊米詩歌 (Contemporary Flemish Poetry) 編者及出版公司同上．

五．魏海依倫的黎明有西蒙士 (Authur Symons) 的英譯本『近代戲劇叢書』(Modern Plays) 之一．倫敦 Duckworth 公司出版．

六．魏海依倫詩選 (Poems by Emile Verhaeren) 史特萊特爾 (Alma Strettel) 譯，倫敦 John Lane 公司出版共二冊．

七．魏海依倫戲曲集 (The Plays of E. Verhaeren) 倫敦 Constable 公司出版，黎明及其他劇本都在內．

八．梅德林戲劇，中譯本不少；青鳥傳東華譯，梅脫靈戲曲集，湯澄波譯，均商務印書館出版．莫那凡那，徐蔚南譯，開明書店出版．

九，梅德林的論文集大都已譯爲英文．

第四十二章　爱爾蘭的文藝復興

第四十二章　愛爾蘭的文藝復興

一

愛爾蘭人(Irish)是一種克爾底(Celtic)族的人民，他們自有其文化，自有其藝術，與英國不同。他們曾屢次的求獨立，求自由，這樣的自由戰爭，在近代引起了好幾次，引起了好許多人的注意。同時，他們的文學也有復興的運動。愛爾蘭的文藝復興，乃是近代文藝界裏一件大事。復興運動的中心人物，如夏芝(Yeats)，如愛依(A. E.)，如新格(J. Synge)，其所成就都有足以在世界的永久文壇占一席地的。所以我們不能不在此把她敍述一下。

愛爾蘭人是一種心胸熱烈而忠懇的民族，他們對於超自然是比任何民族都感得親切的．他們雖信着基督教，卻也並沒有把他們的古代異教所遺留的好神道推出門外．他們把這些神道，放在可愛的神仙世界裏，那神仙乃是可見與不可見的世界的聯鍊者．許多小妖魔神，爲屬於路上、溪中、山洞與海旁者，到今日還與遠古一樣．夏芝說道：『我們與前面的世界交換文化．』他們真的是『西方世界裏的嬉戲的兒童．』

愛爾蘭的早期文學，乃以古代傳說爲其寶庫．我們不知道這些傳說的作者，也不能確定其爲何時所出，大約最古者總在耶穌紀元之前．這些傳說，內容極豐富，現在所留下的，不過一小部分而已，然已足寫成了幾千頁．這些傳說可分爲三個大系，第一系是神話系，傳說的數目較少，叙的是諸神衝突之事，如莫杜拉之戰(Battle of Moytura)，李爾之子(Children of Lir)之類；題材是有些紛亂的，人物是巨偉的，人物的性格是粗率無定形的．第二系是紅支 (Red branch) 系，普通稱爲英雄系，事實大都發生於耶穌紀元之初期．這是三系中最優美的．人物性格很明晰。事實很有秩序而且很有組織。其中考超林(Cuchlian)系是最有名的。第三系是法寧系(The Fenian Cycle)，事實約後於紅支系二百年；其中主要人物是芬·馬克·孔海爾(Finn Mac Cumhail)與他的兒子奧爾安(Ossian)，他們是武士又是詩人；是一羣法寧武士的中心，有類於亞述王之圓桌的故事。這三系的傳奇，其形式大都把散文與韻文離在一處，這是無疑的，其初本是韻文，後來乃把散文插入。

在丹麥人統治時代(795—1014)，愛爾蘭出了好幾個詩人；高摩麗(Gormly)是美茲(Meath)王的女兒，是一個很有天才的女詩人；馬克萊格(MacLaig)以歌詠一〇一四年克隆泰夫(Clontarf)之大戰著名。十一，十二世紀是編訂古代傳說的代時。許多重要的傳說都在此時被其保存。但同時，英國人乃略取了愛爾蘭。好幾個世紀繼着下去愛爾蘭沒有產生一個好作家。到了十七十八世紀，乃爲『法寧系』傳說編訂之期。古典期之最後光榮，爲魯希·奧克萊(Lughaidh O'Clery)，奧修賽(Eochaidh O'Hussey)及奧希金(Teig Dall O'Higgin)。奧希金乃爲其中最有名的。到了十八世紀之前半，愛爾蘭的詩體突然的很快的變了，舊的古典的形式消滅了，代之而起的乃是新的近代的韻文。這一班的新詩人，有約翰·奧尼頓（John O'Neaghtan），以雜詩著，奧卡洛蘭（Turlough O'Carolan），以美麗的歌謠著，米台里（Brian MacGioll Meidhre）以寫可愛之神仙幻想中夜之宮（The Midnight Court）著，奧文·奧莎里王（Owen Roe O'Sullivan）以諷刺詩著，拉夫脫萊（Anthony Rafteny, ? -1835）以短詩著，他乃是一個盲詩人。

十九世紀的愛爾蘭作家，有名者頗不少，如高爾斯密（Goldsmith），如蓧爾克（Burke），如王爾德（O. Wilde）都是愛爾蘭人而有不朽的文名者，但他們卻於英國文學史上有地位，在着大家都以他們爲英國的，而不當他們是愛爾蘭文學上的人物。大部分的十九世紀的愛爾蘭，都爲爭自由爭獨立的政治運動所占，而文學運動反現着退步之象。十九世紀的初期，無名詩人所作之許多愛國詩歌，非常的流行。到了一八四〇——一八六〇年之間，有一羣『少年愛爾蘭』的詩人活動着。曼甘(James Clarence Mangan, 1803–1849)獨自顯出很高的天才，會自由運用舊愛爾蘭文學的寶庫。他乃是愛爾蘭文藝復興的先驅；復興運動中的諸詩人都以他爲精神上的同系，爲復興運動的父。他的詩與他生活的幾方面，有些像愛倫坡(E. A. Poe)。還有法格孫(Sir S. Ferguson)，詩才沒有曼甘好，而以博學著。他的西高爾詠(Lays of Western Gael)，是依據紅支派的傳說而寫的。

復興運動之前的小說家，有許多可以一提的。愛特加華士(M. Edgeworth)女士(1767–1849)以寫愛爾蘭生活的小說著稱，她乃是屬於英國文學史中，我們在前面已經提過。李弗(Charles Lever, 1806–1872)在他的奧馬萊(Charles O'Malley)諸小說裏寫愛爾蘭少年放浪者之生活；洛弗(Samuel Lover, 1797–1868)在他的漢特安特(Handy Andy)及其他小說裏，寫愛爾蘭農民生活；這幾個作家都寫得很仔細。巴寧兄弟(John and Michael Banim)把他們的熱情寄在愛爾蘭生活的歷史與愛國一方面，及英人治下的農民之痛苦生活上。他們的最好著作爲奧赫拉家的故事集(Tales of the O'Hara Family)．卡萊頓(W. Carleton, 1794–1869) 是這時代愛爾蘭生活的最好最真實的解釋者之一，大部分的題材乃取之於農民生活，教員生活等．他的大作是愛爾蘭農民的特性與故事 (Traits and Stories of the Irish Peasantry)黑先知者(The Black Prophet)等．寫這時代的中產階級生活的最重要的小說家是格里芬(Gerald Griffin)，他的大作是大學生 (The Collegians)；他的詩也很可愛，尤其是他的情詩．吉克漢 (Charles Kickham)寫農民性格與農村生活很有力量，曾因努力於少年愛爾蘭運動而被捕下獄，囚禁了四年．他的最好小說是『莎萊・卡文那』 (Sally Cavanagh) 及爲了故國 (For the Old Land)．

奧格萊特(Standish O'Grady) 及西格孫(George Sigerson)二人對於愛爾蘭文藝復興都有功偉，他們首先使愛爾蘭回過頭去望古代的光榮．奧格萊特在一八八〇年時，出版了一部愛爾蘭史(A History of Ireland)，在這樣的一個普通題目之下，他把紅支系及法寧系的英雄傳說敘述出來。他以詩的熱忱，把這些老傳說穿在如此的豐富想像的衣服之下，使後來的作家得了不少的感興。我們說愛爾蘭文藝復興運動諸作家得有奧格萊特的大影響，是不大過誇的；在他們作品裏，這些影響是可以看得出的。西格孫的『曼史特的詩人與詩』(Poets and Poetry of Munster) 及『高爾與格爾的詩人』(Bards of the Gael and Gall) 二書在古與今的深溝之上駕了一道橋。他的功力在於他的收集的材料之豐富，他的善於吸取原作的精神與情調，及他的把古詩人的詩譯爲今文之精巧。他是堪與奧格萊特分一小半誘起復興運動的榮譽的。

二

克爾底的復興 (the Celtic revival) 或愛爾蘭的文藝復興，乃開始於一八八八年出版的一部詩集少年愛爾蘭的詩歌 (Poems and Ballads of Young Ireland)。在一八九二年，便有愛爾蘭文學會 (Irish Literary Society, 倫敦) 及愛爾蘭國民文學會(Irish National Literary Society，杜白林)成立。愛爾蘭文字之復興運動亦伴之而起，希特(Douglas Hyde)對此尤爲活動，他的最好作品有詩，有故事，有短劇，都是用高爾文(Gaelic)寫的。然他也有不少的東西是用英文寫的，其中包含許多民歌與故事的翻譯，如他最有名的康那契的情歌(Love Songs of Connacht)之類。此外還有好幾個人，這里不能一一的舉出了。

爲愛爾蘭文藝復興運動的最有力的人物乃是夏芝(William Butler Yeats, 1866–)。他早年的作品有些受史賓塞及雪萊的影響，但到了奧森之漫遊(The Wanderings of Oisin, 1889)出版時，他卻進了創造的時代，成了正式的愛爾蘭詩人了。夏芝的大部分的詩，都是寫愛爾蘭的傳說時代及民衆的信仰與風俗的。這是具着很濃厚的國家色彩的，不過是詩的而非政治的色彩而已。他最使人滿意的詩爲一八九五年出版的『詩集』(Poems)，都是爲山川、爲鄉間的農民故事所感興的。他早年詩裏的直接而美的敘寫，到了後來，卻爲神祕主義所代替。蘆

中之風 (The Wind among the Reeds, 1899) 乃是其代表，這一冊詩集及其後出版的幾冊，都爲平常的讀者所不易領悟。夏芝的劇體，與其說是劇曲的，不如說是詩的；他們都是很印象的，具着奇異而深沈的意義，而動作則只占很小的一部分。心欲的國土 (The Land of Heart's Desire) 是叙一個年輕新婦爲妖仙所盜去事；"Kathleen in Honlihan"，寫一七九八年的暴風雨時的愛爾蘭少年格蘭 (M. Gillane) 在他結婚之夕，應了這個更高的號召。蔭水 (Shadowy Waters)，狄爾特 (Deirdre) 及在倍爾的灘岸 (On Baile's Strand) 三劇都是寫英雄時代的故事的；狄爾特是愛爾蘭的海崙 (Hellen)，其戀愛與悲劇是古代傳說中最有趣的一節。在倍爾灘岸上寫的是古代大英雄考超林 (Cuchulain) 之死。夏芝不僅把這些傳說重述了下來而已，他把他們寫下，供應了求『美』的或高超之真實的靈魂之永久的要求。這些劇本都是用韻文寫的，充滿了詩的可愛。夏芝的散文著作也很重要，包含民間故事的重述及論文學及神祕的東西的文章。克爾底的微光 (The

Celtic Twilight)是一冊神異故事集，那些故事都爲夏芝自己在愛爾蘭農民口中收集下來的．這些故事的題材與對話都有他的一八九五年的『詩集』的可愛．善與惡的觀念(Ideas of Good and Evil)乃是夏芝論文中最好之集子．夏芝之重要，與其說在文藝復興及國家劇場的直接影響上，毋寧說是在他的把愛

夏芝

爾蘭的詩歌從英國影響之下解放了出來而證明她乃有她自己的歌聲的。他不僅爲愛爾蘭近代最大的詩人且是世界生存的詩人中最偉大者之一；他的地位不僅在愛爾蘭是重要的，卽在世界上也是要重的。

自署爲 A. E. 的一個神秘詩人，亦爲復興運動中之有力人物，他的真姓名乃是魯賽爾(George W. Russell, 1867–)。他的神祕主義與夏芝又不同；他的幻象在他乃是真實的，並不是想像的圖畫用來象徵一個意思的。他的詩把進入神靈生活的直接耽溺的情調表白出來。他愛的是微光的邊境，常住在未發見之國的前綫。他是一個真的詩人，常把平平常常的東西照在『無限的光明』中。在下面他的抒情詩隱士(The Hermit)之二節裏，很可以看出他的這個傾向：

『古代的神秘，
天天伸出牠的手來，
拿了一把椅子坐在我的

土屋之旁，與我喃喃的談着』

『當黃昏的陰影翺翔着時，
在煙突的角上，我看見
那年老的有巫術者坐在那里，
微笑着，搖着手，招我打招呼。』

夏芝與魯賽爾之外，復興運動中之詩人還有不少；奧莎里王(Seumas O'Sullivans)是現代愛爾蘭詩人中最有名的。他於一九一二年出版的『詩集』是現代愛爾蘭詩歌作品中最使人滿意的一部。康倍爾(Joseph Campbell)在描寫鄙野的農夫生活與農村風景方面，其詩是很成功的，於寫農民心上的基督教信仰尤爲親切而爲別的作家所不及。麥克曼納士夫人(Mrs. S. MacManus; Ethna Carbery)以她的詩集依林的四風(Four Winds of Erinn)著名於時；她的詩是少年愛爾蘭國民詩人的感傷的情調與夏芝及魯賽爾之一輩的暗示與象徵的性質中間之聯鎖。我們不能說復活運動的詩人與愛爾蘭的國家運動不表同情；但他們的熱情是寄託之於吟詠羅曼的過去時代的。至於新芬運動（The Sinn Fein）卻自有其詩人。在一九一六年復活節的革命運動裏，新芬黨人死者不少，於其中有三個著名的詩人亦及於難，——辟爾士（Padraic Pearse），麥克杜納（T. Mac Donaph）及柏隆克特（Joseph Plunkett）。

愛爾蘭的文藝復興運動，最有力量的是戲劇方面。其初，在杜白林成立了愛爾蘭文藝劇場。夏芝，慕爾（G. Moore）格里各萊夫人（Lady Gregory），麥爾丁（Edward Martyn）諸人是她背後的助力。他們爲她著作劇本。於夏芝外，馬爾丁是最著名的戲曲作家。馬夫（Maeve），草地（The Heather Field），幻海（The Enchanted Sea）是他最有名的劇本；他的作品大多爲農民以外愛爾蘭現代生活的社會的與心理的研究。格里各萊夫人的名作很不少，特別是喜劇。她最好的喜劇是獨幕劇，能表白出愛爾蘭人的幾種特有的性格，如消息之傳佈(Spreading the News)，烏鴉(Jackdaw)，工廠守護人 (The Workhouse Ward) 等都是．然其中最重要的大作劇家還算是新格．

新格(John Millington Synge, 1871-1809) 的作品有一部分，比之夏芝尤爲重要．在一九〇三年到他死之六年間，他寫了好幾部戲劇史上無比的劇本．在其中，最好的是在格倫的影裏 (In the Shadow of the Glen)，海上的騎者 (Riders to the Sea)，西方世界的嬉戲的兒童 (The Play Boy of the Western World)，聖人之井(The Well of the Saints)等．新格引用了愛爾蘭農民的真實的口語，而把牠變成了罕見之詩的性質的媒介物．他的劇本雖用散文寫，而詩意卻很豐富．因他的描寫愛爾蘭農民生活的方法，有人稱他爲一個寫實主義者，但他乃是那些對於現實比之寫實主義更有興趣的稀有作家之一．

講起以寫實主義的方法去寫農民生活來，柯倫 (Padraic Colum) 的戲曲卻比之新格的更爲寫實些。柯倫以尖銳的眼光，堅實的筆觸，謹愼而平均的結構，深厚而懇切的同情寫出了他的土地（The Land）馬史克萊（Thomas Muskerry）及彈提琴者之家（The Fiddler's House）。這些都是農民愛爾蘭的動人的圖畫，有一種力在其中的。柯倫並不像新格似的要寫出問題劇：當然，在他的劇本的根上有些問題在着，但他所第一要求的是把愛爾蘭鄉間生活的戲曲寫出來，爲人類經驗的顯示。柯倫的詩，特別是他的荒土（Wild Earth），是具着土地的強壯之力的，——親切，濃摯，活潑表白出人與自然的深厚的力之競爭及他在日常經驗中的苦與歡樂。

此外還有好幾個戲劇作家，如包依爾（William Boyle）以他的建築基金（The Building Fund）一劇著，依爾文（St. John Ervine）以寫愛爾蘭日常生活裏的悲劇著，（他還寫了些小說，）瓦台爾（Samual Waddel，即 Rutherford Mayne）以他的轉路（The Turn of the Road）著；更有奧開爾（Seumas O'Kelly）及菲茲馬里斯(George Fitzmaurice)二人，亦於劇壇有很好的供獻。

小說在愛爾蘭復興運動中，沒有詩歌與戲曲那樣的為人重視。作家之重要者亦不多。勞勒士(Emily Lawless)與巴洛(Jane Barlow)顯出些特異的才能，在描寫卑下生活方面；麥克曼納士(Seumas MacManus)及蒲洛克(Shan Bullock)在把小說帶到與詩歌及戲曲的一條線上來，很有力。慕爾(George Moore)貢獻了一冊很高尚的短篇小說集——"The Untilled Field"——及一部很有力的小說湖(The Lake)。希漢(Canon Sheehan)的小說結構雖不周密，卻是一個尖銳而有巧能的愛爾蘭各樣生活的解釋者，特別是愛爾蘭牧師生活，寫得尤好。鄧薩尼(Lord Dunsany)寫了一羣神奇故事，如辟加那之神(The Gods of Pegana)，時間與神(Time and the Gods)及一個夢者的故事(A Dreamer's Tales)等，創造了有目的之他自己的奇異神話。他的著作，有一部分是用劇本的形式寫下的，如山之神(The Gods of the Mountain)及神之笑(The Laughter of the Gods)等。史特芬

(James Stephens)的可愛的幻想，如金甕(The Crock of Gold)，如半神(The Demi-Gods)，都是具有克爾底的在天與地界線間的活潑的特質的。他也寫些小詩。

近來的小說家都由羅曼主義而到寫實主義，馳驅於詩的弘麗及古代的偉大者，都未着眼及於真實的窮人生活，及又粗獷，又不可愛的環境；這乃是他們，近來的小說家，如約依士(J. Joyce)李特(F. Reid)等，把這些詩人所未惠顧的題材捉起來寫爲小說。但他們還沒有很大的勢力與成就，這里且不提。

參考書目

一 愛爾蘭文學史(A Literary History of Ireland) 希特(D. Hyde)著，Charles Scribner's Sons 出版。

二 愛爾蘭的文藝復興(Ireland's Literary Renaissance) 博依特 (E. A. Boyd) 著，倫敦 Blackie and Son 出版。

三 現代愛爾蘭戲曲 (The Contemporary Drama of Ireland) 著者同上，Little, Brown and Company 出版．

四．新格與愛爾蘭劇場 (J. M. Synge and the Irish Theater) 步濟時 (Bourgeois) 著，麥美倫公司 (MacMillan) 出版．

五．新格的戲曲集有中譯本（郭沫著譯），商務印書館出版．

六．夏芝諸人的著作，原本俱甚易得．中譯的夏芝劇本及格里各萊夫人的短劇，曾散見於各日報雜誌上．

七．夏芝的愛爾蘭神仙與民間故事 (Irish Fairy and Folk Tales) 有近代叢書 (Modern Library) 本，Boni and Liveright 出版．

八．愛爾蘭詩選 (A Treasury of Irish Poetry) 夏芝編，Methuen and Co. 出版．

九．愛爾蘭詩選 (Dublin Book of Irish Verse) 柯克 (Cooke) 編，牛津大學出版部出版．

十．近代愛爾蘭詩選 (Modern Book of Irish Verse) 柯倫 (Colum) 編，Boni and Liveright 出版．

第四十三章　美國文學

第四十三章　美國文學

一

自一羣的清教徒乘了『五月后』踏到美洲的大陸上時，美國的文學便開始了，那時是十七世紀的初期。但殖民時代（一六〇七—一七六五年）的文學，卻沒有重要的價值，那時的作品大都討論荒原的開闢與征服，社會的實際問題，以及其他事件，亦有宗教的文學，但富於想像與創造力的詩歌、小說及劇本則完全不見蹤影。到了一七七六年，美人脫離了英國而宣告獨立時，重要的文學作品才開始一部一部的出版；革命時代的第一篇不朽的文字，就是獨立宣言（Declaration of Independence），那是約菲生（Thomas Jefferson, 1743–1826）所作的；其中充滿了雄辨與勇氣，氣魄浩大而理想崇高，是近代最重要的文件之一。

然這時代的代表作家乃是法蘭克林（Benjamin Franklin, 1706–1790）而非約菲生。他是美國的典型人物，由窮苦出身，而躋上了名望之壇；一生所歷的經驗，所做的事業，不知有多少，他曾爲印刷者，出版家，政客，公使，又是一個科學家，哲學家。在科學方面，他是首先發明近代文明之母的『電』的。他的政治論文及其他論文，都是議論蹈實而見解切當，足以感發一般的讀者的。他的自傳（Autobiography）是美國不朽的作品之一，是說英文的世界裏沒有人不知道的一部書。他的人格，他的經歷，都在這里完全的反映出來。有無數的人是在那里得到感興的。

以後便入了十九世紀的黃金時代了。這在黃金時代裏，出現了不少的不朽作家，如歐

法蘭克林

文，如愛倫坡，如朗佛羅，如惠得曼，都是世界的作家而非美國所獨有的；他們的影響，不僅及於美國而且及於世界。他們使自來不能厠身於世界文壇的美洲文學，在那里占了一個很重要的地位，與英，與法，與德，與俄，共爲近代文學的『天之驕子』。

二

美國的小說，以白朗（Charles B. Brown, 1771–1810）爲第一個作家；他乃愛倫坡與霍桑的先驅，以善於描寫恐怖的心理著；如他的漢特萊（Edgar Huntly），即爲睡行者與瘋狂的研究的小說。但美洲的第一個重要的小說家，還要算歐文（Washington Irving, 1783–1859）。

美國沒有文學，這句話乃是歐洲人所常常說的；真的，自美國的殖民時代以來，乃至自一七七六年美國宣告獨立以來，已經好許多年，而迄沒有一部驚人的大作出現，即法蘭克林也不是一個足以動世界之聽聞的大作家。直到了華盛頓歐文出來後美國文學才不復爲人所輕視他也與他所仰慕而同名的華盛頓一樣，乃是美國的開國元勳，不過一個是在政治方面一個是在文學方面而已。沙克萊（Thackeray），歡迎歐文爲『第一個新世界的文壇派遣到舊世界來的公使。』他的文學事業之開始，乃爲一部詼諧的作品紐約史（History of New York），他假稱這部作品是一個古時的荷蘭居民的後嗣克尼考蒲克（Diedrich Knickerboker）寫的。他的第二部大作是雜記（The Sketch Book），這是使他得大名的著作；以輕妙詼諧之筆，活活潑潑的寫出美國的生活。其中最有名的是李迫（Rip van Winkle）及睡洞的傳說（The Legend of Sleepy Hollow）。李迫是一個荷蘭人，一個不做事的少年；他很怕他的妻子，有一天，不敢回家，帶了他的狗和槍到山上去。在那里遇到了魔怪。他吃醉了酒，一睡醒來，狗已不見，槍管已銹壞，鬍鬚已長到肚下，到了自己的村中，已無一個認識的人。原來他已睡了二十年了。這是一篇無人不知的故事。但其題材乃爲根據一個德國傳說的，歐文把他穿上的美國的衣服，變成了美國本地的傳說，他所遇見的那些魔鬼，乃是赫特生(Hendrik Hudson)和他的水手；當雷聲在赫特生河兩旁作響時，大家便以爲是他們在雲中玩球了。

歐文又曾作了一篇華盛頓傳，把這個美國國父的一生，寫得非常真切動人，是一切華盛頓傳記中，最能把他的偉大傳達出來者。在許多『傳記』中，這是不朽的一部。

歐文

但歐文的心胸卻是廣闊的，並不被限於國家的界限；他在英國住了好幾年，在西班牙又住了好一時。他的旅行述異(Tales of a Traveller)寫他的在英國的經驗，又滑稽，又輕鬆，特別有一種動人的風趣。他的在西班牙的成績，乃是兩部很動人的小說：格拉那達之陷落(The Conquest of Granada)與阿爾罕白拉(The Alhambra)，都是寫慕爾人(Moors)與西班牙人間之英雄故事的，充滿了濃厚的彩色與冒險的故事。歐文寫此二書之報酬之一，乃爲被任命爲美國的駐西班牙公使。

歐文是一個很和愛，很寬厚的人，到處的受人歡迎，受人敬愛，性格恰恰與他相反的，是他同時代的有名小說家柯甫(James Fenimore Cooper, 1789–1851)。柯甫乃是一個躁急的壞癖氣的人，在他的爲人及他的文字的風格上，都可看出他的嚴肅的惡狠狠的神氣來。他和他的鄰人鬭嘴，說話和做文章，都是死板板的臉孔，一點詼諧的火星也沒有。然而這個壞癖氣的人卻把世界上傳奇的讀者的想像捉住了一個世紀。他爲歐洲人所知，且爲亞洲人所知。那一個美國的學童沒有讀過他的奸細(The Spy)及最後的一個莫希根人(The Last of the Mohicans)呢？柯甫乃是一個驚人的說故事者。他有創見的能力，他有陸上海上的生活的一等知識，所以他的冒險會寫得那樣的使人驚心動魄。他生於紐約省的中部，現在，那里是一個極繁盛的地方，但在柯甫的時代，那里卻是一片的荒原；紅印度人與白種的探險者，林人，獵人等環城而居。他熟知他們，便把觀察所得的寫入小說中。他又是一個到過海上的，他熟知美國的水手和他們的船。所以，他的小說，寫海上事是無比的好。他的力量有如此的大，當歐洲的孩子，讀了他的小說後，每以爲可在紐約城的左近，看見紅印度安人的出沒。其實，他們是早已不見了，荒原與森林，在一世紀內，已變

柯甫

成了世界最繁盛的都市與村鎭之一了。然而講到海，情形卻還似以前一樣的汹湧澎湃着。柯甫捉到了偉大海洋的永久的性質，凡是英文中寫海的故事的作家，都要以他爲全海軍的領袖。康拉特（Joseph Conrad）——他也是一個最有名的海洋小說作家——說道：『柯甫愛海，以最高的了解去看牠……夕陽的色彩，星光的和靜，晴天與暴風雨的情形，海水的偉大的寂寞，看守着的海岸的沈默，以及……』無不在他的小說中寫出。他的海洋小說以海盜（The Pilot）及水巫（The Water-Witch）爲最著。

柯甫與歐文把人生的外面的冒險與奇遇寫成爲他們的傳奇。兩個較他們後輩的小說家霍桑（Nathanial Hawthorne，1804–1864）與愛倫坡（Edgar Allan Poe，1809–1845）寫的卻是人生的內面的事件，他們的心靈的冒險與奇遇。他們倆都是愁鬱的作家，沒有歐文那樣的詼諧與微笑，也沒有柯甫的雄偉的力氣。

霍桑忠懇的寫着人們的靈魂的變化。他是新英蘭(New England)清教徒的後裔，他自己雖不是清教徒，卻生性是注意於良知的問題，且又是一個藝術家，所以把他祖先所不能寫出人性的衝突，都寫出來。他在這一方面，成就是很偉大的。他在大學畢業，就以寫短篇小說爲生，他的風格是很修潔的。其中有幾篇是小的傑作。但好久好久，美國的讀者卻並不甚歡迎他。只有幾個文人，愛倫坡也在內，稱讚他的才能。霍桑稱他自己爲美國文壇裏最隱晦無名的人。但到了他的第一部大作紅字(The Scarlet Letter, 1850)出版後，他的文名卻飛揚於美國的全國了。這個不意的成功，使紅字的作家和出版家都很驚駭。霍桑以爲這部作品『缺少陽光，』不會得大多數人的同情。出版家也只印了五千部書，印完了，版子就拆了。不到幾日，書已售畢，只得又重排一次。紅字如果缺的是日光，那末牠所有的乃是紫雲與黑影及神祕的月光。紅字的主人翁是柏里尼(Hester Prynne)。她和一個少年戀愛，生了一個孩子；她的丈夫由別的地方來時，看見她立在罪人架之前，手裏抱着一個嬰兒;她胸前有一個紅字A,乃是『姦婦』(Adulteress)之意,這個紅字,她是判定終身要穿着的。她不肯說出姦夫的姓名,自己住到荒地的邊界去,盡力做些慈善事業,她的孩子漸漸的大了。她丈夫還在鎭上。她情人的心上卻激烈的苦痛着。柏里尼知道了,要和他同逃。但他決意留在城裏,把他的罪狀公開了。當他懺悔

霍桑 紅字的作者

了一切時，他死在柏里尼的手臂上了。霍桑把宗教的不可見之力與柏里尼及她情人的心靈的變遷與痛苦，寫得那樣的迫真，竟感動了無數的人，有許

歐羅巴與牛　(Edmund Dulac 作)

霍桑的林莽故事之一。乃重述希臘之一神話者。

多人竟寫信給霍桑，如對着神父懺悔一樣，把他們的痛苦和誘惑告訴了他，要求他的幫助。他乃是美國文學史上第一個寫悲劇的人，這部小說乃是十九世紀貢獻於『文庫』中的幾册『名著』(Classic) 之一。他的第二部長篇小說是七個屋翼的房子 (The House of the Seven Gables) 是一部神祕的故事，爲許多喜讀鬼談奇聞者所愛；許多同類的作品都陸續的死了，這書是不會死的。他的大石臉 (The Great Stone Face) 又是一部傑作。在一個山上，有許多岩石，合看起來很像一個人；霍桑便把這山老人寫成了這部東西。在霍桑作此之前，新英蘭並沒有什麽古蹟和神話，自他寫了這部東西之後，新英蘭乃也有了傳奇了。霍桑還寫了好些故事，如怪書 (A Wonder Book)，如林莽故事集 (Tanglewood Tales)，都是把希臘神話用他的有技能的筆重新寫出，而成爲英、美兒童們最熟悉的書的。

柯甫，歐文與霍桑都是在他們的生前看見他的作品爲無數人所歡迎，得到他們所應得的名望與榮譽的；他們的生活很安逸，只有一個愛倫坡，一個比他們更偉大的作家，卻沒有他們那樣的幸運。他死在他們之前；在他的短促的一生裏，沒有一日不是與窮苦相掙扎的。直到了他死後，世界才承認他是美國最偉大的作家。沒有一個美國作家在歐洲文學上有他那樣之有力的影響的。歐文使歐洲文壇認識了美國的文學，愛倫坡卻使歐洲文壇受着美國文學的重大影響了。在一九〇九年的愛倫坡的百年生忌時，全個歐洲，自倫敦到莫斯科，自克里斯丁那(Christiana)到羅馬，都聲明他們所得到的他的影響，且頌歌他的偉大與其成功。他是超於傳奇作者之上的。他是一個詩人，一個批評家，且是一個新的有力的短篇小說的創造者。愛倫坡完全是一個自學成功者；在二十四歲時，曾寫了一篇小說瓶中所得的稿本(Ms. Found in a Bottle)得到一百元；這是坡一生所寫的東西得到最好之報酬的。坡的困苦生活，不靠他最好的小說，也不靠他不朽的詩，卻靠的是他辛苦異常的新聞事業。他是一個謹慎而自好的人；他不敢因爲求他所極需要的金錢而去寫匆匆寫成的作品。文學史上記載着許多爲藝術而得窮苦

及犧牲的事件，但在文學事業上卻沒有一個如愛倫坡那樣的光榮的例子。他是

愛倫坡　神秘的與想像的故事之作者

一個驕貴的人，知道自己的天才與其作品之不朽。他曾爲幾個月的陸軍學校學生。十六年之後，當他妻子將死時，她牀上所有的唯一的被蓋物乃是他的軍衣。坡的短篇小說叙的是神祕的事件；他的小說與故事是被稱爲心理的；他遠在柯南道爾(Connan Doyle)諸人之前，創造了偵探小說。在他看來，一篇偵探小說，不是一個犯人究竟捉到或被罰與否的問題；這完全是一個心靈的論理部分，在一件事實之前怎樣的動作的問題。此類小說最好者爲魯莫格的謀殺者(The Murders in the Rue Morgue)及被盜的信(The Purloined Letter)。如坡那樣的一個詩人與夢想者，他的知慧是如此崇高的發達在牠的求純理性的能量內者，我們在文學上罕見其匹。理性與詩歌並不是敵視的。但丁，莎士比亞與歌德都能夠容在思想的各部分。但所有各種的能力都給於一個人的腦中，那卻是很罕見的。時候過去愈久，我們益益的知道坡乃最少數的高超的知慧者之一。坡的技巧的理知的神祕故事，不過是聰明的玩意兒，然一個世紀的四分之三，沒有一個作家是超過了他的。他的最美麗的散文，乃在很短的散片，這些散片，如詩歌或音樂似的有立刻引起情緒與感覺之能力。如來琪亞 (Legeia) 及影 (Shadow) 是其中最優美者。這一類的散文詩，如不能以坡爲最初作家，卻是一個無與比肩的作家。史文葆 (Swiburne) ——他也是一個神祕詩人——以坡爲『最完美的才人』『他常把他的意思完全的寫出，寫出些堅實、圓滿及永久的東西。』他的短篇小說已足以使他永久與著名了；但卽使沒有了他們，他還是個批評家與詩人，他的文學評論，卽使爲報紙而寫的，也有些永久的文學價値的思想。他們是光明而有學問的，表示出一八五〇年以前美國的文藝思潮。他能把他自己及別的好作品在羣衆所不喜的時代維持着。他獨自奮鬬着，他同時的人很少有他那樣的勇氣與力量的。這是很奇怪的事，一個大天才能夠生在任何環境中，而無人能解釋怎樣或爲什麼這個天才會產生出來。坡就是一個例。

在十九世紀前半的小說家中，除了霍桑，柯甫，歐文，坡諸人以外，在當時爲最重要者之一，而至今尙爲人記憶住者，有史拖活夫人（Mrs. Harriet Beecher Stowe, 1812–96）。她的大作黑奴籲天錄（Uncle Tom's Cabin）所生的大影響乃非作者初寫此作所能夢想到的。林肯稱她爲『引起這次大戰爭的小貴婦。』托爾斯泰是常常着眼在小說的道德的出發點上的，把牠列入他所稱爲真實的藝術的最少數書籍的表中。這是一部寫美國南部虐待黑奴的故事的；她表滿腔的同情於當時的被制於白人奴使鞭打之下的黑奴生活與其悲痛的遭遇，寫得真使人動心蕩魄，不由得不生出憐恤與不忍的心腸來。因此，引起美國空前的大戰，所謂『放奴戰爭』來。牠乃是歷史上最有名的書之一。在藝術上講來，這部大作的結構並不

史拖活夫人　黑奴籲天錄之作者

這樣好，然而寫得也並不壞，噴薄的熱情，隨了故事而向前去，緊緊的捉住了讀者。她還有一部寫新英蘭生活的小說古鎭的人(Old-Town Folks)卻並沒有什麼特別的動人處。

三

在南北美大戰（一八六一——六五）之後，美國的小說界，出現了三個一等重要的作家及好幾個很有才情的作家。那三個大作家是馬克・特文（Mark Twain, 1835-1910），霍威爾（William Dean Howells, 1837-1920）及亨利・乾姆士(Henry James, 1843-1916)。

馬克・特文是最深沈而博大的美國人，他的眞名字是克里曼斯（Samuel L. Clemens）。霍威爾稱他爲美國文學的林肯（Lincoln），沒有一個美國作家有他那樣知識之廣博，與熟知那末多方面的美國生活的。他爲美國中西部而又近於南方的人，又有好幾年住於東部。他旅行過全個世界，知道各式各樣的人與其情況的沒有一個作家比他更適宜於解釋他所住之國的，也沒有一個國家有他那樣的一個作家更適宜的去解釋牠的。他全說出他所要說的話，他知道怎樣的說，而環境又培養他的天才。他初始爲新聞記者，以『滑稽者』著名。他的報館派他到歐洲及聖地去旅行，他的通信後來成了他的第一部重要的書海外的呆子(Innocents Abroad)。這不是一部好笑的書。不錯，其中有不少可笑的地方，然其大部分乃是忠實的，獨立的，嚴刻的觀察與實在經歷的報告。散文是高等的，沒有一部比牠更好的旅行報告書；他的銳眼看穿了一切的東西。在小說上，他的大作是赫克萊培萊・芬(Huckleberry Finn)；其敘述的景色之範圍的廣大，其敘述的趣味之複雜，都是美國小說中之無比者。赫克萊培萊・芬超過了一個孩子的故事，也並不是給孩子們看的書，雖然少年的讀者喜歡牠，如他們之喜歡高利弗遊記而不知其深意一樣。從赫克(Huck)的天真的眼中，我們看見全個文化；(或缺乏文化)，這乃是美國生活的有力的研究，乃是在密西西比河(Mississippi)上的亞特賽(Odyssey)似的冒險記。寫的是兩個孩子赫克與湯姆(Tom)，由家裏逃出，與他們老朋友黑人乾姆(Jim)在一個木筏，沿着密西西比河遊去。經過了不少的經歷，有時驚人，有時可笑，後來，他們又回到了家，他們朋友們的焦急告終了，冒險故事也告終了。他的湯姆·莎耶(Tom Sawyer)也是一部大作，馬克·特文自己以爲比赫克里培萊·芬更偉大，其實是不如牠。此外，最好的著作是兩篇諷刺的故事，毀壞了赫特萊堡的人(The Man That Corrupted Hadleyburg)及神祕的客人(The Mysterious Stranger)。他有些像史惠夫特，尖刻

文特·克馬

的諷刺着人，他所憎厭的便狠狠的譏嘲着。

霍威爾是十九世紀後半的美國文壇的領袖，是馬克·特文的朋友與有似於親切的教師的人，又是後一代的文人的獎進者。他的人格很崇高，自項至踵都是藝術家的氣分，從他第一部作品到最後一部，其風格都是整潔如一的，在霍威爾文章裏找到一個惡句，如在弗洛貝爾或阿那托爾·法朗士(Anatole France)的文章裏找出一句惡句一樣的可驚怪。然而霍威爾是懦怯的。他缺乏力量；理知制牽着熱情。他寫了不少小說，(他乃是最勤快，最謹愼的作家之一)其中不過三四部是天才之作而已。他的一個近代的例子(A Modern Instance)是美國小說中完全新的東西，西拉士·拉潘的興起(The Rise of Silas Lapham)是第一部以一個平常的商人爲英雄的小說。吉頓人(The Keutoms)乃是他最好的一部作品。他以爲，他是受托爾斯泰的影響的，其實在他小說中並沒有托爾斯泰的蹤影。

霍威爾是一個驚人的讀書者，他批評書籍的文章寫得很好。他乃是完全的文人。

亨利·乾姆士除了生地是美國以外，幾乎難說他是美國人，因爲他的成人生活，大部分在歐洲度過．他是十九世紀有數的藝術家之一，但他的知識範圍卻太狹小了；他的人生的知識僅得之於旅店的客室，藝術館及圖書館中．他被稱爲國際小說的創造者，因爲許多他的人物都是在歐洲的美國人．大凡美國人在歐洲的常是一個游惰者，乾姆士知道的就是這個階級．他的作品可分爲二期；第一期有赫特生 (Roderick Hudson)，寫一個意志薄弱的美國雕刻家的事；此外還有雛菊磨者(Daisy Miller)，一

亨利·乾姆士　美國的大小說家

個貴婦的肖像(The Portrait of a Lady)，及美國人(The American)。他的第二期的傑作是鴿之翼(The Wings of the Dove)及金鉢(The Golden Bowl)。他還是一個短篇小說的有力的作家；他批評法國、英國文學的論文是很深入的。如果他不從事於小說，他也可以算是一個文學批評的重要作家。

三個大作家之外，同時還有不少的作家，應該一舉的。哈特(Bret Harte, 1838-1902) 以寫美國西方的冒險生活著。他的浪人及礦工都寫得很好。他的散文很好，他知道短篇小說的藝術；有許多他的作品已被人忘記了，然而如法拉特的斥逐(The Outcasts of Poker Flat)等，卻仍是新鮮的。他的兩册簡練的小說(Condensed Novels)也是不會被人忘記的，牠是具着優美的詼諧與第一等非直接的文學評論的。阿爾特里契(T. B. Aldrich)是一個傑出的詩人，曾寫些可愛的短篇小說，其中馬格里的小鴉(Margery Daw)是最好的。史托克頓(Frank Stockton)的短篇小說，亦很有名，以貴婦乎虎乎(The Lady or the Tiger)為最有名南方的生活，也在幾個作家的作品裏活潑的寫出。開倍爾(Cable)在新亞蘭士老居民的生活中找出羅曼的材料。赫里斯(Harris)把黑人在李摩士叔叔(Uncle Remus)中不朽了。依格萊士頓(Edward Eggleston)的荷西亞❶教師(Hoosier Schoolmaster)是第一部把方言謹愼的寫在文字裏的小說。在委爾金·弗利曼(Mary Wilkins-Freeman)及裘委特(Sarah Orne Jewett)的小說是把新英蘭的人民與景物寫得很優美傑出的。委爾金·弗利曼夫人的母親之革命(Revolt of Mother)是一部寫得眞不壞的小說。克蘭(Stephen Crane, 1871–1900)死得很年輕，卻是那時代最有天才的作家；他的寫南北美內戰的故事，紅色勇章(Red Badge of Courage)，其藝術之精美，是不能爲人所忘的。諾利士(Frank Norris)也死得很早，他是一個忠實的寫實主義者，他曾顯出能夠運用大題材的手腕。

奧·亨利(O. Henry, 1862–1910)本名泡脫(William Sydney Porter)爲短篇

❶印地安那州居民的譯號

小說的有名作家，其藝術是很秀美而深入的，他有真的天才與高妙的詼諧，但有時是太新聞化了，這是他的缺點。他的大作是四百萬(The Four Millon)。

在生存的小說作家中，可稱最爲最優好的藝術家者，我們要舉瓦爾登夫人(Edith Wharton, 1862–)，她的作品的背景常是紐約城或富裕的紐約人去避暑的鄉間。她的夏天(Summer)是寫新英蘭鄉間的悲劇的；她的天真爛漫之時代(The Age of Innocence)是寫七十年代紐約城的交際社會的。她還以寫短篇小說有名。

四

美國的詩人，在革命時代有一個法萊紐(Philip Freneau, 1752–1832)，他是美國第一個詩人，具有情緒與藝術者；他的印度安人的墳場(The Indian Burying-Ground)及野生的耐冬(The Wild Honeysuckle)——詩是很有名的。第一個美國的重要詩人，乃是白利安特(William Cullen Bryant, 1794–1878)。他先學法律，後住於紐約，爲紐約晚報的編輯五十餘年；他是一個論文家，批評家，而詩人之名最著．他一生所寫的詩都是好的，技術成熟而思想清新．他的最好的詩是莎那托西士(Thanatopsis)，給一隻水禽(To a Water-fowl)，及晚風(The Evening Wind)之類，於描寫景物之中寄以深思的．他還譯了依里亞特和亞特賽．

美國文壇最怪的人物愛倫坡曾在白萊安特的事務室左近的一個編輯室裏做過事．坡的詩不過薄薄的一小本，卻表現着最優美的形式，最鏗鏘的音節，而又有最深秘的意思．他的烏鴉(The Raven)一詩，是世界文壇上最有影響，最使人感興的詩；烏鴉大約是運命或其他黑暗東西的象徵．我們讀了烏鴉的詩，彷彿是置身於不可知的一個黑地，聽着巫術者在說話．他以富於色彩及暗示的力，以美及陰暗及恐怖的暗示，用神祕或象徵的筆法，刺激着人的情緒．他在詩歌方面，影響最大．法國的兩個大詩人鮑特萊爾及梅拉爾美都譯他的詩而顯然的受有他的啓示及感興．烏鴉以外，給海倫(To Helen)及依士拉菲爾(Israfel)二詩是最有

烏鴉

烏鴉是愛倫坡最有名之詩篇。這圖表現詩裏所寫室裏的情景及空氣極爲逼眞。

(Edmund Delac 作)

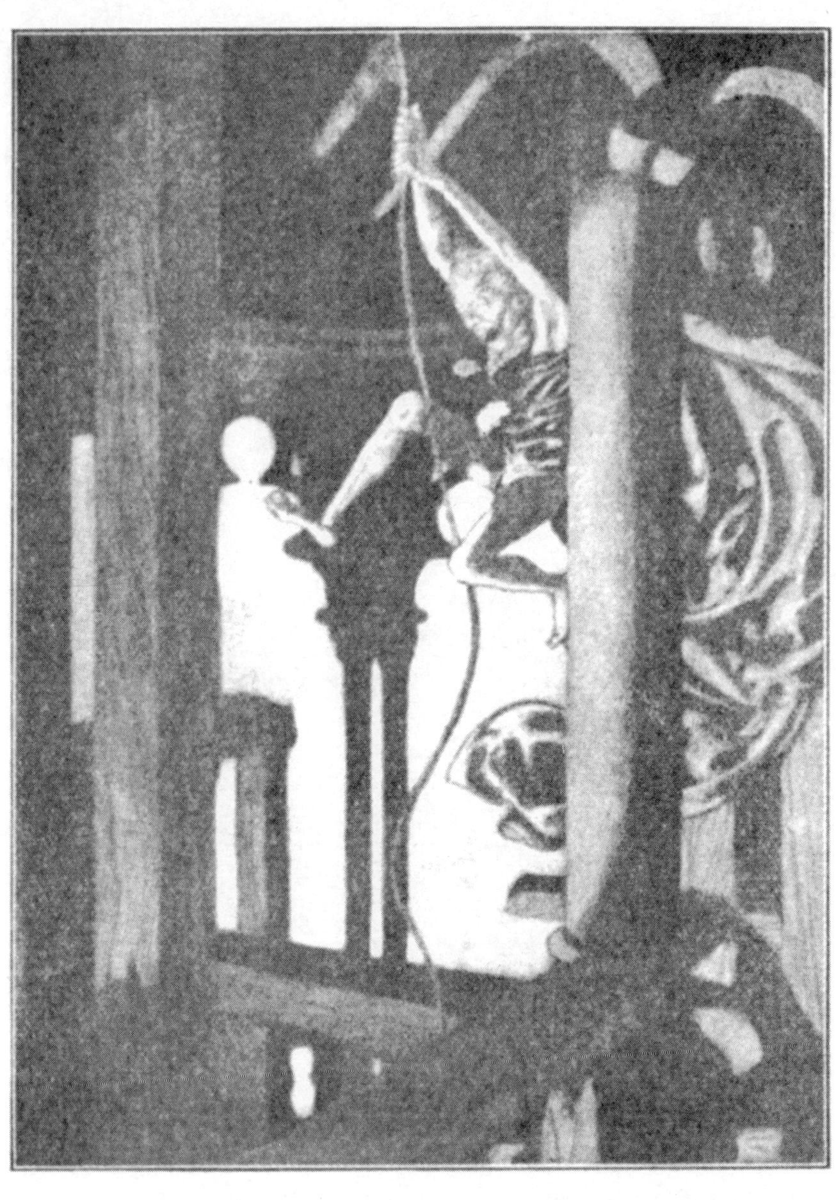

鐘　　鐘亦爲愛倫坡有大名的詩篇　(Edmund Delac 作)

名的坡始終是一個詩人，便在他的散文、小說與評論上，也都充滿了詩意。

最有影響於世界文壇的美國詩人是坡，而美國的桂冠詩人，一生享着盛大名譽者則爲朗佛羅(Henry

朗弗羅　美國的大詩人

Wadsworth Longfellow, 1807–82)。他坐在平民的座壇上，說着最謙和的話，他乃是人類中最和愛謙虛的人之一。他曾爲霍桑的同學，遊歷到國外很久，曾譯了、介紹了不少歐洲文學到美國來，特別是德國的與斯坎德那維亞的。他寫了許多美國的傳說，如希亞瓦莎（Hiawatha）之類。而他的平淡而堅樸的詩，尤爲無時間無地域之間隔的最好作品。他是樂生的，是歡愉的，在一切歌詠人生的詩中，他的生命之歌（Psalm of Life）是足使人感與的。他的村中鐵匠（Village Blacksmith）寫的是最平常的事，而技術卻是極高的。他的作品，晶瑩可愛，如夏日之甜冰水，看來很素樸平淡的，卻有無上的美趣。他的敘事長詩，如伊文格林（Evangeline）如一個路旁旅店的故事（Tales of a Wayside Inn）是最著的。他譯的但丁的神曲是很艱苦的工作；又自己作了一部相彷彿的神的悲劇（The Divine Tragedy）。

繼續了朗佛羅之講座，而執教鞭於哈佛大學（Harvard）者，是有名詩人洛威爾（James Russell Lowell, 1819–91）。他又曾爲大西洋月刊（Atlantic Monthly）

及北美評論(North American Review)之編輯，爲美國的駐西班牙及駐英國的公使。他早年的詩，是受英國羅曼派詩人華茲華士，雪萊諸人的影響。其詠寫自然的詩，如柳下(Under the Willows)之類是很可讚美的；他的諷刺詩皮格羅雜記(Biglow Papers)是他最好的大作，沒有一部美國的諷刺詩有牠那樣的動人，且至今還是新鮮的。

洛威爾 美國的詩人

洛威爾的朋友，何爾摩士(Oliver Wendell Holmes, 1809-94)，也是一個大詩

人。他初學法律，後學醫，爲解剖學的教授。他曾寫了三部小說，還有不少的散文，然詩是最有名；狄根的傑作（The Ducon's Masterpiece, or the Wonderful On-Hoss Shay）是他的最好的詩。他的文學及政治上的見解是很守舊的，但他卻是反對神學的有力的人。

愛摩生（Emerson）是一個最大的美國散文作家，

何爾摩士

但他也寫着詩.如他的蜜蜂(The Honey Bee)充滿了快樂的露天的情調.如他的婆拉馬(Brahma),是一首深沈的哲學詩;這都是他所擊出的眞詩的調子;然其他的詩,卻沒有他的散文那樣的富於想像.

委特葉(John Greenleaf Whittier)是一個教會中人,他寫了不少宗教的詩,這恰與何爾摩士成一個對照.

委特葉

他反對奴制最烈，如奴隸的船(The Slave-Ships)等都是發表他的見解的，卻沒有什麼藝術的價值。他的傑作是雪地(Snow Bound)寫出新英蘭的冬日的寒冷氣象，使人有如親見。他有詩才，有發表的慾望，有强烈的道德與宗教的感情，但他的缺點卻是音韻的不大諧和。

當以上諸詩人已老了，盛名已立定了之時，有一個年齡也不很輕的大詩人，方才爲人所發現、所讚頌。這人就是『和善的白髮詩人』惠特曼(Walt Whitman, 1819–92)，因爲在他的後半生，他乃真的是一位白髮蒼蒼的人。然他的草葉集(Leaves of Grass)卻是最年青的詩，强壯而充滿了精力的詩，在美國詩壇上，那樣雄偉的作品是最少見的。這部詩集很奇怪的把精美與粗率的東西混雜在一處。時有最好的地方，也時有最壞的地方。然草葉集卻是一部全集，是一個人許多年來的詩的生活。他乃是世界上最偉大的一個散文詩作家。他歌詠民主，他歌詠自我。他的勢力在思想界也是很大的。在他中年，他曾寫了很好的詩以讚頌林肯。在他最好的地方，惠特曼乃是歌詠海與太陽與在地上的千百萬人的真確詩人。惠特曼他以爲自己發見了一種新式的詩，——散文詩——把一切舊的韻律的拘束完全打翻了。他真的是如此。但他的偉大還不在創造了一種新的詩式，而在他自己乃是一個新的偉大的詩人，

白髮詩人惠特曼 (G. J. W. Alexander 作)

「呵，我的靈魂，我們在平靜而清冷的早晨找到我們自己了。」——從惠特曼《草葉集》裏的一詩。

具有無限的力與弘偉的思想的。

惠特曼之後，美國大部分的詩是低落了；然而如有一部選本，卻也可以收得不少的好詩。泰勞(Bayard Taylor, 1825–78)以他的東方之詩(Poems of the Orient)著，又譯了歌德的浮士德。狄金生(Emily Dickinson, 1830–86)以富於想像而奇異的人生的默想詩著名，如禁果，我爲美而死之類。阿爾特里契 (Thomas Bailey Aldrich, 1836–1907)以他的嬰孩的鈴及其他詩歌有名。拉尼葉 (Sidney Lanier. 1842–81)以壯麗的詩著稱，如他的朝陽之類，是很絢麗的。李萊(James W. Riley, 1849–1916) 的詩使一般的人感興，如他的我的老情人之類乃是傳誦於衆口之作。此外還有不少詩人，難得一一的列舉。

五

十九世紀美國的論文家，以愛摩生 (Ralph Waldo Emerson, 1803–82) 爲領袖；他的家庭，好幾代是淸教徒的傳道師；他也是一個偉大的傳道師，卻不是屬於宗教的；他所講述的德性，是很簡單的；自賴樂觀主義而並不忽略了人生的粗澀面；信人，信任於人心的上帝；但他的上帝卻不是形式的宗教。愛摩生的論文與演說都是如牧師之講稿；他一生都是一個傳道者；他的講稿不是陳陳相因的，也不是沈悶的；他們乃是雄辨滔滔的，自然而且忠懇；他們的思想與知識乃用詩的解釋，比喻，警策的句子及詼諧來潤飾着的。有無數的愛摩生的句子，是已成了日常的成語，而常常爲人所引用。他思想之豐富是善於選擇及融化別的作家的意思而恰恰的給他來用。但他卻不是一個摹倣者或引用人者，他把他所接觸的一切東西都愛摩生化了。他的可愛的聲音與人格，感動了他同時代的人的，現在是已消滅了，然而在他的文字中，卻有一種同樣的動人之力。我們一翻開了自然（Nature），論文集（Essay），人生的行爲（Conduct of Life）及代表的人（Representative Men）便可以聽見一個人在那里說着話，清晰而如音樂，雄辯而富想像。愛摩生並不注意於秩序及倫理的方法，有人說，他的論文是沒有什麼結構的，可以倒讀上去．他們是一串的珍珠，從無論那一頭計數去都可以．然而珍珠是可寶貴的，有不少崇高而有條理的哲學家，有不少藝術更優美的藝術家，然而愛摩生的偉大卻是不可否認的．這是他自己．反映於藝術作品裏的乃是他的品性．

愛摩生——美國的大論文家 (Samuel W. Rowse 作)

愛摩生的朋友與同住者莎留(Henry David Thoreau, 1817–62)在當時沒有人注意，而近來則一天天的益爲人所知。他的大作瓦爾登(Walden)，爲他在森林中二年的生活，一種孤寂而自賴的經驗。他證明他能獨立生活，他與自然已足相活了。『每一天早晨，是一個歡樂的邀請，把我的生活成爲平均的真樸者，我可以看見天真與自然她自己。』他所崇拜的乃是樸素與天真。他的觀察自然的態度，乃是直接原始的，並

莎留

沒有如職業的自然學者那樣的呈顯其專門的知識。他的文字也是很精美而流利的。他的思想是很急進的，革命的。他以為當政府是有組織的壓迫者時，這是忠實的人的義務去反對他。有一次，他自己實行抗付租稅，被捕下獄，賴有朋友代他償付，才只囚禁了一天就出獄。他死後，愛摩生以為世界還未知道他果是如何的偉大。

坡，在上面已講過，也是一個第一流的論文家；他的論文是充滿了詩意的。還有上面說過的洛威爾和何爾摩士兩個詩人，也都是很好的論文家。何爾摩士的早餐桌上(The Autocrat of the Breakfast Table)，至今已有六十年，然還新鮮如初寫作時，這部作品使他廁身於曼唐(Montaigne)與卻爾士·蘭(Charles Lamb)之列。洛威爾的散文比他的韻文還要悅耳，他的論卻賽(Chaucer)的文字是異常的好。

在許多大政治家之中，約菲生的獨立宣言是使他不朽的，他還寫些記事與通信。韋蒲史脫(Daniel Webster)的政治生活，至今還爲人所記住，他的演說是具有崇高的天才的；許多事件都被人忘記了，而他的演說卻還活着，有好幾篇，是美國學童們所熟知的。他的文字，條理清晰而堅實明白。他是在世界少數大演說家之中的。

林肯(Abraham Lincoln, 1809–65)一個歷史上的偉大人物，在早年時，即有文名；他的文字不是因爲他的政治上地位而得傳誦的，乃是因爲真的是屬於文學的。他的有些平靜的演說，只要幾句話，卻會生出大影響，有的如一篇短的散文詩，一件藝術品。

美國的歷史家所做的工作也有可以注意的。柏里斯格特(W. H. Prescott, 1796–1859)是一個半盲的作家，以寫墨西哥的歷史著名，其後又寫祕魯被佔史(The Conquest of Peru)，又寫了一部菲力第二(Pilip the Second)。他的歷史都是清順可讀的，他乃是一個文學者。

把文學的可愛的色彩染上了歷史的是柏克曼(Francis Parkman, 1823–93)。他寫的是美國未成立之前的美國西北部及英法人之戰爭。有的是更詳確，更有學問的歷史，然卻沒有如拉西爾(La Salle)及曼卡爾摩與胡爾夫(Montcalm and Wolfe)之動人的；他們如果不是每一件事都正確，那末他們乃是每一句都秀美動人的。

參考書目

一、美國文庫(Library of American Literature) 史特曼與赫慶生合著(E. C. Stedman and E. M. Hutchinson)。Houghton Mifflin Company 出版。

二、劍橋美國文學史(Cambridge History of American Literature)共四冊，G. P. Putnam's Sons出版。

三、美國文學史(A Literary History of America) 溫特爾(B. Wendell)著，Charles Scribner's sons 出版。

四美國文學史(History of American Literature) 特倫德(W. P. Trent)著，D. Appleton and Company 出版.

五美國文學的精神(The Spirit of American Literatura) J. Macy 著在近代叢書(Modern Library)中.

六美國文人叢書(American Men of Letters)包含有許多重要的作家的研究，Houghton Mifflin Company 出版.

七美國的小說詩歌及論文集，通行本甚易得，在萬人叢書(Dent出版)，河邊文學叢書(Riverside Literature Series, H. Mifflin 出版)及標準英文名著(Standard English Classics, Ginn and Company 出版)中尤多.

八美國文學中譯者不多，僅歐文的作品，譯得不少，大都在商務印書館出版之說部叢書中.又黑奴籲天錄，林紓譯，有魏氏原刊本，有文明書局鉛印本.又玉蟲緣(卽愛倫坡之金甲蟲)有周作人譯本，文明書局出版，今已絕版.

第四十四章　十九世紀的中國文學

第四十四章　十九世紀的中國文學

一

十九世紀的中國文學，頗呈衰落之象，已不復有前一個世紀文壇之如火如荼，浩浩莽莽的氣勢；戲曲作者尤少，佳作更不多見；如桃花扇，如紅雪樓九種曲，如長生殿等之名著，俱不可更覩。戲曲作家以黃憲清，周文泉，陳烺，余治爲最著，實則亦僅此數人而已。

黃憲清字韻珊，海鹽人，著倚晴樓七種曲。七種者，：卽茂陵絃，敍司馬相如，卓文君事；帝女花，敍明莊烈帝女長公主與周駙馬事；脊令原，敍曾友于事，此故事原見於聊齋志異；鴛鴦鏡，敍謝玉淸與李閑事，此故事亦見於池北偶談；凌波影，敍曹子建遇洛神事；桃谿雪敍烈婦吳絳雪事；居官鑑敍王文錫居官淸正，且善綏亂事。在這七種曲中，以茂陵絃及帝女花爲最動人。相如，文君事，古來戲曲家取之爲題材的不知凡幾，而韻珊此作，在那些作品中卻可算是上乘的。汪仲洋說：『嘗讀琴心記，恨其曲詞白口，不與題稱，而又抹卻諫獵一節，添出唐蒙設陷，文君信誑，相如受繼諸事，可謂癡人說夢，了無理緒。讀韻珊此本，不覺夙心爲之一快。』此劇或名當鑪艷，乃坊賈擅改者。帝女花寫明末喪亂，頗盡纏綿悲惻之致；若終於殯玉一齣，卻不失爲一部很好的悲劇。試讀下面一曲：

（攤破金字令）（換頭）只見那東風擺柳，春寒逼綺羅，只見花啼臉粉，山蹙眉蛾，看將來無一可，料荒土壟中，也應念我。使今夜夢魂相過，還怕他更漏無多。黃昏近也人奈何！唉，燈影溶銀，荷夜香散錦窩，獨自個被角寒拖，枕角虛摩，回頭細看那曾見他。

那是很不壞的。不料他卻再加上了一齣散花，以最通俗的佛教觀念爲結束，未免枉用了好題材。他的劇本大抵雄偉之氣概不足，而綺膩淸俊之風韻有餘，在十九世紀中國戲壇，他實是無比的一個作家。

周文泉號練情子，嘉慶末爲邵陽縣知縣。曾於因公務上京之途間車中，著補天石傳奇八種。這八種是：宴金台（太子丹恥雪西秦），敍燕丹興兵滅秦之事；定中原（丞相亮祚綿東漢），敍諸葛亮滅了吳魏二國，而統一天下；河梁歸（明月胡笳歸漢將），敍漢將李陵得機會復歸漢而滅了匈奴；琵琶語（春風圖畫返明妃），敍出塞之王昭君復歸於漢宮；紉蘭佩（屈大夫魂返汨羅江），敍屈原復蘇生而用事於楚廷；碎金牌（岳元戎凱宴黃龍府），敍秦檜被誅死，岳飛終成滅金之大功；紞如鼓（賢使君重還如意子），敍鄧伯道終於復得有子，並不絕嗣；波弋香（真情種遠覓返魂香），敍荀奉倩夫婦終得偕老。這些戲曲都與夏綸之南陽樂一樣，欲竭力以文字之權威，來彌補歷史上人心上許多最足遺恨的缺憾。這種努力，當然是不足道，而且近於兒戲，而其風格與文詞自亦不會很崇高的了。

陳烺字叔明，號潛翁，陽湖人，以鹽官需次於浙江，浮沈下僚，甚不得志。所作劇本，有玉獅堂十種曲；這十種分爲前後二集；前五種爲：仙緣記，海虬記，蜀錦袍，燕子樓，梅喜緣；後五種爲同亭宴，迴流記，海雪吟，負薪記，錯姻緣。（後五種多以聊齋志異中之故事爲題材）其中以燕子樓爲最有名；燕子樓敍的是唐時張建封與其愛妓關盼盼事；此故事亦爲向來劇作家所喜寫者；元曲中曾有關盼盼春風燕子樓一種，今已不傳。

黃憲淸，周文泉，陳烺三人皆爲傳統的劇作家，以明人所用之戲曲式樣與曲文來寫他們的著作的，余治則是一個不同樣的作者；他並不用傳統的『崑曲』來組成他的劇本。他的劇本的唱白，乃採用的是當時流行的『皮簧調』的式樣。這是他的足以自立於中國戲劇史上的一端。自他以前所謂『今樂』的劇本，一無所有，（綴白裘裏錄亂彈調劇本僅三齣，）自他之後，所謂『今樂』的劇本，亦一無佳者。他這部庶幾堂今樂雖不是什麼偉大著作，在皮簧戲的歷史上，其重要卻是空前的，在中國戲劇發展史上，其地位亦甚重要。向來皮簧戲的劇本，不是把崑曲的流行戲，改頭換面，就是將梆子腔的劇本全盤鈔襲。自己創作的劇本，除了這部庶幾堂今樂，是絕無僅有的了。此書原有四十種，今傳於世者凡二十八種。如硃砂痣等，在今日劇場上還時時演唱着。惟作者下筆時，教訓的意味太重，戲劇的興趣未免爲之減削不少耳。

二

這一時期的小說作家，傑出者殊不少；其作品在近日社會上都有很大的勢力。他們各自有其獨創之描寫地域，這些地域乃是前人所未曾踏到的。如李汝珍的鏡花緣，如陳森之品花寶鑑，如文康之兒女英雄傳，如韓子雲之海上花列傳都是不襲取前人一絲一線之所遺的。

鏡花緣所寫的人物，以女子爲中心。中國小說，很少以女子爲主人翁的，雖說有一生一旦，然生的重要恆較旦且不啻倍之，只有彈詞中的天雨花之類，女子乃爲作者所注重，其原因則以作者亦爲女子。鏡花緣作者卻非女子，而處處乃爲女子張目，這實是值得使我們看重的。

鏡花緣之作者爲李汝珍，字松石，直隸大興人；曾師事凌廷堪。於音韻及雜藝，如土遁星卜象緯以至書法奕道，都很有研究。但不甚得志，以諸生老。晚年努力作

鏡花緣動人的部分是前半敘寫唐敖歷遊海外諸國的地方；作者在那裏逞其想像，描寫各式各樣的怪民異物，而串插以冷雋的諷刺，頗有可以與史惠夫特的高里弗遊記比肩而立的地方。

小說以自遣，歷十餘年才成功。道光八年有刻本出來。這部小說就是鏡花緣。不數年，他就死了，年六十餘。在鏡花緣中，也與在野叟曝言中一樣，作者幾乎把他一生的時間都庋放在其中了；那裏有一大段論音韻的文字，那是他最擅長的學問；那裏有許多論學、論藝的文字，那裏還有許多詩文及酒令之類，那也是他所喜的或所欲談的東西。他把這部小說的歷史背景，放在初唐武則天時代。徐敬業討武氏失敗，忠臣子弟四散避難於他方。有唐敖者，與敬業等有舊，亦附其婦弟林之洋商船至海外遨遊。途中經歷了、遇見了無數奇象異人。作者在這裏幾乎把全部山海經，神異經都搬上書中了。後敖至一山，食仙草而仙去。敖女閨臣又去尋父，不遇而返。值武后開科試才女，諸才女乃會聚京都，大事宴遊。不久，勤王兵起，諸女伴又從戎於兵間，致力於討武氏之事業。其結果，則各才女各有不同，大抵其命運都已前定。但這部小說，並不是很純美的晶瑩的水晶球；其中有的地方很不壞：有很深刻的譏刺，很滑稽的諷笑，甚至有很大膽的創見；如林之洋在女人國歷受種種女子所受之苦楚，爲尤可注意者；而有的地方則極疏忽，講學問處也太冗長寡味。最壞的是後半部與前半部完全不調和。我們始讀此書時，完全不會想到諸才女乃能拈刀執槍，呼風喚雨以從事於破陣殺敵的工作的。不過像這樣的一部書，近代的中國卻已很少見了！求全的責備也可以不必。

兒女英雄傳與鏡花緣一樣，也是以女子爲女主人翁的。但二書的情調卻完全不同。鏡花緣以人物的繁雜，景物的詭怪著，兒女英雄傳則人物不多，僅疏朗朗的三五個人，背景也是一個平平常常的社會。在結構上看來，兒女英雄傳較之鏡花緣卻縝密得多。兒女英雄傳的作者爲道光中的文康；康爲滿洲鑲紅旗人，費莫氏，字鐵仙。大學士勒保之次孫。曾爲郡守，爲觀察。後丁憂旋里，又特起爲駐藏大臣。以疾不果行，卒於家。此作凡五十三回，後散佚，僅存四十回。今流行本亦有五十三回者，皆後人所補綴者。內容的大略是如此：俠女何玉鳳，假名十三妹，欲對大官紀獻唐報仇，因他曾殺其父。她武技至高，在各處行俠。某日，遇安驥受阨，救之出險。後紀獻唐爲朝廷所誅，玉鳳遂歸驥爲妻。同時，她又媒介了張金鳳爲他的妻；她乃曾與他同遇難，而又同爲玉鳳所救者。驥後爲學政。二妻各生一子。這完全是一部傳奇；雖以當時社會爲背景，人物卻都是理想的傳奇的；如十三妹，安驥那樣的人，現實的世界上是不會

兒女英雄傳是一部傳奇，寫人物寫得太理想了。其寫十三妹大鬧能仁寺救安公子一段卻是全書中最活躍的。

有的，恐僅有存於作者想像中而已。全書處處都顧及傳統的道德，時時以傳道者的面目與讀者相見，頗使人不快。所以這部書實不是一部怎麼偉大的書。或以爲書中之紀獻唐乃清初之怪傑年羹堯，而安驥之父乃作者之自況，人物並不虛假。然而十三妹卻無論如何不會是一個真的人。但此書之特點卻未嘗沒有，那就是：全書都以純粹的北京話寫成，在方言文學上是一部很重要的著作；那樣流利的京語，只有紅樓夢裏的文學可以相比。兒女英雄傳亦有續書，那也與一般續書同樣，自然較原本更劣，更不足使我們注意。

續書而自有其獨立的價值與地位者，在這時期內，卻有俞萬春的蕩寇志。說來可怪，這部書卻也是以一個女子陳麗卿爲主人翁的。萬春，字仲華，號忽來道人，山陰人。續七十回本水滸傳而作結水滸傳七十一回，亦名蕩寇志。萬春卒於公元一八四九年（道光己酉），但此書則至公元一八五一年（咸豐元年）始由其子龍光刻出。此書本懲盜之意，由作者想像中創造了許多人物，專爲擒殺蕩滅梁山泊諸英雄而來。水滸傳裏的虎跳龍嘯的一百單八人遂在此非死卽誅，情景至爲悽怖。我每讀此書，總有些不愉快之感。但萬春筆力頗雄健深刻，全書結構亦殊嚴密而浩壯，如沒有那末偉大、那末活氣騰騰的水滸傳在前，這書卻也可算是一部不可及的著作。

鏡花緣，兒女英雄傳，都是敍『兒女』而兼敍『英雄』的，結水滸傳，則本爲敍『英雄』之書，而亦間及『兒女』。燕山外史，品花寶鑑，海上花列傳，靑樓夢則爲專敍兒女者。

燕山外史爲陳球作，共八卷。球字蘊齋，秀水人，諸生。家貧，以賣畫自給工駢儷，喜傳奇。燕山外史卽他以駢四儷六之文寫之者。小說中，除唐，張鷟之游仙窟及此書外，恐更無以駢文爲之者。此書成於嘉慶中，以明，馮夢楨所作之竇生傳爲題材。永樂時，有竇繩祖與貧女李愛姑戀愛同居。後其父迫令就婚宦族。二人遂相絕。愛姑墜落妓家，因一俠士之玉成，遂復歸繩祖。繩祖妻待之甚暴虐。二人乃相偕遁。值唐賽兒亂，又中途相失，生復歸家，家已貧苦，妻亦求去。這時，愛姑忽復歸，乃爲其妻。是年繩祖中第，官至山東巡撫。其前求去之妻卻反墮落爲乳媼。最後，繩祖與愛姑皆仙去，書亦遂止。光緒初，永嘉人傳聲谷曾爲之作註釋。此書不過如平山冷燕一流之佳人才子的小說而已；而又出之以駢儷，其敍寫更覺處處板澀。

品花寶鑑爲陳森作；森字少逸，常州人，道光中居北京，嘗出入於伶人之中，因掇拾所見所聞，作爲此書，刻於咸豐二年（公元一八五二年）。當時，京中士大夫，每以狎伶爲務；使之侑酒，歌舞，一如妓女。此風至清末始熄。在此書中，描寫此種變態的性愛，極爲詳盡。本爲男子之伶人，如杜琴言輩，乃溫柔多情，如好女子，而所謂士大夫之狎伶者，則亦對他們致纏綿之情意，一如對待絕代佳人。儒林外史中亦有敍及伶人，取以較之此書所寫者，真可見是兩個截然不同的時代。在小說中保留這個變態心理的時代者，當以此書爲最重要的一部，也許便是唯一的一部。不過，事實是不近人情的事實，人物是非平常的人物，雖作者盡力的去摹寫，讀者卻難得有如對紅樓夢諸正則的書同樣的那末感到興趣。

青樓夢題慕眞山人著其眞姓名乃俞達達字吟香，江蘇長洲人，生平頗作冶遊。光緒十年（公元一八八四年）以風疾卒。青樓夢成於光緒四年，書中人物多爲妓女；實爲後來諸青樓小說之祖。其故事略如下。金挹香工文辭，頗致纏綿於諸妓女。後掇巍科，納五妓，一妻四妾。爲餘杭知府。不久，父母皆在府衙中跨鶴仙去。挹香亦入山修眞，又歸家度其妻妾，盡皆成仙。曩所識之三十六伎，原皆爲『散花苑主坐下司花的仙女，』今亦一一塵緣已滿，重入仙班。故事實太偏於傳奇，沒有什麽眞實的趣味。海上花列傳亦敍寫青樓事，較之此書卻高明得多了。一如木雕的佛像，板澀而無生氣，一則是活潑潑的現實社會的寫眞，個個都是活的人。一是天上無根之浮雲，一則爲地上着實有據的人間寫照。中國近代小說，到了像海上花列傳之類，乃始脫盡傳奇的虛妄無根的摹寫，其發達實太緩慢。本來在有了金瓶梅，紅樓夢之後，傳奇之風便不易重熾，而不料中間乃復有許多年，許多年的傳奇時代之存在！

海上花列傳凡六十四回，題『雲間花也憐儂著』，其真姓名爲韓子雲，松江人。善奕棋，嗜鴉片，旅居上海甚久。爲報館編輯，沈酣於花叢中。閱歷既深，遂著此書。書中故事，大都爲實有的，不復如傳奇作家之嚮壁虛造，且人物也都是實有的，至今尚可指出其爲某人某人。此書初出現於公元一八九二年（光緒十八年）與他書二種合印爲海上奇書三種，每七日出一册，每册中，有此書二回，甚風行，爲上海一切小說雜誌之先鋒。此書全用上海方言寫成，大約是用上海話著書的第一部；在方言文學上，占的地位極重要。此書結構極散漫，全局佈置，似無預定，故事若斷若續，每隨社會上新發生之事故而增長其題材。此絕無結構之書，又無一定之主人翁之書所以能吸引住讀者，不使其興趣低落者，完全由於其敍寫手段之逼眞。說的話，是在上海的人常聽見的，說話的人也是我們所常看見的。此書在近二十餘年的影響極大；至今，此種結構散漫而隨時掇拾社會新事以入書之小說尚時時有得出現。

三俠五義，施公案，彭公案諸書，則爲專敘「英雄」者，三俠五義，原名忠烈俠

海上花列傳是方言文學中一部成功之作。結構很散漫，但敘寫則很逼眞動人。此種小統，模擬者不少，然却沒有一部及得得上牠的。

義傳，出現於光緒五年（公元一八七九年）凡百二十回，爲石玉崑作。此書在社會上影響甚大；彭公案諸書皆繼其軌而作者。書中之主要人物爲宋包拯，卽所謂包龍圖者。有三俠，展昭，歐陽春，丁兆蕙，及五鼠，盧方，韓彰，徐慶，蔣平，白玉堂左右之，到處破大案，平惡盜，並定襄陽王之亂。全書結構甚完密，而事蹟復詭異而多變化，文辭亦極流利而明白，因此，人物雖非眞實的，事實雖爲傳奇的，卻甚足引動讀者。俞樾見此書，以爲：『事蹟新奇，筆意酣恣，描寫旣細入毫芒，點染又曲中筋節，正如柳麻子說「武松打店」，初到店內無人，驀地一吼，店中空缸空甏，皆甕甕有聲：閒中着色，精神百倍。』乃略爲改訂，易名爲七俠五義而重刋之。後又有小五義，續小五義，相繼出現於京師，皆一百二十四回，亦皆稱石玉崑原稿。

施公案一名百斷奇觀，凡八卷九十七回，未知作者姓名，敍康熙時施世綸事；其出在三俠五義之先，（道光十八年）而文辭殊拙直。然在一般社會上，勢力亦甚大；今人無不知有黃天霸者，卽無不知有施公案也。

彭公案爲貪道人作，敍康熙時彭鵬事，凡二十四卷一百回，光緒十七年（公元一八九一年）出版，至今尚有人在續寫，已至三十續，其文辭亦甚枯拙，遠不及三俠五義。此外，同類的書在這時期的末年，出版了很不少：如萬年青，永慶昇平，七劍十三俠，七劍十八俠，劉公案（劉墉事）李公案（李秉衡事）都是這一流的名臣斷案，俠客鋤奸的小說。這種傳奇的盛行，在社會上的影響是很不好的。往往使愚民傾仰空想的

黃天霸是施公案裏的一個主角；舞台上演唱他的故事的戲本不少，已成了一個婦孺皆知的英雄。

英雄，而忘了實際的社會的情況。

花月痕與鏡花緣是同類，亦爲兼及『男女』『英雄』之小說。其寫纏綿悱惻之戀情，則有類於品花寶鑑，其寫多情之妓女，則有類於青樓夢。花月痕凡十六卷五十二回，題『眠鶴主人編次』實乃魏子安所作。子安爲福建閩縣人，少負文名，尤工駢儷。中年以後，乃折節治程朱之學，鄉里稱長者。此書出現於咸豐戊午（公元一八五八年）或謂其人物皆有所指。或謂其中主人翁乃作者自己之寫照。上半部敍韋癡珠，韓荷生游幕幷州，各有所戀，亦皆爲妓女。韋戀秋痕，韓戀采春，後韋夭死，秋痕殉之。後半部則敍荷生與采秋結爲夫妻，富貴顯達，冠於當世，正與癡珠，秋痕之薄命成一對照。作者於前半部，寫情寫事，殊爲着力，時時有悲涼哀怨之筆，『哀感頑豔』之評，足以當之。後半部則敍寫荷生，采秋之戰功，殊失之誇張，且更雜以妖異，益與前半不稱。正與鏡花緣一樣，後半乃足爲前半之累，使瑩潔的美玉，無辜的染上了許多瑕點。

三

詩人在這時期殊爲落寞，雖有梅曾亮，張維屏，龔自珍，何紹基，鄭珍，莫友芝，曾國藩，金和，黃遵憲，王闓運，李慈銘諸人相繼而出，而其活動的範圍與氣魄影響之切深與浩大，皆不及前一時期。

梅曾亮字伯言，江蘇上元人，道光壬午進士，官戶部郎中，（公元一七八六——一八五六）。有柏梘山房集，善古駢文，『詩則簡練明白如其古文。如『滿意家書

花月痕最好的地方，是前半寫韋癡珠與妓秋痕的纏綿悲惻的戀愛遇合的幾段。後半是很無意味的。

至，開緘又短章……尙疑書紙背，反覆再端詳』（得家書口號）這是很摯情的文字，很逼真的情境。

張維屏字子樹，一字南山，番禺人，道光中進士，曾官黃梅，廣濟知縣，權南康知府，有政聲。（公元一七八〇—一八五九）著聽松廬詩鈔及國朝詩人徵略。嶺南頗多詩人，有馮敏昌，胡亦常，張錦芳，號爲三子，後錦芳又與黃丹書，黎簡，呂堅並稱爲嶺南四家；而維屏則這時名尤著；與林伯桐，黃喬松等七人築館吟詩，號曰七子詩壇。

龔自珍號定菴，仁和人，（公元一七九二—一八四二）有破戒草，亦以散文有名於時。才氣殊縱橫，意氣飛揚而聲色疊落不羣，其詩亦如其爲人，非規繩所能範則，少年喜之者極多。下舉二例：

劉三今義士，媿殺讀書人。風雪衔杯罷，關山拭劍行。英年須閱歷，俠骨豈沈淪。亦有恩仇託，期君共一身。（送劉三）

黄金華髮兩飄蕭，六九童心尚未消。叱起海紅簾底月，四廂花影怒於潮。（夢中作四首之一）

何紹基字子貞，號東洲，道光中進士，官編修。（公元一七九九——一八七三）精於小學，詩則頗崇拜東坡、山谷，爲後來宗宋諸詩人之的先聲。有東洲草堂詩鈔。

鄭珍字子尹，遵義人，晚號柴翁，道光中舉人。（公元一八〇六——一八六四）其詩沈鬱整嚴，爲當時一大家，巢經巢詩集乃是這時最重要的詩集之一。論者稱其『歷前人所未歷之境，狀人所難狀之狀』。今舉一例：

前灘風雨來，後灘風雨過。灘灘若長舌，我舟爲之唾。岸竹密走陣，沙洲圓轉磨。指梅呼速看，著橘怪相左。半語落上巖，已向灘脚坐。榜師打嫩槳，篙律遵定課。却見上水路，去速勝於我。入舟將及旬，歷此不計箇。費日捉急流，險狀膽欲懦。灘頭心夜歸，寫覓強伴和。（下灘）

貴州僻在西方，向少文人，在這時，乃有鄭珍，復有莫友芝二人齊名，而友芝之詩實不如珍。友芝字子偲，號郘亭，貴州獨山人，道光辛卯舉人。有郘亭遺詩。（公元一八一一——一八七一）

曾國藩以起鄉兵平洪秀全得大名，而於詩於文，亦有相當之努力。在這時期的後半，他乃成了一個重要的文人保護者與文學提倡者。國藩字伯涵，號滌生，湖南湘鄉人。道光戊戌進士，官至兩江總督，武英殿大學士。（公元一八一一——一八七二）有曾文正公詩集，又編纂十八家詩鈔，以示其對於古代詩人之宗向與意見。金和字弓叔，號亞匏，江蘇上元人，邑增生，有秋蟪吟館詩鈔。（公元一八一八——一八八五）論者謂可與鄭珍並稱爲二大家。『其一種沈痛慘澹，陰黑氣象，又過乎少陵。』此乃評其長歌即經洪氏亂後之作品，其在亂前之作卻甚嫵媚可愛，如下面雨後泛青溪一首，即可爲後者之一例：

曾國藩

『青溪雨過濕濛濛，畫舫輕移似碧空。芳草生時江水綠，春山明處夕陽紅。榜邊帘影低迎月，樓上簫聲暗墮風。最是亂鶯啼歇後，卷簾人在柳花中。』

黃遵憲爲金和、鄭珍後之一大家。欲在古舊的詩體中而灌注以新鮮的生命者，在當時頗不乏人，而惟遵憲爲一個成功的作者。遵憲字公度，廣東南海人，同治癸酉舉人，官湖南按察使，有人境廬詩集。（公元一八四八——一九〇五。）他的雜感道：『大塊鑿混沌，渾渾旋大圜，隸首不能算，知有幾萬年。羲軒造書契，今始歲五千。以我視後人，若居三代先。俗儒好尊古，日日故紙研。六經字所無，不敢入詩篇。古人棄糟粕，見之口流涎。沿慣甘剽盜，妄造叢罪愆。黃土同摶人，今古何愚賢！卽今忽已古，

黃遵憲

斷自何代前明窗敞琉璃，高爐爇香煙。左陳端溪硯，右列薛濤箋。我手寫我口，古豈能拘牽。卽今流俗語，我若登簡編五千年後人，驚爲古斑斕。』這是他的宣言，這是他的精神！在他之前，敢說這種話有幾個人！更舉一例；

……緬昔百年役，裂地爭霸王。驅民入鋒鏑，傾國竭府帑。其後拿破崙，蓋世氣無兩。勝尊天單于，敗作降王長。歐洲好戰場，好勝不相讓……（登巴黎鐵塔）

那裏面有許多詞句都是崇古的詩人們所不敢用的。

王闓運，李慈銘同爲駢文的大作家，亦同爲有名的詩人。闓運字壬秋，湖南湘潭人，咸豐乙卯舉人。入民國，爲國史館館長。（公元一八三二——一九一六）有湘綺樓詩。慈銘字炁伯，號蓴客，浙江會稽人。光緒庚辰進士，官至監察御史。（公元一八二九——一八九四），有越縵堂集，白華絳跗閣詩。此二人皆專意擬古者，闓運尤力追漢魏六朝之作，風，較之遵憲之有高視古人，獨闢門戶的氣概者，自當爲之低頭。但慈銘之作，卻頗雍雅有情致，如：

茗芋情懷黯淡中熏衣生怕熟梅風分明襟上離人淚，幷向今朝發酒紅。（梅雨中至申江）

此外小詩人至多，如一一列舉，決非本書之所能。

詩之別派號爲『詞』者，專門的作者在這時也頗有幾個，大都是繼於張惠言他們之後的。龔自珍之詞，亦甚有名，其作風豪邁而失之粗率。項鴻祚，戈載，周濟，譚獻，許宗衡，蔣春霖，蔣敦復，姚燮，王錫振諸人則或綺膩，或哀豔，或婉媚，皆未必有偉大的氣魄如定菴。項鴻祚字蓮生，錢塘人，著憶雲詞。（一七九八——一八三五），周濟，字保緒，號止菴，荆溪人，官淮安府教授，有味雋齋詞。戈載字順卿，吳縣人，著翠微雅詞。譚獻，號復堂，仁和人（一八三二——一九〇一）。許宗衡字海秋，著玉井山館詩餘，蔣春霖號鹿潭，著水雲樓詞。蔣敦復字劍人，著芬陀利室詞；姚燮字梅伯，著大楳山館集；王錫振字小鶴，著茂陵秋雨詞。今舉項鴻祚一詞爲例子：

西風已是難聽，如何又著芭蕉雨。泠泠暗起，澌澌漸緊，蕭蕭忽住。候館疏碪，高城斷鼓，和成凄楚，想亭皋木落，洞庭波遠，渾不見，愁來處。此際頻驚倦旅，夜初長，歸程夢阻。砌蛬自歎，邊鴻自唳，剪燈誰語，莫便傷心，可憐秋到，無聲更苦。滿寒江剩有黃蘆萬頃，卷離魂去。

四

散文作家，在這時也與前代一樣，仍可分爲古駢二派。古文派則衍洞城派之緒餘，雖曾國藩氣魄較大，眼光較高，而亦不能自外。駢文作家，亦皆承繼前代之作家而無大變動。

姚鼐爲桐城派古文家之中心，其弟子有陳用光，梅曾亮，管同，劉開，方東樹，吳德旋，姚椿，毛嶽生，姚瑩；其再傳弟子，則有鄧顯鶴，邵懿辰，魯一同，吳嘉賓，朱琦，龍啓瑞等。陳用光字碩士，江西新城人（公元一七六八——一八三五）著太乙舟文集。管同字異之，與曾亮同邑，著因寄軒文集。劉開字方來，號孟塗，著劉孟塗集；方東樹字植之，著儀衞軒集，皆桐城人。吳德旋字仲倫，宜興人，著初月樓詩文鈔。姚椿字春木，婁縣人，著通藝閣集。毛嶽生字生甫，寶山人，著休復居文集，姚瑩字碩甫，亦桐城人，著中復堂文集。鄧顯鶴字子立，湖南新化人，著南村草堂文鈔。邵懿辰字位西，浙江仁和人，有半巖廬遺集。魯一同字通甫，江蘇山陽人，著通甫類稿。吳嘉賓字子序，江西南豐人，著求自得之室文鈔。朱琦字廉甫，號伯韓，廣西桂林人，著怡志堂文集。龍啓瑞字翰臣，廣西臨桂人，著經德堂文集。

曾國藩，吳敏樹，亦當附於桐城派，而頗自立異。國藩曾選經史百家雜鈔，以矯正姚鼐古文辭類纂之淺狹。敏樹字南屏，湖南巴陵人，才力較國藩爲弱。繼國藩之後者，有張裕釗，黎庶昌及吳汝綸。裕釗字廉卿，湖北武昌人。庶昌，貴州遵義人，編續古文辭類纂，卽全依曾氏之論以續姚氏者。汝綸字摯甫，桐城人。在這時，中國局勢已大變，新的潮流已如山崩海倒的擠進來，然而受其影響以自新其生命者則無一人。

古文家劉開與梅曾亮，亦善爲駢文，且卓然成大家。前時，古駢文字爲敵視之二體；這時則二派已不復互相攻訌，而各自認定自己的路走去，且更有駢古兼長如梅，劉者。後來之作家，如王闓運，李慈銘，王先謙，亦並皆如此。其專以駢文著稱者有董基誠，祐誠，方履籛，傳桐，周壽昌，趙銘等，基誠字子詵，有子詵駢體文，祐誠字方立，有董方立遺書，二人並陽湖人，方履籛字彥聞，大興人，有萬善花室文集；傳桐字味琴，泗州人，有梧生駢文；周壽昌字荇農，長沙人，有思益堂集。趙銘字桐孫，秀水人。

此外，不自附於某派之作家，尚有李兆洛，包世臣，俞正燮

俞樾

魏源，龔自珍，俞樾，譚嗣同諸人。李兆洛字申耆，有養一齋文集，包世臣，字愼伯，著安吳四種。二人並名於時，兆洛撰駢體文鈔，爲提倡駢文甚力之一人。（公元一七六九—一八四一）俞正燮字理初，著癸巳類稿。龔自珍之散文亦甚有名，浩莽不羈如其詩。魏源字默深，與自珍齊名當時，著古微堂內外集及海國圖志等。俞越字蔭甫，號曲園，德淸人，有春在堂全集。（一八二一—一九〇六）譚嗣同字復生，湖南人，爲戊戌政變時被害六君子之一。著仁學等，頗有新穎之意，大膽之言。

參考書目

一．倚晴樓七有種有原刊本。其中茂陵絃一種，有石印本及鉛印本，被書賈改名爲當壚豔。

二．周文泉的補天石傳奇八種，有原刊本。

三．玉獅堂十種曲以前五種爲最流行，前後十種合印者較少。俱原刊本。其中燕子樓一種，有石印本。

四．庶幾堂今樂二十八種，有光緒庚辰刊本，分前後二集。

五．鏡花緣有坊刊本，有石印插圖本，有商務印書館鉛印本，有亞東圖書館鉛印本。

六兒女英雄傳有光緒四年聚珍堂木版排印本,有光緒十三年斐英館石印本.坊間流行之小字石印本,有續編.

七蕩寇志有原刊本,有咸豐七年重刊本,有同治辛未重刊本,坊刊本及石印本均甚多,

八燕山外史坊刊本多附傅聲谷之註釋.

九品花寶鑑有坊刊本.

十青樓夢有申報館鉛印本,有進步書局石印小字本.

十一海上花列傳有花上奇書三種本,有石印大字本,有亞東圖書館鉛印本.

十二三俠五義有亞東圖書館鉛印本.

十三七俠五義,小五義,續小五義有商務印書館鉛印本,此外坊刊本甚多.

十四施公奇聞有同治丙寅刊本,有石印本.其續本名淸烈傳.

十五彭公案有文匯書局石印本,其續書題葛惠甫撰,已至二十續,亦皆爲文匯書局出版.

十六萬年青,永慶昇平等,坊間俱有通行本.

十七．花月痕（亦名花月姻緣）有光緒癸巳上海書局鉛印本，又有石印本．

十八．梅曾亮的柏峴山房集有咸豐六年刊本．

十九．張維屏的聽松廬詩稿有原刊本．

二十．龔自珍的定菴文集，定菴續集，有原刊本，有四部叢刊本，有坊間流行之鉛印石印本．

二十一．何紹基的東洲草堂詩鈔，有長沙無園刊本．

二十二．鄭珍的巢經巢詩鈔有原刊本，詩鈔後集及遺文有貴筑高氏刊本．

二十三．莫友芝的郘亭詩文集有影山草堂遺書本．

二十四．曾國藩的曾文正公全集有光緒丙子刊本，又求闕齋文鈔，有金陵刊本．

二十五．金和的秋蟪吟館詩鈔及黃遵憲的人境廬詩集俱有鉛印本．

二十六．王闓運的湘綺樓全集有原刊本；又湘綺樓詩文集，有石印本．

二十七．李慈銘的越縵堂集有原刊本．

二十八．項鴻祚的憶雲詞有原刊本，有有正書局石印本．

二十九．戈載的翠微雅詞有道光壬午刊本．
三十．周濟的止菴詞，譚獻的復堂類集，許宗衡的玉井山館詩餘俱有原刊本．
三十一．蔣春霖的水雲樓詞續，有光緒丙子嚴州重刊本．水雲樓詩詞，有鉛印本．
三十二．蔣敦復的芬陀利室詞及王錫振的茂陵秋雨詞俱有原刊本．
三十三．姚燮的大楳山館集有咸豐甲寅刊本．
三十四．陳用光的太乙舟文集，管同的因寄軒文集，方東樹的儀衞軒文集，俱有原刊本．
三十五．劉開的劉孟塗文集，有童脣年刊本．
三十六．吳德旋的初月樓詩文鈔，有花雨樓叢書本．
三十七．姚椿的通藝閣集，有坊刊本．
三十八．魯一同的通甫類稿有咸豐己未刊本．
三十九．姚瑩的中復堂全集，有原刊本；又石甫文鈔，有嘉慶戊寅刊本．
四十．毛嶽生的休復居文集，鄧顯鶴的南村草堂文鈔，邵懿辰的半巖廬遺集，吳嘉賓的求自得之室文鈔，朱琦的怡志堂文集，俱有原刊本。

四十一．龍啓瑞的經德堂文集，有刊本。

四十二．吳敏樹的抨湖文集，有原刊本。

四十三．張裕釗的濂亭文集有查氏木漸齋刊本。

四十四．吳汝綸的桐城吳先生詩文集，有原刊本。

四十五．董基誠的子詵駢體文有原刊本。

四十六．董祐誠的董方立遺書有同治己巳蜀中重刊本。

四十七．方履籛的萬善花室文集，有雲自在龕叢書本。

四十八．傅桐的梧生駢文，有原刊本。

四十九．周壽昌的思益堂集有光緒戊子刊本。

五十．李兆洛的養一齋文集，有原刊本，有光緒戊寅重刊本。

五十一．包世臣的安吳四種坊刊本甚多。

五十二．俞正燮的癸巳類稿，有原刊本．

五十三．魏源的古微堂內外集，有淮南書局刊本．

五十四．俞樾的春在堂全集有原刊本．

五十五．譚嗣同的舊學四種，有光緒乙酉金陵刊本；仁學有鉛印本；寥天一閣文有坊刊本．

五十六．這一時代的詩歌總集，有陳衍的近代詩鈔，商務印書館出版．

五十七．這一時代的詞總集，有譚獻的篋中詞，在半厂叢書中．

五十八．這時代的古文選本，可讀王先謙及黎庶昌二人選的兩部續文辭類纂，都有原刊本及商務印書館鉛印本．

第四十五章　十九世紀的日本文學

第四十五章　十九世紀的日本文學

一

日本文學自平安朝以後，因受世變的影響，不復如前代的輝煌。鎌倉室町時代，文運均在武士與僧侶之手，文人描寫，不外乎武士的戰績俠骨或佛家的避世無爲，是爲文學之中落時代。但文學思潮，恆如波浪起伏，衰後必盛；到了江戶時代（公元一六〇三——一八六七），文藝中興，成爲文學史上的重要時期。

江戶時代指慶長五年至慶應年間，此時代的文學頗複雜，和歌，俳句，小說，戲曲，極一時之盛。歌壇之香川景樹，俳壇的松尾芭蕉，小說家井原西鶴，山東京傳，瀧澤馬琴；戲曲作家近松門左衞門，皆爲傑出的作家。支配這時代的思想，則爲儒家，倫理之說，頗爲當世所重．

松尾芭蕉一號桃青，他是一個旅行的詩人，足跡遍全國．所作俳句，（十七字，五七五調）極富閑寂之趣，下列是他的名句．

一、古池ヤ蛙飛コムノ水ノ音

青蛙，躍進古池，水的音．

二、枯枝ニ烏トマリ秋ノ暮

烏栖在枯枝上，秋色已暮了．

三、年暮レヌ笠キテ草鞋ハキナガラ

戴着斗笠，穿着草鞋，不知年之暮．

芭蕉的門人很多，其著者有榎木其角、服部嵐雪、森川許六諸人．平民文學的勃興，亦爲江戸文學的特長，故散文頗發達，當時流行民間的類似小說的散文，有下列各種．

一、假名草紙，二、浮世草紙，三、赤本，四、黑本，五、黃表紙，六、讀本，七、洒落本，八、人情本，九、滑稽本。

假名草紙，與後來所出的夾有漢字的草紙相異，全用假名綴成。當時著名的作家，有如儡子（作隨筆可笑記五册，百八町記五册）鈴木正三（作二人比丘尼，因果物語）淺井了意（御伽婢子十三册）嶋元隣（作隨筆身之上六册小㕓六册）諸人。

浮世草紙，意卽今之寫實小說，浮世爲佛家言，爲『人生』之意。始創者爲井原西鶴，西鶴生於元祿朝，大阪人氏，從西山宗因習俳諧，獨具隻眼，觀察現世，知人心之祕密，市井之罪惡。爲日本小說界之鼻祖，初期的著作，描寫戀愛，中期描寫武士，後期描寫町人社會。他的處女作爲好色一代男，初意只爲游戲，并借以換升斗，不意竟受世人的歡迎。其後又作二代男，三代男（五卷）好色一代女，男色大鑑八卷，曾被官廳禁止發行，因改其作風，著武道傳來記、小夜嵐，彼岸櫻，日本永代藏，世間胸算用、本朝櫻陰比事等。他的思想的特色有五：一、平民的，二、物質的，三、譏刺的，四、細微，五、本能滿足（酒、色、財）。死於元祿六年八月十日（公元一六九三年，當我國清聖祖三十二年）年五十二歲，墓在今大阪南區上本町八丁目，誓願寺之後。

西鶴以後，草紙的內容與外形，逐漸變化。當時有一種草雙紙流行，封面表紙赤者稱赤本，黑者稱黑本，至安永年又改爲黃封面，稱黃表紙。初本爲一種繪圖的『伽噺』，赤本夾以妖怪談，黑本雜以實錄物，黃表紙則純爲諷刺，滑稽，機智，輕笑的文字。戀川春町爲黃表紙的有名作者，所著有卅餘種，中以榮華夢，高慢齋行脚日記，鸚鵡返文武二道，楠無益委記，悅贔負蝦夷押領等作爲傑出。

讀本作者爲瀧澤馬琴，以勸善懲惡爲主旨，所作小說，傳記，隨筆漫錄等合計二百六十餘篇，有名者如次。

椿說弓張月三〇册　三七傳南柯夢六册

俊寬島物語一〇册　夢想兵衞胡蝶物語五册

皿皿鄉談六册　　南總里見八犬傳一〇六册（最有名）

朝夷奈巡島記三一册　　近世說美少年錄二五册

洒落本一名蒟蒻本，以半紙截爲二三十頁訂爲一本，而以土器色之唐本表紙爲封面，形如蒟蒻，故名。作者爲山東京傳，以花街柳巷見聞爲題材，最初之作爲容众冰面鏡，息子部屋。其後有吉原楊枝、白川夜船、通義粹語等二十餘篇，後以紊亂風俗被禁。

人情本較洒落本之寫狹巷談更進一步，爲有頭尾系統的描寫。作者爲永川春水，所寫仍爲妓院的見聞。滑稽本作者爲十返舍一九，傑作有道中膝栗毛、江之島土彥、金比羅道中。式亭三馬著浮世風呂，浮世床，描寫武士、町人、農夫、學者、隱士、青年、婦女各階級，其手腕在一九之上。

江戶時代的特產爲『淨瑠璃』，創始者卽近松門左衞門，（1653－1724）一號巢林子。原姓杉森，名信盛，生地無定說，或說在京都，或說越前，三河。『淨瑠璃』

爲日本的詩劇，有古淨瑠璃與新淨瑠璃之別。古淨瑠璃自織田信長時代已有。新淨瑠璃則創自近松。他的作品共有百餘種，共分四類，茲舉其傑作如左。

（一）時代物（史劇）

傾城佛之原。蟬丸。一心二河道。國姓爺合戰。

用明天皇職人鑑。雪女五枚羽子板。大職冠。曾我會稽山。出世景淸松風

村雨束帶鑑。兼好法師物見車。碁盤本平記。

（二）世話物（社會劇）

長町女腹切。女殺油地獄。淀鯉出世瀧德。夕霧阿波鳴門。山崎與次兵衞

門壽門松。

（三）心中物（情死劇）

曾根心中（阿房德兵衞）。心中重井筒（阿房德兵衞）。

心中二枚繪草紙。阿米久米之助高野萬年草。

阿龜與兵衞卯月之紅葉心中宵之庚申（阿千代半兵衞）阿散茂兵衞大經師昔曆阿夏淸十郎五十年忌歌念佛次郎兵衞阿基沙今宮心中心中兩冰之朔日梅川忠兵衞冥途之飛脚嘉平次加生王心中心中天綱島。

（四）折衷物（時代物與世話物兼有者）

博多小女郎浪沈薩摩歌傾城反魂香朶常盤源氏冷泉節堀川波之歌鎗之權三重帷衣傾城酒呑童子三世相丹波與作。

坪內逍遙博士以近松比英國的莎士比亞，謂相類似的地方頗多，他列舉二人相同之點，其主要者爲：

（一）二人所處之時代相同，（二）傳記均不明，（三）出世時的經歷同，（四）皆爲演劇未成熟時代的偉人，（五）取當時流行的各種有關係的演藝之特長，（六）二人均產生於演劇的原始時代，（七）替有關係的舞台寫脚本，（八）有好伶人演他們的戲(近松有義大夫，莎翁有力查·巴白吉)(九)均有競爭者(十)其著作刋行於生時，刋本均有數種，(十一)博得當代後世無二的贊賞，(十二)作家的特質相似(十三)檢討他們詩的內容，知其藝術上的態度相似，(十四)表現於作品中的個性相同。

俳句、小說、戲曲，在江戶時代都有相當的進步，此外散文也爲當時的文士所注意，如村田春海的擬古的文章；新井白石、貝原益軒的和漢混淆的文字；俳文，狂文，口語文之發達，亦爲此時代的一個特色。

二

明治、大正時代，是文學最進步的時期。此時政治經濟學術方面，雖然也有相當的進步，但和文學的進步比較起來，相差很遠。這時的文學，決不劣於歐美，其中優秀的部分，都有獨創的內容與形式，許多作品，確已脫離歐美文學的模倣狀態了。這樣的現象，在日本文學史上可算是空前的，如平安朝時代，江戶時代的文學都趕不上。

明治、大正時代精神的偉大，在日本國史上，求一個差足比倫的，只有元祿期（公元一六八八——一七〇三）。元祿期可算日本光明時代之一，這時那些被抑壓的民衆得到了解放，能嘗着『生之悅樂』的滋味，民衆文藝之花，開遍一時。如近松巢林子、松尾芭蕉、井原西鶴諸人，都是從元祿時代的民衆的新興精神裏產生出來的作家，他們的藝術，在今日尙保持着偉大的生命，後起的人受了絕大的影響。

明治、大正時代的文學，既然這樣的進步，其原因在什麼地方呢？約言之，就在他們能够繼承傳統的江戶文學，同時又能吸收其長處。如近松、西鶴、馬琴、京傳、一九、三馬、春水、芭蕉、蕪村、眞淵、景樹等人的文學，都影響後來。尤以芭蕉、西鶴、近松給日本近代文學的影響最大。例如幸田露伴、樋口一葉等便學西鶴的簡勁的文章。如尾崎紅葉，不特與西鶴的文章共鳴，并且明明受了他的好色本的感化。不僅此三人，又如自然主義的提倡者田山花袋，也研究西鶴，所得很多，這是他自己在西鶴小論裏說過的。

西鶴的影響　花袋關於西鶴的胸算用曾說：

『其中隱藏着怎樣深的他的悲痛呵！其中潛伏着知慧聰明的大阪人的苦痛；他在其中描寫金錢，描寫金錢的悲劇。我們作者的願望，想充分理解「婦人」與「金錢」，脫離僅以金錢爲物質的簡單心境，而至金錢卽心，金錢卽婦人之境，更進一步，以入物質卽心之境，我們想到這種境地去，可是想是儘管這樣想，終難達到。婦人雖可以描寫，金錢則不易描寫。因爲「婦人」是「詩」，而「金錢」不是「詩」，（註：意謂「婦人」可以詠於詩，「金錢」不常詠於詩也）描寫非「詩」的「金錢」便不容易達到「真」。西鶴在胸算用永代藏裏所描寫的真正的「金錢」，「金錢」他的本領在莫泊桑，柴霍甫之上。近松的藝術裏雖則也有「金錢」，「金錢」不過是戲台上所見的金錢而已。又如梅以忠兵衛（近松作品裏的人

田山花袋

物）的金錢，也決不是滲透心中的金錢；不是「婦人卽金錢」的金錢。可是永代藏裏的拾取的金（篇名）的悲劇，便深刻的與人心接觸。據我想來，日本文壇中，眞能取「金錢」做題材的作者，除西鶴外，沒有誰人。至於胸算用裏所寫的大晦日之苦痛，到現在還在我的心裏作響，衝動我們的生活。一切善、美、思想、理想等，都在他作品中的各處明滅着。』觀此言，足見田山花袋，是一個西鶴的崇拜者了。

島村抱月也贊美西鶴，他的小說，受西鶴的戲曲的影響很深。自從他參加自然主義運動以後，對於西鶴的藝術，更有同感。他在由五個女人所見的思想一文中說：『西鶴的人生，乃由個性，快樂性，感情性之企圖向上，而發生的寂寞與不滿之感。由這意味，西鶴的思想，在各方面，與近代歐洲文藝裏所見的思想接近。』這也足以證明西鶴的作品，有很深的永遠性，給現代的文學家以新印響及感化。此外紅葉、露伴、一葉等人所受西鶴的感化，也表現在他們的作品裏。

芭蕉的影響　西鶴之次，影響明治文壇者，便是芭蕉。芭蕉的作品，不特感動正岡子規，革新明治時代的俳句，他的藝術，對於北村透谷，島崎藤村等人的文學界一派，也深刻的感動他們。如透谷的哀世思想，藤村在放浪時代的思想與表現，受芭蕉感化的痕跡，極爲顯著。藤村的新體詩與小說，在明治、大正文壇能有不變的生命力，不能不說是芭蕉給他的影響所致。同時說芭蕉潛伏的給目前的文學以新影響，這種可能是可以肯定的。

近松的影響　近松巢林子於明治文壇也有相當的感化。自坪內逍遙在明治二十三年的日本評論上發表評釋天的網島以後，便有倣效他著作的高山樗牛曾於明治二十八年，在太陽帝國文學等雜誌上，發表近松巢林子、巢林子之女性、近松巢林子之人生觀諸文。又於二十九年在早稻田文學上，連載近松研究一文，於當時都有相當的影響。島村抱月也著有近松之藝術及人生、近松與東西心中（情死）劇之比較論巢林子的作品。他的小說城荒玉鬘、處女波等，也有學近

島崎藤村

樹的佈局的地方。田山花袋在明治小說內容發達史一文裏說：『抱月之作，以布局整齊出色，可以認爲受近松的感化。』由以上敘述足見明治文壇確受近松的戲曲的感化。

明治文學的發達，實淵源於江戶時代文學的偉人芭蕉、西鶴、巢林子。此外也受馬琴、春水、三馬、一九、真淵、景樹的幾分影響。高山樗牛在明治小說裏說：『明治十年以前的小說，不過僅啜德川時代的冷肴而維繫其餘脈……由文體上看來，僅嘗着馬琴、春水、三馬、一九的糟粕而已。』這是真確的事實，明治文壇初期，以輕笑者知名的饗庭篁村，他受三馬、一九的影響也很多。此種色調，在明治二十五六年左右，還殘留在一部分作家的身上。不過他們受馬琴諸人的影響，不及西鶴、近松、芭蕉等人的多。

三

明治文學發達的原因，可分爲五：第一、是時勢的改革，第二、是歐美文化的流入，第三、是民衆生活的進步，第四、是中日戰爭，日俄戰爭的勝利，第五、是人材頻出。有這五個原因，日本文學的進步，幾有一日千里之勢。明治大正的文學，可以說是維新革命所產生的，以前江戶末期的頹廢文學，已經到了山窮水盡的時候，到了此時，不能不開拓新局面，乃必然之理。而勃發於此時的新運動，更有明治維新革命，此次革命的性質，雖然沒有如十九世紀的法蘭西革命那樣的激烈，可是在日本史上，乃是空前的。因爲此次革命，顚覆了封建制度，當時的文化，也有一半以上被破壞了，於是到了動手建造新文化以代舊文化的時代。當時舊文化的形式，雖然尚存留於一部分的社會，但大部分卻能够建築在新的地盤上。如政治、經濟、教育、學術等，都帶着新的色彩，革新者不僅文學而已。明治文學的萌芽，便是維新革命所帶來的新文化的一部分。

日本明治維新創作新文化時，他們唯一的典型，就是歐美文化。日本自戰國時代起，漸有歐洲文化輸入，但很微弱。幕府時代末期，從荷蘭語得與歐洲文化接觸，所得的也微弱不足道。歐美文化如急潮般流入日本的時候，以明治維新爲始，自此便接續不斷的輸入。促進明治、大正文學進步的絕大勢力，也是歐美的文化。

最初流入日本的，以英、美文化爲主，其後法蘭西、德意志文化也流入。歐美各國的文學思潮，給文壇諸人的印象頗强。在明治文學黎明期，有寢饋英國文學的坪內逍遙博士；有對於德意志文學造詣很深的森鷗外博士諸人。又有崇拜法蘭西思想的中江兆民，傾倒俄羅斯文學的長谷川二葉亭、內田魯庵等，因爲有這些人，日本文學的思想，才有迅速的進步。此後自私淑左拉的小杉天外、永井荷風的寫實主義，與歐洲大陸文學接近的田山花袋、島崎藤村的自然主義始，以至目前的文壇的新運動，大抵皆以從歐洲文學得來的新印象爲原動力。不特小說界如此，即如戲曲，新體詩等，也是受了歐洲文學的影響與刺戟而始發達的。後來的日本文學，雖有大半是繼續獨創發達，而以前的文學，卻大都在歐美文學的影響之下。

中日戰爭，日俄戰爭二役，日本都得了勝利，國民經濟較有餘裕，生活向上進展，因而影響及文學的進步。譬如德意志在七年戰爭勝利之後，便出萊新克洛卜斯篤克等文豪，法蘭西路易十四强盛之際，便有拉希奴、莫里哀、哥湼爾等作家，日本文學也是如此，因爲這兩次戰爭之後，國民生息的環境起了變化，遂促進國民思想與文學的進步。

明治文學既然有這些錯綜的原因，於是小說、長詩（新體詩）短歌、俳句、戲曲、評論都出了不少的人物，猶以作評論文，在明治時代爲最進步。從福澤諭吉起，以後文藝批論家續出，如坪內逍遙、森鷗外、石橋忍月、北村透谷、高山樗牛、喬藤綠雨、田岡嶺雲、綱島梁川、金子筑水、上田敏、大町桂月、大西操山、島村抱月等都是此外明治文壇的一個特色，便是出了科學的批評的文藝評論家，如坪內逍遙、森鷗外二人，即文藝評論的最初的典型。

在明治文壇中，以小說家出色者極多，有尾崎紅葉、幸田露伴、樋口一葉、小栗風葉、泉鏡花、廣津柳浪、小杉天外、川山眉山、柳川春葉、後藤宙外、江見水蔭、德富蘆花、山田美妙、國木田獨步、島崎藤村、正宗白鳥、巖野泡鳴、永井荷風、夏目漱石、高濱虛子、德田秋聲、田山花袋等。作長詩的有島崎藤村、土井晚翠、薄田泣菫、蒲原有明、北原白秋、三木露風等。作短歌的有落合直文、佐佐木信綱、與謝野晶子、與謝野寬、金子薰國、若山牧水、尾山柴舟、窪田空穗、石川啄木、土岐哀果、伊藤左千夫等。作俳句的有正綱子規、內藤鳴雪、高濱虛子、河東碧梧桐、荻原井泉水等。作戲曲的有坪內逍遙、福地櫻癡、河竹默阿彌、中村吉藏、秋田雨雀、岡本綺堂等。評論方面有生田長江、片上伸、相馬御風、中澤臨川、田中王堂諸人。

以上都是明治時代的著名作家。其中在大正時代活動的也不少。到了二十世紀時代，新人物添加很多，如谷崎潤一郎、上司小劍諸

片上伸

人，很能發揮特色。

在上述的各種原因，與及江戶文學的傳統的影響之下，便促進了明治文學的發展。發達的原因，其重要者，不外上述各端。此外如普通教育中等教育的普及與進步；人民讀書的力量增進；又如對於文藝智識的灌輸；各大學增設文科，文壇先進的扶掖後進，以及新人物之自闢徑路等等，都是促進文學的原因。

明治文學的進步，前後連續，保持有機的關係，欲明進步的徑路，必先假定區劃，明治初年至大正十年的文學，就其進步趨勢，可分爲五期：第一期自明治初年至十八九年，(1868—1885)第二期自十八九年至中日戰爭(1886—1895)前後，

谷崎潤一郎

第三期自中日戰爭前後至日俄戰爭前後，（1896—1905）第四期自日俄戰爭前後至明治末年，（1906—1912）第五期自大正元年至大正十五年，（1913—1926）第一期爲守舊時代，第二期爲新文學發生時代，第三期爲寫實主義的過渡時代，或稱羅曼主義時代，第四期爲自然主義時代，第五期爲各派分立的時代。

第一期的前半爲明治文學的黑暗時代，（明治初年至明治十年）正當明治維新開始的時候，時代動搖，內亂頻起，思想方面，有新與舊，保守與進步諸派之爭，文學方面殊無創製，不外模倣江戶時代的一九、三馬、春水、馬琴諸人。小說家僅有假名垣魯文，他的傑作爲西洋道中膝栗毛，劇作家有河竹默阿彌，他的代表作爲三人吉三，村井長庵，發揮他的『白浪作者』的特色。

第一期的後半爲準備時代（明治十一年至十八年頃），此時平民階級的勢力漸增，國亂已平，文學與思想均帶幾分蘇生的色彩。此期以科學小說，政治小說爲最發達，多係翻譯英、法小說家的著作，創作仍極缺乏。

到了第二期，是爲日本近世文學的黎明時代，明治十八年坪內逍遙刊行他的大作小說神髓，提倡寫實主義，不殊暮鼓晨鐘。其後他又作寫實小說當世書生氣質，影響日本文壇的力量最大。小說神髓的內容如次：

卷上

一、小說總論——何謂美術（今日之藝術）；小說爲美術之理由

二、小說之變遷——小說與歷史之起原；小說與戲劇之差別

三、小說之主眼（唯人情爲小說之主眼）

四、小說之種類——描寫小說與勸懲小說之區別；時代物語世界物語等

五、小說之裨益（論小說之四大裨益）

卷下

一、小說法則總論
- 小說法則之必須
- 各種文件之得失

二、小說脚色之法則
- 快活小說與悲哀小說
- 脚色之十一弊

三、時代物語之脚色
- 正史與時代物語
- 時代物語創作之心得

四、主人公之評置
- 主人公之性質
- 主人公之二假設法

五、敍事法（敍事之陰陽二法）

坪內逍遙崛起後，當時的文學界共分三派：

一、硯友社　以尾崎紅葉爲中心

二、民友社　以德富蘇峯爲中心

三、早稻田派　以坪內逍遙爲中心

三派以外，尙有森鷗外、內田魯庵、高山樗牛諸人。

第三期文壇的作風轉變，由寫實轉爲觀念小說，此時期有名的作家爲廣津柳浪、泉鏡花、川上眉山諸人。柳浪於二十八年作黑蜥蜴，頗有名，後又作河內屋、今戶心中、畜生腹、青大將等聲名壓倒紅葉。泉鏡花爲紅葉的門人，以外科室，巡查二作，最能代表觀念小說的特色。川上眉山作裏表亦爲觀念小說中之優秀者。

觀念小說『礁壁』之後，社會小說，家庭小說代之以起，如德富蘆花的不如歸，菊池幽芳的自己的罪，中村吉藏的無花果都是應時而生的通俗小說。

第四期爲自然主義文學興起的時代，在文學史佔重要的位置。這期的作家以國木田獨步爲先驅，他的獨步集的影響甚大。其次如島崎藤村的破戒，田山花

高山樗牛

袋的棉被，正宗白鳥的紅塵，真山青果的青果集皆有名。島村抱月，長谷川天溪，岩野泡鳴諸人均加入自然派。後藤宙外等則非難他們。自夏目漱石的我們是猫、三四郎門等作出後，自然派的運動，可算達到項點。

評論文學有相馬御風，片上伸、生田長江諸人，皆能發揮他們的特色，詩歌方面，有蒲原有明、三木路風、北原白秋、石川啄木、吉井勇、前田夕暮、若山牧水、金子薰園、土岐哀果諸人，使詩壇放了異彩。戲劇則以坪內逍遙爲最努力，逍遙有新曲赫哉姬、孤城落月、新曲浦島、妹脊山諸作，同時又譯了英國莎士比亞的劇曲甚多。當時有一種新劇團發生名曰文藝協會，演員有松井須磨子等人，表演的成績最佳。

國木田獨步

第五期比較前一期的文壇較爲複雜，新理想派代自然主義而興，文藝與社會的關係極爲密接。大約可分爲四派。

一、人道主義派　以武者小路實篤、志賀直哉、有島武郎、長與善郎諸人爲中心，曾刊行白樺、不二、等雜誌發表作品。

二、享樂主義派　以永井荷風、長井勇、長田幹彥、近松秋江爲中心。

三、唯美派　以谷崎潤一郎、北原白秋爲中心。

四、社會主義派　以小川未明、加藤一夫、江口渙、島田清次郎、等人爲中心。

這期的戲劇頗形發達，如菊池寬、山本有三、長田秀雄、秋田雨雀，岸田國士諸人所作均有世界的價值。劇場的發達極盛，有近代劇協會、舞台協會、藝術座、狂言

武者小路實篤

座、新時代劇協會、新國劇社等團體。

最近的日本文壇，作家輩出，其中有許多作家的作品，都俱有獨創的風格，具有世界的價值。近五六年來的成名作家，有德田秋聲、谷崎精二、鈴木三重吉、藤森成吉、中村星湖、吉田弦二郎、加能作次郎、久保田萬太郎、久米正雄、里見弴、加藤武雄、室生犀星、前田河廣一郎、宇野浩二、白鳥省吾、江馬修、百田宗治、崛口大學、藤井真澄、南部修太郎、水守亀之助、木下杢太郎、宮地嘉六、中村武羅夫、宮島資夫、細田民樹、小島政二郎、三上於兔吉、細田源吉、小山內薰、森田草平、豐島與志雄、日夏耿之介、崛口大學、千家元麻呂、廣津和郎等。近二年來的新進

小川未明

作家，則有今東光、横光利一、川端康成、金子洋文、今野賢三、犬養健、石濱金作、佐佐木茂索、片岡鐵兵、吉屋信子、十一谷義三郎諸人。

參考書目

一．日本文學全史，三浦圭三著，文敎書院出版．

二．新國文學史，五十嵐力著，早稻田大學出版部刊行．

三．江戸文學研究，藤井乙男著．

四．江戸文學史略，內藤恥叟著．

五．近世文學史論，內藤湖南著．

六．日本近世文學十二講，高須梅溪著，新潮社版．

七．近代文藝史論，同右，日本評論社版．

八．明治文學史，岩城準太郎著．

九．明治時代之文學，服部嘉香著．

十．近代的小說，田山花袋著，新潮社版．
十一．明治小說內容發達史，同右．
十二．近世日本小說史，鈴木敏也著．
十三．近代小說史，藤岡作太郎著．
十四．明治文學十二講，宮島新三郎著．
十五．近代文藝之研究，島村抱月著．
十六．日本文學史，謝六逸著，復旦大學講義．（本章多取材於此．）
十七．大正文學十四講，宮島新三郎著，新詩壇社版．
十八．明治文學講話，相馬御風著，新潮社版．
十九．現代日本文學講話，同右．
二十．明治大正文學之輪廓，加藤武雄著，新潮社版．
二十一．現代日本小說譯叢，周作人譯，世界叢書之一，商務印書館出版．

二十二．日本的詩歌，武者小路實篤集，日本小說集，均小說月報叢刊，商務印書館出版．

二十三．近代日本小說集，東方文庫之一，商務印書館出版．

二十四．一個青年的夢，武者小路實篤著，魯迅譯，文學研究會叢書之一，商務印書館出版．

二十五．國木田獨步小說集，夏丏尊譯，文學週報社叢書之一，上海開明書店出版．

第四十六章　新世紀的文學

第四十六章　新世紀的文學

一

二十世紀已過了四分之一；在這二十六七年間，文學界也與世界的政治經濟狀況一樣，起了一個很大的變化，與前個世紀很不相同；尤其是自一九一四年的歐洲大戰，和一九一七年的俄國大革命之後，更爲具有特異的色彩。未來主義在歐洲大陸上曾絕叫了一時；無產階級的文學現在却正在建設之中，不僅俄國，連日本也響應着這個呼聲。許多的戰爭文學，在歐戰時代及其後幾年間陸續的產出，這個潮流，現在是過去了，然在這些作品中，却有好些不易爲我們所忘記的。老的作家，在這四分之一的新世紀中，殂謝了不少，但在努力的工作着的也還有。新的作家，各式各樣的，也產生了不少；有的已成了大名，有的還在建造他的不朽之塔，有的走來了不久，即已過去了。

在其中，變化得最利害的，要算是中國。在前個世紀，中國的文學差不多是全盤承受了二三千年前的舊貫，一無更張，也毫沒有受到世界文學的影響，到了這個世紀，却另有了一個嶄新的面目了。開頭是受到了英、法的小說的影響。七八年前，却因白話文學的提倡而蓬蓬勃勃的現着新的氣象。如今正在走着這一條新的途徑。雖然還沒有什麼偉大的作家，偉大的作品出現，然氣象却是很好。開了窗納進了新鮮的空氣與輝煌的太陽光之後，室內的陳舊氣息，一定會爲之一掃而空的。

底下是略略的將這過去的四分之一的新世紀的文壇狀況講述一下，當然是很簡略的講述；要想詳述，恐怕一大册子的書頁還不夠敍載呢。

二

新世紀的英國小說家，除了哈提與吉卜林之外，最活躍的便要算是康拉特(Joseph Conrad, 1856-1925)與威爾士(Wells)了。康拉特是一個特創的藝術家，他的作品異常整鍊有力，雖然並沒有如威爾士和吉卜林那樣的通俗。他並不是一個英國人，他乃是波蘭人。他在波蘭的不幸的國運中生長。父母死後，卽由他舅舅撫養。他有一個很好的教師教育着，但他從少卽有到上海去的渴望；到了十七歲時，們便由馬賽登了船。此後二十年間，他都過着深海航行者的生活。一八八四年，他入了英國籍。再十年之後，他因病不能再航海了。於無意中，他將寫成的一部小說阿爾馬耶的愚笨(Almayer's Folly)送給一個

康拉特

出版家，而他却接受了，且於一八九五年出版。此後，他便住在英國過着和平的著作者生活了。在那西修士的黑奴（The Nigger of the Narcissus）的序上，他如莫泊桑之在彼得與約翰的序上一樣，敍講出他對於文學的，尤其是近代小說的理論與藝術。他早年的著作，太注意於形式與句法之整美了，顯然是受有法國的影響的。以後諸作，雖已沒有這種有意的做作，然大家都覺得不是純然的英國風味。他是一個寫實者；他的小說，並不批評，並不教訓，並不暗示着改革。他只是一個藝術家，以他的敍寫的活潑與有力見長。他寫着海，那海便整個的浮泛在我們之前。他的最初四部小說都是敍關於東方之故事的。此後一部小說諾士特洛摩（Nostromo）乃是康拉特最成功之作之一，寫的是近代的生活，故事很複雜，人物很夥多；有的是成功與失敗，愛與憎，愛國與自私，仁慈與酷虐；幾乎完全表現出近代生活之全部來。繼於此作之後的三部小說，祕密委員（The Secret Agent），在西方眼光之下（Under Westrn Eyes）及機會（Chance），都是寫歐洲的生活的。在機會與繼其後之小說得勝(Victory)裏，罪惡的陰影是掩蔽着陽光的天空。得救(The Rescue)出版於一九二〇年，是他最後之作，但他初寫此作之時，却在一八九八年，中間已隔了二十年了。這是康拉特最完美之作。他的短篇故事也極成功；如青年(Youth)乃是一篇最富於詩意之作。

威爾士(H. George Wells 1868–)出身於中等階級；他對於謀生和求教育，都用了很大的奮鬬。他曾在有名的生物學者赫胥黎教室裏聽講，得益不少。他初從事於新聞事業，且寫了些生物學書。在一八九五年，他纔第一次刊行他的傳奇，立刻得了成功。在時間車(The Time Machine, 1895)到當睡者醒來時(When the Sleeper Wakes, 1899)之間，他曾把他的想像的範圍從三千萬年減縮到一個世紀前的事；在一八九六年之早，他卽已開始把他的視線從遼遠的將來回到現在了。機會之輪(The Wheels of Chance, 1396)寫的是現代的生活。愛情與李委香君(Love and Mr. Lewisham)也是走着同一方向。中間刊了兩部傳奇：在月球上的第一次人類(The First Men in the Moon)及諸神之食物(The Food of the Gods)之後，威爾士又寫了他的敍述現代生活的社會學小說(the Socialogical Novel)的犢皮 (Kipps, 1905)。一九〇六年出版的在彗星的時代(In the Days of the Comet) 又有一部分回到他的老式樣，然其主要點卻是社會學的，牠把作者當時心胸所有之問題都現出。用傳奇式樣來表白社會問題，當然是不很適宜的。他的小說結婚講的是兩性問題；熱情的朋友們也是這樣。在歐洲大戰的時候，威爾士出了一册白里特林君看得透(Mr. Britling Sees it Through)是寫大戰前後英國中產階級的社會的與知識的狀況最好的一部小說。他的敍寫，非常的忠懇動人，這部書，遂得了更大的流行。在一九二二年，威爾士曾在某大學對學生說，他很想不再寫小說了。不滅之火與心之祕密處實未能滿人意，好幾年

威爾士

來，真可以說是沒有寫了一部。他的歷史大綱無疑的是一部傑作；雖然好些專門家不大滿意，且指其錯誤，然而材料之佈置，敍述之能力，見解之崇高，却足以使牠爲讀者所深喜。他的最近之小說是如神之人(Men Like Gods)。如果社會學的小說是新世紀英國特殊的文學產品，那末，威爾士便是一個最可代表的作家了。

勃奈特(Arnold Bennet)是一個寫實家，他的好的小說可以列入新世紀的最好作品中。他寫一羣小說關於五鎭的，正如哈提之寫他的威賽克斯(Wessex)的故事。其中以五鎭的安娜(Anna of the Five Towns)爲最好。更好的是老妻們的故事(The Old Wives Tales)和"Clayhanger"但他不重要的平凡的作品是太多了，比起他的傑作，那傑作真是寥寥可數的幾部。

此外，小說作家還有好幾個人。高斯委綏(Galsworthy)是一個戲劇家，同時又是小說家。但在戲曲上他却更能充分的表現他自己。他是將他的意見用故事的衣服穿了上去的。如法利西島(The Island Pharisees)，如有產業的人(The Man of

Property)，如村屋(The Country House)，都是討論社會的與經濟的問題的。瓦爾浦(Hugh S. Wolpole, 1884-) 作了不少的小說，最成功者爲里克士之公爵夫人 (The Duchess of Wrexe)。當歐戰時他加入俄國的紅十字隊中，其結果產生了一部黑林(The Dark Forest)，那是敍述他在俄國前線之經驗的。戰後之作品祕密城(The Secret City)也是由這次經驗中產生出來的。肯南(Gilbert Cannan, 1884-)是一個有名的翻譯者，他譯了不少俄國的作品，又譯了法國羅曼・羅蘭 (R. Rolland) 的大作若望・克利司朵夫。他自己的小說，以轉角(Round the Corner)及小犬與孔雀 (Pugs and Peacocks)。麥金西 (Compton Mackinzie, 1883-)在離開大學之前，即已成爲編輯者。幾年之後，寫了一部喜劇，一本詩集。他的第一部小說熱情的私奔 (The Passionate Elopement) 曾送了好幾個

高斯委綏

出版家，而俱遭拒絕，最後，乃得於一九一一年出版，而立刻卽得成功。祭壇之階級(The Altar Steps)是他最近之作，顯出他的新路。羅連斯(D. H. Lawrence, 1887–)以第一部小說白孔雀有名，然其藝術却並未成熟。其名作乃爲兒子與情人(Sons and Loves)及虹。他最近的小說阿龍的杖(Aaron's Bod)顯着思想與風格的長足的進步。

佐治・慕爾(George Moore, 1852–)曾在倫敦，巴黎學畫，後乃棄畫筆而作小說。他的早作如一個近代的愛者(A Modrn Lover)等，是很受佐拉之影響的。其中以一個優人之妻(A Mummer's Wife)爲最好。他的伊打水 (Esther Water) 是以一個女僕爲主人翁的。其故事之講述，不蔓不支，恰好到處。他近年來之傑作。爲"Brook Kerith"。

此外，約柯伯士(W. W. Jacobs)以寫河岸邊的人物著名，他的風格有類於狄更司；辛格威爾 (Israel Zangewell) 是一個猶太人，早年以寫猶太生活之親切的作品著名；赫勒特(Maurice Hewlett)以他的可愛的幻想林中戀人(The Forest Lover)著名，這幾個人也都是不易使人忘記的。

近三十餘年，其作品極風行於世間，而不盡能為第一流的不朽的小說之作家，尚有不少。其中最著名者為柯南道爾(Authur Cannan Doyle)，哈格特(H. Rider Haggard)，賀迫(Anthony Hope)諸人。柯南道爾以偵探小說著名，哈格特則善寫神怪之作，賀迫之山達之囚人(The Prisoner of Zenda)亦不失為一部很動人之作。還有卡納(Hall Caine)，委曼(Stanley Weyman)，彭孫(E. F. Bensen)，菲爾潑特(Eden Phillpotts)，克拉福(Marion Crowford)及馬里曼(H. S. Merriman)等，其作品也甚流行。

女小說家在這時也有幾個。瓦特夫人(Mrs. H. Ward, 1851–1920)在一八八八年，以她的小說依爾士慕(Robert Elsmere)得名，在這部小說，集攏當時宗教，哲學與科學間之戰爭。她還寫了不少關於社會及政治問題的小說。她的努力時代，幾近三十年。但瓦特夫人還是舊式的作家，新的女作家却以更坦白更寫實的態度去寫社會的，兩性的，與宗教的問題。蕭萊納(Olive Schreiner)的一個非洲農場的故事(Story of an African Farm)即是一個新的例子；這一部小說可以建立女子小說史上的新時期。蕭萊納（即S. C. Crowbright夫人）在一八八二年，由南非洲到了英國來，帶了一個非洲農場的故事的稿本。第二年此書即出版。僅有此一作，她已可使人記住她了。格蘭特(Sarah Grand)寫的是有目的之小說及兩性小說。阿特南的果園(Adnam's Orchard)是她的傑作。此外，還有幾個女作家如羅賓士(E. Robins)，辛克拉女士(Miss May Sinclair)及曼菲萊特(K. Mansfield)等。曼菲萊特尤有特殊的風格。她死得很早，（僅三十四歲）作品雖不多，而俱甚精湛，如祝福(Bless)與園會(Garden Party)等，皆短篇小說集。

前世紀的英國劇壇，非常的寂寥，好些詩人所作之詩劇，都是不能在舞臺上表演的，不過是很好的劇詩而已。當時流行者皆爲法國的喜劇一類之作品。僅有蕭里頓(Richard Brinsly B. Sheridan, 1751-1816)在那時代的初期顯出很高的成就，與高爾斯密之作品同爲當時最好之喜劇。他與高爾斯密一樣，也是愛爾蘭人。他的幸運很好，娶了一個素有美名的妻，很年輕時，即得大名。他寫了七篇的劇本，其中以一部喜劇造謠學校(The School for Scandal)爲最有名。此外敵人們(The Rivals)諸作，亦爲重要之好劇。他死時，葬於威斯敏士特寺中。自他之後，久無大戲劇家出來，直到了前世紀末，王爾德出來之後，方纔復入戲劇之復興期。

新世紀英國劇場的老作家爲瓊斯(Henry Arthur Jones, 1851-)及辟內羅(Pinero)。瓊斯第一部成功之作爲銀王(The Silver King)；自猶大(Judah, 1890)出版之後，他立刻置身於第一流英國戲劇作家中。他在劇中，很勇敢的反對傳統的勢力與罪惡。馬加爾及其失去之天使(Michael and his Lost Angel)即爲一例。且在舞臺上，其藝術也極好。入了新世紀之後，瓊斯至少寫了一打的新劇，其中以杜里改良她自己(Dolly Reforming Herself)爲具有最好的精神。

辟內羅(Authur Wing Pinero, 1855-)與瓊斯在近三十年來，差不多是齊名，各有不少的跟從者。辟內羅的劇本在舞臺是沒有不合宜的，他的技術極爲精純。他的第一部重要的戲劇爲金錢紡織者 (The Money Spinner)。他的劇本不一定是創作的，如貴族與平民一劇便是由瑞典的一個故事改寫的。更弱的性 (The Weaker Sex)寫的是母女同愛一人之事。唐加萊的繼妻 (The Second Mrs. Tangueray)是使他有名之一劇。他還寫了不少喜劇，如電(The Thunder Bolt)和不一笑的妻 (A Wife without a Smile) 等。他的劇本其性質之複雜，較之任何戲劇家俱甚。沒有一個同時的作家有他那樣廣的寫作範圍的。

蕭伯訥在文學上是一個『生來的孤兒，』無所依旁的；贊許他者以爲他是沒有一句話非原創的。即反對他的人，也承認他的天才。他生在杜白林的中產階級家庭中。他自己說：『我是一個典型的愛爾蘭人。』他的第一次印在紙上的東西乃是刊於新聞紙上的一封信。他的學校生活，據他自己說，是他一生中完全耗費而且最無味的一段。一八七六年，他跟了他母親到倫敦。他有一時在一個電話公司裏辦事，後乃靠筆墨爲生活。這時，他常到不列顛博物院去，更入革命社團，與急進思想家交結，讀着馬克司的書，到海地公園（Hyde Park）去演說。他的第一部書出版者是易卜生的菁華（The Quintessence of Ibsen），他的第一篇劇本是鰥夫之屋，（Windower's House）。華倫夫人之職業（Mrs. Warren's Profession）繼之而出。這部劇本討論的不僅僅爲一個娼妓問題。自此以後，他又

蕭伯訥

寫了三十七部劇本大多數是很流行的讀本而不曾見之於舞臺上的。華倫夫人之職業也為檢查者所禁止，未在英國表演過。他的最好之劇有人與超人 (Man and Superman)，約翰・保爾之他鄉 (John Bull's Other Land)，心碎之屋 (The Heart-Broken House)，武器與人(Arms and Men) 等。回到米莎賽拉 (Back to Methuselah) 為後期之大作，敍述人類之歷史自亞當・夏娃之時起，至『思想所能想得到的時代』止。他的劇本往往對話極長而沒有動作，然在對話中却充滿了不可及的可愛的機警。

與蕭同時的戲劇家，差不多都是對現社會下批評下攻擊的，他們的作品或可稱為『社會學的劇本』。白高 (Gramville Barker, 1877–) 是如此；他的作品比較的少，以瓦賽的遺產(The Voysey Inheritance)，廢物(Waste)等為最著。漢金 (St. John Hankin, 1869-1909) 是如此；他的成名在白高之後，其第一次成功之作為浪子歸來 (The Return of the Prodical)。高斯委綏(Galsworthy)也是如此，他的劇本，較之他的小說更有影響。他表滿腔的同情於被壓迫、被侮辱的下層階級。他寫的是寫實的劇本，他表現於舞臺上的是人物與人物間的衝突，階級與階級間的鬬爭，窮人與富人之對抗。他的劇本的重要不在他的藝術的能力，而在他的道德的與倫理的力量與見解，及爲下層階級張目，求公平之一方面，如他的有名著作銀盒(The Silver Box)，爭鬬(Strife)，公平(Justice)都是如此。

上面的戲劇家，自蕭以至高斯委綏都是受有易卜生之影響，敍近代生活，討論社會問題的，他們在舞臺上所宣傳的，正如威爾士在小說上所宣傳的一樣。

不持嚴肅的攻擊態度，而以寫喜劇著名者有馬格漢(Somerset Maugham, 1874–)，他是王爾德的同類。他的菲里特力夫人(Lady Frederick)是他的成功作品之一，潘尼洛甫(Penelope)與加洛林(Caroling)較此劇爲尤好。但他的後來之作品樂土(The Land of Promise)，對於社會之罪惡，態度却很嚴正。這個變更大概是受有同時人蕭伯訥與高爾委綏的影響之故。他現在却還在寫着舊式的喜劇與笑劇。

巴蕾(Sir James Barrie)是一個很重要的戲劇家；他也寫小說與故事，却沒有他的戲劇那末重要。他是蘇格蘭人，生於農家。在愛丁堡大學畢業後，卽爲當日之報紙寫些東西。他初在倫敦之三年，很窮苦。後乃漸漸的有名。小牧師(The Little Minister)，一部眞的大規模的牧歌，小白鳥(The Little White Bird)，一部給兒童讀的故事，立刻顯出他的最好的天才。還有爲辛特里婭的一吻(A Kiss for Cinderalla)及感傷的湯梅(Sentimental Tommy)都是極美麗的文字，富有詩之趣味的。他有的是天眞

巴蕾

的兒童，有的是飄逸的小神仙，有的是清雋絕倫的名句，有的是可愛的幽默。這便是他的大成功處。他的劇本亦俱充滿了這種的他所特具的可愛之風格。彼得潘(Peter Pan)是他的代表作，最足以表現出他的神奇的幻想與充溢的詩趣。親愛的白魯托(Dear Brutus)也是在仙林之美影下寫的名劇，隨處都可拾着最晶瑩的名句。但他有的劇本，如"The Admiral le Crichton"之類，却也是批評社會的；與蕭他們差不多，而終沒有他們那般的辛辣。

新世紀的詩人，老的新的很不少。哈提與吉卜林是高聳的雙峯。然底下的許多詩人却各有其好處，各有其可以自立之點。

白里琪(Robert Bridges, 1844–)是一個桂冠詩人，享着極高的榮譽。他以藝術深湛，音律諧和見稱，尤深於英國音韻的研究。他的不朽之作爲一部十四行詩集愛之生長(The Growth of Love)及五册的短詩(Shorter Poems)。而在短詩中，有些抒情詩，如冬夜之類，尤爲他的最好的作品。他的最近之作爲十月與其他詩歌(October and Other Poem, 1920)，其中亦有不少美詩，他的寫英國之日常生活與自然風景之詩，是無比的清秀真樸與可愛的。

瓦茲・鄧頓 (W. T. Watts-Dunton, 1836–1914) 以他的十四行詩著名。他曾與史文葆同住了三十餘年。但他的重要作品，愛之來(The Coming of Love)到了一八九七年方纔出版，那是以富於浪漫意味的琪卜賽(Gypsy)生活爲背景的。

哥斯 (Edmund Gosse, 1849–) 是一個很有學問的詩人，又是一個很有名的批評家與編輯者。他的詩技術是很精的，如新詩(New Poems)，秋園 (The Autumn Garden) 等都有很好的詩在內。他很受丁尼生，史文葆諸人的影響，他並不有特創的新的詩品，然而却是很美的很謹愼的作品，値得一舉的。

阿爾菲力、奧斯丁(Alfred Austin, 1835–1913)是一個讚頌拜倫的人，是一個熱情的愛國的詩人；寫着詩劇，如白比爾塔(The Tower of Babel)，哲理詩，如悲觀主義者，還有幾册的抒情詩等。他繼着丁尼生爲桂冠詩人，他之後，這個地位便爲白里琪所得了比之奧斯丁爲尤近於拜倫者有白倫特(W. Scawen Blurt, 1840–)，所作有風與旋風(The Wind and Whirlwind)等。

瓦特生(William Watson, 1858–)以作華茲華士的墓(Worthworth's Grave)等輓歌有名。他的"Lacrimœ Masarum"在丁尼生死後寫的，乃是他最美麗最富熱烈色彩，最和諧的詩。西蒙士(Arthur Symons, 1865–)與哥斯一樣，亦以他的知慧之能力有名，而他的詩亦甚可稱日與夜(Days and Nights)開始顯出他的才能，倫敦之夜(London Nights)包含了他的好些佳詩。善與惡之影像(Images of Good and Evil)，是他已有諸作中之最高秀者。

達委生(John Davidson, 1857–1909)與西蒙士相同，開始卽寫日常生活的見聞。他與西蒙士不同者則爲力之崇拜與唯物史觀哲學之信仰。詩歌集(Balland & Songs, 1894)是他的最流行之作。如女尼之歌，天之歌等都是極佳美之作。此後又繼之以新歌(New Ballad)等。新歌中之工人之歌等作也很好。

亨萊(William Ernest Henley, 1849-1903)身體之衰弱，類於達委生。他的醫院的詩(Hospital Verses)便是他躺在愛丁堡的一個醫院中之記載。他的主要之作爲刀之歌(The Song of the Sword)及爲英國之故(For England Sake)等。他能以寥寥幾行，把一個人物活現在紙上。

梅司菲爾(John Masfield, 1874-)是現代最大的詩人之一。他早年到海上去。他的初期的詩是好幾小册的『鹽水歌謠』，然他的主要之作，乃爲後來的長篇敍事詩。第一篇便是永久之憐恤(The Everlasting Mercy)，在詩歌上彈出一個新調，因此，有許多守舊的批評家便以牠爲非詩。然這些批評都死了，而永久之憐恤却仍巍然的存在着，爲新世紀最偉大詩篇之一。他後期的最美的詩爲列那狐(Reynard the Fox)；寫英國村間一日的獵狐之事，富於村鄉的聲與色及氣味。

亨萊

此外，尚有霍斯曼(A. H. Housman, 1859-)以寫一個蕭洛夏童子(A Shropshire Lad)有名；他以爲神們在遊戲中殺死我們，生命不過是一個譏嘲。他的詩是最可存在的，沒有一句不富於詩意，沒有一詩是沒有意義的。特倫契(Herbert Trench, 1865-)也是一個精美的作家，他的第一作特爾台威特(Deirdre Wedd)出現於他三十六歲時。他寫得不快，新詩(New Poems)在第一作六年後纔集成。其中包含他的最美麗之詩一首阿坡羅與水手

梅司菲爾

(Appollo and the Seaman)。菲力甫士(Stephen Phillips, 1868–1915) 早年曾爲伶人，曾復興詩劇於英國劇場，但他的才能却爲詩的而非劇的。他的詩劇有名者爲寶洛與法蘭昔斯加(Paolo and Francesca)，優萊賽斯(Ulysses)，大威之罪 (The Sin of David) 及尼祿 (Nero)等，大威之罪爲尤好。皮尼安 (Lawrence Binyon, 1869–) 是菲力甫士的表兄弟，曾有人稱他的才能爲史詩的；所作有倫敦的幻像(London Visions)等；歐戰也曾留影在他的詩集四年 (The Four Years) 內。杜特(C. M. Doughty, 1843–) 以作不列顛的黎明(The Dawn in Britain)著名。極甫孫(W. Wilson Gibson, 1878–)以作抒情詩集生命之網 (The Web of Life) 及詩劇每日的麵包 (Daily Bread) 及火(Fires) 著名。阿蒲克隆比(L. Abercrombie, 1881–)在生存詩人得名最快，所作以盲人(Blind)，馬麗與荊棘 (Mary and the Bramble)等爲最著。勞倫司・霍斯曼 (Lawrence Housman, 1867–) 是上述霍斯曼 (A. E. Housman)的兄弟，是詩人，又是一個小說家，批評家，戲曲家。他善作神祕的詩，其作品可以綠氈(Green Arras)爲代表。皮卿(Dean Beaching, 1859–1919)以他的在花園裏(In a Garden)一部詩集有名。格爾(V. R. Gale, 1862–)與皮卿相同，是一個以學力造成的詩人。他的名作有九月裏的歌(Song in September)。

邱勞·柯契(Authur Quiller-Couch, 1863–)是一個文學教授及小說家，也寫了很好的詩，如科倫布在西委爾(Columbus at Seville)及同伴(The Comrade)等。紐博特(Henry Newbolt, 1862–)以他的動人的海歌集全體是海軍大將(Admirals All)有名。他的詩很不多，至今如整理起全集來，也不過是一冊而已。

諾依士(Alfred Noyes, 1880–)是一個寫得很快的詩人，四年之中出了四部詩集。他的想像不出於平常人能理解的範圍之外，他的見解也是大多數人的見解。所作有古日本的花(The Flower of Old Japan)等。莫爾(T. Sturge Moore, 1870–)是一位詩人，又是一位藝術批評家，所作有對話詩，詩劇，及長短篇的抒情詩等。其中以潘的預言(Pan's Prophecy)爲最好。

皮洛克(Belloc, 1870–)和查士脫頓(G. K. Chesterton, 1874–)二人都是新聞記者，樂觀主義者，當時的先知傳統信仰的維持者。皮洛克的諷刺詩很好。查士脫頓的白馬之歌(Ballad of White Horse)是很成功的。

大威士(W. H. Davies, 1870–)是一個真實的自然詩人，他的詩差不多都是新鮮的，由自己心裏發出的。所作有新詩(New Poems)，自然詩(Nature Poems)及快樂之歌(Songs of Joy)等。特林瓦德(John Drinkwater, 1882–)不是與大威士一樣的抒情詩人，他乃是一個輓歌作者，他的詩是知慧的與默想的。他的詩集有愛情與地的詩(Poems of Love and Earth)及克倫威爾及其他(Cromwell and Other Poems)等。

在最後，有四個抒情詩人是很可注意的。馬爾(Walter de la Mare, 1873–)是一個青年與羅曼的世界的歌者，尤其是一個兒童的歌者。他的孩時之歌(Songs of Childhood)可以算是代表作。雷格生(Ralph Hougson, 1871–)的作風與馬爾很相同，所作有最後之黑鳥 (The Last Blackbird and Other Lines) 等。白魯克 (Rapert Brooke, 1887–1915) 是一個很重要的新世紀詩人，不幸死於歐洲大戰的炮火之中；這是歐戰的大犧牲之一。他自出版第一詩集至戰死之間，不過三年餘而已，然其天才則已在此短促之時間內爲大衆所認識。他的作品，於第一詩集外，尙有一九一四年及他詩 (1914 and Other Poems)。弗里克 (S. E. Flecker, 1884–1915) 死於白魯克死的那一年，相距不過數月。他是一個古典派的詩人，反抗當代的英國詩壇之潮流的。他以法國的高蹈派爲師；他的詩的理想是如珠似玉的句法，是鏘鏗和美的律韻，是晶瑩可愛的篇葉。他的詩集有到薩馬甘的金程 (The Golden Journey to Samarkand)，火橋 (The Bridge of Fire)，四十二詩 (Forty-two Poems) 及古舟 (The Old Ships) 等。

英國的新世紀的散文作家，有杜卜生 (Austin Dobson, 1840–1921) 諸人。杜卜生是後期維多利亞時代論文作家中之最動人者。莫萊 (John Morley, 1838–1923)

則爲當時極有名的批評家；他的後半生專意於政治，其前半生則爲好幾個有名雜誌的編輯者，寫了好些有名的關於法國十八世紀哲學家的批評論文。小泉八雲(Lafcadio Hearn, 1850–1904)也是這新時代初期的一個著名的散文作家；他父親爲一個軍醫，和一個希臘女子同逃生了他。當他十九歲時，在紐約等處爲新聞記者。一八九〇年他到了日本，那是他所愛的地方；他在帝國大學爲英文講師，娶了一位日本女子，歸籍日本，改信佛教。他的書，第一次把日本很活潑的表現給西方讀者；又是把西方文學介紹給日本文壇的很有力的人。他的名作有鬼的日本(In Ghostly Japan)文學與人生(Literature and Life)等。此外，史特芬(Leslie Stephen, 1832–1904)和阿得留・蘭(Andrew Lang, 1844–1912)也都是很好的批評家。史特芬以作十八世紀英國思想史(The History of English Thought in the 18th Century)有名；安特留・蘭是一個荷馬史詩的譯者，一個詩人，一個傳記作家，一個有權威的神話研究者。他寫了一部英國文學史，一部很可讚美的貞德傳

(Joan of Arc)。

在生存的英國散文作家中，劉客士(E. V. Lucas)的文譽是已經固定了的。他曾寫了一部最好的查里士·蘭(Charles Lamb)的傳記，而他自己也具有許多蘭的性質。

三

新世紀的美國作家很多，有的已享盛名，有的正在創建自己的榮譽的花壇。這里只能敍說那些已公認爲重要的作家的十幾位。

賈克·倫敦(Jack London, 1876-1916)生於舊金山。他遊過半個世界，足跡走遍全美。他是一個讚頌生命的稱許力量的作家。這在他的大名的故事野犬吠聲(The Call of the Wild)裏可以表現出。

劉委士(Sinclair Lewis)的大街(Main Street)之出版，是美國新世紀文壇上的一件大事。這是一個寫實的，真摯的圖畫，寫的就是隔壁鄰人的事。這是與一班流行小說不同樣的作品，在美國小說史上可以劃一個時代，且是這個時代的開始。繼大街而出者爲白比特（Babbitt），這又是形容盡致逼真逼實的寫狀美國平常人，一個平常的生意人的生活的一部好作品。在別的國裏沒有可以尋到同一類的小說。

劉委士

瓦爾頓夫人（Mrs. Elith Wharton）以寫"Ethan Frome"及泥屋（The House of Mirth）二作著名，新近出版的戰爭小說一個兒子在前線（A Son at the Front）也是她的很好的作品。她是乾姆士的跟從者，爲法國的文雅的寫實主義的信徒。特里塞（Theodore Dreiser）則是一個比她更爲深刻粗野的小說家。他寫的是美國的求財者。他們以求財爲唯一目的，一心一意的從財富之鵠走去，有如鷙獸之捕捉食物，那就是特里塞所要描寫的。他的理財者（The Financier）及鐵登(The Titan)可以作爲他作品的兩個代表。在他最近的著作美國的悲劇(American Tragedy)裏，其風格也並未變更。他至今還在很努力的寫作着，其成就正未可量呢。他的同省人，同時人泰金頓(Booth Tarkington)也是如此。泰金頓的作品，其風格很動人。他還是一個戲劇作家。

在劉委士諸人之前而第一個起來反抗鍍金時代美國的光明而微笑的圖畫，反抗那虛僞的羅曼主義，小說家把他繡在荒野、邊界及西方的嚴肅的真實生活之上的，乃是格蘭特(Hamlin Garland)。他的作品有旅行的大道(Main Travelled Roads)等。卡比爾(J. B. Cabell)也是一個獨立不羣的作家。他的最引人注意的作品爲"Jurgen"，這是一部傳奇，一篇弘麗的散文詩，一部寫人的靈魂尋求傳奇與美的冒險記。他不滿意於現在的生活與狀況，他要求『逃脫』生活，他的小說乃是一個想像世界的詩的傳奇。

安特生(Sherwood Anderson)與特里塞一樣，乃是一個較年輕的美國寫實家，然較特里塞却又不同。他的客觀乃更染以觀察者的人格。他的內心的呼聲，乃是反對美國近代生活之無秩序、混亂與無用的。

雀契爾(W. Churchill)是一個很發財的小說家，但並不是第一流的。當歷史小說盛行時他的這一類的著作是銷路最大的。

奧卜頓・新克拉(Upton Sinclair)是一個急進黨，一個社會主義者，以一部小說林莽(The Jungle)得大名，然他的作品却很多很多。人稱之爲美國的威爾士(H. G. Wells)。

海格蕭莫(Jeseph Hergesheimer)以敍寫真切，觀察正確著稱，他的風格，因過於裝飾，顯得有些沈悶。

奧司金([illegible]n Erskine)新近以海倫的家常生活(The Private Life of Helen of Troy)及格拉哈特(Galahad)之作者得大名，這兩部書讀者極多。此外，還有好幾個小說家，如格拉司歌(E. Olasgow)，惠特(W. A. White)，奧斯丁(Mary Austin)

等，都曾爲當代批評家所尊許，這里却不能一一詳說。

美國新世紀的詩人很不少，這里不能一一列舉，僅以沙特堡(Carl Sandburg)和愛米·洛威爾(Amy Lowell)幾個詩人爲代表來說一下。沙特堡可算是惠特曼以後美國詩人中之主角。他的父親是一個鐵路工人，他到了十三歲時纔進學校，而在十七歲之前，爲了生活，做過種種的工作，如拖牛乳車，割麥，拉舞臺上之佈景，洗盆子，等等。但後來終於進了大學。一九一六年出版的第一册詩集支加哥的詩(Chicago Poem)其浩莽革命的氣魄，立刻引動了讀者的注意，羣許以爲惠特曼之後繼者。後又出了煙與鋼鐵(Smoke and Steel)，其藝術益臻高境。

愛米·洛威爾是美國新世紀最偉大的女詩人，她曾譯中國的詩歌到美國去；她自己的好幾册詩集，也都是有力而且有趣，其中的一册男人女人與鬼(Men, Women and Ghosts)尤爲可以注意。還有一個女詩人海令娜·杜里特爾(Helena Doolittle, 1886-)，也應一舉，她的詩雋峭穩練如短銘。

馬斯脫士(E. L. Masters, 1869–）在一九一五年刊行他愛河詩選(Spoon River Anthology)之前，曾出了好幾冊的詩集，劇本和論文，都不大有人注意，但自愛河詩選一出版，第二天便得了大名。林特賽(V. Lindsay, 1879–)是一個樂觀的詩人，所作於中國的夜鶯諸詩裏可以見其功力之所在。

愛米·洛威爾

四

在法國，新世紀的初期是洛底及法朗士諸作家在活動着。羅曼·羅蘭(Romain Rolland, 1866–）是新作家中最爲人所知的，他在做他的偉大小說若望·

克利司朵夫(Jean Christophe)之前，曾寫了好幾部有趣的音樂家傳，其中以貝多芬傳爲最有名，又作托爾斯泰傳，米勒傳等。若望・克利司朵夫凡十大册，無疑的是世界文學中最長的一部小說。這是寫一個德國音樂家的故事。羅曼・羅蘭是一個國際主義者。在歐戰時，他住在瑞士，獨自在清醒的反對這次的戰爭，曾受到不少的毀謗。

與羅曼・羅蘭的非戰及國際主義恰恰相反者，乃爲當時狂熱之國家主義及主戰的呼聲。這樣的空氣，在大戰前卽已釀着了。在這時，法國文學發生了一個新的精神，完全與十九世紀的法

羅曼羅蘭

國精神兩樣，完全與萊南及法朗士之懷疑主義兩樣。正如一個批評家所說的，崇拜正理、正義及自由的時代是過去了，跟着來的是一個崇拜勇敢、活動、自制、信仰的時代。法朗士在一九一四年時也自認道：『懷疑主義是不合時宜了。』在萊南的孫子辟西查里(Ernest Psichari)的小說裏，這種情調的變更完全可以看出。他以軍國主義天主教神祕派，代替了他祖父的和平主義，懷疑主義與理性論。在巴里士(Maurice Barrès)，馬拉士(Charles Maurras)，及柏格生(Henri Bergson)的著作裏，這個新精神更可充分的表白出。巴里士在一八七〇年，正當他八歲時，眼見德兵之蹂躪榮華的法國。這一星忿恨之火許多年後熊熊的燃着在他的小說"Au Service de l'Allemagne"及"Collatte Baudoche"還有其他講愛國主義的作品中，這些著作無疑的是激動了國民的勇氣。當歐洲苦戰之時，馬拉士也是如此的宣傳着，且也很有影響。非直接的影響則爲柏格生的哲學。早在一八八九年之時，柏格生已出版了他的『造成時代』的大作"Données Immédiates de la

Conocience" 這乃是史賓塞哲學的反動．柏格生的理性的直觀法，他的分別心靈與物質，他的活力主義的理論，極有影響於少年作者，他們崇視他爲一個先知者，以他的哲學爲新的福音，他們時時的讀他，遠出於這位哲學家之所能料．有一個說：『我在每一頁中覺到上帝．』

在別的於歐戰前已得了名譽的法國作家中，有幾個人是可以一舉的：如博里修 (Réne Boylesve) 他作了不少可愛的故事；鮑特克士 (Henri Bordecus)，他的火爐邊的小說是極流行的；巴森 (Réné Bazan)，他的新近著作 "Charles le Foncauld" 是神祕派文學的重要的新產品．此外，還有兩個詩人乾米 (Francis Jammes 與克洛台爾 (Paul Claudel)．

當歐戰發生時，除了幾個清醒者外，其餘的都發狂似的去從軍，共計有九百多個作家死於這次大戰中；在這些犧牲者中，小說家辟琪 (Charles Peguy) 是一個，他曾寫道：『祝福那些死於大戰役中的，』而他不知這個祝福却也臨到了他．

許多戰爭文學在這時產生出來，然很少有永久價值的，只有巴比塞(Henri Barbusse)及杜哈米爾(Georges Duhamel)的戰爭小說，乃是法國文學中的重要的添加品。

一九一六年出版的巴比塞的火(Le Feu)可以說是任何國出版的戰爭著作中最偉大的一部。他在暴風雨的中心，乃能正確的，忠實的，以動人的文字寫

巴比塞

出他所見的恐怖。在戰前，巴比塞還實際上是一個無名的作家。他的兩部詩集，一部短篇小說集，一部小說，那末能有多數的讀者。當戰事起時，他雖是一個和平主義者，且已過軍役年齡，身體又壞，然他却加入了軍隊，參預實際活動，因爲他相信他是參預了一次以戰滅戰的戰爭。然讀者在他的火及後出的小說光明(Clarté)中，可以看見他不久便很苦悶的失望了。火是曾被寫下的文字中控訴戰爭最有力的著作。巴比塞以深切的寫實主義來寫戰爭的可怕，他把恐怖的事實，赤裸裸的寫出。光明的出版，正在議和之時。他在那里宣傳着非戰的原理。這一部小說的名稱成了一個非戰團體的名稱，這個團體，巴比塞是一個主要的人物，他們曾發佈了重要的光明運動的宣言。

杜哈米爾是一個科學家，以醫生爲業，然在戰前，已以文學著名。他寫了兩部詩集，三篇劇本。但兩部他的最偉大的戰事作品殉難者(Vie des Martyrs)及文明(Civilisation)却使他得了大名。他與巴比塞一樣，有描寫他所見的能力；但他却從別一角去看牠。巴比塞是一個使徒，一個社會改革家，相傳人類可以和平主義來改造的。杜哈米爾却是詩人，夢想者，哲學者，科學家，懷疑者，對於人類之改造並沒有多大的信仰。

柏洛司特(Marcel Proust, ?–1922)的一叢小說，總名為"A la Recherche du Temps Perdu"者之出版，是法國現代小說界一件最重要的史實。這小說叢的第一部出版於一九一四年，那時作者是四十二歲。讀者立刻分為相反的二派，一派是贊成柏洛司特的，一派是反對柏洛司特的。贊成的人大抵以國外居多。然卽在國外，也頗有以其描寫了太細膩，太冗長見譏者，如他分析一個婦人的微笑，乃費了六頁的篇幅。這大部的小說叢，寫的是一個中年人回憶到他孩提及少年時的交遊之地與交遊之人。只要有耐心去讀，柏洛司特是很值得讀的。

在戰前，立體派(Cubist)的詩人在法國很活動；起初這一派是佔着圖畫之域內，後乃侵入詩壇。阿波林那(Apollinaire)，約柯伯(Max Jacob)及莎爾蒙(Salmon)

三詩人是這個運動的中堅。他們以爲向來的藝術只是模擬，現在要的是創造。他們不是把自然的現象翻譯到畫架上或詩句裏來，乃是拿來表白詩人或藝術家的生活的情緒經驗的。他們是『超寫實主義』者。阿波林那說道：『當人要模擬步行時，他創造了車輪，車輪是不像一隻腿的。他如此的不自知的超寫實的創造了』立體派的詩人，與這一派的畫家一樣，不顧一切的傳統習慣，而自由用字造句。但阿波林那却並不是一個大詩人；有批評他的詩的情緒都是由書本上得靈感的，所以顯得很枯窘。

未來派（Futurism）也許可以不大正確的說是立體派與達達派（Dadaism）之間的一個階級。在一九一二年，未來派的名人馬里那底（Marinetti）宣言說：未來派是要以機械美的觀念代替了向來的文學上的婦人與美……要以機械代替戀愛。但也沒有多大的成功，達達派較之他們尤爲革命的，尤爲勇敢的。他們自己說：『達達不是立體派，也不是未來派，達達是沒有什麽意義的。』他們又說『達達主義者是愛酒與婦人，誇大廣告的現實主義的人，他的文化以肉體文化爲主』。但他們也未必都是一派。別他們的名人有柯克杜(Jean Cocteau)及台爾米(Paul Dermée)諸人。

五

新世紀的德國文學，除了蘇特曼，霍卜特曼幾個老作家在活動之外，新派的作家也就不少。有新古典主義的高唱，那是由耶隆斯特(Paul Ernst)和威特金特(Weidkind) 所主持着的；有表現主義 (Expressionism) 的運動，那是凱撒(Georg Keiser)及哈森克列夫(Hasen Clever)所代表着的。表現派以爲『我們人的精神不是單單吸收印象的，這精神裏面還藏有具備微妙作用的自我。所以一定要溶化了這由外界吸收來的東西，依了自我的理想，改造爲新的東西纔行。這就是表現主義的方向。』表現派之出現，正在大戰之後，於是他們就吸收了那因戰爭而始覺醒的人道主義和世界主義的傾向。凱撒的作品尤爲世界的讀者所注意；他的加列的市民(Die Bürger von Calais)，不僅爲表現主義的名作，也是新世紀德國戲曲中不常有的劇本。凱撒在這劇裏寫出新舊英雄之精神的爭鬪。英、法交戰，法軍失敗，被英軍包圍着的加列市忽來了一個英使說如果加列能夠犧牲市民六人，在明天送到英王那里，便赦免全市的人民。加列人民爲了這事召集市參議會。一個代表軍國主義的軍官力斥英王的提議是不名譽，情願大家死戰。一個代表人道主義的參事會員愛斯泰修却從更高尚的立足點，主張接受英軍的條件，且自願爲這六人中的一個。旁的人爲他所感動，也都要爲市民而犧牲，這樣的自願犧牲者共有七人。愛斯泰修提議，第二天早晨在某處集合，來得最後的一個犧牲者，便留在市中，不必去。第二天，六個都來了，只有愛斯泰修不來。大家都疑惑着。不久，代替愛斯泰修而來的却是他的屍體。這六人十分感動的上犧牲之路走去。但英軍却因英王誕生王子，表示祝意，把六個市民赦了。最後的結局是愛斯泰修同受了市民與敵人的敬禮。

哈森克列夫的有名作品爲兒子 (Der Sohn) 這是表現派最早的戲劇之一。後來又作了一篇安廷宮 (Antigona)，把希臘大戲曲家沙福克里士所寫的安廷宮寫成了一個宣傳博愛者，一個人道主義的殉教者。

在這個表現派大家之外，還有溫魯(F. von Unruh)他作了一個時代，反對軍國主義；喬林(R. Goering)，他作了有名的劇本海戰(Seeschlacht)也是反對戰爭，對國家主義起了懷疑的大作。

六

自一九一七年的第二次大革命以來，俄國的文壇完全換了一個樣子；老作家或者擱筆，或者到了國外去；一般人民也差不多忘記了他們，或以爲他們已不足以表現新的俄國與新的生活了。新的文人與新的文派如潮湧似的出現。未來派在這時曾絕叫着。未來派的創始者爲克萊卜尼加夫(Khlébnikov, 1885–1922)，他死於窮苦，然他的朋友們却都享着盛名高位。馬耶加夫斯基 (Mayakvosky,

1893—）是未來派中最重要的代表人物．平常的人都以爲未來派與馬耶加夫斯基的詩，是一而二，二而一的．當馬耶加夫斯基十三四歲時，他卽爲共產黨的黨員．一九一一年時，他纔與未來派諸前輩相接觸，且開始作詩．他的詩漸漸的與他們不同了．他的詩不是合於書室中人，乃是爲街上的人寫的．一九一六年，他的第一詩集出版，立刻得到成功．大革命之後，他成了半官式的共產黨詩人，許多的詩都是爲了政治的宣傳而作．一九二三年後，他爲李夫（Lef）雜誌的負責編輯．在這一派的詩人中，除了馬耶加夫斯基，便要數到柏斯特那克（Pasternak）了．柏斯特那克在一七一七年寫了一册的抒情詩集我姊姊的一生（My Sister Life），這時，此詩册並不曾付印，僅以鈔本流傳着，而已有模擬他風格的詩出版了．不僅未來派的詩人受其影響，卽別的派別的詩人也受其影響．此詩集直到了一九二二年方纔出版．

大革命前後的散文著作，大都受着萊米莎夫（Remizov）的影響，直到了一九二一年之後，小說方纔復興。第一個引起大衆注意的是皮涅克（Boris Pilnyik, 1894–）。他在革命前已寫小說，但一九二二年出版的他的小說赤裸之年（The Bare Year）方纔顯出他的才能，立刻模倣他的風格的人紛紛而起。他的短篇小說也很好，如荒原的故事之類都是很有力的著作。他去年曾到過中國來。

巴倍爾（I. Bàbel）是所有革命後小說家中最成功的一個。他的第一篇小說曾於一九一六年見於高爾基編的一個報上。然後沈默了

皮涅克

七年。一九二三年，他的短篇小說復出現於報紙上時，立刻被承認爲第一流的作家，且爲青年作家中的領袖。他的小說，很短很短，都不過幾百個字，然而寥寥的幾百個字中却有深沈的刺激人的力量。他的故事都是些血與死，冷血的罪，英雄主義與殘酷的故事。

七

意大利的新世紀文壇，最重要者仍爲唐南遮。但柏辟尼(Giovanni Papini)的耶穌傳(Life of Christ)却是新世紀意大利作品中震動了全歐讀者的著作。他是一個批評家，一個小說家。耶穌傳把聖經中的故事加以許多註釋而重述出。他是一個勇敢的作者，毫不信仰傳統的批評與偶像。他所最愛重的是尼采，以爲他是近代人中最高貴純潔，最悲苦寂寞，絕望的人。

這里並不論到哲學，然而意大利的大學者克洛士(Benedetto Croce)却不得不一舉。他的地位是在全歐的。他的美學原理(Theory of Æsthetic)曾改革了現代歐洲的批評思想。

在生存的西班牙作家中，依伯尼茲(V. Blasco Ibañez, 1867—)是一個最爲人所知道。他曾有一時爲急進派的新聞記者，曾因政論而被監禁。他有一時住到阿根廷去，他的文學工作就在這個地方起頭。在他所有小說中只有一部"La Maja Destenda"是描寫個人的心理的，其餘的都是寫大規模的實業或戰事的活動的。他的戰爭小說"Mare Nostum"及啓示錄的四騎士(The Four Horseman of the Apocalypse)曾震動了全個世界，不久，便譯成了好幾國文字。這兩部作品，色彩都很明亮，又有動人的戲劇力。血與沙(Blood and Sand)也是如此，那是很好的一部敍述一個西班牙鬭牛者的生活的。

依伯尼茲

與伊伯尼茲在小說上一樣，培那文德(Jacinto Benavente 1866–) 是最有名的西班牙新世紀戲劇家。他先學法律，後棄而作小說與抒情詩，最後乃專心於作劇本。他是一個實寫主義者，是易卜生，蕭伯訥之流，許多劇本都是對西班牙社會加以諷罵的。名作有出名的人們，知縣之妻，土曜之夜，熱情之花及從書中學了一切的王子等，共計有八十餘篇，其中譯為英文的很不少。

培那文德

八

久在沈睡中的民族，在新世紀的前後，也都覺醒了，復從已久熄的火灰中，燃着一星的文藝的火，竟至於現出燦爛之火光。這如新猶太，印度諸國都是，而匈牙利在這時也產生了好些世界的作家。

猶太的文學，到十九世紀的後半方纔有復興的氣象。好幾個作家都是用 Yiddish 來寫他的作品。阿布拉莫維奇 (Abramovitch) 是第一個重要的作家，他的名作爲跛者菲希克 (Fishke the Lame)，此後還有好幾個詩人與小說家。潘萊士 (Perez) 是最好的新猶太短篇小說家，是一個寫實主義者，或稱他爲『猶太的都德』。拉比諾維奇 (Rabinowitch) 是一個詩人，一個小說家，又是一個戲曲家。他被稱爲『猶太的馬克·特溫』。佛洛格 (Frug) 是一個大詩人，生長於農間，多詠寫自然之詩。然爲新世紀的文壇上的中堅者則爲賓斯奇 (David Pinski)，阿胥 (Sholom Ash) 考白林 (Leon Kobrin) 三人。

賓斯奇是一個大戲曲家。自一九一〇年，他的寶藏在柏林公演後，立刻得到了世界的名譽．他的思想，近於安特列夫，是到處的懷疑着．寫的是猶太人的生活，其實却說的是人類全體．阿胥則與他不同．阿胥完全是一個猶太人，他的作品的背景是猶太的，思想也是猶太的．這可於他的復仇神裏見出．自阿胥的一部小說鄉村出版時，他便得到了『猶太的莫泊桑』之名．然後來他的劇本出了不少，而他又成了一個頭等的戲曲家．考白林以長篇小說的作者著名．他是一個自然主義的作家，其大作有覺醒，立陶宛鄉村等．

匈牙利的近代作家詩人可以辟托菲(A. Pétöfe, 1823–1849)爲代表，小說家可以育珂·摩爾(Jókai Mòr, 1825–1904)爲代表．辟托菲是一個熱情詩人，但他不僅是一個詩人，還是一個民衆所共知的英雄．他正在二十七歲時，忽然的在爲

賓斯奇

祖國而戰的戰場上不見了，沒有人曉得他死在何地。於是許多人相信他還活着。他曾譯了不少外國的作品，他寫着劇本及一部小說絞者之繩，但他的抒情詩却是他真天才之所寄，又純熟，又瑩美，又自然。一八四八年時，因出版自由會之公佈，他的第一冊詩集纔得出版。他的起來馬格耶人（Talpra Magyar）乃是匈牙利的馬賽歌。

育珂·摩爾

育珂·摩爾是近代匈牙利最偉大的小說家。他的生活是文學的與政治的活動同時並進的。在一八四八年匈牙利大革命之前他已出版了一部很成功的小說工作之日（Hétköznapok）。革命之時，他與大詩人辟托菲一樣，是極熱忱的從事於這個偉大工作。不幸，失敗了。此後，便致力於文學著作，一册又一册的出版，致得了『匈牙利的史格得』之稱。他的最有名之作品爲一個匈牙利富翁（A Hungarian Nabob）我們爲什麽老了，愛情的愚夫們，黑鑽石，如海水的雙眼，二三是四，沒有惡魔及黃薔薇（Asarya Razsa）等。

現代的匈牙利的作家，也可以莫爾納（F. Molnar, 1878-）及拉茲古（Andreas Latzko）二人爲代表。莫爾納是一個戲劇家，拉茲古是一個小說家。莫爾納於十八歲時卽開始文學著作。自他的劇本惡鬼（Az Ördög）發表後，立刻得到了盛名。此後，又發表了李僚（Lilion）及短劇盛宴等。拉茲古是一個軍官。歐洲大戰時，在意大利戰線上受傷。後來就做了一本戰事小說名戰中的人（Menshen im Krieg），一九一七年在瑞士出版，在這里，拉茲古是非常激烈的反對着戰爭。立刻得到了許多人的注意。羅曼羅蘭立刻有一篇長評論發表。這書描寫軍士們的肉體痛苦，極爲逼真而刺激，是不朽的一部非戰的大作，與巴比塞的火是歐戰的產品中的雙璧。

希臘與猶太一樣，在這時也從長睡中醒來。在美國，曾有一部英譯的近代希臘短篇小說集（Modern Greek Stories）出版，共有九個作家，如杜洛西尼斯（Droasinis）克色諾普洛斯（G. Xenopoulos）諸人。此外，尚有物帶拉斯（D. Voutyras）諸人，不在這個選本中。物帶拉斯是青年小說家中負盛名者，所作有蘭加斯（Langas）等。詩人在這時亦有不少，茲不能一一的說及。

保加利亞的文學向不為人注意，但自跋佐夫（Ivan Vazoff, 1850-1920）出現後，却不由得不使讀者向這個向不注意的小國詫異的望着。跋佐夫是保加利亞近代最偉大的小說家，是保加利亞的國民詩人。他作了好些抒情詩，熱烈的蘊蓄着他對於不自由的祖國的悲感與希望。他一直住在自由的羅馬尼亞，直到了保加利亞從土耳其羈軛下脫離了，他方纔回到本國。他的散文也極有名，其小說

跋佐夫

羈軛之下(Under the Yoke)尤爲保加利亞無人不讀的書.

古印度的文學上的榮譽,在新世紀也是重復恢復了.其中最重要的最爲世人所知的作家是太戈爾(Rabindranath Tagore, 1860-)他寫着詩,小說,劇本,但他却是一個大詩人,在他的劇本,小說裏也都充滿了詩意.在他的本土,他的詩歌是爲人所常歌誦着.他的作品,曾由他自己及他的朋友們譯爲英文.他的英譯的頌歌集吉檀迦利(Gitangali),一出版,立刻驚詫了全個歐洲的人,

太戈爾

那樣的崇高而瑩潔的情緒，乃是近代所不常見的。此後，園丁集，新月集繼之而出，其嬌秀而可愛的詩句，其純樸自然的文字，都使讀者得了一個鮮新的感動。

九

中國的文學，在新世紀是一個大變動的時代；一方面是舊式的作家在並不衰頽的寫作着，一方面，新的作家，努力於西洋文藝的介紹，努力於新的作品的創造，這些嶄新的著作與介紹引起了古舊文壇的全盤的擾亂。

新世紀之小說家，承襲了傳統的文格者，有李寶嘉、吳沃堯諸人。李寶嘉字伯元，號南亭亭長，（1867—1906）江蘇上元人。曾在上海辦指南報，游戲報及海上繁華報。所作小說有文明小史及官場現形記，而官場現形記尤爲有名。官場現形記第三編刊行於一九〇三年，體裁似海上花列傳，結構極鬆懈，然其敍寫却皆爲日常的生活，其人物却皆爲我們日常遇見的人物，故特能逼真動人。清末爲吏治最昏闇之時代，平民正苦於官，此書盡量揭發官之罪惡與私行，極諷罵之能事，故一出版卽傾動一時。

吳沃堯字趼人，號我佛山人(1867–1910)廣東南海人。一九〇三年時始爲小說，成九命奇寃二十年目覩之怪現狀等，刋於新小說中。後又作恨海，近十年之怪現狀等。這兩部『怪現狀』亦爲官場現形記同類，乃揭發現社會之種種黑暗者，而所寫範圍較廣，不僅限於官場。

這一類結構鬆散，以諷罵世人，揭發黑暗爲能事的小說，在這時候發現了不少，大都皆模擬海上花列傳，官場現形記與二十年目覩之怪現狀者，無特敍的必要。

其超出於這時的諷罵小說範圍之外者，有老殘遊記及孽海花。老殘遊記題洪都百鍊生著，實爲劉鶚的作品，出版於一九〇六年。鶚字鐵雲，江蘇丹徒人（約1850–1910）。老殘遊記敍鐵英號老殘者之經歷，並述其言論與所遇見的人物，時有很好的描寫，時亦落於空想的敍述。孽海花稱東亞病夫編述，實乃曾樸所作。樸字孟樸，江蘇常熟人。孽海花以洪鈞（改名金汮）與傅彩雲爲主人翁，多敍當時文士逸事，敍事嚴整，描寫也很眞切，有異於當時單以諷罵爲能事之小說。惜僅成二十回，（一本有二十四回至洪鈞死時爲止。）後有續作者，然不及原書遠甚，作者曾聲明過反對這些續作。

舊的戲曲在這時作者絕少，但戲曲的研究在這時却極發達。不易見的古劇本在翻刊着，劇曲研究的資料，在傳播着；如王國維之曲錄，吳梅之顧曲麈談，詞餘講義等，皆爲很好的參考資料。王國維字靜安，浙江海寧人，是新世紀中很重要的一個文藝批評家，其所作人間詞話，很有特見。吳梅亦善於作劇，乃是這時代裏作古劇的文士的中堅。

詩人在這時代却不少，其造就也很有可述者。如鄭孝胥，陳三立，陳衍，沈曾植諸人是一派，都是宗向宋詩的。此外，易順鼎，樊增祥，却是另一派的詩人。鄭孝胥字蘇盦，號太夷，福建閩侯人，有海藏樓詩，思精筆健，與陳三立同爲舊詩人中之雙璧。

三立字伯嚴，號散原，江西義寧人，有散原精舍詩。陳衍字石遺，福建閩侯人，有近代詩鈔及石遺室詩話。沈曾植字子培，號乙盦，浙江嘉興人，爲近代有名的學者。易順鼎字實甫，號哭庵，湖南龍陽人，與樊增祥齊名。增祥字嘉父，號樊山，湖北恩施人。此二人之詩，皆以淸麗婉秀著，無宋詩派之沈着深刻，而時有佳句。「詞」的作家在這時亦不少，而朱祖謀，況周頤，馮煦，曹元忠，王國維等爲最著。祖謀字古微，編彊村叢書。周頤字夔笙，廣西臨桂人，馮煦字夢華，江蘇金壇人。王國維之詞，作品不多，而皆爲珠玉。元忠字君直，江蘇吳縣人。在散文作家中，桐城派作家已成强努之末，無甚可稱之作家；林紓頗欲重振古文之頹波，然其功績乃在翻譯，却不在他的古文。紓的譯文，凡一百五十餘種，以小說爲最多，史格得，狄更司，大仲馬，諸人，皆由他的介紹而始爲中國讀者所知，可惜他不懂外國語，他的譯文皆由另一人口譯後由他筆述的，所以有時不大與原文吻合。繆荃孫字筱珊，號藝風，江陰人，有藝風堂文。經他編輯的書亦不少，在當時很有影響。嚴復字又陵，號幾道，侯官人，以譯原富，天演論諸書著，在中國思想界的改造上是很有功的，他的文字亦謹嚴不苟，暢順秀美。康有爲字長素，號更生，廣東南海人，以提倡新學著名，在新世紀頭幾年的思想界上很有勢力。章炳麟字太炎，浙江餘杭人，著章氏叢書，在文壇上亦爲有力的人物之一。劉師培字申叔，江蘇儀徵人，善作古拙之文，其古學亦甚爲人所稱。梁啟超字卓如，號任公，廣東新會人，有飲冰室文集。啟超爲有爲之弟子，其文字流利暢達，聲氣灝大，勇於採用新語，頓使拘謹的古文界爲之放一線新的光明。其論列時事之文，尤爲明白易曉，可爲中國新聞文學

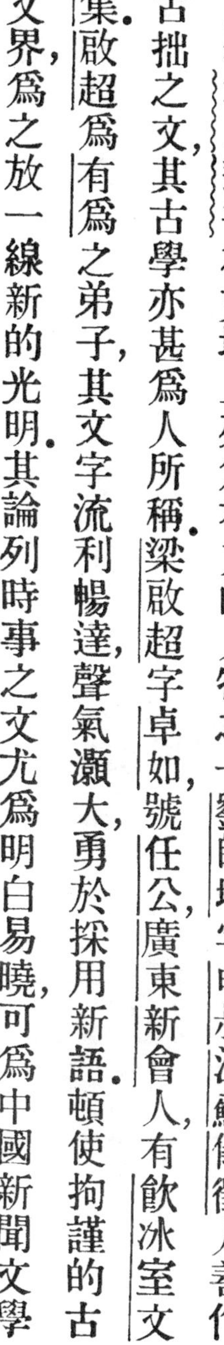

林紓

之祖。

自一九一七年，胡適在新青年月刊上發表他的文學改革論後，中國的文壇起了一個大變動。文字從拘謹的古文，對偶的駢文一變而爲活潑潑的運用現代人的言語的語體文；文體從固定的小說，戲曲，詩詞的舊格律下解放了，而爲自由的盡量發揮作者個性，盡量採納外來影響的新的文體。這是一個極大的改革，中國文學史上的一件大事。現在這個新運動正在進行，新的詩人，小說家，戲曲家，都在努力於寫作他們的著作。雖然沒有什麼大傑作可見，然這條新路，却無疑的是引他們進了成功之宮的一條大路。新世紀的中國文學將必爲空前的一個燦爛的新時代。本書卽終止於這個希望，這個預言中。

嚴復

參考書目

一．康拉特的全集共二十五卷，Doubleday 公司出版．

二．威爾士的作品，麥美倫公司出版甚多．

三．勃奈特的作品，均爲 Doran 公司出版．

四．佐治·慕爾的全集，Boni 公司出版．

五．蕭萊納，曼非萊特的小說，均有中文譯本，北新書局出版．又小說月報叢刊內亦有曼菲萊特的小說集．

六．瓊斯的戲曲，麥美倫公司有出版．文學研究會叢書中有中文譯本．

七．辟內羅的戲曲，Baker 公司有出版．共學社叢書中有中文譯本．

八．蕭伯納的全集，Brentano 公司有出版．文學研究會叢書及共學社叢書中，均有中譯的蕭氏劇本．

九．高斯委綏的作品，均爲 Scribner 公司出版．中譯本商務印書館有幾種出版．

十．巴蕾的作品大都爲 Scribner 公司出版．

十一．梅司非爾的詩集，大都爲麥美倫公司出版．

十二．小泉八雲全集，（英文本）日本出版．文學與人生，商務印書館有選印本．

十三．賈克·倫敦的作品，麥美倫公司和 Grosset 公司均有出版．

十四．愛米·洛威爾的詩集，均 Houghton 公司出版．

十五．羅曼·羅蘭的若望·克利司朶夫及其他著作之英譯本，Henry Holt 公司均有出版；若望·克利司朶夫，文學研究會叢書有中譯本．

十六．巴比塞的火，Dutton 公司有英譯本．

十七．近代德國文學主潮，海鏡等譯，小說月報叢刊之一．

十八．雰飈運動，李漢俊等譯，小說月報叢刊之一．

十九．依伯尼茲的小說，Dutton 公司有英譯本多種．

二十．培那文德戲曲集，張聞天等譯，文學研究會叢書之一．

二十一．新猶太文學一臠，沈雁冰等譯，小說月報叢刊之一．

二十二．新猶太小說集，沈雁冰等譯，小說月報叢刊之一．

二十三．猶太小說集，魯彥譯，文學週報社叢書．開明書店出版．

二十四．賓斯奇集，冬芬等譯，小說月報叢刊之一．

二十五．育珂·摩爾的小說，商務印書館有中譯本兩種．

二十六．拉茲古的戰中的人，近代叢書中有英譯本．

二十七．太戈爾作品的英譯本，均由麥美倫公司出版．文學研究會叢書及小說月報叢刊中，俱有中譯本多種．

二十八．這時期的中國文學參攷書均有印本，均甚易得，不列舉．

年表（四）

年表四

（公元一八〇一年——公元一九二六年）

公元一八〇一年——屠紳死，白萊麥生。

元元一八〇二年——張惠言死，雨果生。

公元一八〇三年——阿爾菲里死，大仲馬生，梅侶米生，愛摩生生。

公元一八〇四年——桑特生，聖皮韋生，魯尼堡生，霍桑生。

公元一八〇五年——李頓生，安徒生生，席勞死，桂馥死，紀昀死。

公元一八〇六年——孫星衍死，鄭珍生。

公元一八〇七年——郎佛羅生。

公元一八〇九年——丁尼生生，白郎寧夫人生，達爾文生，歌郭里生，史洛瓦基生，愛倫坡生，何爾摩士生，林肯生。

公元一八一〇年——繆塞生，倍林斯基生。

公元一八一一年——戈底葉生，克萊斯特死，古茲歌生，莫友芝生，曾國藩生。

公元一八一二年——白郎寧生，狄更司生，龔察洛夫生，赫爾岑生，克拉辛斯基生，史拖活夫人生。

公元一八一三年——趙翼死，阿頓生，赫倍爾生，魯特委生，魏格納生。

公元一八一四年——張問陶死，姚鼐死，李門托夫生。

公元一八一六年——法萊泰生，蕭里頓生，崔述死。

公元一八一七年——奧斯丁死，史達埃爾夫人死，史託姆生，莎留生，惲敬死。

公元一八一八年——屠格涅夫生，金和生。

公元一八一九年——克洛夫生，金斯萊生，路斯金生，克勞生，封泰耐生，洛威爾生，惠特曼生。

公元一八二〇年——焦循死，依里奧特生，台里爾生，奧琪葉生。

公元一八二一年——濟慈死，鮑特萊爾生，弗羅倍爾生，杜斯退益夫斯基生，尼克拉莎夫生，俞樾生。

公元一八二二年——拜倫死，雪萊死，亞諾爾特生，大弓果爾生，霍夫曼死。

公元一八二三年——班委爾生，萊南生，阿史特洛夫斯基生，辟托菲生。

公元一八二四年——小仲馬生。

公元一八二五年——馬耶生，白蘭歌生，育珂·摩爾生。

公元一八二七年——福士考洛死，瓦里拉生。

公元一八二八年——羅賽底生，美勒狄士生，泰耐生，托爾斯泰生，周尼雪夫斯基生，易卜生生，蒙底死。

公元一八二九年——格利薄哀杜夫死，李慈銘生。

公元一八三〇年——羅賽底女士生，夏士勒德死，小弓果爾生，海斯生，拉摩士生。

公元一八三一年——菲萊拉生。

公元一八三二年——歌德死，史格得死，般生生，愛契格萊生，王闓運生，譚獻生。

公元一八三三年——約那士·李生。

公元一八三四年——柯爾律治死，慕里斯生，蘭姆死，柏萊達生。

公元一八三五年——馬克·特文生，項鴻祚死，陳用光死。

公元一八三六年——亨杜洛夫生，卡杜西生。

公元一八三七年——倍克生，普希金死，李奥柏特死，霍威爾生。

公元一八三八年——查米莎死，哈特生。

公元一八三九年——史文葆生，卜魯東生。

公元一八四〇年——哈提生，左拉生，都德生，委爾加生。

公元一八四一年——李門托夫死，龔自珍死，李兆洛死。

公元一八四二年——台赫萊狄亞生，柯貝生，麥拉爾梅生，勃蘭特生，昆泰爾生。

公元一八四三年——沙賽死，福溝死，凱洛兹生，亨利·乾姆士生。

公元一八四四年——剛倍爾死，法郎士生，魏倫生，尼采生，李連克隆生，克魯洛夫死，萊曼尼葉生，阿得留·蘭生。

公元一八四五年——虎特死，格爾杜士生，愛倫·坡死。

公元一八四六年——白郎寧結婚，南西委茲死，特拉契曼生，脫格納死。

公元一八四七年——法格生，約柯伯生生。

公元一八四八年——蔡杜白里安死，倍林斯基死，黃遵憲生。

公元一八四九年——史洛瓦基死，開蘭生，史特林堡生，愛倫開生，俞萬春生，哥斯生，辟托非死。

公元一八五〇年——華茲華士死，史的芬生生，巴爾札克死，莫泊桑生，洛底生，奧連契拉格死，小泉八雲生，跋佐夫生，劉鶚生。

公元一八五一年——柯甫死，蕩寇志出版，瓊斯生。

公元一八五二年——慕爾死，蒲爾格生，安東尼生，歌郭里死，品花寶鑑出版。

公元一八五三年——勒麥特生，迭克死，科洛林科生。

公元一八五四年——林博特生，格萊特死，伊克霍特生。

公元一八五五年——迦爾洵生，美基委茲死，魏海依倫生，辟內羅生。

公元一八五六年——王爾德生，海湼死，梅曾亮死，康拉特生。

公元一八五七年——繆塞死，愛秦杜夫死，蘇特曼生，波托辟丹生。

公元一八五八年——白里安生，古爾蒙特生，彭格生，格約史頓生，拉綺洛敷生，花月痕出版。

公元一八五九年——麥考萊死，魯拜集譯成英文，狄昆西死，拉夫頓生，小格林生，克拉辛斯基死，海滕斯頓生，歐文死，張維屏死。

公元一八六〇年——叔本華死，柴霍甫生，蘭爾生生，哈姆生生，法洛定生，太戈爾生。

公元一八六一年——白郎寧夫人死，克洛夫死。

公元一八六二年——烏蘭特死，霍卜特曼生，顯尼志勞生，萊法丁生，梅德林生，奧·亨利生，莎留死。

公元一八六三年——沙克萊死，委尼死，大格林生，何爾茲生，德美爾生，法倫辛生，梭洛古勃生，唐南遮生。

公元一八六四年——霍爽死，鄭珍死。

公元一八六五年——阿頓死，吉白林生，白萊麥死，林肯死。

公元一八六六年——美列茲加夫斯基生，伊文諾夫生，赫爾史特龍生，夏芝生，羅曼羅蘭生，培那文德生。

公元一八六七年——陶孫生，鮑特萊爾死，巴爾芒生，A.E.生，依伯尼茲生，李寶嘉生，吳沃堯生。

公元一八六八年——路斯丹生，佐治生，高爾基生，威爾士生。

公元一八六九年——拉馬丁死，聖皮韋死。

公元一八七〇年——狄更斯死，大仲馬死，梅侶米死，小弓果爾死，赫爾岑死，科布林生。

公元一八七一年——安特列夫生，新格生，莫友芝死。

公元一八七二年——戈底葉死，格里爾柏曹死，包以爾生，何紹基死，曾國藩死。

公元一八七三年——李頓死，卜留沙夫生，約生生，曼莎尼死。

公元一八七四年——霍夫曼司答爾生，梅司非爾生。

公元一八七五年——金萊萊死，桑特死，馬恩生，安徒生死。

公元一八七六年——賈克·倫敦生。

公元一八七七年——魯尼堡死。

公元一八七八年——古茲歌死，尼克拉莎夫死，阿志巴綏夫生，莫爾納生。

公元一八七九年——三俠五義出版。

公元一八八〇年——依里奧特生，弗羅倍爾死，路卜洵主，布洛克生，皮萊生。

公元一八八一年——卡萊爾死，杜思退益夫斯基死。

公元一八八二年——羅賽底死，達爾文死，郎佛羅死，愛摩生死。

公元一八八三年——屠格涅夫死。

公元一八八四年——兪達卒。

公元一八八五年——雨果死，約柯伯生死，金和死。

公元一八八六年——阿史特洛夫斯基死。

公元一八八八年——亞諾爾特死，史托姆死，迦爾洵死。

公元一八八九年——白郎寧死，奧琪葉死，周尼雪夫斯基死。

公元一八九〇年——克勞生，白蘭歌死。

公元一八九一年——班委爾死，林博特死，龔察洛夫死，昆泰爾死，洛威爾死，彭公案出版。

公元一八九二年——丁尼生死，萊南死，惠特曼死，海上花列傳出版。

公元一八九三年——莫泊桑死，泰耐死，馬耶加夫斯基生。

公元一八九四年——羅賽底死，史的芬生死，何爾摩士死，李慈銘死，皮湼克生。

公元一八九五年——法萊泰死，黃遵憲死。

公元一八九六年——慕里斯死，大弓果爾死，魏倫死，小仲馬死，拉摩士死，史拖活夫人死。

公元一八九八年——麥拉爾梅死，封泰耐死，馬耶死。

公元一八九九年——倍克死。

公元一九〇〇年——王爾德死，陶孫死，路斯金死，尼采死，凱洛茲死。

公元一九〇一年——亭杜洛夫死，菲萊拉死，譚獻死。

公元一九〇二年——左拉死，哈特死。

公元一九〇四年——台里爾死，柴霍甫死，小泉八雲生，育珂・摩爾死。

公元一九〇五年——台赫萊狄亞死，瓦里拉死。

公元一九〇六年——易卜生死，開蘭死，柏萊達死，俞樾死，李寶嘉死。

公元一九〇七年——都德死，白魯尼特死，卡杜西死。

公元一九〇八年——柯貝死，特拉契曼死，約那士・李死。

公元一九〇九年——史文葆死，美勒狄士死，卜魯東死，李連克隆死，新格死。

公元一九一〇年——托爾斯泰死，般生死，馬克特文死，奥・亨利死，吳沃堯死，劉鶚死。

公元一九一一年——法洛定死。

公元一九一二年——萊南死。

公元一九一三年——萊曼尼葉死，何得留・蘭死。

公元一九一四年——勒馬特死，海斯死，霍夫曼司答爾死。

公元一九一五年——古爾蒙特死。

公元一九一六年——法格死，萊法丁死，亨利乾姆士死，王闓運死，賈克・倫敦死。

公元一九一八年——路斯丹死。

公元一九一九年——安特列夫死，格約史頓死。

公元一九二〇年——經美爾死，科洛林科死，霍威爾死，跋佐夫生。

公元一九二一年——布洛克死。

公元一九二二年——史特林堡死。

公元一九二三年——蒲爾格死，洛底死。

公元一九二四年——法郎士死，卜留沙夫死。

公元一九二五年——路卜洵跳樓死，康拉特死。

公元一九二六年——愛倫開死。

跋

本書以四年的工夫寫成。發表於小說月報後，曾隨時加以補正，然仍嫌在單行本付印之前無充分時間去修改牠。一切的不安與疏漏之處，只好都待將來改動了。

本來預備在第四册之末附刊中英文索引，也因爲時間忽促而暫闕，只得在再版時加入，這是特別要求讀者原諒的。

爲本書幫忙最多者，爲謝六逸與徐調孚二君。本書中關於日本文學的一部分，幾乎全爲謝君的手筆，而最後一册的校對，及年表四等等，則全出於徐君之手。此不能不愼重聲明，表示無量感謝者。

鄭振鐸　十六年六月十日在 Athos 船上

文學大綱

四冊

中華民國十六年四月初版

每部布面定價大洋拾元
每部紙面定價大洋捌元
外埠酌加運費匯費

著者 鄭振鐸

發行兼印刷者 上海寶山路 商務印書館

發行所 上海及各埠 商務印書館

THE OUTLINE OF LITERATURE

By

C. T. CHEN

1st ed., April, 1927

Price : Cloth Cover $10.00, Paper Cover $ 8.00, postage extra

THE COMMERCIAL PRESS, LTD.

Shanghai, China

图书在版编目(CIP)数据

文学大纲 / 郑振铎著. ——上海:上海三联书店,2014.3

(民国沪上初版书·复制版)

ISBN 978-7-5426-4611-8

Ⅰ.①文… Ⅱ.①郑… Ⅲ.①世界文学—文学史 Ⅳ.①I109

中国版本图书馆 CIP 数据核字(2014)第 033701 号

文学大纲(1-4卷)

著　　者 / 郑振铎

责任编辑 / 陈启甸 王倩怡

封面设计 / 清风

策　　划 / 赵炬

执　　行 / 取映文化

加工整理 / 嘎拉 江岩 牵牛 莉娜

监　　制 / 吴昊

责任校对 / 笑然

出版发行 / 上海三联书店

(201199)中国上海市闵行区都市路 4855 号 2 座 10 楼

网　　址 / http://www.sjpc1932.com

邮购电话 / 021-24175971

印刷装订 / 常熟市人民印刷厂

版　　次 / 2014 年 3 月第 1 版

印　　次 / 2014 年 3 月第 1 次印刷

开　　本 / 650×900　1/16

字　　数 / 1200 千字

印　　张 / 142.25

书　　号 / ISBN 978-7-5426-4611-8/I·828

定　　价 / 580.00 元(1-4 卷)